Cisnes de Leonardo

SUMA de letras

KAREN ESSEX

CISNES DE LEONARDO

Tradução
Gilson Soares

SUMA
de letras

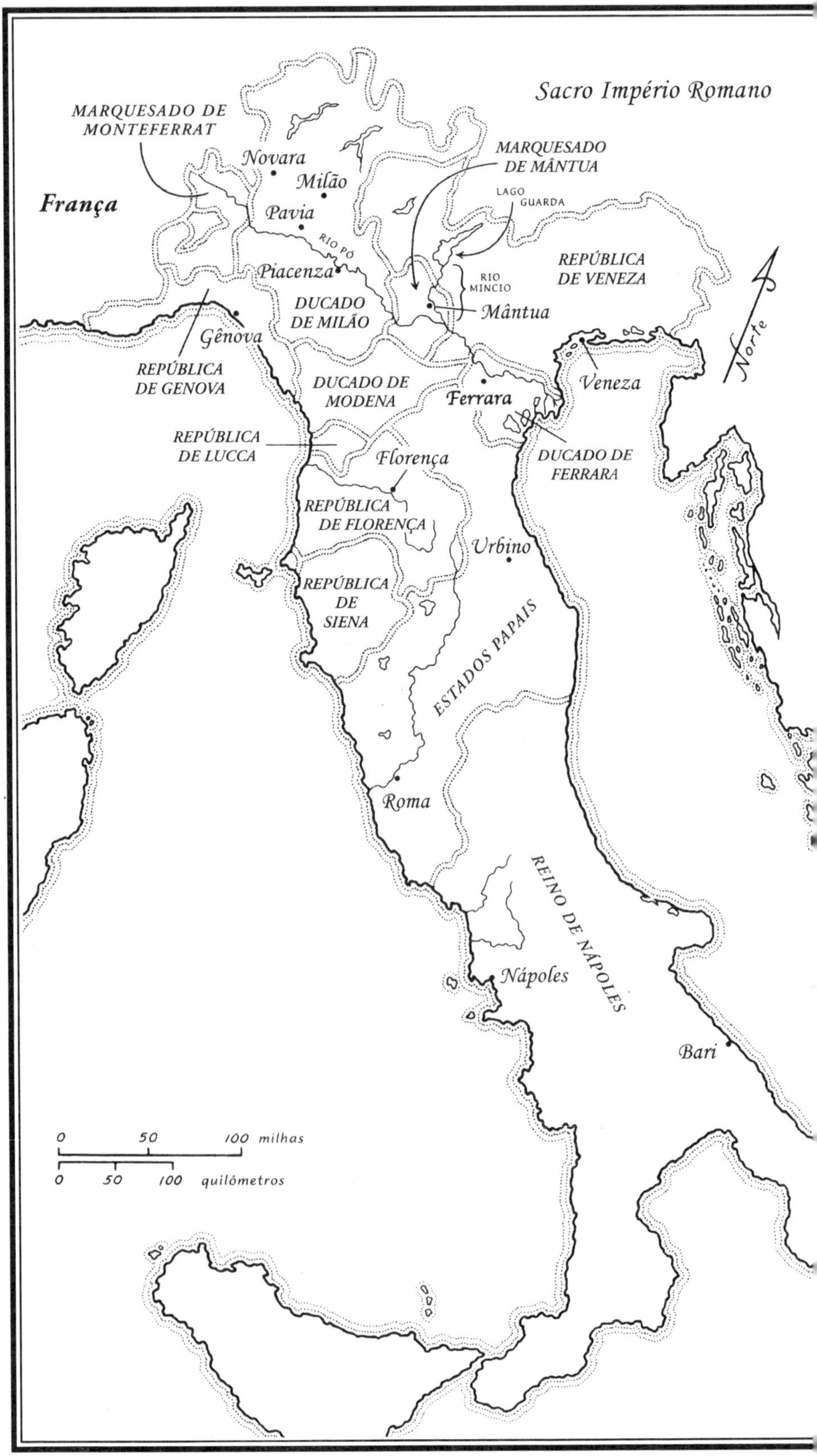

Sacro Império Romano
MARQUESADO DE MONTEFERRAT
França
Novara
Milão
Pavia
RIO PÓ
Piacenza
MARQUESADO DE MÂNTUA
LAGO GUARDA
RIO MINCIO
REPÚBLICA DE VENEZA
DUCADO DE MILÃO
Mântua
Gênova
REPÚBLICA DE GENOVA
DUCADO DE MODENA
Ferrara
Veneza
Norte
REPÚBLICA DE LUCCA
Florença
DUCADO DE FERRARA
REPÚBLICA DE FLORENÇA
Urbino
REPÚBLICA DE SIENA
ESTADOS PAPAIS
Roma
REINO DE NÁPOLES
Nápoles
Bari
0 50 100 milhas
0 50 100 quilômetros

Itália

no final do

Século XV

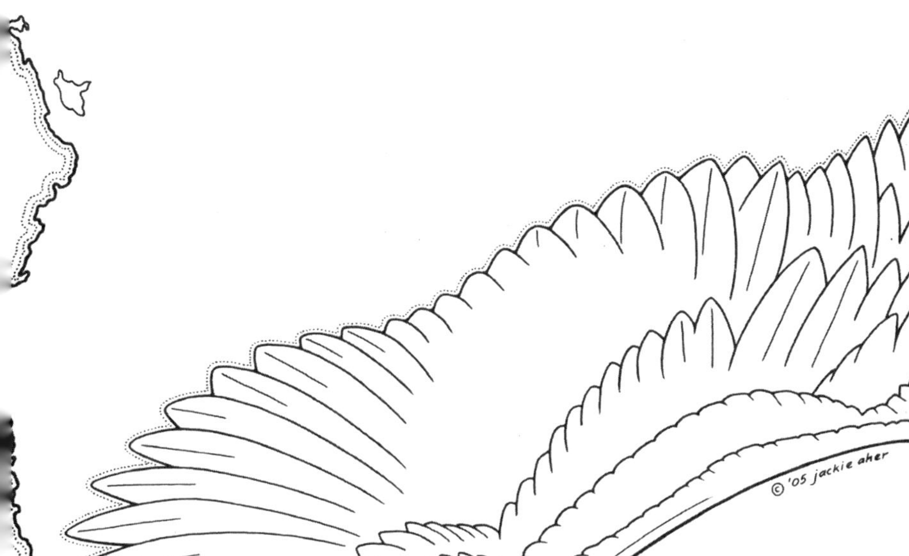

PRÓLOGO

NO ANO DE 1506;
NA MILÃO OCUPADA PELOS FRANCESES

ISABELLA estende seus braços como asas de anjo sobre a fria forma marmórea de sua irmã, passando os dedos sobre as dobras esmeradamente talhadas do traje fúnebre e contornando as delicadas veias de suas mãos entrelaçadas. Junto a Beatrice, o duque exilado, Ludovico, jaz como se morto, embora de fato ainda esteja vivo, exalando o ar úmido de uma pútrida prisão francesa. Isabella deve ser cuidadosa para manifestar seu pesar apenas sobre a efígie de Beatrice, o rosto tão sereno sobre o travesseiro de pedra, e negligenciar a do duque, agora caído em desgraça. Isabella sabe que nos fundos da igreja há olhos apontados como adagas para suas costas, prontos a denunciar que seu voto de ser "uma boa mulher francesa" é falso. Ajoelhando-se, ela pressiona os lábios quentes e ondulados sobre as faces da máscara mortuária de Beatrice e sussurra.

Então, minha irmã, é verdade aquilo com que sempre brincamos — que tão logo você desse à luz um punhado de filhos, ficaria tão gorda quanto mamãe. Apenas 21 anos ao morrer, e mesmo assim me disseram que você já cogitava usar trajes com listras verticais para disfarçar seu peso. Ainda assim, eu jamais imaginaria que você pudesse envelhecer tanto e tão rapidamente. E pensar que por tanto tempo achei que fosse você a sortuda.

Quem poderia prever uma tal reviravolta nos acontecimentos? Você viu da sua cripta como as prostitutas dos soldados franceses roubaram todos os seus quatrocentos espetaculares vestidos? Os milhares de pedras preciosas e pérolas tão delicadamente costuradas e habilidosamente colocadas foram arrancadas, imagino, para comprar uma poção para interromper a gravidez indesejada de alguma meretriz, ou para tratar um cancro asqueroso, ou para pôr alimento na boca quase desdentada de uma rameira. Passados poucos anos, os vestidos que tanto cobicei estão descartados, imundos e rasgados, e você tornou-se pó.

Ah, mas pelo menos você foi enterrada ainda se agarrando a uma minúscula porção da sua inocência. Você não viveu para ver as coisas que tenho visto, ou tomar as impossíveis decisões que tive de tomar, ou virar as costas àqueles que ama para sobreviver às insensatas escolhas que fizeram. Lembra-se de nossos jogos de salão? Você era sempre a vencedora, tão esperta no Scartino, *surpreendendo todo mundo com seus movimentos e levando o bolo de apostas. Venho disputando um jogo similar, embora cada movimento tenha de ser feito com grande cuidado. Algumas de minhas decisões fizeram gelar o meu sangue. Beatrice, sou uma peça num tabuleiro de xadrez envenenado, no qual os jogadores mudam de preto para branco e de branco para preto sem aviso. Lembra-se do elaborado sistema de trunfos no qual você era especialista? Com o qual você, rindo histericamente, vencia um jogo de cartas após outro? Existe agora uma nova regra que nem você nem seu duque previram, mas eu sim: a França triunfa sobre a Itália, e isso é tudo.*

Se a Fortuna não tivesse sido tão caprichosa, tão negligente no adequado arranjo das coisas, e nossos papéis se tivessem invertido — se eu houvesse tido minha chance — estaria eu jazendo na sua sepultura? Ou o curso da história teria mudado? Como é que se concebe que seu ilustre marido, cuja atenção implorei, apodreça numa prisão francesa com apenas um exemplar de A Divina Comédia *e um mascote anão para dar-lhe consolo? Você não gostaria de saber qual é a face que ele tenta conjurar enquanto cai adormecido em seu leito de palha infestado de piolhos — qual irmã? Qual amante? Pobre Ludovico. Não tem agora para consolá-lo sequer as imagens de suas amantes feitas por* Magistro *Leonardo.*

Minha própria disputa com Leonardo continuou. Imagino se você não se ergueria da tumba, Beatrice, para interferir com minhas ambições. Sem sua interferência, e com o poder que exerço sobre o novo patrono dele, eu já teria concluído meus negócios com Leonardo. Tenho garantias do próprio artista, mas você sabe o quanto vale uma promessa de Leonardo. Às vezes acho que ele é o jogador mais capacitado de todos nós. E ainda assim há rumores de que eu poderia receber uma resposta dele exatamente nesta noite. Isto não seria adorável, minha irmã? Então, você e eu poderíamos ambas descansar.

O sino na torre marca cinco horas. Eu adoraria ficar com você um pouco além do pôr do sol. Lembro-me de que você não gosta de ficar sozinha no escuro. Mas devo me vestir para mais um dos bailes do rei Luís, no qual todos nos reuniremos nos mesmos salões onde você uma vez viveu, agora a serviço do novo mestre, e evitando cuidadosamente qualquer menção ao passado — inclusive ao seu. Adieu, *meu amor. Lembra do quanto detestávamos falar a língua francesa? Deve-se falá-la agora o tempo todo.*

Os sinos pararam de tocar, e Isabella imagina que suas criadas se impacientam com a visita. Ainda assim, descobre que não deseja ir embora. Ela fica, passando as mãos mais uma vez sobre a fisionomia pacífica da irmã, tocando seus cachos de pedra e aninhando a face cálida de encontro ao rosto frio e esculpido da irmã.

Beatrice, Beatrice, não é que eu não a amasse. Você era como os cisnes em nosso lago — nascidos desajeitados e feios, maturando na beleza, trazendo magia ao mundo, e cantando na hora de sua morte. Sua criatura mítica, quem no mundo ou acima dele poderia não tê-la amado? É simplesmente que, por todo este tempo, imaginei que você tivesse roubado meu Destino, quando durante todo esse tempo, sem que soubéssemos, você o esteve preservando para mim.

Capítulo Um

X · FORTUNA (SORTE)

Dos cadernos de Leonardo
Quando a Fortuna chegar, agarre-a firmemente pelo topete, pois eu lhe garanto, ela é careca na nuca.

No ano de 1489; na cidade de Ferrara

Ela cresceu numa terra de contos de fada e milagres. É o que Isabella está explicando a Francesco enquanto cavalgam pelas ruas de Ferrara. É Natal, e embora não haja neve sobre a seca estrada de pedra, os cavalos expelem nuvens de vapor no ar frígido através de suas narinas.

Esta é a primeira vez em que a deixaram acompanhar seu noivo através da cidade em uma de suas visitas. Francesco Gonzaga, futuro marquês de Mântua, veio a Ferrara para cortejar sua prometida noiva e para apreciar os muitos desfiles natalinos encomendados pelo pai de Isabella, o duque Ercole d'Este, um grande patrono do teatro. Isabella acredita que quanto mais falar a Francesco sobre os segredos e prodígios de Ferrara, e quanto mais lhe mostrar os espetaculares projetos de construção e urbanismo de seu pai, mais ele perceberá seu valor.

— Foi exatamente nesta igreja — diz Isabella, apontando para a Santa Maria do Vau —, quase duzentos anos atrás, no domingo de Páscoa, que o padre partiu o pão da Eucaristia em dois, e carne e sangue jorraram, cobrindo as paredes da igreja e salpicando todos os fiéis.

"Os paroquianos testemunharam tudo com espanto — diz Isabella, olhos arregalados de dramaticidade. — O bispo de Ferrara e o arcebispo de Ravena vieram verificar. Imediatamente reconheceram tratar-se do corpo e do sangue de Cristo e declararam o sucedido como um verdadeiro milagre da Eucaristia".

Francesco faz solenemente o sinal-da-cruz enquanto passam cavalgando pela igreja, mas ergue o cenho com ceticismo, fazendo-o parecer inteiramente fora de harmonia com o ato.

Beatrice trota adiante dos enamorados, sua comprida trança balançando vistosamente e em sintonia com a crina do cavalo, tão desinteressada quanto o corcel na conversa dos dois.

— Não é verdade, Beatrice? — pergunta Isabella à irmã para confirmar sua história, esperando que a garota esquisita não diga nada que venha a contradizê-la. Beatrice é um enigma para Isabella, algo que a irmã mais velha atribui à criação da garota, que crescera sem rédeas na livre Nápoles. A garota é uma coisa bravia e amorfa, alternadamente tímida, ingênua, arredia e atrevida — esta última característica evidenciando-se notadamente quando cavalgando ou caçando. Como essa garota de 14 anos de idade, que não é particularmente corajosa fora dessas atividades, se destaca em todos os esportes masculinos é um mistério para Isabella, mas o fato é que a bravura de Beatrice permanece, não importa quão enigmática.

— Como eu poderia saber? Não estive lá! — responde por fim Beatrice, sem se virar, mas eles podiam ouvi-la rir da própria piada.

O traseiro balouçante do animal escarnece de Isabella, que sabe que sua irmã está torcendo para livrar-se deles a fim de testar a velocidade do cavalo. Francesco comprara Drago, o puro cavalo branco de batalha espanhol, do haras de sua família na ilha de Tejeto, como presente para o pai da garota. Mas Beatrice imediatamente tomou posse do animal, falando com ele em sussurros que deveriam ser reservados para um amante, montando nele e cavalgando para longe, como se o cavalo esmeradamente criado estivesse destinado a carregar uma menininha em vestido de equitação cor-de-rosa e não um destemido cavaleiro em armadura.

— Eu lhe contarei um milagre que aconteceu bem aqui em Ferrara, e que é até melhor — diz Francesco, alinhando seu cavalo com o de Isabella de modo que suas pernas se toquem. Ela sabe que deveria se afastar, que sua mãe era contra esse tipo de contato físico indiscriminado, mesmo com botas de couro agindo como uma barreira à intimidade muito ansiada do casal, mas em vez disso, ela cavalga com lento cuidado, de modo que possam continuar se encostando um no outro.

— E que milagre é este? — pergunta ela, contendo um sorriso.

— Que seu pai concordou em que você deveria ser minha esposa — responde ele.

Você não faz idéia do quanto isto é miraculoso, pensa ela. Se o acordo tivesse sido um pouquinho diferente, ele estaria se casando com a garota vivaz que cavalgava à frente deles, mas disso ele não sabe. Quando os acordos de casamento foram feitos, nove anos atrás, Isabella só tinha seis anos e Beatrice cinco. Quem se importaria à época qual das irmãs casaria com qual homem, desde que ambos os casamentos fossem vantajosos para a cidade-Estado de Ferrara? Isabella quer contar-lhe a história, mas ela precisaria que ele dissesse que se as coisas tivessem se passado de modo diferente a vida dele teria sido uma ruína. E não seria possível a ele dizer isto diante de Beatrice.

A duquesa Leonora havia muito tempo inculcara na cabeça das filhas que o casamento entre casas nobres não era nenhum arranjo caprichoso baseado em qualidades efêmeras de preferência ou atração. A paz da Itália dependia dessas uniões, especialmente neste momento crítico. Os venezianos se haviam tornado duplamente agressivos desde que os turcos os expulsaram de Constantinopla. Eles começaram a se dirigir cada vez mais para o interior da Itália porque precisavam de terra para suas fazendas e seus cidadãos. Contrataram *condottieri* para tomar cidades — Verona, Pádua e Vincenza, todas próximas a Ferrara. Os venezianos queriam controle completo sobre as rotas comerciais e os rios, bem como sobre a terra. Ferrara era impressionante e forte, porém pequena. Para permanecer independente, deveria formar alianças fortes com as cidades-Estado de Mântua e Milão.

— Vocês, garotas, são embaixadoras de Ferrara. O bem-estar da cidade depende do sucesso de seus casamentos. Portanto, não devem fazer nada, *nada*, que ponha em risco essas alianças. Vocês não devem fazer nada antes dos casamentos que possa obrigar as famílias a cancelar os compromissos. Seu comportamento deve ser impecável. Vocês são tanto as protetoras do bem-estar de Ferrara quanto nosso Exército ou nosso tesouro. São, de fato, os maiores tesouros de Ferrara. E quando entrarem nas casas de seus maridos, espero que ajam como tal. Seus corpos são os próprios vínculos que irão nos manter todos unidos e afastar conflitos e guerras. Não pensem que podem se comportar como as mulheres nos contos de fada e poesia. O duque e eu não iremos tolerar isso.

Olhando para Francesco agora, Isabella acha que ela deve ser a mais afortunada das mulheres. Seu noivo não é belo, mas tem uma qualidade vigorosa que torna atraente um homem feio. Já com 23 anos, ele nunca será alto, e tem olhos protuberantes, uma condição que ela sabe que vai piorar com o tempo, porque já viu velhos que padecem desse mal, e eles parecem répteis. Ainda assim, ele é tão bem formado como qualquer homem vivo, e suas maneiras corteses contrastam de modo excitante com o aspecto desagradável de seus olhos castanhos protuberantes. Além de oriundo de uma das mais antigas famílias nobres da Itália, ele já é considerado um brilhante estudioso da guerra, destinado a uma ilustre carreira nas artes militares. Sem dúvida, irá liderar um dos grandes exércitos da Itália em muitas vitórias. Isabella sente que Francesco é o homem perfeito para ajudá-la a cumprir seu destino — que é ter um marido poderoso e reinar com ele sobre um grande e iluminado domínio.

Beatrice, cavalgando bem à frente deles, começa a ganhar velocidade. Ela gira a cabeça para o lado, dando aos enamorados um perfil alegre antes de disparar com o cavalo.

— É melhor irmos atrás dela — diz Francesco, um ar de grave preocupação tomando conta de seu rosto.

— Não será nada fácil — replica Isabella.

Isabella parece não gostar de ver qualquer tipo de interesse em sua irmã por parte de seu prometido, embora não possa imaginar por quê. Com suas excepcionais qualidades, ela não deveria se preocupar nem um pouco. Mas se preocupa. Francesco vem de uma família famosa pela criação de cavalos. Nada exacerba mais as paixões dos Gonzaga de Mântua do que um grande cavalo, ou um cavaleiro capaz de dominar um. Beatrice olha de novo para trás antes de conduzir Drago através de um dos grandes pórticos arqueados da cidade, para uma estrada onde ela possa correr mais rápido. Francesco assume o desafio e dispara atrás dela no seu garanhão escuro, as jóias na sua sela de prata captando apenas o suficiente do sol de inverno para cintilar.

Isabella os segue, porém num passo mais lento. Seria extremamente pouco feminino para ela competir com sua irmã moleca neste jogo pela atenção de Francesco. Além disso, não quer suar demais sob sua roupa nova, o que para ela seria constrangedor mais tarde, quando, ajudando-a a desmontar, Francesco tomará sua pequena mão e dissimuladamente a erguerá até seus lábios. Que Beatrice desmonte no seu típico estado desgrenhado — pegajosa, mechas soltas de cabelos caindo sobre seu rosto e fedendo a suor, como os cavalos que ela vergasta até o esgotamento. Isabella se acomoda num trote uniforme enquanto os dois disparam à frente dela, primeiro Francesco tomando a dianteira, depois Beatrice ganhando terreno até ele, tão perto que desta distância parece como se estivesse tentando fazer seu cavalo morder o traseiro do garanhão dele.

Se as duas irmãs fossem avaliadas objetivamente, como Isabella roga para que Francesco faça, qualquer um notaria as vantagens de Isabella. Ela passara toda a sua vida sobre os joelhos distintos de sua mãe, enquanto Beatrice, dos dois aos dez anos, foi deixada para trás na corte de Nápoles, no outro extremo da Itália, por todo esse tempo, como uma oferta de paz a seu avô, o rei Ferrante, a quem todos temiam e odiavam, mas que fora tomado de imediata afeição por Beatrice. Isabella lê latim impecavelmente e pode recitar as *Éclogas* de Virgílio, para grande satisfação dos tutores e dos eminentes convidados de seu pai. Beatrice, por outro lado, passou os quatro anos desde seu retorno a Ferrara sendo forçada a equiparar-se à irmã nos estudos. Ela mal sabe soletrar. É capaz de recitar um ou dois poemas em latim, mas Isabella duvida que tenha a menor idéia do que está dizendo. Isabella toca instrumentos musicais e canta como um anjo. Beatrice adora música, mas só cantada. Isabella estudou retórica e matemática e pode até apoiar qualquer dos lados de um argumento sobre pelo menos um dos diálogos de Platão. Beatrice gosta de poesia, mas prefere que outros leiam para ela. Isabella é a mais adorável dançarina de toda Ferrara, girando sua cabeça com elegância deste modo e daquele. Não só tem os sensos apropriados de ritmo, estilo e equilíbrio necessários para a arte, como também sabe simplesmente onde colocar seu sorriso enquanto se vira e abaixa a cabeça, os olhos se alongando no seu alvo específico, até as pálpebras se fecharem recatadamente em sintonia com a música. Beatrice até consegue dançar, mas nada que se compare a sua graciosa irmã. Isabella já leu todos os livros da biblioteca do pai e todas as novelas românticas de sua mãe sobre os velhos dias da cavalaria. Ela observava cuidadosamente enquanto seus pais encomendavam e adquiriam pinturas e outras obras de arte dos mais ilustres talentos da época.

Além de suas conquistas intelectuais, Isabella tem cachos louros caídos, olhos negros grandes e largos e um corpo esguio. Beatrice exibe sinais de robustez, com coxas e quadris amplos, embora apenas sua irmã, seus criados e seu marido — caso o homem com quem estivesse comprometida honre de fato seu contrato de casamento — saberão disto algum dia. Ela tem o rosto redondo, um narizinho desinteressante e cabelo escuro e sem brilho, tão sem brilho que tem de usá-lo numa longa trança caindo pelas costas. Prefere atividades ao ar livre a todas as outras. É a espécie de pessoa que Isabella não acharia muito interessante se não fosse sua irmã.

Isabella sempre supera Beatrice em todas as atividades, exceto esta, a equitação. Agora, e na presença de seu prometido, Isabella receia que Beatrice esteja tentando fazê-la pagar pelo seu pecado de superioridade.

De repente, Francesco pára, sofreando o cavalo e fustigando-o de modo a encarar Isabella. Ela percebe que ele está procurando por ela, que parou esta competição com Beatrice porque *ela* tinha entrado na mente dele, mesmo em meio à louca cavalgada.

Beatrice, que arremetia à frente, pára também. Não mais apreciando a cavalgada sem o aspecto competitivo, ela trota de volta até ele. Isabella ouve Francesco dizer:

— Eu queria que você me mostrasse os mais novos melhoramentos da cidade, não que me envolvesse numa corrida até a morte.

— Você simplesmente não quer perder para uma mulher — replica Beatrice, corada pela sua disparada, ajustando a boina de veludo que usa inclinada de maneira original.

— Você se esqueceu de que eu não estava perdendo? — responde ele.

— Pare com isso — diz Isabella na direção de Beatrice, esperando não soar muito como a repressora irmã mais velha, a rabugenta que não quer participar do jogo deles. — Devíamos estar mostrando a cidade a ele!

— Seja uma boa garota, ou vou levar Drago de volta para casa comigo — diz Francesco para Beatrice num tom que conspira com a atitude maternal de Isabella em relação à irmã.

Beatrice agarra as rédeas junto ao peito.

— Ele não iria. Ele fugiria comigo primeiro!

— Não tenha tanta certeza disso, princesinha — replica ele, soando como um pai.

Graças a Deus ele a considera uma criança e a Isabella uma mulher! Feliz por poder recapturar a atenção de Francesco com seu comportamento mais adulto, ela os conduz sobre a ponte e de volta para as muralhas da cidade.

— Agora, Beatrice, ouça o que estou dizendo a Francesco, de modo que quando seu prometido vier a Ferrara, você possa mostrar a ele essas mesmas coisas.

Beatrice resmunga. O assunto é maçante.

Mais uma vez senhora da pequena expedição, Isabella explica como a cidade de Ferrara mudou nos últimos anos; como seu pai, o duque, se obstinara em reconstruir a cidade de acordo com as inventivas linhas arquitetônicas que Leon Battista Alberti, o Genovês, havia estabelecido. Ela explica (para demonstrar seu conhecimento não só de arquitetura, planejamento urbano e matemática, como também de sutilezas políticas) como Ercole solicitara que Lorenzo, o Magnífico, seu aliado em Florença, enviasse os dez manuscritos da *De Re Aedificatoria*,* de Alberti, para modernizar sua cidade e seus prédios de acordo com a visão do grande teórico. Ruas foram alargadas, transformando-se em amplas avenidas. Novas estruturas foram criadas com cuidadosa atenção aos valores clássicos de proporção e harmonia. A estética ligava-se e igualava-se às proporções matemáticas das coisas.

Enquanto toda esta construção fluíra ao seu redor, parecera a Isabella que, com a cidade antiquada de arcos pontudos e espiras intermináveis, a vida em si estava se espalhando em direções mais amplas. Ruas estreitas, salões escuros com pé-direito baixo e corredores apertados eram coisa do passado. Lamparinas e velas iluminavam cômodos antes mantidos na escuridão. As pessoas liam e conversavam nestes cômodos bem projetados

* Sobre a Arquitetura. (N. da E.)

e iluminados até tarde da noite. Manuscritos antigos, antes propriedade da Igreja e de colecionadores particulares, estavam sendo traduzidos do grego e do latim para o italiano bem ali na Universidade de Ferrara, e impressores venezianos e milaneses produziam cópias que eram vendidas por todo o país. Nos anos após seu pai ter derrotado e executado seus rivais, e selado a paz com a República de Veneza, o velho Castelo d'Este, com suas famosas quatro torres, foi rapidamente transformado de fortaleza em um grande palácio residencial. Os soldados, com suas armas e artilharia, foram removidos para os alojamentos mais velhos, mais frios e mais austeros, enquanto a família e os cortesãos ocupavam os salões e aposentos mais novos e mais espaçosos, decorados com as obras dos maiores artistas das décadas, todos os quais haviam passado por Ferrara a serviço da família Este — Pisanello, Piero della Francesca, o veneziano Jacopo Bellini e Cosimo Tura.

Isabella aponta a seu amado Francesco e a sua desinteressada irmã um exemplo da nova arquitetura, o Palazzo dei Diamante, residência batizada a partir do epíteto de seu pai, o Diamante. Doze mil formas de diamante projetavam-se no ar da sinistra fachada escura do Palazzo — não exatamente um lembrete sutil do onisciente poder do duque Ercole sobre Ferrara, mas um bem eficaz.

— Chamavam-no de Diamante por valer tanto quanto um? — pergunta Francesco.

— É porque ele é magro e musculoso e seu corpo é talhado em linhas duras — Beatrice acrescenta, subitamente parte da conversa.

— É porque, nas negociações, ele é tão duro quanto a mais dura das pedras — diz Isabella. — Uma coisa que sua família sem dúvida descobriu ao negociar nosso contrato de casamento.

— Acho que ele fez um terrível acordo para si mesmo — replica Francesco.

— Por quê? — pergunta Isabella, pronta a defender seu pai.

— Porque você não tem preço, é por isso. Se você fosse minha filha, eu saberia que era boa demais para qualquer homem.

Beatrice olha de esguelha para Francesco, em zombeteiro desagrado por seu comentário xaroposo de enamorado.

— Você provavelmente plagiou isto de algum poeta medíocre — diz ela.

— Ou de um cavalariço cortejando uma cozinheira — provoca Isabella. Não ia deixar Francesco saber o quão profundamente cada palavra dele a afeta.

BEATRICE parece inquieta. Isabella observa os olhos da irmã examinando as muralhas da cidade como se procurando uma via de escape. Isabella fica agitada quando presencia este estado de espírito baixar sobre a garota mais nova. Ela pode dizer pelo súbito e dissimulado sorriso e pelos olhos dardejantes que Beatrice tem uma nova surpresa e está só procurando o momento certo para revelá-la. Beatrice é com freqüência previsível em sua imprevisibilidade.

Isabella tenta distrair a irmã iniciando uma nova conversa.

— O mais recente projeto de meu pai é reconstruir as muralhas da cidade — diz ela, gesticulando para as altaneiras fortificações de tijolo vermelho, decoradas com medalhões esculpidos a mão com os símbolos da cidade, e os monumentos e retratos dos ilustres governantes da família Este dos dias passados.

— No topo há amplas veredas, de onde se pode ver toda a área campestre, para lá do rio Pó. Se quiser, você pode circundar toda a cidade.

— Ou se antecipar a um invasor, que era no que provavelmente seu pai tinha pensado — acrescenta Francesco.

— Vocês, homens, com suas mentes militares! — diz Isabella, concedendo-lhe um sorriso que revela a ele que ela está dizendo isto com admiração.

Antes que possa unir de novo os lábios, tem início o que Isabella previa e temia. Beatrice afasta-se dos dois, puxa para trás a cabeça do seu cavalo e o incita a subir as escadas de tijolos que conduzem ao topo das muralhas da cidade. Isabella estaria bem se fosse simplesmente o caso de ser importunada pela irmã carente de atenção, mas o problema agora é duplo. Primeiro, não é permitido levar cavalos ao topo da muralha. Segundo, e talvez mais grave, o projeto ainda não está concluído. Grandes fendas deixam seções do passadiço desconectadas. Mas Beatrice não é de pensar em tais coisas. Ela não é particularmente observadora, nem planeja de antemão.

As sentinelas do duque Ercole nas vigias no topo da muralha percebem o cavaleiro em disparada, e estão prontas a deter o infrator, até que reconhecem a filha do duque. Todos sabem que ela passou anos demais com o avô indulgente na distante Nápoles. Sem o olhar vigilante da mãe para refreá-la, à garota era permitido cavalgar livremente, para grande divertimento do rei. Dizia-se em toda parte que o velho maldoso encorajava-a em suas grosserias, assim como os garotos instigam seus cachorros até fazê-los morder. Assim, quando os soldados percebem que é apenas Beatrice, sacodem a cabeça e pulam fora do seu caminho, um deles até fazendo uma mesura enquanto ela cavalga, como se a convidando a passar. Isabella sabe que eles presumem, tal como Francesco, que Beatrice fará uma pequena exibição para seus acompanhantes lá embaixo, descendo depois. Mas Isabella conhece melhor sua irmã.

Beatrice olha para baixo para o atônito Francesco, escarnecendo dele ao tirar sua pequena boina e atirá-la em sua direção.

— Lembre-se de mim! — grita ela. Então bate com o chicote de couro no flanco do cavalo e se vai. Quando as sentinelas percebem para onde está indo, e a que velocidade vertiginosa, abandonam seus postos e correm futilmente a pé atrás dela.

— Beatrice, pare! — grita Isabella. A garota a ouve, ela tem certeza, mas apenas olha para baixo uma vez com uma mirada rápida e triunfante para constatar que está deixando os outros para trás. Isabella esporeia seu próprio animal, disparando ao longo das muralhas para emparelhar com Beatrice.

Isabella imagina o riso escancarado da irmã se congelando num círculo de pânico quando a garota vê o que está à frente. A muralha chega ao final, despencando abruptamente muitos metros abaixo, onde alguns pedreiros trabalham preguiçosamente no frio dos andaimes de madeira. Talvez pouco mais de três metros de espaço vazio separem a trilha nova da velha. Isabella vislumbra a calamidade e reza para que sua irmã tenha visto o perigo. Ela não aprecia ou sequer entende esta criatura indomada, estragada por muitos anos de esplendor napolitano, liberta da disciplina paterna, mas nem assim quer vê-la ferida.

Beatrice, sua comprida trança castanha esvoaçando atrás dela como uma pipa, não faz nenhum movimento para sofrear o animal, mas o incita, cada vez mais rápido, em direção à fenda. Francesco e Isabella gritam-lhe loucamente para que pare, mas a garota ou não os ouve mais devido ao som dos cascos do cavalo sobre os tijolos irregulares, ou então ouve, mas está descontrolada, possuída por algum demônio que causa doença mental — algo que Isabella já considerara antes a respeito dela. As sentinelas correm em desespero atrás da filha do duque, enquanto os outros continuam berrando seu nome cada vez mais alto e com crescente horror.

Os cotovelos de Beatrice bombeiam furiosamente como se ela acreditasse que possa voar sobre a grande fenda na muralha. Como uma criatura de conto de fadas transformando-se subitamente num pássaro, ela salta no ar sobre o dorso do cavalo, o qual, como Pégaso, voa sob ela. O corpo de Beatrice está suspenso no ar, alto acima da sela, enquanto o cavalo estica seu comprimento, tentando fazer a vontade da sua amazona.

A passada natural do cavalo é impossivelmente curta para vencer a distância, e Isabella quer desviar os olhos para não ver Beatrice despencar muralha abaixo, o cavalo caindo sobre ela e esmagando-a até a morte. Mas algo no modo como sua irmã parece flutuar acima do animal, aliviando-o do seu peso, a obriga a continuar observando.

Francesco está agora fazendo o sinal-da-cruz com o pesado crucifixo de prata que usa no pescoço em sinal de fé, e invocando seu Deus. Mas Beatrice não precisa de intervenção divina. As patas dianteiras do cavalo vencem a distância, golpeando duramente os tijolos da velha trilha, mas antes que Isabella possa sentir qualquer alívio, ela vê que as patas traseiras do animal estão escorregando fenda abaixo. O cavalo luta para encontrar equilíbrio, seus quartos traseiros agitando-se como se tentasse transformá-los em rodas. Por um momento parece que cavalo e garota vão inclinar-se para trás muralha abaixo e em direção aos pedreiros, que em vez de pularem dos andaimes para sua própria morte, ou pelo menos quebrarem alguns ossos, encolhem-se, as mãos na cabeça, para tentarem se proteger do inevitável. Mas Beatrice, imperturbável, grita "Eia, vamos!", e impele o animal, contra todas as leis do movimento, acima da escarpada muralha e para a vereda. Triunfante, rindo, olha de volta para seus dois acompanhantes, dá um leve meneio de cabeça, e se afasta a galope.

Isabella, sem fôlego, o coração em disparada, volta-se para Francesco, esperando que este compartilhe de sua raiva. Em vez disso, ele nem sequer tenta esconder um sorriso de admiração.

— Destemida — diz ele, observando a garota galopar em direção ao palácio.

— Se seu pai tivesse esperado não mais que um mês para enviar seus embaixadores a Ferrara, Beatrice teria sido sua, e eu estaria desposando Ludovico de Milão. — A seguir, Isabella acrescenta, coquete, embora não sem perturbação: — Você teria gostado disso?

Isabella e Francesco estavam de pé num pequeno salão do castelo, onde dois retratos das irmãs encontravam-se expostos lado a lado, aguardando que os criados de Francesco embalassem a imagem de Isabella em várias camadas de pano para protegê-la durante a jornada de volta a Mântua. Isabella examina detidamente o retrato de Beatrice para ver se há algo que Francesco possa achar mais agradável ao seu olhar do que ao dela.

— Só se eu tivesse preferência por garotinhos roliços e não por belezas requintadas.

Isabella sabe que Francesco não deveria dizer esse tipo de coisas para ela antes que estivessem casados, e que também não devia permitir a ele fazer tal comentário grosseiro sobre sua irmã, mas as palavras causaram uma contração no seu estômago, apagando todas as sensações de impropriedade. Além disso, não tinha do que se queixar. Seu prometido — esta máscula figura que herdaria o título de marquês de Mântua de seu pai — está aqui em Ferrara cortejando-a, enquanto o noivo de Beatrice, Ludovico Sforza, que não é sequer duque de Milão, mas regente para seu jovem sobrinho, não demonstra nada além de desinteresse em seu iminente casamento.

Um dos propósitos da visita de Francesco, além de apreciar os famosos préstitos natalinos, foi trazer para a mãe de Isabella uma pintura pela qual ela ansiava, de Andrea Mantegna, pintor da corte de Mântua, e buscar o retrato de noivado da adorável Isabella, de autoria de Cosimo Tura. Cosimo havia sido contratado para pintar os retratos de noivado das duas irmãs, porém Ludovico se achava muito ocupado com a sua mais recente amante para mandar um emissário pegar o de Beatrice. Fora isso, em primeiro lugar, segundo *messer* Giacomo Trotti, embaixador de Ferrara em Milão, que o constrangera a contratar o quadro. Outro mexerico que circulava na corte de Ferrara era o de que Ludovico teve de ser cobrado três vezes pelos quatro florins devidos ao artista antes de finalmente pagar.

Isabella adorou ter sido pintada, adorou ver como as pinceladas do mestre replicavam sua própria existência. Ela adorou ser congelada no tempo neste precioso momento, quando sua virgindade caminhava rapidamente para um fim. Quão mágico era ser capaz de parar o tempo evanescente! Ela seria relembrada para sempre nesta idade, com seu rosto, corpo e aspecto neste estado. Que um retratista pudesse reproduzir não apenas um ser físico, mas um momento singular — neste caso, um no qual ela virava o rosto levemente para a esquerda mas lançava os olhos direto para o artista, como se respondendo a uma pergunta — era para ela algo de miraculoso. Se pudesse, seria pintada a cada dia de sua vida para registrar seu progresso.

Ela se havia preparado arduamente para posar. Cosimo era um velho agora, mas famoso por ter pintado o requintado altar em San Giorgio, no qual a serena Virgem Abençoada segura um Cristo adormecido no colo. Seus olhos voltam-se gentilmente para baixo, na direção dos músicos angelicais que tocam música celestial para seu prazer. Para Isabella, a pintura tinha poderes misteriosos. Toda vez em que assistia à missa na igreja com sua família, seus olhos permaneciam fixados não na Nossa Senhora ou na cativante criança, mas para a cor verde que parecia saltar da pintura e animar o painel de madeira para a vida.

— A estrada para conquistar toda a perfeição na feminilidade na terra, e a bem-aventurança eterna no céu, é pavimentada pela meditação na doce face de Nossa Senhora — assegurava-lhe reiteradamente sua mãe, satisfeita porque a filha não conseguia desviar os olhos da cena religiosa. Mas era o esquema de composição e cor da peça que intrigava Isabella. Quando olhava para o painel, sentia como se seus ouvidos se enchessem miraculosamente com música sacra. Ela podia ouvir os alaúdes, trompas e coro de vozes, atribuindo este fenômeno aos poderes doadores de vida daquele estranho verde, que não tinha a verdejante cor da natureza, mas sim a radiância de jóias.

Convencida das propriedades mágicas da cor, ela pedira à mãe que o tintureiro de seda veneziano preferido da família o reproduzisse no vestido que usaria para posar para o retrato de Cosimo Tura. Não é preciso, respondera Leonora. O pintor já sabe como produzir a cor. Mas Isabella argumentou até que a mãe procurasse o seu parcimonioso pai com o pedido, e o agente veneziano deles recebeu uma amostra da cor, um pequeno bloco de madeira com uma pincelada da tinta colocada sobre ele pelo próprio Cosimo, e o tecido foi produzido e preparado. Isabella tinha posado para Cosimo usando o vestido, que acentuou com um colete de brocado na cor rosada também encontrada nas áreas superiores do altar, porque ela havia gostado tanto do contraste das duas cores. Os pais queixaram-se dos seus gostos definidos, mas o que eles esperavam?

— É porque fui criada por dois *connaisseurs* — contestou ela.

Os retratos acentuaram o contraste entre as irmãs. Leonora insistira para que as duas usassem os cabelos soltos à altura dos ombros, como as princesas napolitanas, um aspecto que era muito atraente para homens de todas as idades. Mas o penteado só ficava bem em Isabella, cujos cachos louros pendiam à altura dos ombros em espirais cascateantes.

— Como pequenas serpentes douradas — comentara seu pai, enrolando um cacho dourado no dedo. — É como se Nosso Senhor, para reparar os pecados e a crueldade dos deuses pagãos, tivesse recriado a Medusa como um anjo.

O cabelo escuro e sem vida de Beatrice pendia frouxo de sua trança, parecendo flácido. Ela posara para seu retrato num vestido azul-real com minúsculas pérolas costuradas em padrões entrecruzados através do corpete. Suas mangas bufantes eram de um escarlate incomum, bordadas com rosas azuis que combinavam com o corpo do vestido. Isabella teve de admitir que sua irmã, apesar de todas as suas outras excentricidades, possuía um ótimo gosto para se vestir, e era tão meticulosa acerca da confecção das roupas quanto a própria Isabella. Ainda assim, o resto de seu guarda-roupa carecia de estilo, e sua aparência pessoal não causava muita impressão, pelo menos não nessa idade. Por sorte, as duas irmãs não foram retratadas juntas, pois suas diferenças seriam fortemente realçadas.

— Vou levar este belo retrato comigo ao retornar para Mântua — disse Francesco para Isabella, pegando-lhe a mão. — Mas não consigo decidir se o penduro num lugar de grande destaque, de modo que todos possam admirar sua beleza, ou se o colocarei num local privado, onde só eu possa meditar sobre ele. Só falta um ano para o nosso casamento, mas para mim parecerá um tempo dolorosamente longo.

É excitante para Isabella ouvir essas palavras, que refletem seus próprios pensamentos, embora não possa resistir a expressar sua opinião:

— Se eu fosse você, o penduraria onde os outros possam admirá-lo também. Isto seria um acréscimo às suas meditações, não uma diminuição.

Por que esconder algo belo?

Pensar que ele pode levar com ele um pedaço dela para seu castelo, o qual ela ocupará em breve! Isabella está satisfeita, porque sabe que dentro de um ano o retrato será novamente seu. Ela adora colecionar coisas lindas, e odiaria perder um retrato feito por um mestre da pintura. Tudo que colecionou até o momento ela terá permissão de levar no seu casamento — os muitos camafeus, os entalhes cortados tão delicadamente pelos joalheiros de Ferrara, os baús pintados por famosos artistas em que guarda suas roupas, e os colares e cintas que ela desenhou com os artífices. É desses que mais se orgulha porque são expressões de si mesma.

— Claro — concorda Francesco com o pedido de exibir seu retrato. — Por que só eu deveria ter o prazer de olhar para você?

Exatamente.

Ele foi, até aqui, o mais agradável dos maridos em potencial. Embora ele tenha 23 anos contra seus 15, sendo dono de maturidade superior, ao longo dos anos de noivado ele escreveu-lhe pelos menos uma carta por estação, assegurando-lhe ansiar pelo dia em que seriam marido e mulher. Se chegasse a ele a notícia de que ela estava doente, sempre mandava um fino presente na forma de um perfeito pingente de pérolas, uma nevoenta paisagem em miniatura de um novo pintor flamengo, ou uma vez, quando uma febre alta a acometera por um bom tempo, um pequeno filhote de *spaniel* que lambeu a febre de seu rosto, ou assim acreditava ela.

— Com que então, um mês poderia ter mudado nossos destinos? — pergunta Francesco. — Conte-me a história de como quase escapei de viver minha vida em completa infelicidade, sem a sua companhia.

Assim, ela lhe conta agora como, muitos anos antes, quando tinha apenas seis anos de idade, Ludovico Sforza enviou um embaixador para Ferrara a fim de pedir a mão da filha mais velha do duque Ercole. Ludovico era uma estrela em ascensão na política italiana. Sendo já duque de Bari e o regente de seu sobrinho, Gian Galeazzo, duque de Milão, Ludovico era considerado por muitos como o mais ilustre jovem governante da sua época. Ele era, porém, reputado como tendo o pendor para uma certa libertinagem. Mas, como a Fortuna tinha seus caprichos, um mês antes, os Gonzaga de Mântua, cidade importante por sua localização geográfica, entre a poderosa cidade-Estado de Milão e a Sereníssima República de Veneza, tinham enviado seu próprio emissário para pedir a mão de Isabella. E como uma aliança com Mântua era crucial para o bem-estar e segurança de Ferrara, o duque Ercole concluiu com prazer as negociações para Isabella desposar Francesco Gonzaga, que se tornaria marquês após a morte de seu pai. O emissário milanês teve de retornar para perguntar se a segunda filha de Ercole d'Este serviria. E a resposta veio com grande rapidez — sim. Mais tarde, descobriu-se que Ludovico não se importava que Beatrice tivesse apenas cinco anos de idade e que só estaria pronta para casar dali a pelo menos dez anos. Ele era um grande mulherengo e não tinha pressa — e, de fato, talvez não tivesse nenhuma intenção específica — em se assentar.

— Eu me arrepio em pensar como a Fortuna poderia ter jogado suas cartas de modo diferente e eu pudesse ter sido sobrecarregada com um velho como Ludovico, que, meu Deus, já tem quase quarenta anos! — diz ela suavemente a Francesco.

Ele olha para o retrato de Beatrice e para o retrato de Isabella, e faz a coisa que, ele sabe, provoca estremecimentos em todo o seu corpo, que é beijar-lhe a mão, deixando seus lábios demorarem dois ou três segundos mais que o adequado.

— Eu me arrepio também — diz ele.

Oh, ele era perfeito! Nos cortejos de Natal, para os quais chegam pessoas de toda a Itália, ele senta-se junto ao duque a cada apresentação, cumprimentando-o por sua dedicação em reviver o teatro. Para agradar o clero, Ercole sempre encenou um ou dois quadros vivos religiosos, de modo que não pudessem queixar-se a respeito de suas preferências teatrais mais pagãs. Este ano Ercole escolheu a Anunciação para abrir o préstito, na qual um ator destemido, usando asas de anjo, voava sobre o palco em cordas para anunciar o destino da Virgem. Na noite seguinte eles testemunharam uma reprodução do nascimento de Cristo numa manjedoura. Os artistas da corte haviam enchido o palco com animais reais de terreiro, e às vezes o balido das cabras abafava as palavras dos atores. Ainda assim, todos concordavam que isto não distraía do drama do quadro vivo, mas que acrescentava realismo, já que tais animais estavam sem dúvida presentes no nascimento de Nosso Senhor.

Depois do Natal, e para celebrar o Ano-Novo de 1490, bem como o início de uma nova década, o duque deu vazão a sua paixão pelo tipo de apresentações teatrais que adorava. No velho Palazzo della Ragione, remodelado para ser um teatro, apresentava antigas comédias latinas que ele próprio traduzira para o italiano, contratando atores, dançarinos e músicos de toda a Itália. Ele havia colaborado com Niccolò da Correggio em uma nova versão das *Metamorfoses* de Ovídio, uma generosa produção com música, dança e declamação. Francesco sentou-se com o duque durante a apresentação, a boca aberta em espanto sobre quão convincentes eram os atores, tanto em comportamento quanto em vestuário, no papel dos deuses antigos, provando-se assim um genro digno.

Isabella via seu prometido em flertes com algumas damas da corte, algo que ela decididamente não apreciava. Ela julgara que este comportamento sedutor dele estivesse reservado para si. Mas seu noivo tinha charme de sobra, e virilidade também, e algum dia, recordou para si mesma, ela seria a feliz receptora de tudo aquilo. Enquanto isso, sua mãe, Leonora, a orientava no sentido de que a mulher deve sempre perdoar o marido de quaisquer licenciosidades antes do casamento. Pois era natural para um homem solteiro dar vazão a essas ansiedades. E, além do mais, não era preciso que dois inocentes fossem para a cama após o casamento tendo que imaginar todo o mapa da arte de fazer amor. Se ele carregasse estas propensões para o casamento, bem, uma mulher poderia escolher rebelar-se e exigir fidelidade, ou adaptar-se e permanecer em silêncio. De qualquer modo, a conseqüência seria provavelmente a mesma. O homem faria o que bem entendesse, discreta ou abertamente, pois isto era próprio dos homens. Algumas mulheres italianas estavam adquirindo a mesma tendência, mas graças a Nosso Senhor e à sua própria boa educação, Leonora estava certa de que suas filhas não se juntariam às fileiras das promíscuas. As mulheres da Casa de Este devem estar acima dessas coisas.

— ENTÃO, se Ludovico estivesse menos interessado em causar problemas em Milão e mais interessado em arranjar um bom casamento para si, eu estaria levando para casa o retrato de Beatrice? É isto que está me dizendo? — Francesco sorri maliciosamente enquanto seu valete sacode a grande musselina que ele usará para enrolar a pintura de Isabella.

— Isso mesmo — diz ela, enquanto observa sua imagem desaparecer atrás do pesado pano branco. — Os registros da corte mostram que se passaram meros trinta dias entre a chegada do embaixador de Mântua e a chegada do embaixador de Milão.

— Então sua família concluiu os arranjos de nosso casamento um tanto rapidamente. Talvez eles tivessem receio de não receber outras propostas — provocou ele.

— Senhor! — exclama ela. Poderia ele realmente acreditar nisso? — Tem tão pouca consideração por mim?

Francesco rapidamente a carrega para longe dos ouvidos da criadagem.

— Foi o próprio Deus que impeliu o seu pai a apressar-se, porque Ele ordenou esta união lá no Céu. Você não é destinada a Ludovico de Milão ou a qualquer outro, mas a mim. Isto é o que nosso casamento vai ser, Isabella. O céu.

Como ele sempre sabe exatamente o que dizer para agradá-la? Ele está certo; casar com qualquer outro homem é impensável. Quão grata está porque irá passar sua vida com o homem que ama, enquanto sua irmã deve ir viver na estranha cidade de Milão, numa enorme fortaleza onde seu marido se diverte na companhia de outras mulheres?

— E quanto a você, minha querida Isabella? Não desejou que o embaixador de Mântua tivesse caído do seu cavalo, ou viajasse sob terrível mau tempo, ou que um bando de ladrões ou algo mais o detivesse de modo que você estivesse indo para Ludovico? Ele pretende governar uma grande parte do continente europeu, você sabe.

— Oh, como pode sugerir tal coisa? Ludovico é velho e terrível! Não tem nenhum interesse em casamento. O retrato de Beatrice provavelmente será comido pelas traças antes que ele mande alguém pegá-lo! — Ela se inclina o mais perto que ousa do noivo para partilhar seu segredo. — É muito ruim, senhor, o que aconteceu. Por favor, não traia minha confiança. Meu pai não tinha desejo maior do que casar suas filhas numa cerimônia dupla, mas Ludovico recusou, dando uma desculpa de que não poderia se casar no próximo ano. *Messer* Trotti, nosso embaixador em

Milão, pressionou-o tão duramente quanto ousou para estabelecer um compromisso firme no futuro, mas Ludovico não o fará! Dizem que está apaixonado por uma mulher chamada Cecilia, que é muito bonita, e que ele a mantém como uma esposa na sua corte. Mas a família dela não tem nenhuma utilidade política para ele, e desse modo ele não pode desposá-la. Coitada da minha irmã! Acha que eu trocaria de lugar com ela?

Francesco não parece tão surpreso por esta notícia, já que é impossível reprimir os mexericos na Itália. Talvez todo o país saiba da desfeita de Ludovico a Beatrice e à família Este. Francesco, contudo, tira vantagem de estar próximo a sua amada sem ter ninguém que os vigie. Ele dirige seus lábios para o pescoço de Isabella. Não a beija exatamente, mas inspira profundamente, como se desejasse carregar seu aroma com ele na volta para Mântua. Percorre com o nariz toda a extensão do pescoço, desde a base do ouvido até a nuca, inspirando para dentro de si. Depois ele se afasta, sussurrando:

— Isto terá que durar nas nossas lembranças até o dia de nosso casamento.

Enquanto ela está ainda se recuperando, percebe que o valete e o seu retrato já se foram, e que não voltará a rever Francesco senão daqui a três meses.

Para: Ludovico Sforza, duque de Bari, regente de Milão.
De: Leonardo, o Florentino, Mestre de Engenharia, Armamento e Pintura

Mais ilustre dos senhores,

Tendo visto agora as criações de todos aqueles que chamam a si mesmos de mestres e inventores de instrumentos de guerra, e descobrindo que estas invenções não são melhores em nenhum aspecto do que aquelas atualmente em uso, sinto-me encorajado a escrever para vossa excelência a fim de dar a conhecer meus segredos e me oferecer para demonstrar a qualquer momento conveniente todas as afirmações que enumero abaixo:

1. Tenho projetos para pontes que são leves, fortes e facilmente transportáveis para perseguir e derrotar o inimigo. Também tenho planos para destruir as pontes inimigas e equipamento de sítio.

2. Sei como drenar a água das trincheiras e construir um número infinito de abrigos móveis, escadas retráteis e outros instrumentos cruciais para empreender um sítio.
3. Tenho planos de destruição de qualquer fortaleza ou outro baluarte, a não ser que tenham sido fundados sobre rocha.
4. Tenho projetos para produzir canhões, muito convenientes e de fácil locomoção, com os quais arremessar pequenas pedras como uma chuva de granizo, provocando grande terror, baixas e confusão no inimigo.
5. Posso fabricar veículos blindados, seguros e inatacáveis, que se infiltrarão nas fileiras do inimigo.
6. Posso produzir canhões, morteiros e artilharia leve, de muitos formatos lindos e úteis, bem diferentes daqueles já em uso.
7. Posso fornecer catapultas e outras máquinas de maravilhosa eficácia para arremessar pedras grandes e outros instrumentos de destruição.
8. Também em tempos de paz eu me provarei tão capaz quanto qualquer outro em arquitetura e na construção de prédios, e em transportar água de um lugar para outro.
9. Sou capaz de esculpir em mármore, bronze ou argila, e também na pintura, na qual minha obra poderá se comparar a de qualquer outro, seja lá quem for.
10. Finalmente, eu me incumbiria da tarefa de fazer o cavalo de bronze, que honrará a memória de vosso pai e da ilustre Casa de Sforza.

Se qualquer das alegações supracitadas parecer-vos impossível, prontifico-me o mais rápido possível a demonstrá-las em qualquer lugar conveniente a Vossa Excelência, a quem humildemente envio minhas saudações.

— *Leonardo, o Florentino*, 1483

O NOVO ANO, 1490; NA CIDADE DE FERRARA

O RETRATO de Beatrice repousa solitário por semanas no estúdio de Leonora, e a família praticamente vai à loucura tentando não mencionar o fato. Isabella fica com pena de Beatrice e pede a Nicollò da Correggio para musicar alguns de seus sonetos, de modo que ela possa cantá-los para a irmã e animá-la. Que o poeta Niccolò é desesperadamente apaixonado por Isabella, e cumpre cada desejo seu como se ela lhe estivesse fazendo um favor ao pedir, é de conhecimento geral. Assim, ele imediatamente adapta 15 sonetos para o alaúde. Toda noite, após o jantar, Isabella toca um ou dois para sua irmã, seguido por um jogo de cartas, no qual Beatrice se destaca. Ou Isabella a deixa vencer, ou Beatrice vence de fato, e depois Isabella corre para seu quarto, onde pode desfrutar com privacidade a lembrança do hálito de Francesco em seu pescoço.

Quando fica entediada de entreter Beatrice, Isabella manda sua mascote anã, Mathilda, fazer sua irmã rir ao erguer as saias e perseguir o filhote de galgo de Beatrice em volta do salão, disparando pequenos esguichos de urina em sua direção. Mathilda relata que Beatrice não riu de nenhuma piada, mas não pôde conter seu prazer com esta pantomima.

— Eu corri atrás do cachorrinho até ficar toda ressecada e ofegante. A princesa finalmente desfaleceu em seu leito e os criados tiveram que vir limpar tudo para que ela não tivesse que acordar sentindo fedor de mijo, Deus abençoe sua pequena alma.

Isabella também se tornou muito devota de algumas semanas para cá, assistindo à missa diariamente, para feliz surpresa de sua mãe. Ela não revela o motivo, que é o seguinte: ela dá graças a Deus pela secretária celestial que organizou as agendas de todas as comitivas, de modo que o embaixador de Francesco Gonzaga de Mântua chegasse no momento preciso para salvá-la de um noivado com Ludovico, que a teria humilhado assim como estava fazendo com sua irmã.

Isabella sabe que Beatrice pergunta diariamente se o pai delas recebeu correspondência do embaixador Trotti em Milão. Finalmente, num dos dias frios do fim de janeiro, Trotti volta de Milão, e solicita uma imediata audiência com o duque e sua família.

A família, exceto os três irmãos menores, Alfonso, Ferrante e Ippolito, que já foram mandados para a cama, reúne-se no pequeno salão de recepção, que é mais fácil de aquecer ao ponto ideal devido a sua ampla lareira. O teto não é muito alto e o recinto possui uma atmosfera íntima, propícia à revelação de mexericos, já que é este o principal produto que os embaixadores de Ferrara trazem de suas missões.

Trotti está tão inflado com suas novidades quanto a bexiga de um porco. Impaciente para encerrar com as amenidades e cortesias, ele volta-se para o duque Ercole.

— Excelência, como eu desejaria que tivesse estado lá para ver! É o espetáculo mais magnificente do mundo. Toda a Itália está falando disso.

A família olha para ele emudecida.

— Então, vossas senhorias *não* ouviram?

Ninguém diz nada. Ercole e Leonora, experientes em receber impassíveis as notícias mais devastadoras, permanecem tão insondáveis como sempre, enquanto Isabella imagina que Trotti irá anunciar alguma cerimônia magnífica na qual Ludovico desposou afinal sua amante. Beatrice espera pelas palavras como um pobre cachorro faminto espera por restos de comida à porta das tavernas.

— O Baile de Máscaras dos Planetas? O Banquete do Paraíso? — Trotti olha para eles como se eles fossem incapazes de entender a língua italiana. — Não se surpreendam se em breve receberem dezenas de cartas descrevendo os portentos. Foi a coisa mais mágica e espetacular que já testemunhei, e tudo concebido pelo pintor e engenheiro Leonardo, o Florentino. Imaginem isto: um domo gigantesco construído sob o teto de um grande salão. Durante toda a noite houve música, dança e desfiles de murais gigantescos das mais gloriosas batalhas da Itália, desde o tempo dos romanos até os dias das grandes vitórias do pai de Ludovico por Milão. As cenas eram tão detalhadas e tão gloriosamente violentas que me senti como se estivesse no meio da batalha.

"Então, quando os sinos badalaram à meia-noite, Ludovico apresentou-se vestido como um paxá do Oriente. Garanto, ele parecia o mágico nos mínimos detalhes. Em seguida, ordenou que a música parasse e a cortina se erguesse. De repente, toda a cobertura de folhas caiu do domo, revelando ser este uma réplica do próprio céu. Toda a esfera estava iluminada, um grande universo dourado, se podeis concebê-lo. Atores vivos, representando todos os sete planetas e os 12 signos do zodíaco, começaram a orbitar, exatamente como fazem no céu! Tudo estava iluminado por dezenas de tochas. Os atores, cada qual vestido a caráter... Marte, Vênus, Netuno... giravam em torno do céu tantas vezes que nos deixavam tontos. Então, um por um, eles flutuaram à frente do palco e declamaram belas orações. Eles pendiam no ar, como se por magia! Ninguém sabe como isso foi feito, mas depois todos se aglomeraram em torno do Florentino, que não revelou qualquer dos seus segredos."

Silêncio.

— Dizem que na Antiguidade só ao escultor Fídias foi dado conhecer a exata aparência dos deuses, que ele revelou ao homem. Acredito que também Leonardo recebeu esse dom.

Mais silêncio. Trotti devia saber que Beatrice e sua família esperavam havia semanas por notícias do casamento em suspenso da jovem, e aqui estava ele descrevendo uma representação teatral. Isabella, no entanto, não mais pensa na humilhação de Beatrice, tendo sido capturada pelo esplendor da cena descrita, e quer ouvir mais.

— Bem, está todo mundo falando sobre isso — diz Trotti, suspirando defensivamente.

— E qual foi o propósito de toda esta *festa*? — pergunta por fim o duque Ercole.

Isabella vê Beatrice conter a respiração.

— Foi para comemorar o aniversário do casamento do ano passado entre o sobrinho de vinte anos de Ludovico, Gian Galeazzo, o jovem duque de Milão, com sua prima Isabel, da Casa de Aragão. Era esta a intenção declarada, mas, claro, foi realizada inteiramente para aumentar a estima por Ludovico. Ele alega encenar essas pompas para glorificar seu sobrinho, mas não resta dúvida de que pretende manter o rapaz inteiramente fora dos assuntos do governo e, tão logo quanto possível, roubar o título de duque para si.

Ele olha para Beatrice.

— Aliás, ele *gosta* de ser chamado de *Il Moro.*

— Ele realmente parece um mouro? — pergunta Beatrice.

— Você terá de julgar por si mesma — diz Trotti, e Isabella presume que ele está tentando ser diplomático. Ludovico deve ser chamado de *Il Moro* porque é escuro e selvagem como os bárbaros que ela está acostumada a ver nas pinturas, aqueles homens que vivem em tendas, cortam a garganta de seus inimigos e evitam os ensinamentos de Nosso Senhor. Pobre Beatrice! Imagine só ter de permitir que um homem desses compartilhe seu leito.

— E quanto ao casamento? — pergunta a duquesa.

— *Il Moro* expressa suas mais profundas desculpas por estar impossibilitado de satisfazê-los na data proposta para o início do próximo ano, mas promete que enviará datas alternativas pelo seu próprio mensageiro nos próximos meses.

— Quer dizer então que ainda não há esperanças para o casamento simultâneo de minhas filhas? — pergunta a duquesa.

— *Il Moro* repete que seus deveres impedem a celebração do casamento nesta época. Solicita que tenham paciência.

— Estou perdendo a fé nas promessas desse homem — diz o duque.

— Excelência, tenho para mim que no momento isto é algo pelo qual vale a pena esperar.

Beatrice dá de ombros, faz uma mesura e pergunta se pode ir para a cama.

Mas a curiosidade de Isabella fora aguçada pela descrição do espetáculo em Milão, e vai com certeza interrogar Trotti detalhadamente, apesar do adiantado da hora. Ela ouviu histórias sobre o florentino Leonardo, chamado Magistro em toda a Itália por suas inovações na arte da pintura. Com que então, Leonardo está agora a serviço de Ludovico, o futuro marido de Beatrice. *Possível* futuro marido de Beatrice. Pena que a oportunidade de ser pintada por um tão grande mestre vá ser desperdiçada por Beatrice, que não liga a mínima para posar.

— Como foi que o Florentino veio a servir o regente de Milão? — pergunta Isabella.

— Dizem que o príncipe Lorenzo, o Magnífico, insultou o Magistro ao encomendar um mural da execução dos conspiradores Pazzi a Sandro Botticelli. Leonardo desejava desesperadamente a encomenda, e havia apresentado belos esboços, assim dizem, dos enforcados, tão vívidos que qualquer um se sentiria como se estivesse presente à execução. Depois, para aumentar a afronta, Lorenzo enviou os "melhores" pintores de Florença... Botticelli, Signorelli, Ghirlandaio e Perugino... a Roma para pintar a capela do papa Sisto, mas deixou de fora Leonardo, imagine!

— Oh, Lorenzo nem sempre vê o que está em sua própria frente — diz Ercole. — Fica excessivamente impressionado com etiqueta e formalismos e a leitura do grego. É perfeitamente capaz de tratar um grande gênio como um reles operário se o homem não estudou literatura clássica. Felicito o Magistro por ter passado para Ludovico. Milão, e não

Florença, é a nova Atenas, e Ludovico é seu Péricles. Eis por que estamos tolerando a demora do duque em marcar o casamento.

Isabella tem notado que embora seu pai elogie Lorenzo em público, não é tão generoso a seu respeito em conversas particulares.

— Exatamente — diz Trotti, desenvolvendo o comentário de Ercole. — Leonardo deve ter sabido que precisava escapar do serviço a Lorenzo para tornar-se o Fídias para o Péricles de Ludovico. Assim, ele fez um magnífico alaúde de prata na forma de uma cabeça de cavalo. E convenceu Lorenzo de que deveria levar o objeto a Ludovico em Milão como um presente da cidade de Florença! Leonardo apareceu na corte de *Il Moro* com este requintado alaúde e cantou com sua voz deliciosa. Tudo isso é verdade. Depois, em segredo, passou a uma carta enumerando todas as suas qualificações. E foi bem-sucedido. Leonardo encantou o duque com sua beleza e sua voz e com a execução de suas próprias composições, e assim nunca mais retornou a Florença.

— E ele é bonito também, o Florentino? — O interesse de Isabella aumenta.

— Tão lindo que não consegue encontrar um modelo tão intrigante como ele mesmo. Dizem que construiu um octógono de espelhos, de modo que possa observar-se de vários ângulos e pintar a si mesmo de perfil.

— E você viu a pintura?

— Vi outras — diz Trotti, atormentando tanto os Este mais velhos quanto a jovem, pois sabe que todos eles são ávidos colecionadores.

— O que viu? Alguma coisa que possamos obter? Ou deveríamos fazer uma encomenda diretamente a ele? — pergunta a duquesa.

Isabella se dá conta que dentro de alguns meses ela será a marquesa de Mântua, e que, como sua mãe, terá sua própria sanção para adquirir obras de arte. Se quiser encomendar uma pintura a um gênio, terá seus próprios agentes e embaixadores para conduzir as negociações.

— Infelizmente, ele tem a reputação de não completar suas encomendas. Os monges de San Donato, em Florença, o estão processando por uma *Adoração dos Magos* incompleta, embora a exibam com orgulho em sua capela. Mas ele não finaliza a maioria das coisas.

— É assim mesmo — diz Ercole. — Homens de gênio raramente agem de modo convencional.

Mas Isabella e Leonora não têm a menor intenção de desistir.

— O que viu que já esteja concluído? — pergunta Isabella. — Foi colocado à venda?

— Tremo em pensar, minha filha, que quando você for a marquesa de Mântua terei de competir convosco nessas questões — diz Leonora, num misto de orgulho e conformismo.

Trotti senta-se calado, o que é raro nele. Olha para o duque, que se limita a devolver o olhar.

— É um tanto indelicado — diz ele.

— Nossa filha está prestes a casar e tornar-se uma marquesa. Acho que pode falar abertamente na presença dela — replica o duque.

— Vi um magnífico retrato de Cecilia Gallerani, a amante de Ludovico, feito pelo Magistro. Está acabado. E não está à venda. — Ele baixa os olhos.

A CONVERSA não progride. Isabella é prontamente despachada para seus aposentos. Ela deixa a sala humildemente e sem protestar, porque há muito tempo descobriu um maravilhoso segredo. Se dobrar no corredor discretamente, pode retardar-se comprimindo-se contra a parede, fora de vista, e ouvir tudo que seus pais dizem lá, em seu aposento preferido, no qual parecem manter suas conversas mais íntimas.

— Então as atenções de Ludovico ainda estão solidamente voltadas a essa mulher? — pergunta Ercole.

— Ela é considerada como uma esposa na corte, Excelência.

— Você acha que ele honrará o compromisso com Beatrice?

— *Deve.* Ele muitas vezes propôs o casamento com a Gallerani aos seus conselheiros, e a cada vez a proposta foi rejeitada. Ela é uma mulher de brilho e beleza, mas sua família nada acrescenta em termos de fortalecer Milão, seja política ou militarmente. Há o perigo oferecido por Roma e Veneza. Nápoles também representa um grande perigo. E há ainda o perigo da França. Perder sua aliança para qualquer dos outros seria mortal. Ele honrará o compromisso, mas na hora em que lhe seja conveniente. É assim que ele procede com todas as coisas.

— *Messer* Trotti, fale francamente — diz a duquesa. — Estamos condenando nossa filha a uma vida de sofrimento?

— Excelência, Milão é um milagre. Ludovico atraiu os mais brilhantes artistas, arquitetos, engenheiros e artífices da Itália. As melhores mentes da Itália estão agora nas universidades de Milão e Pavia, graças ao aceno de Ludovico de liberdade intelectual e altos salários livres de impostos. De muitas maneiras, ele é um homem esclarecido. De outras, é uma serpente. Mas ele não é rude. Embora provavelmente não vá amar *madonna* Beatrice, irá tratá-la com generosidade. De qualquer modo, meus olhos estarão sempre atentos a esses assuntos.

A duquesa olha para o marido.

— Temo pela felicidade de Beatrice. Ela não é tão estável como Isabella, e não domina completamente suas emoções.

— Ela terá de aprender a ser assim — responde o Diamante no tom gélido que lhe valeu seu apelido. — Beatrice não é tola. Ela é esperta e capaz.

Trotti balança a cabeça.

— Excelências, digo isto com todo o respeito a cada membro de vossa família, e com toda a honra que vos é devida, mas é uma pena que os contratos de casamento não possam ser ser invertidos.

— Julgais que deveríamos renunciar ao contrato? — pergunta o duque. — Isto nos deixará apenas com elos conjugais de pouca importância com Milão.

Isabella ouve a impaciência na voz do pai.

Trotti continua:

— *Il Moro* vai tornar a si próprio o duque de Milão. Nunca se satisfará em ser apenas o regente para o jovem duque, Gian Galeazzo, que é fraco e incompetente. *Il Moro* alimenta constantemente os vícios do rapaz, como quem alimenta seu bichinho de estimação favorito. Gian Galeazzo tem um fraco por vinho e por rapazes de rosto bonito. *Il Moro* lhe fornece uma quantidade infinita de ambos. A esposa dele, Isabel de Aragão, queixa-se em voz alta de que continua virgem. É claro! Ludovico mantém o rapaz num estado dissoluto ao mesmo tempo que governa Milão, estabelecendo alianças com potências estrangeiras, construindo o Exército, consolidando seus poderes e esperando pelo dia em que o rapaz caia morto de decadência.

— E o que tudo isso tem a ver com nossa filha? — pergunta Ercole.

— *Madonna* Beatrice é uma garota adorável, mas... como diríamos?... um tanto avoada. *Madonna* Isabella tem uma mente educada e perspicaz e, embora tão jovem, o discernimento necessário para ser duquesa de uma potência mundial. Sem mencionar que o Mouro adora cabelo louro e uma presença bem feminina. *Madonna* Isabella seria uma rival formidável para Cecilia Gallerani, que é também uma mulher brilhante e, como a própria *madonna* Isabella, possui o intelecto de um homem.

O duque fica em silêncio. Isabella imagina — teme — que ele começará a conspirar com Trotti para fazê-la esquecer Francesco e casar-se com o detestável e astuto mouro.

A duquesa suspira.

— Não há nada a ser feito. O compromisso de Isabella com Gonzaga foi negociado anos atrás. A esta altura é um relacionamento de amor bem como uma consolidação dos poderes de duas famílias governantes.

Trotti também suspira.

— É pena que a filha brilhante esteja indo para um provinciano, e aquela que ama os cavalos tanto quanto a província esteja indo para um homem verdadeiramente culto numa cidade como Milão.

ISABELLA ouviu toda esta conversa contendo a respiração. Afasta-se na ponta dos pés, abrindo lentamente a porta para a colunata e saindo. O ar está frio de congelar e ela não tem um manto para aquecê-la. Apóia as costas contra a parede, inspirando a atmosfera frígida. Gostaria de matar aquele Trotti intrigante por chamar seu amado de provinciano. Francesco é inteligente, másculo, mundano e cortês. Ela se sente desleal apenas por ter ouvido o que Trotti disse.

Ao mesmo tempo, outra parte da conversa ouvida passa pela sua mente, demolindo seu amor por Francesco e a alegria em antecipar sua vida com ele. Esta parte ela não pode sufocar. Sua irmã vai governar um reino no qual seu mandatário poderá atingir a imortalidade de Péricles; onde um artista do quilate de Fídias está construindo monumentos tão espetaculares e talvez tão eternos quanto o Partenon. Não foi para isso que ela, Isabella, nasceu? Para reinar sobre um dos mais poderosos domínios do mundo; posar para o gênio Leonardo; suplantar a bela Cecilia Gallerani no famoso castelo Sforzesco e no coração de *Il Moro*. Para assumir seu lugar entre os imortais que estão criando este reino de proporções míticas, cujos monumentos e estruturas e artísticas realizações e lendas irão viver por muito tempo depois que seus corpos tenham virado pó.

Estes são desafios para Isabella, não para a indomada e ingênua Beatrice.

Teria Isabella sido uma tola o tempo todo, julgando que a Fortuna estivesse a seu lado? Que ironia esta, descobrir tais coisas somente agora? Agora que está apaixonada por seu prometido? Agora que nada mais pode ser feito?

E se Isabella tivesse sido privada de seu verdadeiro destino pelo acaso? Pode alguém desafiar a Fortuna? Seria isso o equivalente de desafiar a Deus? Mesmo se houvesse uma maneira, teria ela ousado?

Mas, ela recorda para si, os de Ferrara sempre haviam acreditado em milagres. Não era isto o que estava dizendo a Francesco? Se Deus manifestou o corpo e o sangue de seu Filho na Igreja de Santa Maria, certamente não permitiria que nada de tão terrível quanto perder o seu próprio destino acontecesse a uma princesa de Ferrara. Certamente.

Ela conclamou suas sensibilidades em seu auxílio. Afinal, Ludovico é velho. Tem 25 anos a mais que Beatrice. Na hora em que se casar com ela — se decidir algum dia honrar seu contrato —, ele terá o odor mofado de um ancião. Sua pele estará pendendo dos ossos. Sua carne será decrépita, seu passo curvado e estropiado. Pode até estar velho demais para levar a cabo seus deveres conjugais, e Beatrice morrerá sem filhos, ao passo que Francesco é viril e jovem e tem olhos apenas para Isabella. Os dois farão filhos esplêndidos que terão as melhores qualidades dos Gonzaga e dos Este. Não haverá nenhuma decadência ardilosa em Mântua, nenhum regente mau contribuindo para a ruína do verdadeiro governante a fim de usurpar seu título.

Sim, certamente Isabella irá superar tudo. Ela e Francesco são pessoas nobres que governarão uma sociedade nobre; *Il Moro* e a corte de Milão são corruptos.

E se se confirmar que a Fortuna lhe pregou alguma peça bem arquitetada, então ela tomará seu destino nas próprias mãos. Saberá o que fazer para remediar o erro. Com freqüência se perguntava se a Fortuna está na jurisdição de Deus, ou se reina sobre um domínio todo seu. Embora esteja certa de que tal pensamento é herético, não pode evitar de refletir sobre isso. Haviam ensinado a ela que Deus é, foi e sempre será. Mas esta simples concepção da Fortuna sobreviveu por séculos à doutrina da Igreja. O poder de Deus é onisciente, mas a Fortuna sobreviveu aos intrometidos deuses do Olimpo tão interessados em assuntos mundanos. Enquanto Zeus, Hera e assemelhados só continuam vivos hoje em pinturas, esculturas, mitos e nas ruínas de antiguidades, a Fortuna continua ativa no intercurso diário dos eventos humanos. Isabella não é a única a acreditar nisso, ela sabe. Toda ajudante de cozinha, todo soldado, não gritam seus pedidos e gratidão para Fortuna?

Deus, Fortuna — um ou outro tomarão conta dela, ou ela tomará conta de si mesma. É como seu pai devoto sempre aconselhou: "Acredite passionalmente em Nosso Senhor. Pague tributo à Sua grandeza dia e noite. Construa catedrais em honra de Sua Glória. Tenha fé na Sua Vontade. Mas nem sempre confie Nele para atender a seus pedidos."

Capítulo dois

O • Il Matto (O Louco)

Dos cadernos de Leonardo:
Um velho, poucas horas antes de sua morte, me disse que havia vivido cem anos e que não sofrera de quaisquer padecimentos exceto fraqueza. Assim, enquanto jazia num leito de hospital, sem qualquer movimento ou sinal de algo errado, observei-o sair desta vida. Fiz uma autópsia para me certificar da causa de uma morte tão pacífica, e descobri que provinha de fraqueza provocada pela falta do sangue e da artéria que irriga o coração e os membros inferiores, os quais descobri que se achavam ressequidos, encolhidos e murchos.

A outra autópsia foi de uma criança de dois anos de idade, em que descobri ser tudo oposto ao que se viu no caso do velho.

Sobre o contraste entre velho e jovem:

As veias no jovem são retas e repletas de sangue. Já no decrépito são retorcidas, planas, enrugadas e o sangue fica bloqueado nas suas passagens.

O fígado, que na juventude é de uma cor vermelha profunda e de consistência rija, na velhice está pálido, sem o rubor do fluxo de sangue saudável, e as veias permanecem vazias. No velho, além disso, a fina textura da substância do fígado se assemelha ao farelo embebido em uma pequena quantidade de água.

O cólon no idoso é fino, tornando-se tão delgado quanto o dedo médio da mão, ao passo que no jovem pode ter a largura da parte mais larga do braço humano.

Na vida, a beleza perece; mas não na arte.

BEATRICE chuta o estômago do flamejante espírito do mal que está puxando seu braço, tentando arrastá-la através das portas do inferno. Suas botas de cano alto passam entre as chamas da barriga dele, e o diabinho ri para ela enquanto seus olhos vermelhos disparam fagulhas no ar, cegando-a momentaneamente. Ela está gritando, contorcendo-se, tentando até mesmo morder a carne vermelha em fogo. Ela está argumentando que não é *aquela* Beatrice, que não é a amante do poeta Dante, nem sua inspiração ou salvação, ou de quem quer que seja se for este o problema. "Deixe-me em paz", grita ela para o demônio. Vê fumaça e chamas ao longe. Sente calor, mas a quentura está vindo de suas entranhas. Sabe que se não puder escapar, irá implodir mesmo antes de ser sufocada pelas chamas do demônio. "Eu não fiz nada", repete sem parar, tentando libertar o braço das garras do demônio. O monstro é até mesmo mais forte do que Drago, seu enorme cavalo, e não está disposto a obedecê-la. "Não sou aquela", grita. "Não sou a que você quer."

— Beatrice d'Este!

De repente, o demônio adquire a voz de uma mulher.

— Beatrice!

As garras do demônio se afundam mais no seu braço. Com a outra mão, ele agarra seu rosto, sacudindo-o violentamente até que ela abra os olhos.

O rosto firme de sua mãe a arrebata do reino dos sonhos para seu quarto, onde ela transpira debaixo dos espessos cobertores. Sua face está quente, a testa úmida, mas o nariz, projetado no vazio, está frio. Não tem certeza de onde está, mas pergunta-se como sua mãe soube que o demônio tinha ido pegá-la e que ela precisava ser arrancada de seu aperto mortal.

— Os embaixadores estão vindo, filha. Precisa se levantar. — A duquesa Leonora gira a filha em sua direção, puxando os cobertores e erguendo sua camisola.

Beatrice percebe que as pesadas cortinas estão sendo abertas, permitindo que a desolada luz cinzenta da manhã substitua as chamas reluzentes do demônio.

— Não muito, mas terá de fazê-lo — diz Leonora.

Antes que Beatrice possa perguntar o que ela quer dizer — está ela falando das costas de sua filha? —, duas de suas damas de companhia estão puxando Beatrice para fora da cama e deslizando um pesado manto bordado sobre seus ombros.

— Você atendeu seu marido, graças a Deus! — exclama Leonora examinando os lençóis desordenados. — Ou você sabe o que teria acontecido. Nós teríamos sido obrigados a escrever a seu pai. *Ele* não teria aceitado gentilmente caprichos de uma filha na noite do seu casamento. Você sabe como ele é no que diz respeito a obrigações.

Passos solenes marchando em trio, ecoando do piso de pedra, se aproximam. *Messer* Trotti e dois cavalheiros austeros que Beatrice não reconhece entram no quarto. Ignorando-a, a atenção deles vai diretamente para os lençóis amarrotados e com manchas rosadas.

— Há pouco sangue — diz um dos homens para Leonora. — Ou *Il Moro* não teve permitido pleno acesso, ou este é um túnel bem percorrido.

Messer Trotti está petrificado, as finas sobrancelhas arqueadas e indignadas, mas o outro homem ri.

— A garota passa seus dias no lombo de um cavalo — diz Leonora. — Não admito que sugira tais coisas a respeito de uma princesa da Casa de Este. Se levar essa idéia para fora deste quarto, eu lhe asseguro, isto custará sua posição nesta e em qualquer outra corte na terra.

O homem fica em silêncio. Ninguém duvidaria da capacidade de Leonora em cumprir a ameaça.

Beatrice se maravilha com a capacidade de sua mãe de intimidar não apenas um, mas três homens, com nada mais que um par de grandes olhos castanhos e uma voz altiva. Não apenas isso, mas como é que alguém pode estar tão alerta àquela hora da manhã? Isto seria esperado dela agora que se tornou uma esposa?

— A jovem agradou a seu marido. Aqui está a prova. Agora levem o lençol e cumpram sua missão. O casamento está oficialmente consumado. — Os homens começam a se retirar do quarto, como os criados de exóticas terras orientais que Beatrice viu uma vez em Veneza. — Cada palavra de vocês não irá demonstrar outra coisa senão felicidade sobre o sucesso deste evento.

Beatrice está surpresa de que todo o conteúdo de suas entranhas não tenha se derramado nos lençóis. A tintura de sangue manchando a roupa de cama branca traz de volta o evento da última noite. Evitando os rostos dos homens que saíam, de sua mãe, e das duas aias que removiam a evidência, ela enrola o manto fortemente em torno do corpo e vira-se para olhar pela janela. Nevou durante a noite, sobrecarregando a paisagem. As árvores parecem queimadas; os galhos prestes a cair sob o peso da cobertura de gelo. O útero de Beatrice, chacoalhado de seu sono de virgem na noite anterior, também parece igualmente pesado. Ela aperta os olhos contra a paisagem branca, que reflete seu brilho de volta para ela, despertando sua memória. Enquanto imagens disparam em sua mente, a atividade no quarto se reduz e as lembranças dos dias anteriores fazem seu rosto enrubescer de vergonha.

Poderia o tempo ter sido mais inconveniente para um casamento? Estava tão frio naquele inverno que o pai de Beatrice teve de contratar cortadores de gelo para retalhar grandes blocos congelados no rio Pó, de modo que a comitiva nupcial pudesse partir para Milão. Beatrice tinha observado os homens trabalhando com seus machados gigantes, desejando, enquanto lascas congeladas voavam como fagulhas no ar frágil, que o gelo estivesse espesso demais, provocando o adiamento das bodas. Talvez, nesse meio-tempo, ela caísse de um de seus cavalos e morresse.

Mas não teve tal sorte. Depois de muitos cancelamentos e desculpas, Ludovico tinha por fim confirmado a data, porém para a época mais fria do ano, quando viajar através de rios e estradas congelados era geralmente impossível. Beatrice e sua família estavam certos de que Ludovico tentava ganhar ainda mais tempo para si.

No dia 29 de dezembro, após o Natal mais frio de que se tinha lembrança, Beatrice, sua mãe e o resto da comitiva nupcial, enrolados em cobertores de lã e arminho, foram embarcados em bucentauros, galeões de rio finamente decorados. De Ferrara, eles iam deslizar e se arrastar através do rio traiçoeiro e glacial por todo o caminho até Pavia, no ducado de Milão, onde seriam recebidos por Ludovico para a celebração oficial do casamento. A jornada foi repleta de desastres. A barca que levava provisões para a comitiva de casamento ficou presa milhas atrás pelo gelo, deixando-as dois dias sem um naco de comida. Seus leitos e cobertores estavam enrijecidos com borrifos do rio e água do ar úmido e congelante. Ninguém tinha qualquer ânimo para se alegrar com a grande sorte de Beatrice em desposar um dos homens mais poderosos da Itália, muito menos a noiva.

Tendo desposado Francesco um ano antes, e havendo viajado de Mântua para juntar-se à delegação de Ferrara antes de sua partida, Isabella queixou-se em voz alta de que parecia uma escultura viva de gelo. Além disso, estava irritada também porque Ludovico, por carta, pedira que ela reduzisse sua comitiva a apenas cinqüenta pessoas e trinta cavalos. Todo mundo que era importante na Itália ia assistir às bodas, com embaixadores de cada país ou estado aliado ou circundantes. Como Ludovico poderia hospedar, entreter e alimentar tantos milhares de pessoas e animais, primeiro em Pavia, onde teria lugar a cerimônia oficial, e depois em Milão, para as comemorações adicionais? Ainda assim, Isabella estava furiosa por ter de entrar na grande cidade num estado de grandeza diminuída. Mas uma vez que estavam balançando no rio, a barca se chocando com blocos maciços de gelo e todos os passageiros enjoados por causa do movimento, Isabella parou de se queixar e, com Beatrice e o resto das mulheres, meramente rezava por um alimento quente e uma chegada segura.

Beatrice estremecia no seu beliche, puxando o cobertor sobre os olhos e o chapéu sobre as orelhas entorpecidas para abafar os suspiros das mimadas camareiras, chorando por causa do frio. Tinha dois cachorros sob as cobertas com ela, mas preocupava-se que a falta de comida a obrigasse a lançar seus pobres pequenos cadáveres por cima da amurada. Mas nesse momento, cada um dormindo sob seus braços, davam-lhe o único calor que sentia em vários dias. Havia desistido de chorar porque as lágrimas rapidamente se transformavam em pequenos córregos de gelo descendo por suas faces. Além disso, sem nada para comer, as lágrimas e a náusea minavam demais sua energia, mantendo-a num estado de frigidez maior do que se estivesse refreando suas emoções. O barqueiro lhe dissera que, dentro de horas, ela e sua comitiva estariam se aquecendo junto a uma lareira num palácio em Piacenza, e que no dia seguinte, alimentados e recuperados, iriam continuar a curta viagem até Pavia, onde seriam saudados pelo próprio Ludovico. Ela não sabia se era melhor esperar por isto ou pela morte. Sabia, porém, que com aquele frio de congelar os ossos e as circunstâncias humilhantes do casamento, sentia-se mais como se estivesse navegando para o seu funeral do que para suas bodas.

Todos na Itália sabiam que Ludovico Sforza tinha uma amante, Cecilia Gallerani, uma bela e realizada mulher a quem ele mantinha como esposa e que estava grávida de seu filho. Cecilia presidia sobre a fabulosa corte de diplomatas, filósofos, nobres, intelectuais e artistas de Ludovico. Todos a admiravam sem restrições. Ela possuía palácios presenteados a ela por *Il Moro*. Escrevia poemas de enternecer o coração, que, quando cantados por sua adorável voz, levavam lágrimas aos olhos tanto de cavalheiros quanto de damas. Era conhecida por seu fluente domínio do latim, uma língua na qual lia e cantava para os muitos visitantes de Ludovico.

Tudo isto era de conhecimento geral, na ponta de cada língua italiana. Todos sabiam que o prometido de Beatrice prezava aquela mulher *tão* carinhosamente que havia conseguido por meio de bajulação que Leonardo, o Florentino, que *nunca* terminava uma pintura, completasse um espetacular retrato dela. Diziam que estava exposto nos aposentos de Ludovico, e as pessoas iam prestar-lhe reverência como se fosse o altar de uma igreja, e Cecilia, a própria Madona. E ainda assim, ela, Beatrice, uma princesa da Casa de Este, favorita do temido e terrível rei Ferrante de Nápoles, estava sendo forçada a ser uma atriz nesta farsa colossal de um casamento.

Beatrice estava ciente de que o amor era um acidente num casamento arranjado com objetivo político. Mas um homem tinha a obrigação de proceder nobremente e dar alguma atenção à sua prometida antes das núpcias. Seu pai fizera isto, motivo pelo qual ele e sua mãe tiveram um casamento bem-sucedido. Francesco havia cortejado Isabella como se ela fosse verdadeiramente a sua amada, e assim ela viera a ser. Ludovico, por outro lado, nunca fez uma apresentação ou escreveu uma carta amável. Havia cancelado duas datas para o casamento, oferecendo desculpas incertas acerca de seus compromissos. Beatrice poderia ter tido uma adorável cerimônia nupcial em julho passado, quando viajar pelo interior setentrional da Itália teria sido delicioso. À medida que o verão se aproximava, porém, Ludovico despachou seu embaixador mais uma vez a Ferrara, com a desculpa de que negócios urgentes impossibilitavam um casamento de verão. Pior, Beatrice teve de sofrer este embaraço diante de Isabella, que viera a Ferrara visitar sua família, viçosa com a satisfação conjugal e a notícia de que Francesco tinha sido designado comandante-geral do Exército veneziano, o mais jovem na história da República nomeado para este posto.

Com a fixação da data do casamento vieram também notícias de recente corrupção em Milão, cidade que parecia uma completa confusão para Beatrice, um ninho de víboras de conivências. O jovem Gian Galeazzo, duque de Milão só no nome, continuava a ser uma fonte constante de escândalos. Sua esposa, Isabel de Aragão, com quem Beatrice brincara na infância em Nápoles, escrevia sem parar para a família, pedindo que fosse levada de volta à corte deles. O jovem duque desfilava com seus amantes na frente de Isabel, deixando frio o leito do casal. Mexericava-se por toda a Europa que Ludovico mantinha o jovem duque ocupado com sodomitas de modo que ele, como regente, não tivesse de competir com quaisquer herdeiros legítimos. Somente quando o rei Ferrante informou a Ludovico que não pagaria a última (e enorme) parcela do dote de Isabel de Aragão, foi que este cuidou para que o matrimônio fosse consumado. E então, a confiar nos rumores, todos os tipos de subornos, poções e disfarces na escuridão tiveram de ser usados a fim de que Gian Galeazzo engravidasse a pobre e solitária Isabel. Dizia-se agora que estava grávida, e Ludovico tinha outro herdeiro legítimo com o qual se preocupar.

Oh, parecia haver mais intriga na corte de Milão do que numa trama de assassinato veneziana. O elenco era de fato sinistro. Beatrice ouvira falar que Isabel de Aragão estava se sentindo terrivelmente ameaçada com a perspectiva do casamento dela com Ludovico. Ele já detinha poder demais. A última coisa que Isabel, a legítima duquesa de Milão, desejava ver era filhos legítimos de Ludovico competindo com seu marido e sua própria prole, e isso se tivesse a sorte de levar sua gravidez a termo. Iria Beatrice encontrar em Isabel de Aragão não uma companheira de folguedos infantis, mas sim uma formidável e perigosa rival?

Ao mesmo tempo, Beatrice tinha lido uma carta que *messer* Trotti enviara de Milão para seu pai, expressando preocupação a respeito da capacidade de Ludovico em conservar o poder, devido à quantidade de manobras que teria de continuar a fazer contra seus inimigos. "O duque de Bari já é o grande homem que ele pretende plenamente ser. No momento, ele é tudo. Mas quem sabe? Num curto espaço de tempo, ele pode não ser ninguém, afinal."

O duque Ercole assegurara a Beatrice que o embaixador estava meramente tentando consolá-los por ocasião de outro dos adiamentos de Ludovico ao casamento. Isso era possível. Mas ela desejava poder permanecer em Ferrara para sempre, sob a proteção do pai. Do jeito que sempre fora. Ela estava plenamente ciente de que as garotas eram com freqüência os cordeiros oferecidos em sacrifício para as ambições políticas de seus pais.

Deitada de costas agora sob as cobertas enquanto a barcaça se sacudia sobre águas pedregosas, com um filhote com o nariz escorrendo ao lado, Beatrice comparava sua situação com a de sua irmã. Aqui estava ela, flutuando nesta barca fúnebre em direção ao horrível Ludovico, enquanto um ano antes Isabella fizera sua entrada triunfal em Mântua como sua nova marquesa numa carruagem de cortinas douradas, tendo Francesco de um lado e o duque de Urbino do outro. Membros da família real e nobres vieram de toda a Itália, e Isabella fora o centro das atenções.

Por todo o ano antes do casamento de Isabella, o duque e a duquesa de Ferrara haviam empregado centenas de artistas, joalheiros e marceneiros, tecelões, ceramistas, sopradores de vidro e artífices em ouro e prata para a preparação dessa grande união. Leonora encomendou de Nápoles requintadas tapeçarias, parte do tesouro local, que, dizia-se, tecelões flamengos levaram cem anos para produzir. Baús nupciais decorados por mestres italianos, um luxuoso leito conjugal entalhado que parecia mais prometedor para relações íntimas de iniciação, e uma carruagem drapejada em ouro, tudo era feito num frenesi de atividade, com Isabella e sua mãe supervisionando e aprovando cada detalhe isolado. As duas estavam inteiramente sobrecarregadas ao longo do ano, agindo como generais preparando-se para o mais importante confronto da história. Beatrice havia sido feita para observar a constante alegria de Isabella, ao passo que ela vivenciava apenas mágoa e humilhação por causa de suas datas de casamento canceladas.

Por que era Isabella quem estava conseguindo tudo, especialmente um homem que a olhava como se ela fosse Eva antes da queda, que mal podia esperar para vê-la, para dar-lhe o mais leve beijo ou tocá-la, o que parecia emocionar os dois? Bastava ficar entre Isabella e Francesco para sentir sua intolerável corrente de calor, particularmente se tudo que estava recebendo do seu próprio prometido era uma fria estocada de desapontamento após outra. Beatrice teve de admitir que sua irmã era a essência da beleza e graciosidade no dia de seu casamento. Não alimentava nenhum ciúme em relação a Isabella, a não ser pelo fato de que ela, e não Beatrice, teria acesso constante aos famosos corcéis dos Gonzaga. Mas o galante Francesco viu a paixão de Beatrice pelos animais e prometeu presenteá-la com um cavalo muito especial a cada ano, se fosse do seu agrado.

Não, Beatrice sabia que ela e a irmã tinham ambições muito diferentes. Realização e reconhecimento eram tudo para Isabella. Ela queria governar um reino e ter a seus pés todos os homens poderosos, interessantes e artísticos da Itália, enquanto Beatrice não se incomodava com a boa ou má opinião dos outros.

Beatrice achava que tudo tinha a ver com a diferença nos seus anos de infância. Isabella cresceu em Ferrara, tendo de apresentar uma conduta perfeita para seus exigentes pais. Beatrice cresceu em Nápoles com um bando de aias indiferentes cuidando dela com um olho fechado enquanto arranjavam ainda mais amantes entre o estafe do rei. As regras e padrões do duque e da duquesa de Ferrara representaram quase a morte de Beatrice quando voltou para casa deles. Ela recordava vividamente os dias em que era livre para cavalgar ao longo da costa da baía de Nápoles, fazer piqueniques com as outras crianças não vigiadas da corte, furtar vinho das mesas e espionar os adultos lascivos tarde da noite. Ferrara era uma prisão fria e úmida, de rigorosos padrões intelectuais e disciplinas artísticas, em comparação com a livre e ensolarada Nápoles.

Isabella cresceu por trás das altas muralhas daquele castelo imponente e tinha sido preparada para um triunfo público após outro. Beatrice simplesmente queria ser feliz, o que não incluía desperdiçar sua juventude junto a um homem com extensa reputação de desonestidade e intriga e cujo coração já pertencia a outra. A cada respiração ela sentia como se o ar estivesse congelando seu coração numa coisa sólida e sem vida. Talvez ela pudesse conservá-lo assim através dos longos anos vindouros num casamento indubitavelmente sem amor.

Dos cadernos de Leonardo:
O coração: Um maravilhoso instrumento, inventado pelo Supremo Criador.

— *Il Moro! Il Moro!*

Centenas de pessoas aclamavam seu noivo enquanto Beatrice cavalgava a seu lado na larga *Strada Nova*, à frente do cortejo real. Parecia-lhe que toda a população de Pavia, esta cidade das cem torres, antigo lar dos reis lombardos, tinha aparecido para recepcioná-la. Até mesmo os bustos dos grandes governantes do passado, que margeavam a rua, e os personagens nos afrescos sobre as paredes dos palácios pareciam estar olhando em sua direção, recepcionando-a no seu novo lar. A luz abafada de inverno era suave sobre os grandes palácios de um lado do bulevar, e do outro sobre as colunatas de mármore da Universidade de Pavia, uma das mais antigas e melhores instituições de ensino de toda a Europa. Hoje era a vez de Isabella cavalgar atrás de Beatrice, o que ela fazia graciosamente, enquanto Beatrice cavalgava orgulhosa ao lado de seu poderoso noivo. Olhando para ele agora, ela ficou embaraçada pelos medos que a haviam assolado na jornada rumo a esta cidade notável e a este homem notável.

— Embora meus ancestrais, os Visconti, tenham mudado a capital para Milão há muito tempo, ainda sinto um tremendo amor por Pavia — disse-lhe Ludovico enquanto acenava para a multidão que se aventurara a sair de casa enrolada em suas lãs mais quentes de inverno para dar uma olhada no Mouro e sua noiva.

Embora nevasse levemente, o dia estava mais quente, e o sol espiava ocasionalmente das nuvens, causando uma diferença miraculosa no clima e no temperamento de Beatrice. Os flocos de neve caíam tão lenta e delicadamente sobre seu rosto que ela sentia como se o próprio Senhor estivesse jogando cada um deles só para ela, como um presente pela chegada em sua nova vida.

Ela ouvira tanta informação negativa sobre seu futuro marido que o imaginava detestado pelo povo da Lombardia. Estava atônita com esta enorme manifestação de apreço. De fato, perguntava a si própria se toda a informação que coletara ao longo dos anos não estaria errada. Ludovico não era velho. Claro, tinha quarenta anos, o que o fazia parecer quase idoso em comparação aos seus 15, mas era alto e imponente. Tinha cabelo preto lustroso e liso, que não mostrava nenhum vestígio de escassez, como tantos homens de sua idade que exibiam uma pequena calvície redonda na parte posterior da cabeça, de modo que podiam ser confundidos com monges. A espessa crina de Ludovico abraçava o contorno de seu rosto quase como se tivesse sido pintada. Ele possuía feições fortes, que pressagiavam uma personalidade firme. Seu nariz era largo e reto, como devia ser o nariz de um homem. Tinha bons malares salientes, cujos picos haviam sido amaciados em razão do amor à boa comida. Seu único defeito físico, que Beatrice achou irônico, por acreditar que o partilhava com ele, era um queixo frágil. Como ele era mais velho, ela seria capaz, se assim o desejasse, tão logo tivessem se conhecido melhor e se ele o permitisse, de beliscar alegremente um bom pedaço da carne flácida sob o queixo dele.

Suas maneiras eram as mais finas. Ele havia acompanhado Beatrice, sua mãe e a irmã no desembarque do bucentauro real e as recepcionado com cortesia em Pavia. Dera particular atenção a Beatrice, medindo-a com seus olhos enquanto tomava sua pequena mão enluvada. Se a visão dela o desagradou, não deu o menor sinal disso. Desculpou-se pelo frio como se pudesse ter feito alguma coisa a respeito mas não tivesse encontrado tempo para tal.

O pessimismo dela dissolveu-se com cada passada do lindo cavalo cor de canela que Ludovico lhe ofertara como seu primeiro presente. Ela enrubesceu, sentindo-se tola, de fato, quando refletiu sobre o comportamento infantil que exibira na véspera e tão recentemente como nesta manhã. A comitiva matrimonial havia parado em Piacenza na véspera, no palácio do conde Scotti, onde comeram carnes assadas e vegetais cozidos na sua comprida mesa de jantar, localizada entre duas lareiras. O conde riu ao ver as mulheres atacarem a comida como um bando de galinhas esfomeadas. Beatrice aproveitou a oportunidade para tomar banho numa tina de água aquecida, na qual se degelou por dentro e por fora, e depois dormiu tão profundamente que sua mãe teve de ameaçar deixá-la sem desjejum, como se faz com uma criança, caso ela não saísse da cama. Suas roupas de baixo estavam secas, porém frias e rígidas por terem sido penduradas diante de um fogo que há muito se extinguira. Ela não queria partir, estava até determinada a descobrir um meio de ficar para trás. Agarrando sua caneca de leite, ela havia chamado o conde à parte e perguntara se ele não poderia fornecer-lhe o último resquício de uma proteção paterna ao permitir que permanecesse com ele e ser sua filha. Ele apelou a sua mãe, perguntando-lhe se não tinha cumprido seu dever materno para tirar da pequena virgem o medo do casamento. Leonora deu um puxão de orelha em Beatrice.

— Você está se casando com o príncipe mais poderoso da Europa na própria cidade onde Carlos Magno foi coroado. Comporte-se ou puxarei esta orelha até arrancá-la de sua cabeça — sussurrou furiosamente, o tempo todo puxando Beatrice em direção ao seu futuro.

Poucas horas mais tarde, toda a nobreza local alinhava-se para recepcioná-la em seu novo lar, e Beatrice assinalou o embaraçoso comportamento da manhã como a sua última atitude infantil.

A comitiva de Ludovico carregava bandeiras e estandartes exibindo seus símbolos, a cabeça de um mouro e a amoreira, florindo num notável tom de violeta. Enquanto os cavaleiros voltavam os estandartes para a multidão, os gritos de aprovação para o Mouro se intensificaram. Com que grande príncipe ela ia se casar, pensou Beatrice. Ludovico olhava para ela de modo tão prazeroso enquanto cavalgavam lado a lado por esta cidade dos seus ancestrais, os grandes Visconti, como se nada pudesse agradá-lo mais do que tê-la ao seu lado; como se, tivesse ele sabido o quão adorável ela era, jamais teria adiado o encontro entre eles.

Um comboio de cavaleiros, trajando as cores vermelho-azul de Ludovico, aguardava o cortejo no fim da rua, diante do velho Certosa . Um em particular, cujos cachos balançavam enquanto trotava em direção a eles, cavalgou à frente dos outros em seu corcel branco. Era mais jovem que Ludovico e, como se fosse possível, muito mais bonito. Um grande sorriso branco atravessa sua pele azeitonada. Ele irradiava luz, ou assim parecia. Se o resto da cidade estava em meados do inverno, ele sozinho aparentava estar vivendo num eterno verão.

Ele desmontou, fazendo uma mesura para Beatrice.

— Galeazz di Sanseverino, madame. A seu serviço e a seu comando. A partir deste dia até o fim da minha vida, nenhum favor, nenhuma cortesia, nenhuma proeza, é grande demais para me pedir. Não há nada que não farei pela senhora.

Ele olhou para Beatrice, seus olhos dourados dançando. Galleazz di Sanseverino: filho de um grande cavaleiro; um dos 12 irmãos famosos por seu domínio das artes da guerra. Mas este aqui era o mais famoso de todos, o maior combatente de torneios e cavaleiro de toda a Itália. Era invencível, ou assim dizia sua reputação. Ela não sabia como responder, mas devia. E mesmo assim nenhum som saiu de sua boca.

— Sua reputação o precede, senhor — disse Isabella, conduzindo seu cavalo até a testa do cortejo e afastando o cavaleiro de Beatrice.

Enquanto Galeazz desviava a atenção para sua irmã, Beatrice sentiu todo o ar escapar de seu corpo. Embora isto a aliviasse do fardo de conversar com ele.

— Assim como a sua, marquesa — respondeu ele. — Embora, por uma vez, as línguas faladeiras foram bem modestas ao descreverem sua beleza.

— Fico imaginando se estais sendo sincero — disse Isabella, sua voz subitamente doce com mel e sedução. — Você é o mestre-lanceiro, não é assim que chamam? Como os cavaleiros antigos nos dias de Carlos Magno, batendo todos os contendores até a morte, emocionando as damas com seus torneios?

Galeazz se empertigou. Ele era alto e finamente talhado, largo nos ombros, estreito na cintura, forte nas panturrilhas.

— Madame, naqueles dias os torneios eram travados com bastões e tocos grosseiros. Muito em breve lhe mostrarei uma competição com lança, de comprimento e grossura que jamais esquecerá.

Seus olhos impertinentes deixaram claro o que queria dizer e Beatrice esperou uma resposta insolente de sua irmã. Em vez disso, Isabella devolveu o tom sugestivo dele.

— Aguardo ansiosa por este inesquecível momento — riu ela. — Dizem que você é inigualável.

— Sou inigualável em muitas coisas — acrescentou ele.

Beatrice não podia acreditar que sua irmã, uma mulher casada, estivesse incentivando estas implicações de um cortesão que acabara de conhecer. Perguntava-se se ela havia entendido mal a alusão, ou se este era simplesmente o modo como as mulheres casadas brincavam com os homens. Talvez o leito nupcial mudasse uma mulher. Mas tão depressa? Nunca ouvira sua mãe proferir tais palavras, mas então talvez essas tendências fossem escondidas diante de crianças. Ela devia aprender rapidamente estas sutilezas do mundo feminino antes de dar a Ludovico, ou a este maravilhoso Galeazz, que foi colocado a seu serviço, uma razão para considerarem-na infantil. Ela devia observar sua irmã em busca de pistas, e pensar nela como uma orientadora, não como uma rival. Esse era o modelo antigo. Agora, ela podia observar Isabella discretamente e roubar seus truques.

— Comandante-geral do meu Exército. E meu genro — disse Ludovico orgulhoso e secamente ao apresentar o cavalheiro. Galeazz estava prometido a Bianca Giovanna, filha de Ludovico com uma de suas primeiras amantes, embora Ludovico fosse louco pela garota. Ela era apenas três anos mais nova que Beatrice. Galeazz esperava que ela chegasse à idade de casar, mas enquanto isso tinha adotado os sobrenomes de Ludovico. Visconti Sforza. — Mas ele é mais como um filho para mim — concluiu Ludovico.

— Ninguém acredita nisso, Excelência — replicou Galeazz e Ludovico assumiu um ar magoado. — Porque ainda sois jovem demais para poder ser meu pai.

— E agora que desposarei alguém que é a essência da juventude e de todos os seus encantos, serei mais confundido ainda com um homem jovem. — Ludovico endereçou suas palavras a Galeazz, porém direcionou-as a Beatrice, como se agradecendo-a por este milagre de reduzir sua idade.

Beatrice riu, mas imaginou se talvez eles já tivessem ensaiado suas falas. Ainda assim, estava grata pela simpatia que exibiu com este belo jovem, para não mencionar o elogio a ela própria. Agradava-lhe que Ludovico tratasse seu comandante militar como um membro da família e um igual. Um governante assim estava fadado a inspirar lealdade — algo que não tinha esperado que seu mui maligno marido fosse capaz de evocar. Mas entre os gritos da multidão, a assembléia da nobreza que viera saudá-la, os olhares de afeto que o noivo lançava em sua direção e este glorioso homem à sua frente oferecendo-lhe seu serviço e proteção, além da ausência de alguém conhecida como Cecilia Gallerani, Beatrice perguntou-se se a vida como duquesa de Ludovico estava se distanciando do pesadelo que havia previsto.

Mais tarde naquele dia, quando o extenso cortejo se dissolveu, Beatrice olhou através do vidro borrado das janelas arqueadas da biblioteca para os lagos cobertos por um véu de névoa, para os parques e jardins do castelo de Pavia, um de seus muitos novos lares. O sol estava quase se pondo, mas ela podia apenas delinear as pontas cobertas de gelo do tridente de Posêidon, delimitando seu território no meio de uma fonte congelada. Todo o matagal, gramados, árvores e trilhas intricadas eram um cobertor roto de branco, fundindo-se quase para púrpura como o sol se pondo. Ela podia sentir a temperatura cair enquanto permanecia junto à janela. No dia seguinte estaria mais frio ainda. Era lindo, porém, e ela mal podia acreditar que estaria de volta aqui na primavera, quando, em vez deste manto branco, tudo estaria vivo, verde e brotando de vida, e ela, senhora deste castelo, estaria cavalgando através dos extensos parques e terrenos sobre a adorável égua cor de canela.

A biblioteca era formada por uma série de salas com altos tetos abobadados, mobiliário de mogno escuro e colunas de mármore em estilo coríntio sustentando grandes arcadas. Nas prateleiras havia milhares de manuscritos preciosos que *Il Moro* colecionara de todo o mundo, decorados com pinturas em miniatura esmeradamente belas. Ele estava mostrando uma dessas para Isabella e Leonora, que olhavam com admiração para as pequenas reproduções dos Visconti do passado golpeando terríveis dragões e outros inimigos mortais. Ludovico havia reunido, vangloriava-se, uma coleção tão completa das grandes obras em grego e latim quanto possa existir na Europa, pelo menos em uma residência privada.

— Talvez o Vaticano tenha algumas peças a mais — disse ele tentando soar modesto, pensou Beatrice. — Mas passo muitos dias enviando cartas àqueles que podem tornar a coleção mais completa. Muita coisa foi conquistada no passado, com guerras e tudo o mais. Espalharam-se por conventos, mosteiros, diletantes e gente que nem sequer sabe o que possui.

Leonora já falara ao Mouro sobre sua própria biblioteca em Ferrara, e agora expunha o interesse particular do seu marido em traduzir o conhecimento de antigas civilizações para a língua nativa.

— Um objetivo meritório — concordou ele. — Assim vocês providenciam para que sua filha não seja privada de conhecimento, muito embora ela esteja deixando a companhia de seus instruídos pais. Asseguro-lhe que continuarei a tradição na qual criaram *madonna* Beatrice. Seus menores desejos receberão minhas maiores atenções.

— Tudo que me mostrou aqui, tanto quanto suas garantias, dá-me grande conforto — disse Leonora ao genro, a quem Beatrice sabia que sua mãe estivera preparada para detestar.

— *Madonna* Beatrice! — A voz de Ludovico chamou Beatrice para se virar, embora ela estivesse apreciando ouvi-los conversar como se não estivesse presente. — Espero que possa passar muitas horas aqui, lendo a seu bel-prazer e de acordo com seus interesses, pois sei que são muitos.

— A conhecedora de literatura é minha irmã — disse Beatrice, desejando ser vista, se não como letrada, pelo menos como generosa. Esperava evitar quaisquer perguntas que Ludovico pudesse fazer-lhe sobre um ou outro texto latino antigo. Isabella que exibisse seus conhecimentos, se assim o desejasse.

— *Minha* irmã é pródiga demais com seus elogios — replicou Isabella, parecendo ainda mais generosa. — Quando a vir cavalgando um excelente cavalo em campo aberto, saberá que sua esposa não é somente única, mas superior entre todas as mulheres do mundo.

— Madame, já tenho certeza deste fato. Sua jovem beleza é esmagadora.

Os três olharam-na como se ela fosse um lindo bebezinho no berço. Oh! Podia entender o olhar ansioso de sua mãe, mas Isabella era apenas um ano mais velha que ela, meros 16 anos! Por que ela parecia muito mais adulta? Era por causa dos seios fartos em comparação aos miúdos de Beatrice? Era o intelecto que lhe dava a confiança de um homem na conversação? Qualquer que fosse a causa, não poderia haver nenhuma dúvida de que Isabella já possuía maneiras distintas e adultas, ao passo que ela, Beatrice, tinha o rosto mais anônimo de uma garotinha.

— E agora imagino que as damas desejarão descansar um pouco mais — disse Ludovico.

Ele já havia anunciado que apesar da viagem desgastante, no limite da fome e da privação de sono que tinham enfrentando, só teriam mais um dia para repousar antes da cerimônia de casamento, que teria lugar na capela do Castelo de Pavia. A seguir, alguns dias depois, viajariam até Milão para as festas em honra do novo casal. O astrólogo do duque, *messer* Ambrogio, que se achava infalível, havia assinalado o dia depois de amanhã como o mais fortuito para o casamento.

— Nada é feito aqui sem o conselho dele — disse Ludovico. — Três anos atrás, eu estava à beira da morte e seu remédio, administrado nas ocasiões astrológicas mais propícias, é claro, salvou minha vida. Todos me davam por morto. Alguns até torciam por isso, receio. Mas aqui estou, e jamais ignoro o conselho dele.

O astrólogo e médico não estava presente. Ele já havia sido enviado a Milão para organizar com precisão todos os aspectos das celebrações do casamento que teriam lugar na capital. Com ele seguiu *Magistro* Leonardo, que estivera estudando anatomia e arquitetura exatamente nesta biblioteca, mas que estava encarregado das cenografias teatrais e outros detalhes dos dias festivos por vir.

— Mas acabamos de perdê-lo? — Isabella parecia desolada à menção de que o *Magistro* se fora.

— Ele passou o verão e a maior parte do outono aqui. Dei-lhe acesso a esta biblioteca e também aos meus eruditos na universidade. Um equívoco — disse o duque.

— Mas como poderia ser um equívoco permitir que um homem desses estude?

— O homem está a meu serviço como pintor e engenheiro. Mas, oh, e para fazer com que pinte! Ele tem mil outros projetos que se interpõem entre ele e seu pincel.

— Deve-se compreender os artistas sob contrato exclusivo, mas há que ser insistente com eles — disse Leonora, a voz da experiência. — Duque Ercole e eu encenamos um pequeno teatro para lidar com eles. O duque reclama que sou a mais exigente das criaturas nessas questões. Depois, sentindo pena do duque por ter uma esposa tão impertinente, eles produzem a coisa desejada.

— Madame, esta é uma técnica brilhante. Talvez eu seja capaz de envolver minha própria mulher em seu emprego aqui. Talvez até mesmo com o *Magistro*, embora ele seja um caso especialmente difícil. Eu lhe digo, ele despenderia todo o seu tempo dissecando cadáveres humanos e animais se o deixássemos seguir seus próprios projetos.

— Mas por quê? — indagou Beatrice. Ela e Isabella subitamente se abraçaram, como se isso lhes desse proteção contra esta terrível notícia.

— Por quê? Para aprender sobre órgãos e veias! Isso é o que diz. Ele diz que se lhe fosse permitido, dedicaria sua vida a aprender o funcionamento interior do corpo e não a glorificar o seu exterior. Bendito seja Deus que o fez nascer um bastardo, a quem não é permitido o estudo nem do direito e nem da medicina. Se o seu pai não tivesse sido um jovem dissoluto, este grande artista estaria lancetando úlceras nas pernas das vítimas da peste!

— Ele pinta o exterior — opinou Beatrice. — Por que deve estudar o interior?

— No coração ele é um médico, minha cara. Oh, ele é muitas coisas, mas especialmente isso. Ele passou muitas horas desenhando réplicas dos órgãos, veias, membros, e até de um natimorto no útero, quando deveria estar dedicando sua mente a transformar o Castelo de Milão numa maravilha para seus olhos no nosso casamento. — Ludovico sorriu para sua jovem noiva, dando-lhe um pequeno aceno de cabeça. Enquanto ele baixava o rosto, ela sentiu que seus olhos a percorriam de cima a baixo. Era um olhar sugestivo, a primeira indicação de romance por vir, ou assim ela esperava. — Você deveria ver alguns desses desenhos, pois são tão extraordinários quanto macabros.

— Creio que não gostaria de ver essas coisas, Vossa Excelência — disse Beatrice, que não conseguia pensar em outra forma de chamá-lo. Quando em público e nas cartas, seus pais usavam este título, bem como outros. — Bebês no útero morrem com muita freqüência. Não seria de bom augúrio considerar tal coisa.

Ela queria que ele soubesse que jamais colocaria em risco um bebê no seu útero ao olhar para um feto morto.

— Ao explorar o interior do corpo, talvez ele esteja em busca de sua essência, essa coisa inefável que anima os olhos, a expressão, os gestos. Talvez esteja procurando pela alma — opinou Isabella.

Ludovico fez uma pausa, virando a cabeça para o lado e dando à opinião de Isabella o que para Beatrice pareceu uma longa consideração.

— Madame, quando o encontrar e falar com ele, e quando vir suas pinturas, creio que isto confirmará a sua teoria. Ele é tanto um filósofo quanto artista ou construtor ou homem de anatomia. Seria bem típico dele abrir um corpo em busca de uma alma.

Beatrice não gostou do modo como Ludovico continuava olhando para Isabella, como se ela acabasse de abrir uma trilha em sua mente, tendo lhe iluminado uma trilha de pensamento que ele vinha tentando encontrar por conta própria. Beatrice pôde ver, por alguma desconfortável mudança no rosto de sua mãe, que Leonora também havia notado isto. Como podia ser? Não havia nenhuma Cecilia Gallerani à vista, mas era como se sua própria irmã estivesse tentando usurpar seu poder. Apenas poucas horas atrás, Beatrice acreditava ter captado a atenção do marido, e agora isso estava se escoando, deixando-a fria, como se a bebida quente que começara a aquecer seus ossos fosse de súbito redirecionada na direção de sua irmã.

Dos cadernos de Leonardo:

Vocês classificam a pintura entre as artes mecânicas! Na verdade, se os pintores estivessem tão aparelhados quanto os poetas para louvar seu próprio trabalho com a palavra escrita, duvido se a pintura algum dia teria de ser tão maculada com tal descrição. Vocês a chamam de mecânica porque é através do trabalho manual que as mãos representam o que a imaginação cria. Vocês escritores não colocam suas palavras com o auxílio da pena? Isto não é mecânico? Se vocês chamam isto de mecânico porque é feito por dinheiro, quem é mais culpado por este erro — se for de fato um erro —, do que vocês escritores? Se vão dar palestras em escolas ou academias, vocês não dão preferência a quem pague mais? Fazem algum trabalho sem recompensa financeira?

Se disserem que a poesia é mais duradoura do que a pintura, a isto eu responderia dizendo que as obras de um ferreiro são mais duradouras ainda, já que o tempo as preserva mais longamente no tempo do que suas palavras ou a pintura; não obstante, os ferreiros mostram pouca imaginação e a pintura, se feita sobre cobre em cores esmaltadas, pode ser muito mais duradoura ainda.

Nós pintores somos os netos de Deus, os netos da Natureza. Pois todas as coisas visíveis devem sua existência à Natureza, e destas mesmas coisas nasceu a pintura. Portanto, podemos falar imparcialmente disso como o neto da Natureza e como aparentados com o próprio Deus.

Na noite seguinte, Beatrice jazia no leito, a cabeça rodopiando de tanto vinho e dança. Ela não consumia tanto vinho desde que era pequena, roubando-o com sua turma de colegas em Nápoles enquanto os adultos estavam adormecidos de embriaguez, e bebendo até vomitar tudo no quarto das crianças. Enquanto as mãos de suas aias a tinham vestido para a primeira noite no leito nupcial, ela rezara para que não repetisse diante do marido o desempenho posterior a suas travessuras de infância.

Com beijos perfumados e sorrisos conhecedores, as mulheres a tinham deitado sobre o leito mais suntuoso que já vira. Tão macio, que quando seu pequeno corpo afundou nele, ela se perguntou se iria submergir em suas penas antes que Ludovico aparecesse. Leões e serpentes entalhados no dossel acima olhavam para ela e, para expulsar seu medo, espichou a língua para eles, dando risadinhas. Os vermelhos e dourados dos tecidos de brocado que encortinavam o leito começaram a se unir, deixando-a tonta, e Beatrice fechou os olhos. Aninhando-se mais fundo no leito, passou as mãos de cima a baixo pela camisola branca de seda, sentindo os montículos dos seus seios e a força dos músculos do estômago. O tecido frio fazia cócegas em sua pele, deixando-a arrepiada.

A cerimônia nupcial, ponderou, tinha sido excepcional. A maioria dos dignos nobres que vieram a Pavia para recepcioná-la havia retornado a Milão, onde as celebrações teriam lugar no castelo. Mas os íntimos de Ludovico, bem como os representantes das casas de Este e Gonzaga, haviam permanecido para a cerimônia na Capela Visconti, no interior do Castelo de Pavia. Assim que entrou na capela, ela foi saudada por um turbilhão de rostos, quase nenhum deles reconhecido por ela em seu estado de nervos. Niccolò da Correggio estava presente, feliz por tirar vantagem da ausência de Francesco, de modo que pudesse ter Isabella só para si; no entanto, já que cada homem presente ansiava por isso, nenhum deles ganhou sua atenção exclusiva. Galeazz di Sanseverino havia aparecido com quatro de seus irmãos, todos exibindo sorrisos brilhantes apesar de sua apresentação marcial, e não havia ninguém mais vistoso do que ele. Outros rostos, ela não conseguia associar com nomes, pelo menos não naquele momento.

Isabella e Leonora a pegaram, cada uma por um cotovelo, para conduzi-la ao altar. Ela estava costurada num brilhante manto branco, engastado com mil pequenas pérolas. Correntes de safiras e diamantes se encontravam em ângulos agudos no corpete apertado. Ela havia insistido em manter sua trança comprida, a qual estava entrelaçada com fitas brancas e prateadas orladas com pérolas. Beatrice estava acostumada com vestidos formais, mas nunca tinha usado um tão pesado como este. E tinha de caminhar lentamente, sentindo-se pesada sobre o piso de mosaico da capela. Estava sem nenhuma pressa de chegar ao altar. Este era o seu momento, com as faces de todos aqueles que eram importantes para seu marido e para sua família grudadas nela enquanto caminhava como um anjo cheio de jóias em direção a seu marido.

A missa pareceu passar muito rapidamente, sua mente rodopiando com milhares de pensamentos e imagens, nenhum dos quais conseguiu se lembrar depois que a cerimônia se encerrou. Era tudo um borrão até que Ludovico pegou-lhe a mão esquerda e colocou no seu dedo um anel com enorme diamante quadrado no centro, circundado pelas mais minúsculas pérolas que já tinha visto, enfileiradas em cordões. Era tão pesado que, não estivesse segurando-lhe a mão, ela teria caído direto para seu flanco. Teria ela de usá-lo durante todo o dia?, imaginou. A seguir, ele estava se retirando com ela do altar e o fluxo de rostos voltou-se de novo em sua direção enquanto ela se limitava a sorrir.

Após a cerimônia na capela, uma ceia para mais de cem convidados teve lugar no imenso salão de jantar, com tetos altos pintados em dourado e ultramarino reluzentes, pintura que Ludovico disse-lhe ter sido feita de milhares de lápis-lazúli triturados. As paredes estavam cobertas de afrescos de homens e mulheres da família Visconti do passado que haviam construído esta residência régia. Beatrice perscrutava aquelas faces em busca de similaridades com seu marido. Ele explicou, porém, que, infelizmente, se assemelhava com o lado Sforza da família. Ela acreditou nele. Tudo em relação a ele era *força*, o significado literal de Sforza.

Cada uma das janelas arqueadas do alto assentava-se em fustes triangulares de mármore. Brasões dos Visconti, dos Sforza e da Casa de Savóia, à qual a família de Ludovico freqüentemente se unira por matrimônio, decoravam os espaços nas paredes. Beatrice nunca vira tamanha grandeza, nem mesmo na corte de seu avô em Nápoles. Talvez o papa vivesse em esplendor maior, mas ela estava certa de que até mesmo aqueles fabulosos sultões turcos, ou os doges de Veneza, não poderiam possivelmente viver em ambientes mais esplendorosos.

Beatrice não se lembrava de ter comido qualquer coisa das travessas de carnes e iguarias que vinham da cozinha num desfile ininterrupto. Ela tentou mordiscar uma ou duas vezes, mas passara o dia inteiro sem ser capaz de sentir seu corpo. Tudo que podia conseguir era continuar pegando vários copos de ouro e prata e beber o que contivessem. Era sempre vinho — às vezes tinto, às vezes branco, outras vezes doce e em outras seco. Depois de certo tempo, ela não pôde mais beber. Podia sentir o peso de seu vestido e do anel, e sentir o ar frio atingir seu rosto enquanto saíam do salão de jantar e entravam no pátio, mas sentia uma estranha ausência de seu ser corporal.

Ela quase havia esquecido o mais estranho evento do dia. Quando tinham deixado a capela, entre todos os rostos havia um em particular, usando uma máscara de veludo preto e uma comprida capa preta. Ela conhecia o homem, tinha certeza, mas não podia identificar exatamente quem era até que viu Isabella ficar completamente branca. Depois percebeu que era Francesco, disfarçado. Beatrice tinha sido avisada de antemão de que o empregador de seu cunhado, o doge da República Veneziana, não aprovava inteiramente este casamento entre Ferrara e Milão. Seria então inoportuno, se não inconveniente e desleal, para Francesco comparecer. O doge não confiava e nem gostava de Ludovico, e as relações entre Milão e Veneza estiveram mais do que estremecidas por algum tempo. Era esquisito de fato, então, ver Francesco de pé no pátio, uma parte dele, e ainda assim afastado do cortejo nupcial. Ela desejara recepcioná-lo, mas seu marido a conduzira para outra direção a fim de saudar o príncipe de Mirandola, e na hora em que ela voltou-se novamente, ele já se fora. Francesco não compareceu ao jantar. Tampouco ela tivera tempo para falar com Isabella sobre isso. O que poderia significar?

Logo, os pensamentos sobre Francesco a abandonaram. Manteve os olhos bem apertados, passando as mãos pelo corpo de cima a baixo, sentindo de novo a seda fria da camisola, apreciando a força dos braços e pernas fornecida pelos longos dias de equitação e pensando sobre todas as riquezas no seu futuro. Nem mesmo seu futuro, porque seu futuro era agora. Ela *agora* era a duquesa de Bari. Era *agora* a dona oficial deste magnífico e antigo castelo. Era *agora* a esposa do belo Mouro, que havia prometido, na presença de sua mãe e irmã, mimá-la e cumprir cada desejo dela.

Ela estava perdida em devaneios quando ouviu Ludovico entrar no quarto, seus passos se aproximando da cama. O som dos chinelos do marido no piso de mármore tornou-se familiar. Estivera ele observando-a? Ela congelou, as mãos nos quadris, com medo de abrir os olhos.

— Seus sonhos parecem lhe dar prazer, minha criança — disse ele. Beatrice não sabia dizer se ele estava zombando dela. A voz dele soava sonhadora e distante, como se estivesse vindo de um lugar longínquo.

Antes que pudesse abrir os olhos, antes que pudesse inspirar novamente, ele se deitava ao lado, sua mão sobre a dela, tolhendo seus movimentos, e guiando-a de novo sobre os seios. Dilacerada entre o prazer e a mortificação, os olhos de Beatrice se abriram para ver os lábios vermelhos carnudos a centímetros do seu rosto. As faces de Ludovico estavam rosadas, não tanto do vinho, ela pensou, mas de prazer.

— Haverá sangue nos lençóis pela manhã, para os inspetores da corte? — perguntou ele.

— Eu nunca fiz isto antes — disse ela, desejando que ele fosse mais sério.

— Claro que não — riu ele. — Você é uma criança.

— Sou sua esposa — replicou ela.

Beatrice olhou para ele, à espera. Não fazia idéia do que era esperado dela. Ele havia cessado de guiar-lhe a mão. Ambos deitaram-se imóveis. O que poderia vir a seguir? Ele deu-lhe um beijo nos lábios, suave e lento. Ela sentiu o gosto de vinho no hálito quente dele e no dela, ainda doce. Sentiu-se despertar interiormente e adiantou-se para beijá-lo mais firme. A mão de Ludovico moveu-se até o seio, acariciando-o sobre a camisola, incitando um mamilo e depois o outro. No momento em que começou a rolar para o lado a fim de impelir-se contra ele, Ludovico parou de beijá-la e disse, indiferente:

— Talvez eles ainda cresçam.

Ele devia ter ouvido o seu inaudível arquejo, porque rapidamente consertou sua falta de tato.

— Oh, não se desespere, criança. Não importa se vão crescer ou não. Sua vida será realmente muito boa. Você terá tudo com que jamais sonhou, minha princesinha, e muito mais... mais do que sua mãe, mais do que sua irmã, mais do que qualquer uma que já conheceu.

Ela queria perguntar: *Terei o seu amor?* Mas não ousava. Pelo menos por ora.

— Mestre Ambrogio diz que os astros estão alinhados para a concepção de um filho. É por isto que a cerimônia teve de ocorrer hoje. Eu não queria contar-lhe isso antes. Mas é a verdade, portanto devemos ser muito sérios.

Ludovico levantou-lhe a camisola, deixando-a dobrada na cintura. Ele atrapalhou-se brevemente com a própria roupa, revelando seu membro como se lhe oferecesse um corte de carne da cozinha. Parecia bastante benigno — gordo, rosado, rombudo e não muito longo.

Ele tomou a parte inferior do corpo dela, fitando-a de uma maneira que a embaraçava, como se avaliasse o flanco de um cavalo que estivesse a ponto de comprar. Finalmente, fitou-a nos olhos.

— Parece quase um pecado — disse com um risinho que ela tampouco considerou amável ou atraente. Ele não deveria estar rindo para ela agora. Não havia ele acabado de dizer que tinham sérios assuntos a tratar? Como esperava que ela lhe desse um filho? Um filho forte poderia não nascer a partir de uma piada.

Beatrice sabia que se pudesse dizer a Ludovico o que estava queimando dentro de sua cabeça, ele deixaria de se ocupar com ela como se fosse seu bebezinho e não sua esposa. Se conhecesse a mulher que ela realmente era por dentro, iria até mesmo começar a amá-la, tinha certeza. Mas alguma coisa, algum tolo medo, algum vestígio deslocado de criancice, a impediam de dar a conhecer seus verdadeiros pensamentos. Beatrice apertou os olhos contra as lágrimas que afloravam por detrás deles, e ficou mais furiosa ainda porque sabia que Ludovico iria pensar que estava chorando por ter medo.

— Ah, é agora — sussurrou ele. Sem outra palavra, montou nela, abriu-lhe as pernas, deixando o ar atingir suas partes íntimas e quentes. Ela queria fechar aquelas pernas fortes, negando-lhe a entrada, mas se o fizesse ele teria de reportar o fato ao embaixador ferrarense bem como à sua mãe, e eles mandariam uma carta para seu pai. Isto seria intolerável, porque toda Itália ia pensar então que a assustada virgenzinha recusou ao marido seus direitos na noite de núpcias. Em vez disso, ficou deitada ali imóvel como um cadáver, esperando.

Lentamente, ele pôs a coisa dentro dela, e Beatrice imaginou a maneira miraculosa como ela se transformava num ferro em brasa, ou algum instrumento feudal de tortura. Estava a ponto de gritar para que ele parasse, mas, prevendo isto, Ludovico tapou-lhe a boca com a mão enquanto se movia para dentro e para fora dela, chamuscando-a. Lágrimas se formaram e ele movia-se cada vez mais rápido, cauterizando-a com cada movimento. Quanto tempo isto iria durar?, especulava ela. Como podia ele suportar feri-la desta maneira, depois de prometer a sua mãe que tomaria conta dela?

Ela mal conseguia respirar. Sentia o aroma que ele tinha nos dedos e imaginava se isto a sufocaria antes que morresse de dor. De olhos fechados como portões de fortaleza, ele girava em cima dela, como se estivesse se concentrando em algum grande problema mental. Enquanto suas pálpebras se apertavam cada vez mais estreitamente, ele soltou um gemido alto, como um cavalo em revolta, e de repente o horrível martelar chegou a um fim abrupto. Ainda assim, a dor não cessou, e justo quando Beatrice teve uma esperança de que cessaria, ele grunhiu, liberando uma estocada final insultuosa. Depois, lenta e torturantemente, ele rolou de lado sobre suas costas.

Beatrice jazia atordoada. Era isto que deveria esperar pelo resto de sua vida? Certamente havia alguma coisa errada com a sua fisiologia. Ela devia ter nascido com malformação vaginal. Algumas mulheres professavam apreciar esta atividade, sua própria irmã incluída, ou assim alegava. Seria bem típico de Isabella, dizer-lhe que o intercurso era adorável quando de fato era horrível, só para fazer Beatrice pensar que era inadequada de mais outro modo. Acabara de preparar sua mente para falar com a mãe pela manhã e pedir que fosse mandada para um convento, ou pegar aquela égua cor de canela e fugir antes que todos acordassem, quando Ludovico interrompeu seus pensamentos indignados ao esfregar-lhe a face suada com o dorso dos dedos.

— Fica mais fácil com a prática. Da próxima vez será muito mais gostoso e, em breve, a dor sumirá inteiramente. E então a mulher começa a ansiar por isto, tal como um homem. Às vezes até mais. Para você, porém, vai levar um pouco mais de tempo.

— Você se desapontou comigo? — perguntou ela, enxugando as lágrimas.

— Estamos juntos, nós dois, para fazer filhos. Se me der filhos, farei de você a maior mulher na face da terra. Virei procurá-la a cada vez que o mestre ler nos astros que a ocasião é propícia para concepção. Será obrigação sua me receber. Por outro lado, você pode fazer o que lhe aprouver, gastar como bem entender e pedir quaisquer jóias e acepipes que quiser. Serei atencioso em sua companhia e você será o receptáculo público do meu louvor. Mimarei você com cada jóia, bracelete e prazer que o dinheiro possa comprar. Não terá absolutamente nenhum motivo para se queixar à sua família. Nenhum motivo. Está entendendo, minha criança?

Não sou uma criança, ela quis gritar-lhe. Mas antes que pudesse reunir coragem, ele se foi e ela ficou deitada sozinha no grande leito, com o sêmen de Ludovico e o sangue escorrendo dela para os imaculados lençóis.

BEATRICE ouve os passos dos funcionários marchando para fora do quarto, segurando nas mãos a evidência triunfante de que a união de duas grandes casas foi consumada, e a Itália de seus pais está novamente a salvo.

— Seu banho está sendo preparado — ela ouve sua mãe dizer. — Ludovico foi para Milão a fim de organizar as celebrações por lá. Vista-se depressa. *Messer* Galeazz concordou em nos levar num passeio pelos parques de caça.

A duquesa Leonora não espera pela resposta da filha. Ela não é mãe de mimar os filhos, nem as filhas, por falar nisso. Beatrice sabe que tanto sua mãe quanto seu pai esperam que ela esteja à altura de ser uma esposa perfeita, embora, poucos dias atrás, ainda a considerassem uma criança.

Ela espera até ter certeza de que ninguém esteja no quarto antes de se voltar do cenário nevado do lado de fora da janela. Então se joga na cama, as cobertas ainda quentes onde ela deitara adormecida. As lágrimas que havia prendido desde a noite anterior — desde que Ludovico a deflorou fora de qualquer dúvida e depois a jogou de lado — começaram a fluir numa gratificante torrente de raiva.

Oh, que tola é, casada com um homem que a considera uma criança que pode ser descartada. O que a aguarda em sua nova vida em Milão? Irão seus filhos, se vierem, ser postos de lado pelos filhos que Ludovico tem com Cecilia Gallerani? Certamente, mesmo na corrupta corte de Milão, seria impossível para o ilegítimo usurpar o legítimo. Mas neste estranho mundo no qual entrou, o impossível poderia acontecer.

Beatrice sente-se como uma tola, e sabe que para todos que estão a par de sua situação ela parece mesmo uma tola. Mas quantas vezes o tolo acaba por ser o mais esperto? Com que freqüência os tolos são tolerados ao dizer coisas que os outros devem reprimir? Ludovico — e de fato toda a Itália — podem enxergá-la como tola ou infantil, mas tanto tolos quanto infantis podem ser obstinados e sagazes.

Enxuga o rosto nos cobertores. Ela não deve sucumbir a essas emoções que ameaçam alcançá-la e impeli-la à ruína. Afinal, ela é oficialmente uma duquesa agora — estranhamente duquesa de Bari, uma cidade portuária no mar Adriático que nunca viu —, a esposa do poderoso regente de Milão. Dela se espera que represente um papel. Todos os olhos estarão sobre ela, especialmente em Milão, onde encontrarão Ludovico dentro de poucos dias para dar início à celebração do casamento.

Beatrice se recompõe. Depois do banho estará pronta não só para aquele dia, mas para a vida à sua frente. Ela se apresentará impecavelmente, mesmo se tiver de ignorar cada emoção dela e cada injúria causada pela negligência do marido; mesmo se tiver que imitar cada gesto de Isabella para ganhar a admiração e aprovação daqueles que vieram assistir a um casamento farsesco, como espectadores de um esporte sangrento. Pode levar algum tempo e algum aprendizado, mas em breve ela mostrará a todos exatamente do que é feita esta tolinha.

Capítulo três

XV · IL DIAVOLO (O DIABO)

Do caderno de notas de Leonardo:
Você não pode ter nem maior nem menor domínio do que o que tem sobre si mesmo.

No ano de 1491;
nas cidades de Milão e Mântua

Milhares de convidados, vindos para os festejos do casamento, reuniram-se montados a cavalo diante dos portões da cidade de Milão, para saudar Beatrice, Isabella e o resto da comitiva que chegava de Pavia para o cortejo real na cidade. A comitiva do casamento e o grupo da realeza européia convidada foram saudados pelo duque e duquesa reinantes: Isabel de Aragão, uma beldade com círculos escuros sob os olhos — ou devido a ter se levantado muito cedo para vestir seu elaborado traje, ou por causa de sua notória infelicidade no casamento —, e o duque Gian Galeazzo, tão jovem, magro e pálido, os olhos ainda avermelhados por alguma devassidão em que estivera empenhado na noite anterior. A duquesa pareceu bastante terna ao saudar Beatrice, a pequena prima da qual se lembrava da corte de Nápoles. De fato, pareceu aliviada pela presença de outra jovem mulher em Milão, uma aliada potencial ou pelo menos um ouvido compassivo. O jovem duque, aos olhos de Isabella, era mais motivo de pena do que de desprezo.

Isabella ficou grata por ter despendido tanto tempo e dinheiro em seu guarda-roupa, pois os olhos mais importantes do mundo estariam sobre ela neste dia. Ela encarregara *messer* Brognolo, o agente dos Gonzaga em Veneza, de percorrer as lojas em busca de oitenta das mais finas peles de zibelina para fazer um manto exuberante, que havia forrado em pouco mais de sete metros de cetim escarlate. Isabella tinha se agasalhado de modo que o tecido vermelho, tão lisonjeiro à sua pele, espreitasse para fora da zibelina escura, realçando a cor rosada natural de suas faces. Não tinha nenhuma intenção de tentar superar sua irmã neste dia importante, mas tampouco pretendia desaparecer no segundo plano.

Dezenas de trombetas anunciaram o cortejo real à medida que entrava na cidade. E a partir do momento em que cruzou a cavalo seus portões, Isabella teve certeza de que estavam depositando Beatrice num lugar mágico. *Il Moro* publicara um edito antes do casamento, convocando todos os artistas da Lombardia a adornar cada centímetro da cidade. Qualquer artista ou artesão que não atendesse estava acabado, e portanto o índice de desobediências não foi muito grande. Toda a cidade pululava de frescor e vida, embora se dissesse que havia sido fundada nos tempos romanos. Até mesmo a adorável Mântua parecia uma velha matrona austera em comparação com este lugar viçoso. Flocos de neve brilhavam sobre tijolos vermelhos contra um céu italiano glacial. Cada parede, sacada e coluna da cidade estavam embandeiradas nas vivas cores rubro-anis dos Sforza. A hera, agora borrifada com a neve matinal, serpenteava seu caminho em volta de cada coluna e vão de porta num infinito padrão orgiástico. Artistas haviam pintado brilhantes penachos e símbolos dos Sforza e dos Visconti — víboras enroscadas, leões com capacetes, braços de aspecto feroz erguendo machadinhas, tochas gigantes, e muitas outras coisas indescritíveis — em cada superfície disponível. Isabella ficou principalmente encantada com o tributo dos fabricantes de armaduras à noiva na Via degli Armorai, repleta de mostruários de reluzentes espadas, escudos, lanças, peitorais e capacetes. Conjuntos completos de armaduras alinhavam-se em bruxuleante atenção nos dois lados da rua à medida que o cortejo passava, como um silencioso exército metálico.

Beatrice estava adorável, Isabella teve de admitir. Mas quem não pareceria, coberta de tecidos e jóias que valiam muitos milhares de ducados? Seu vestido cerimonial pendia bem abaixo de seus pés, fazendo-a parecer como se flutuasse numa nuvem de ouro. A cinta nupcial, que o pai encomendara aos melhores joalheiros da Itália custara uma fortuna, e assentava-se lindamente na melhor porção de Beatrice, sua estreita cintura. O corpete era baixo, mas revestido com arminho, disfarçando o fato de que ela não possuía busto, afinal. Suas mangas, presas ao vestido com fitas nas quais foram costuradas muitas pérolas, desciam até os cotovelos, dobrando-se em triângulos harmoniosos por todo o caminho até o chão. Faces rosadas, olhos brilhando, sempre perfeita quando montada num bom cavalo, ela cavalgava com grande porte ao lado de seu marido.

Ludovico estava coberto, até o último fio de seu traje, um príncipe da cabeça aos pés, num manto ofuscante de brocado em ouro. Era óbvio que o ilustre grupo que viera para ajudar a comemorar esta união estava ali em homenagem a Ludovico, considerando-o o verdadeiro governante e poder do ducado de Milão. O jovem duque, a quem Ludovico estendia cada cortesia, deixava seus olhos vaguearem quando saudava personalidades importantes e, até certo ponto, quase caía para trás em seu cavalo. Gian Galeazzo podia possuir o título oficial, mas o que era isso em comparação com o poder que Ludovico comandava?

Quando Isabella encontrou Ludovico pela primeira vez em Pavia, sentiu um choque percorrer seu corpo. Tudo que fixara em sua mente comprovou-se estar totalmente errado. Ela o havia fantasiado como velho e avarento, especialmente depois que lhe pediu para reduzir o número de sua comitiva, o que a deixara indignada, afinal, era a irmã da noiva, além de marquesa de uma cidade-Estado extremamente importante. Mas quando Ludovico os recepcionou em Pavia, a visão dele desmanchou todas as impressões formadas anteriormente. Ele era alto, sensual e impressivo; um magnífico e rico príncipe em pleno apogeu de seu poder, intelecto e sexualidade. Isabella sentiu de imediato sua atenção sobre ela, mesmo antes que tivessem uma chance de descobrir que eram almas gêmeas, interessados — não, apaixonados — por todas as mesmas coisas. Ele era capaz de enviar-lhe sinais do seu interesse, o tempo todo dedicando especial e educada atenção a Beatrice e à duquesa Leonora. Um jogador refinado, pensou Isabella. Todas as suas características — eram mouras, afinal? — a eletrizavam. Os lábios vermelhos e carnudos sempre pareciam prontos a beijar. Suas mãos eram cuidadas e graciosas, porém viris. Ela só pôde imaginá-las sobre seu corpo a partir do momento em que as viu sem o adorno de luvas. Ele tinha centenas de pessoas a assisti-lo o tempo todo e ainda assim, quando voltava sua atenção para ela, sentia-se como se os dois estivessem inteiramente a sós, embora a esposa dele, sua irmã, se encontrasse bem ali.

E agora, o que ia fazer? Porque este era o marido de Beatrice, estas eram a cidade e a vida de Beatrice, mas Isabella não conseguia evitar sentir que, embora estivesse deliciada por toda esta maravilha em sua vida, Beatrice não tinha sensibilidade para apreciá-la além do superficial. O que ia fazer agora que ela, a marquesa de Mântua, apaixonada por seu próprio marido, estava também desejando o homem que sua irmã acabara de desposar?

Ela não era a única a desejar.

Podia ter previsto a visita que ele fizera ao seu quarto no castelo de Pavia na própria noite da cerimônia de casamento, momentos depois de haver consumado o matrimônio com sua irmã. Isabella já suspeitava de suas intenções quando ele a colocou nos aposentos do outro lado do pátio onde estavam alojadas sua mãe e sua irmã. Não deveria uma irmã estar pronta a auxiliar a noiva em sua noite de núpcias?

Ludovico fizera um grande estardalhaço com suas damas de companhia à porta. Ele precisava falar com a marquesa. Isabella despachou as moças e o deixou entrar, jogando um agasalho forrado de pele sobre sua fina camisola. Ele deixou imediatamente claras as suas intenções.

— Inventei uma desculpa para nós. Disse às suas damas que vim discutir um delicado assunto sobre Beatrice com a irmã dela, que irá me aconselhar.

— Que conselho está querendo, Excelência? — perguntou ela. — Por certo não precisa da minha ajuda para deflorar uma donzela. Imagino que já seja perito nesta arte.

— Não, o fato está consumado, mas me deixou insaciado.

— Posso lhe oferecer um pouco de vinho?

— Marquesa, não faça jogos comigo. Não sou um homem estúpido nem deixo de perceber as intenções numa mulher. Estou aqui porque me chamou.

Ela começou a protestar quando ele a interrompeu:

— Não com palavras. Como poderia, quando não tivemos nem tempo de ficar a sós? Mas estive lendo seus pensamentos, seus gestos e seus olhos.

Antes que ela pudesse emitir uma tímida resposta, ele já a enlaçara pela cintura. O agasalho caiu ao chão e ele pressionou-se contra ela. Isabella pôde sentir que, embora tivesse consumado o casamento, ele de fato estava pronto para mais. Pôde sentir o vinho no seu hálito, mas teve de virar o rosto quando lhe passou pela mente que era o mesmo hálito que se misturara com o de Beatrice momentos antes.

— O que é isso, marquesa? Não vá me dizer que interpretei mal esta situação?

Ele sabia o que ela estivera pensando. Isabella ainda não era perita na arte feminina de ocultar suas mais profundas emoções. Mas não havia nenhuma entrega nele, ela sabia. Ali estava um homem que tinha esposa e amante. Se a levasse para a cama agora, iria descartá-la e partir para a conquista seguinte — que podia ser uma aia, uma copeira, um moço de estrebaria, quem saberia? Os homens estavam sempre tentando extravasar seus insaciáveis desejos com alguma coisa nova.

Ela pôs a mão no peito dele — afetuosamente, mas também como um escudo, tentando ganhar tempo para decidir tirar proveito da ocasião.

— Receio, Excelência, que não seja nem hora nem lugar para dar vazão a nossos desejos.

Ludovico tomou-lhe a mão e a beijou, depois enrolou-a em volta de sua cintura e seus lábios buscaram o ouvido dela. Isabella sentiu a língua úmida acariciar o lóbulo e depois mordiscá-lo, enviando um tremor através de seu corpo.

— Não viu o misterioso homem mascarado hoje na cerimônia?

— Não pensei em nada disso. Muitas pessoas usam máscara, seja para esconder marcas de varíola, ou apenas por questões de modismo, como fazem os venezianos.

— Aquele era meu marido.

— Por que ele não se deu a conhecer?

— O senhor sabe que meu marido é o comandante-geral do Exército de Veneza.

— Sim, e numa idade bem precoce. Deve se sentir muito orgulhosa.

Oh, ele era sarcástico. Zombava dela enquanto tentava seduzi-la. Ele não o sabia, mas com cada gota de sarcasmo estava apenas fortalecendo a decisão de Isabella de refrear seus próprios desejos. Ela sabia que não era páreo para ele em jogos desse tipo, não ainda. Mas com alguma prática, e tendo-o como mentor, o que poderia ela aprender?

— E está também ciente, não está, de que os venezianos o consideram inimigo deles?

— Sim, ouvi dizer. E o que é que isto tem a ver conosco?

— Por que acha que Francesco esteve aqui? Como um espião veneziano? Não, ele estava espionando a mim! É um homem muito ciumento, e também de sangue quente.

— Onde está ele agora? Debaixo da cama? — Ludovico alcançou o alto de sua camisola e pôs a mão sobre um seio. — Ah, de bom tamanho. Muito melhor.

Ela decidiu permitir-lhe sentir seu seio. Seria melhor se ele aguçasse seu apetite por ela. Sabia pelas relações conjugais com Francesco que seios alvos e roliços, com mamilos plenamente róseos, conferiam algum tipo de poder. Ela queria ter poder sobre o mais poderoso príncipe da Itália.

— Não faço a menor idéia de onde se encontra meu marido. Nem imaginava que ele fosse aparecer no seu casamento. Tentei falar com ele, mas Francesco fez sinal para que não me aproximasse dele.

— É um homem estranho, de fato. Mas se ele não está aqui, então o que nos impede? — Ludovico passou para o outro seio antes de tentar engolfar os dois com uma só mão, o que não conseguiu fazer, e então conformou-se em acariciar um seio e depois o outro.

— Tenho medo dele — disse ela. A seguir ela o enlaçou pelo pescoço e beijou-o, beijou aqueles lábios vermelhos e cheios abrindo a boca de modo que ele pudesse enfiar sua língua polpuda. Ela sugou-lhe a língua enquanto ele lhe apalpava os seios. Depois, ela rompeu o contato.

— Você precisa ir.

— Você tem uma estranha maneira de dizer adeus — replicou ele.

— Francesco poderia estar em algum lugar. Faz alguma idéia do que ele poderia fazer se me pegasse com outro homem? Faz alguma idéia de como o doge de Veneza ficaria feliz se meu marido tivesse um pretexto para matá-lo? Seria bem típico de Francesco, encontrar um motivo para ter um duelo de amantes. Ele tanto ama quanto odeia que outros homens prestem atenção em mim. Digo-lhe que ele é um tanto insano e não hesitaria em matá-lo se tivesse a chance.

Ludovico suspirou.

— Sempre tem uma complicação ou outra.

— Teremos tempo de novo — disse ela, beijando-o levemente nos lábios e tirando a mão dele de dentro de sua camisola.

— Sou um homem paciente — respondeu Ludovico. — E não desejo morrer. Não esta noite, quando há tanta coisa a aguardar ansiosamente amanhã. Além disso, a espera pode tornar isto muito mais delicioso.

Dos cadernos de Leonardo:
A moderação reprime todos os vícios.
O arminho preferiria morrer a enodoar a si mesmo.

Dias mais tarde, cavalgando no cortejo real pelas ruas de Milão e atravessando a ponte levadiça sobre o grande e largo fosso que circundava o Castello Sforzesco, Isabella sentiu como se estivesse entrando no reino de um dos contos de fada que ela e Beatrice recitaram uma para outra na infância. A fachada, com sua torre teatral, dava para uma elegante praça. Arqueiros estavam de sentinela no que pareciam baluartes da altura de montanhas. As pontes para o castelo enxameavam de atividade. De fato, como veio a descobrir nos dias subseqüentes, estafetas, escudeiros, soldados, mascates, damas, embaixadores e cavaleiros entravam e saíam durante horas. O movimento frenético jamais parecia cessar, nem mesmo à noite, quando cavaleiros e seus carregadores de tochas galopavam cruzando a ponte em alguma missão urgente.

Circundando os outros lados do castelo havia lindas campinas e bosques, espessos e encantados. Era lá que Ludovico abrigava seus estábulos e sua excelente coleção de cavalos, onde Isabella imaginava que Beatrice passaria a maior parte do seu tempo. Os aposentos do castelo eram numerosos demais para contar e estavam agora repletos com o magnífico enxoval de noiva de Beatrice, para ser contemplado e admirado pelos convidados. Caminhar através dos cômodos sinuosos, onde milhares de presentes para os noivos estavam expostos, era como fazer uma viagem para conhecer os grandes tesouros do mundo. Baixelas de ouro e prata, cerâmicas belas e requintadas, montes de especiarias em tigelas exóticas, tecidos de muitos países, grande quantidade de brocados bruxuleantes, e colares de pedras preciosas e metais que Isabella jamais poderia identificar — todas as oferendas pródigas ao grande príncipe italiano e sua noiva estavam expostas para que todos admirassem.

Isabella também sabia que, escondida em algum lugar desses magníficos aposentos estava a amante de Ludovico, Cecilia Gallerani. Isabella ansiava para ter um vislumbre da rival de Beatrice e dela própria. Ela percorreu os corredores, simulando estar perdida, mas fracassou em descobrir o paradeiro desta dama. Na verdade, ela não estava certa do que mais queria ver: se a própria Gallerani ou se sua famosa pintura feita pelo *Magistro*. Decidiu que não descansaria e nem deixaria Milão até que tivesse visto as duas. Mandou que seus criados indagassem discretamente, mas todos os lábios do palácio estavam selados sobre os assuntos de amante e pinturas. Decidiu pedir ao próprio Ludovico que arranjasse a possibilidade de ver ambas, embora isto exigisse extraordinário tato. Mas a oportunidade não se apresentava.

Não tivera um único momento a sós com Ludovico desde que ele tentara invadir seu leito em Pavia. Ele havia partido no dia seguinte para assistir aos detalhes das celebrações em Milão, deixando que Beatrice e Isabella fossem entretidas por Galeazz, que passou dois dias ininterruptos em sua companhia. Como crianças livres, ignorando o frio, cavalgaram pelos parques de caça de Pavia, onde Galeazz soltou seus melhores falcões para alegria de Beatrice. Embora ele flertasse com Isabella, dedicou especial atenção a Beatrice, satisfazendo seus desejos de cavalgar, caçar, explorar os terrenos e conversar, até o ponto da exaustão. Ele fez jogos de palavras com as duas irmãs, produzindo um arrebatado debate acerca das mais altas qualidades dos lendários cavaleiros Rinaldo e Orlando, até quase perderem o fôlego. Mas havia uma qualidade particular para seu comportamento com a irmã. Isabella teve a nítida impressão de que, apesar do fato de que Galeazz no final se casaria com a filha de Ludovico, Bianca, ele estava tentando fazer Beatrice se apaixonar por ele. Não sabia dizer se Beatrice estava profundamente satisfeita por encontrar um amigo na corte capaz de caçar e cavalgar tão bem quanto ela, ou se estava sucumbindo aos esforços mais românticos dele. Uma situação estranha, pensou, e era preciso ficar de olho.

Momentos privados com Ludovico foram inteiramente sabotados quando Francesco apareceu *de novo* em Milão usando sua máscara, tentando se misturar anonimamente na multidão de milhares. Ludovico o reconheceu e mandou-lhe uma mensagem para que se juntasse a eles para jantar. Francesco, claro, não pôde recusar. Juntou-se ao grupo, sentando-se ao lado dela na mesa enquanto centenas de camponesas vestidas no rubro-anil dos Sforza executavam danças folclóricas para entretê-los. Ele também se juntou à esposa na cama, o que ela aceitou bem. Sim, ela fora levada rapidamente para a cama, e quem recusaria, do jeito como ele a acariciou por longas horas, murmurando palavras tórridas de desejo por ela no seu ouvido. Ela se acostumara com o corpo cálido de Francesco a seu lado e com o hábito que tinha de excitá-la para fora do sono e induzi-la a satisfazer seus desejos. Ela por certo não desejava que isto mudasse.

Francesco não forneceu nenhuma boa razão para surgir em cena disfarçado, exceto que, à luz de suas relações com a Sereníssima República de Veneza, desejava agir discreta e diplomaticamente, embora ainda sem perder a ocasião monumental que era o casamento de sua adorada cunhada. Isabella não teve escolha senão aceitar sua explicação, embora ela não soubesse que Francesco tivesse algum dia agido diplomaticamente ou desde quando professara este grande amor por Beatrice. Era como o amor obsequioso de Galeazz por Beatrice, manifestando-se de lugar nenhum e, até onde Isabella podia ver, por nenhum bom motivo. Poderia realmente o comandante do Exército de Milão tentar se divertir com a esposa de Ludovico? Isabella não tinha nenhuma resposta para estas perguntas, nem podia imaginar. Mas estava confiante de que, com o tempo, tudo iria se revelar.

FRANCESCO permaneceu em Milão para a abertura do torneio de justas. Seu irmão Alfonso liderava a equipe de Mântua, vinte cavaleiros usando verde e ouro, as cores da Casa de Gonzaga. As competições iriam durar três dias, atraindo cavaleiros de toda a Itália, todos vestidos festivamente para o casamento do príncipe, todos portando os brasões e penachos de seus Estados. Até mesmo seus cavalos estavam a caráter, usando chifres para fazê-los parecer como cervos e unicórnios. Os cavalarianos de Ludovico eram liderados pelo irmão de Galeazz, Gaspare, trajando roupas em preto e dourado teatrais no estilo mourisco, em homenagem a Ludovico. Eles pareciam mais severos nas suas armaduras negras, quase como se tivessem sido enviados do inferno.

Isabella observou por três dias enquanto Beatrice procurava Galeazz por toda parte, mas ele não deu sinal de vida. Finalmente, no último dia, um enxame de homens mascarados, vestidos como antigos guerreiros citas, usando peitorais e cintos dourados resplandecentes contra roupas de preto retinto chegaram em cavalos de batalha cor de ébano, carregando lanças douradas imensas, as mais compridas que Isabella já tinha visto. Como eles mantinham seu equilíbrio sobre os cavalos enquanto portavam essas gigantescas lanças, ela não sabia. Galoparam através da praça, o pano sedoso de suas toucas esvoaçando atrás deles, até que fizeram uma parada repentina diante do palanque onde Ludovico e Beatrice sentavam-se com o jovem duque e a duquesa. Seu líder cravou a lança gigante dourada no chão e tirou a touca.

Era Galeazz. Fez uma reverência para o duque e a duquesa e olhou de relance para Isabella, dando-lhe um pequeno sorriso afetado como se dissesse: *Eu lhe disse que tinha a lança maior.* Ele recitou um poema de sua própria autoria acerca de Beatrice trazer o broto de sua primeira floração para a antiga terra da Lombardia — tudo coisa previsível — e incluiu duas linhas sobre sua própria prometida, Bianca Giovanna, de 12 anos de idade, que se sentava junto a Beatrice e recebia os cumprimentos timidamente. Isabella não estava apaixonada por Galeazz, mas gostaria que ele tivesse incluído uma referência a ela na sua recitação. Já havia sido a musa de muitos poemas na juventude, e nada a emocionava mais do que impelir um homem a empunhar a pena em admiração por ela, exceto um homem empunhando o pincel para imortalizá-la.

Na hora em que a última justa chegou ao final, Isabella estava farta das vitórias de Galeazz. Claro que ele ganhou o dia, derrubando dezenas de homens de seus cavalos para a humilhação destes. Beatrice presenteou-o com seu prêmio, uma peça de brocado de ouro de preço inestimável. Ele foi o convidado de honra das festividades da noite.

Isabella congratulou o cavaleiro por sua vitória e pela surpresa de sua chegada disfarçado.

— Os trajes dos bárbaros eram magníficos — disse ela. — Não fazia idéia de que era você. Estava pronta a fugir pela minha honra, com o surgimento daqueles homens assustadores.

— Que fique entre nós: roubei *Magistro* Leonardo de suas obrigações da decoração do castelo para o casamento a fim de que desenhasse as roupas para nós. Paguei-o generosamente, garanto-lhe, mas acredito que a despesa valeu a pena.

— Ele parece capaz de empregar seu gênio em uma miríade de direções.

— Sim, ele é incomparável em todas as coisas. Implorei a ele para me fazer este favor, não por mim mesmo, claro, mas porque nada é extravagante demais para agradar e impressionar *madonna* Beatrice.

— Sinto que você dedica um afeto especial por minha irmã — diz Isabella.

— De fato dedico, madame. Meu único propósito é servi-la.

Os homens achavam que só porque ela era jovem e linda não podia enxergar através deles? O sorriso negligente no rosto de Galeazz poderia ter sido convincente para algumas, mas para Isabella era um mero indício de que havia mais naquela história do que ele estava contando.

— Então você é um patrono do *Magistro*? — perguntou ela.

— Sou, como acabei de dizer.

— Nesse caso, deve saber da pintura de *madonna* Cecilia Gallerani.

— Sei. — Galeazz pareceu aliviado por saírem do assunto de Beatrice, mas não feliz com o novo assunto girar em torno de Cecilia.

— Se você estima tanto Beatrice, então, certamente, deseja continuar nas suas boas graças agradando a irmã dela.

— Nada me satisfaria mais, exceto, claro, agradar *madonna* Beatrice, porque fiz disso a meta da minha vida. — Este homem era tão experiente em representar o cavaleiro para as damas que sua confiança superava a de um ator teatral.

— Senhor, há uma maneira pela qual poderia me agradar extremamente.

— Estava esperando que me sugerisse isto — disse ele, de repente muito alerta, o sorriso se alargando, prevendo a proposta de Isabella. Agora ela o tinha. Se ele estivesse apaixonado por sua irmã, consideraria tão rapidamente a mera sugestão de um flerte por parte dela?

— Quero que providencie para que eu veja o retrato que o *Magistro* fez de Cecilia Gallerani.

Ele não falou. Ela o havia capturado pela surpresa. Galeazz limitou-se a olhar para ela.

— Bem?

Ele recuperou-se da decepção com o pedido dela, manuseando nervosamente seu traje, puxando-o para baixo sem parar.

— Excelência, este é um pedido fora do comum, e, além disso, indiscreto.

— Eu lhe direi o que é indiscreto. Isso seria o modo como Ludovico o encarregou, futuro genro dele, de distrair minha irmã com sua galanteria para que ela não perceba que ele continua se encontrando com sua amante grávida. Isto, meu caro Galeazz, é ser indiscreto. Providenciar para que eu veja uma pintura, não o é.

GALEAZZ precisou de menos de 48 horas para atender o pedido. Isabella está consciente de que deveria se sentir culpada por chantagear este belo e galante homem, que está apenas cumprindo seu dever para com o príncipe, ao fazê-lo atender o seu pedido em troca de manter o segredo dele longe dos ouvidos da irmã. Em vez disso, ela se sente deliciosamente perversa enquanto eles se esgueiram pelos corredores dos alojamentos do castelo onde Ludovico partilha um apartamento com sua amante. O serviçal apropriado foi subornado e caminha à frente deles com a enorme chave de bronze para os quartos. Todos estão tirando uma soneca após uma manhã de cavalgada e comilança. *Madonna* Gallerani está tomando seu banho de sol diário no seu pátio particular, como é seu hábito neste estágio final da gravidez. Isabella e Galeazz não serão notados e nem sua ausência será percebida.

Uma vez no salão, Isabella tem que admitir que o duque teve a decência de prover a esposa com um mobiliário mais luxuoso do que o de sua amante. O apartamento de Cecilia é prodigamente decorado, com tapeçarias antigas do Julgamento de Páris e outros eventos remontando à Guerra de Tróia. Mas os aposentos de Beatrice tinham sido decorados pelas preferências do *Magistro* e eram melhores ainda. Isso, julga Isabella, conta em favor de Ludovico. Mesmo assim, ele provera bem a sua amante. Os cômodos eram amplos, preenchidos com o mobiliário apropriado às suas proporções. Os resquícios de uma preguiçosa lareira se transformavam em cinzas. Isabella coloca seu traseiro voltado para a chama, levantando discretamente a saia, permitindo que um fluxo de calor suba pela parte de trás de suas pernas enquanto os olhos vasculham o quarto.

A pintura repousa sobre um alto cavalete dourado. Uma bela mulher emerge de sombras escuras e fantasmagóricas como um anjo flutuando para dentro deste domínio a partir da névoa de um sonho. Sua face é luminosa, a pele, translúcida. As mãos estão pálidas, os dedos longos e elegantes. Uma criatura branca e bicuda senta-se no seu colo, suas orelhas redondas e delicadas, as garras enfaticamente rendidas, seu olhar tão atento a alguma coisa invisível fora da moldura como o olhar de sua senhora. É como se ambas as criaturas estivessem ouvindo um som distante e chamativo.

Isabella adora a maneira como o *Magistro* usa o contraste de luz e sombra ; adora as cores mudas e a maneira como ele consegue pintar frágeis emaranhados sobre o cabelo, atando cada um tão delicadamente sob o queixo. Como alguém consegue pintar a translucidez? Como alguém pode pintar pele tão lustrosa de modo que as pinceladas não possam ser vistas? E o cabelo! Como um alquimista ao contrário, ele transforma tinta dourada em cabelo. Isabella olha para os longos e fartos cabelos de Cecilia, nem de longe tão luxuriantes e espessos como os seus, e ela sabe que deseja que o *Magistro* transforme seus próprios cachos dourados com sua magia. Ele fez esta mulher parecer como se vinda do éter, delicada e oscilante entre este mundo e o próximo.

Isabella percebe que estava certa sobre o *Magistro*: ele está à procura da alma. A essência e mistério e as qualidades enganadoras não só desta mulher, mas *da mulher*, emergem do interior; espreitam apenas o suficiente dos olhos e dos minúsculos poros da pele para revelar um toque do inefável. O que é que Isabella vê? O poder do feminino? A santidade da fêmea?

— É como se ele tivesse roubado um vislumbre de sua alma — diz ela a Galeazz, que continua a olhar fixamente, embora já tenha admirado muitas vezes tanto o quadro quanto a mulher. — Ela flui através dos olhos.

— É o que o *Magistro* diz: que os olhos são a janela da alma — replica ele baixinho. — Conhecendo a dama, devo dizer que, neste caso, ele realmente captou sua essência.

— Ele deve ter usado camadas sobre camadas de tinta fina para conseguir esta qualidade luminescente da pele do rosto e da longa e graciosa mão ossuda.

— Madame, ninguém sabe como ele opera seus milagres. Depois das poses iniciais, ele pinta sozinho em segredo.

— Ela é bonita e juvenil, embora séria. Parece estudiosa, não é? — pergunta Isabella, ao mesmo tempo que não deixa de notar que ela possui todas aquelas qualidades. E gostaria de posar para o mestre, que poderia captá-las em uma pintura.

— Sim, como o é a própria dama.

— E o que é o pequeno animal no seu colo?

— Ora, você o usa junto a sua pele o tempo todo. Não reconhece o arminho no seu estado vivente? — ele brinca com ela.

— Ela tem um arminho de estimação?

Alguém tinha?

— Não, trata-se apenas de que o arminho é um dos muitos símbolos de *Il Moro*. Ele o queria na pintura. Ou talvez tenha sido o *Magistro* quem sugeriu. O arminho é um dos animais preferidos dele. A lenda sobre o animal diz que, ao ser perseguido por um caçador, ele prefere a morte a se refugiar num buraco, porque não quer se sujar. O *Magistro* é fanático no que se refere a limpeza.

— Talvez ele esteja também ressaltando que o Mouro tem um quê de doninha.

Ela nota que Galeazz tem vontade de rir, mas ele não o faz.

— É isso o que pensa a respeito do seu cunhado?

— Penso que ele é muitas e muitas coisas.

— O arminho é também uma referência ao sobrenome de *madonna* Cecilia. É por isso que o *Magistro* permitiu sua inclusão no quadro. *Gale* significa arminho em grego.

— Gosto da sagacidade de tudo isso — diz Isabella —, não importa o que signifique. Mas acho que poderia significar que *madonna* Cecilia tem *Il Moro* na palma de sua mão!

Das sombras sobrenaturais ao fundo da pintura projeta-se uma porta, levando a nada senão a luz.

— Para onde você acha que conduz aquela porta no canto da pintura? É estranha e misteriosa, não é? — pergunta Isabella.

— Nunca pensei nisso. Talvez o *Magistro* quisesse dar-lhe uma porta através da qual escapar, se assim o desejasse.

Que observação surpreendente, pensa ela. Teria sua irmã uma via de escape assim? Isso era tanto a alegria quanto a tristeza da vida de uma amante. Ela podia ir embora. Mas também podia ser mandada embora. Agora que Galeazz lhe pôs a idéia na cabeça, ela estava certa de que o *Magistro* inseriu esta ironia na sua pintura. Finalmente, ela diz:

— Senhor, acredito que sois muito mais brilhante do que deixais transparecer.

— Devemos ir agora — diz Galeazz. — Ela estará de volta a qualquer momento para o repouso da tarde.

— Ah, mas ainda resta a segunda parte de nosso acordo: ver a Gallerani em carne e osso.

Ele suspira.

— Se tivermos sorte, ela está no jardim abaixo. Está em confinamento, como sabe.

— É porque minha irmã e toda a Europa estão aqui para as festividades?

— Não, é porque está prestes a dar à luz um filho, embora eu dificilmente ache que *Il Moro* fosse desfilar com ela por aí durante os festejos pelo seu casamento.

Galeazz a conduz pelo braço até uma janela. Eles não se aproximam diretamente para não serem vistos. Ele a coloca atrás dele e inclina-se ao lado da janela, perscrutando abaixo.

— Estamos com sorte. — Ele a toma pelos cotovelos e a põe diante dele, mas ainda ao lado da janela, segurando-a mais estreitamente do que ela acha necessário, mas isso é um acréscimo à ousadia do momento. Ele é maior do que seu marido, maior até do que Ludovico. Ela sente que poderia ceder a ele, e com satisfação. Saberia ele como a está fazendo se sentir? Inspirando profundamente, ela se concentra na tarefa do momento.

— Seja rápida — avisa ele.

Ela se inclina à frente para poder ver o pátio lá embaixo. Uma mulher com o mesmo cabelo dourado caminha desajeitada, mãos baixas sobre os quadris, a barriga grande protuberante, inclinando-se ligeiramente para trás como se para manter o equilíbrio. Está enrolada num manto de veludo escarlate revestido de pele e seus cotovelos se projetam como asas deselegantes. Ela é enorme. Olha para cima e Isabella quase se arremessa recuando da janela, mas a mulher está apenas tentando direcionar seu rosto para o sol a fim de captar seus débeis raios de janeiro. Sua face e pescoço estão inchados, se por causa do parto iminente, devido à idade, ou simplesmente por ganho de peso, Isabella não sabe dizer. Mas mesmo desta distância, na luz plena do meio-dia, pode perceber que bolsas se formaram debaixo dos olhos de Cecilia, e que sua pele não tem mais a qualidade que tinha quando foi pintada. Ou talvez o *Magistro* tenha sido generoso ao retratá-la. Afinal, tinha de agradar tanto à modelo quanto ao poderoso patrono que lhe encomendou a obra. Cecilia expele todo o ar de suas faces rechonchudas em direção aos céus, como se exasperada por algum pensamento ou condição. Ela não parece feliz.

Isabella se apóia em Galeazz, desejando afastar-se da janela antes que Cecilia a veja espionando, mas também para sentir mais uma vez o corpo forte dele ultrapassando os limites permitidos.

— Já vi o suficiente — diz ela.

De novo a salvo no corredor, ela pergunta se Cecilia foi algum dia tão linda como aparecia na pintura.

— A linda donzela se transformou numa vaca com a sua gravidez, como alguma criatura mitológica, ou o *Magistro* transformou a vaca numa linda donzela para o quadro?

Novamente, ele tem vontade de rir, mas sua galanteria não permitiria nada mais que lhe esboçar um sorriso, como se ela fosse uma criança maliciosa e maldosa.

— Suponho que é um pouco das duas coisas, embora a pintura tenha sido feita dez anos atrás, quando Cecilia tinha a sua idade. Ela era adorável, embora o *Magistro* execute bem sua magia.

E ainda assim ela está imortalizada como a bela de dez anos atrás. Não importa o que faça daqui por diante, sempre terá esta pintura, produzida por um gênio, que a exibe no apogeu de sua atratividade.

Imortal. Estava Cecilia ciente à época de que o caminho para a imortalidade não se resumia a ser mais uma das amantes de um homem poderoso, mas sim ser pintada pelo mestre dos mestres?

Isabella merecia este prêmio, não importa o que custasse. E se a mesma sina que coubera a Cecilia também acontecesse com ela, só que mais cedo? E se a esta época, no próximo ano, ela estivesse inflada com o bebê de Francesco e perdesse sua silhueta para sempre? E se Francesco plantou sua semente na última noite e ela já estivesse grávida? A idéia que uma vez a teria deixado na maior felicidade agora a faz estremecer de medo. Sua mãe também havia sido esguia e linda antes de ter filhos. Ainda continuava bonita, mas corpulenta. Não, Isabella quer ser congelada no tempo exatamente agora, bem neste momento em que todos os homens olham para ela com aquele mesmo ar de admiração e desejo; aquele olhar de ânsia absoluta em conhecê-la e possuí-la. Este é o exato segundo no tempo que deseja ver preservado, e não por qualquer pintor da corte, não importa quão habilidoso. Ela deve conseguir Leonardo.

Talvez Galeazz possa ajudá-la nisso, ser o seu ajudante-de-ordens na missão.

Isabella pára de andar, volta-se para Galeazz e o pega pelas mãos. Fita-o nos olhos, que parecem aguardar cada desejo dela.

— Quero um encontro com ele.

Ludovico dera ao *Magistro* elaborados alojamentos em Corte Vecchio, o antigo palácio ducal, como residência e oficina. *Il Moro* o fixara lá de modo que pudesse usar o imenso pátio para trabalhar na sua colossal escultura eqüestre que ia ser um tributo ao pai de Ludovico, Francesco Sforza, o grande caudilho que derrotou o ducado de Milão pela espada.

— Mas você verá, ao entrar no pátio, que não há nenhum cavalo à vista! — diz Galeazz. — O que aumenta a grande frustração do duque com a teimosa procrastinação do *Magistro* em relação a todas as coisas.

Galeazz põe Isabella a par deste e de outros detalhes esquisitos sobre o *Magistro* enquanto a conduz ao estúdio dele em sua carruagem. Isso inclui: ele não come carne de espécie alguma porque recusa transformar seu corpo "num túmulo para outros animais". Tem tanta empatia em relação a todas as criaturas de Deus que quando passa pelas gaiolas de pássaros à venda na praça do mercado, ele os compra para depois soltá-los. Quando era um jovem rústico das colinas da Toscana — algum pontinho no mapa chamado Vinci —, foi aprendiz do grande escultor florentino Andrea del Verrocchio. Dizem que após a primeira vez em que Verrocchio permitiu que Leonardo pintasse uma figura inteira, um anjo na versão do mestre de *O batismo de Cristo*, Verrocchio deu uma olhada nela e ele próprio desistiu de pintar. O aprendiz já havia superado o mestre a tal ponto que ele pousou o pincel e a partir dali só iria esculpir. Além disso, Isabella não devia esperar que ele a tratasse como qualquer cortesão faria.

— Embora seja inigualável para pintar o rosto feminino, como você constatou no retrato da Gallerani, ele não demonstra nenhum interesse pela companhia de mulheres. Em Florença, quando jovem, ele foi preso e processado sob acusação de sodomia por manter relações com um prostituto. Este talvez seja um dos motivos por que preferiu deixar a cidade, pois não existe lugar melhor do que Florença para mexericos maldosos, com a possível exceção de Veneza.

"Agora ele se faz acompanhar por um belo garoto de 12 anos que rouba e cria confusão. Chegou até a roubar da algibeira de um de meus cavalarianos enquanto o homem tirava as medidas para sua roupa. Leonardo trata o diabinho como um filho, embora ele o chame de Salai, que creio ser a expressão toscana para 'traste do demônio'. Ele veste o pequeno patife na última moda e o exibe por aí como se fosse um prêmio. Todo mundo desconfia de que o relacionamento é sexual. Todos comentam... e não de um modo positivo... sobre o fato de que Leonardo tem criados mais bem-vestidos do que a nobreza."

Ele é um poço de contradições, explica Galeazz.

— Doce como uma pomba, mas forte como um touro. Ele pode vergar uma ferradura com sua mão esquerda, a mão que usa para pintar e escrever.

A cabeça de Isabella está à deriva com os fatos sobre o homem, tantos que ela não consegue decidir sobre de que modo irá saudá-lo. Mas isto não importa, porque, quando chegam, um aprendiz comunica-lhes que o *Magistro* não se encontra nos seus aposentos.

— Ele pode demorar algum tempo — diz o garoto magro e de cabelo pegajoso. Ele tem provavelmente a idade de Isabella, mas sua magreza e o modesto robe de lã, comparados ao esplendor dela, fazem o abismo entre os dois parecer maior do que uma geração. Ele parece nervoso, mas ao mesmo tempo ansioso para representar seu mestre junto àqueles ilustres visitantes, até mesmo para parecer informado a respeito dele. — Nunca sabemos quando ele está chegando ou saindo.

— E onde ele poderia estar? — pergunta Isabella.

— Poderia estar em qualquer lugar, percorrendo a cidade à procura de modelos para suas pinturas, ou visitando metalúrgicos para discutir a natureza do bronze, ou talvez esteja vagueando nos bosques atrás do castelo. Ele adora se perder naqueles bosques, diz, comungando com a própria essência das coisas.

O aprendiz os convida a entrar no estúdio, desculpando-se por sua condição caótica. Eles têm tantos projetos, e de tal magnitude, que fica difícil manter a ordem. Tenta achar uma cadeira apropriada para Isabella, mas ela lhe assegura que não quer sentar. Gatos e galinhas vagueiam para dentro e para fora da ampla porta aberta, ignorando-se mutuamente, ou talvez o tempo frio os torne indiferentes às suas naturezas. Outro garoto, ainda mais jovem, toca preguiçosamente um alaúde num canto, as pontas dos dedos saindo para fora de suas luvas bem surradas. Ele pára quando vê os visitantes, mas Isabella o encoraja a continuar. Um aprendiz mais jovem alimenta uma fornalha.

— É para assar potes de cerâmica e modelar metal — diz o aprendiz tagarela. — Também serve para nos manter aquecidos.

As janelas haviam sido cortadas, diz o aprendiz apontando para cima, de modo que a luz caísse no ângulo perfeito de 45 graus, que o *Magistro* insiste seja o correto para captar um tema. No sótão acima, pensa ela, deve ser onde os aprendizes fazem seus modelos. Grandes moldes de argila do que parecem ser partes de cavalos jazem por ali em bizarros arranjos — um flanco aqui, uma cabeça ali. As paredes estão cobertas com desenhos de todo tipo, alguns dos quais Isabella não consegue identificar o tema, mas fica excitada quando vê os esboços para os trajes que o *Magistro* desenhou para a equipe de justa de Galeazz. Os esboços parecem até mesmo mais selvagens do que os homens tinham parecido. Por outro lado, ela não está certa do que está olhando nos trabalhos dele — homens com asas; esboços de dezenas de tipos de pernas e braços; uma enorme página de uma variedade de tipos de narizes e outra de orelhas; e muitos desenhos mecânicos para máquinas que não consegue identificar. Equações matemáticas cobrem as margens de cada esboço.

— O *Magistro* é também um matemático? — pergunta ela ao garoto.

— Oh, sim, Excelência, ele acredita que o artista deve conhecer todos os assuntos, bem como cada criatura e fenômeno da natureza em primeira mão, como se ele fosse a própria coisa. Um artista deve ser uno com o próprio movimento e ritmo do universo. A matemática representa uma grande parte do conhecimento. Sem matemática, não existe perspectiva, e o *Magistro* é fanático quanto à perspectiva. Ele me faz estudar matemática tarde da noite, depois que encerramos nosso trabalho.

— Rigoroso, de fato — diz Isabella, caminhando até uma ampla e coerente obra no estúdio, uma pintura sobre madeira, que se apóia casualmente contra uma parede branca, a luz caindo sobre ela, iluminando as faces e realçando o jogo de sombras sobre reflexo do *Magistro*. O painel repousa contra a parede, quase como se alguém o tivesse descartado. É a mais simples das cenas de mãe e filho, mas acontece que se trata de uma pintura da Virgem Abençoada com o Menino Jesus no colo, segurando uma flor que os dois examinam. Isabella não acha que algum dia os tenha visto retratados de tal maneira, tão casual e descomplicada. Nada de tronos de mármore, colunas elaboradas, querubins, anjos no alto ou esvoaçantes pompas da paz para desordenar a cena. A identidade dos personagens só é dada a saber pelos delicados halos. Nossa Senhora como uma camponesa italiana desdentada, e o bebê, o seu roliço filho. Isabella fica imaginando o que o *Magistro* está tentando realizar com esta pintura; seria a garota alguma toscana rústica que ele conheceu na juventude? Sua própria mãe, talvez? É um retrato estranho. A Nossa Senhora parece muito jovem, infantil em aparência como Beatrice, embora o contorno do seu couro cabeludo recue como o de um velho. Os artistas inevitavelmente retratam suas Madonas com base na deusa Vênus, ou pelo menos nas mais belas e virtuosas mulheres da Itália, ou nas pálidas e etéreas mulheres da terra dos flamengos.

— Se este é um trabalho encomendado — sussurra Isabella para Galeazz —, imagino que foi recusado.

— É quase um sacrilégio retratar a Virgem Abençoada tão deploravelmente — diz Galeazz. — Como uma garota vulgar.

— Pensei a mesma coisa — diz Isabella. — Embora seu vestido seja bastante lindo e ela use uma bela jóia no peito. E que atenção o *Magistro* deu às dobras e talhes de suas saias. Olhe para este veludo; é como se a gente pudesse tocá-lo e sentir a suave textura.

— Mas há uma falta de elegância para o rosto, não há? Por que fazer a Virgem Abençoada parecer uma garota feia e desdentada perdendo os cabelos?

Ainda assim há beleza na obra, ela quer dizer, mas não está a fim de discutir. Não a espécie de beleza que o *Magistro* dera a Cecilia Gallerani. Ali é apenas uma mãe e seu bebê, num cenário simples, tal como a Virgem Maria devia ter habitado. Certamente ela e José não viviam com tronos em suas casas e querubins esvoaçando sobre a cabeça, como era habitualmente retratado. Com todos os símbolos dogmáticos ausentes, era como se o artista estivesse dizendo que o ato de uma mãe embalar tão gentilmente seu filho já era em si Divino. Todos os tradicionais sinais de glória foram substituídos pelo singelo sentimento entre os dois.

Existe algo de platônico em relação às pinturas, pensa Isabella; um pouco da busca de Leonardo é chegar a uma espécie de sentimento puro, alguma verdade absoluta sobre sentimento, em vez das piegas e específicas emoções humanas desnudadas para que todos vissem. É como se ele estivesse tentando ultrapassar um sentimento banal e simplório para a essência do sentir. É a expressão dessa essência uma tentativa mortal para evocar o divino? Todas as pinturas religiosas da Itália representam o sacro como desvinculado da humanidade. Leonardo, assim parece a Isabella, está expressando a sacralidade impessoal dentro da forma mortal.

Aqui também há a misteriosa abertura iluminada no canto do quadro.

— Veja, Galeazz, é como no retrato de Cecilia: há uma janela em segundo plano que não tem uma paisagem atrás, mas somente luz.

— Talvez esteja inacabado — diz Galeazz. — Talvez os dentes, os terrenos fora da janela e o resto do cabelo da Virgem ainda estejam por vir.

— Não vamos insultá-lo ao sugerir isto — avisa Isabella. Ela se afasta do painel tanto confortada quanto perturbada por ele.

— O que são aqueles esboços sobre a mesa? — pergunta ao aprendiz, apontando para o feixe de páginas espalhadas junto a uma bancada de trabalho. Tudo que ela vê são asas se abrindo, oscilando e se projetando, algumas se enrolando em torno de formas femininas nuas.

— Estes são os cisnes do *Magistro* — diz o aprendiz. Ele espalha as páginas de modo que Isabella possa ver os vários esboços da criatura. Há cisnes negros, brancos, cisnes grandes e pequenos, cisnes com suas asas abertas como se em posição de ataque, cisnes deslizando pacificamente na água, e vários esboços de cisnes copulando com mulheres nuas.

— Ele está preparando uma pintura da lenda de Leda e o cisne — diz o garoto.

Isso então explica os estranhos ovos quebrados aos pés da mulher nua. Isabella sempre adorou a história por causa de seus elementos bizarros. Zeus, deus dos deuses, possuído de ânsias sexuais épicas, em seu desejo irrefreável por Leda, a rainha mortal de Esparta, transformou-se num cisne a fim de parecer menos ameaçador a ela, pois sabia que as garotas jovens eram encantadas pela criatura. Os dois copularam — graças à inimitável artimanha do deus. Mas em vez de ter filhos do modo normal, a pobre Leda pôs dois ovos. Tudo correu bem de novo quando os ovos geraram dois casais de gêmeos: Castor e Clitemnestra, e Pólux e Helena, a célebre troiana.

Isabella fica fascinada pelos esboços, embora racionalmente não possa imaginar o que há de erótico em copular com um cisne. Talvez os padres estejam certos na sua condenação aos velhos mitos como vulgares e pervertidos.

Ainda assim, existe algo irresistível acerca dos cisnes, particularmente no modo como Leonardo os desenhou. O deus-ave copulando com a vulnerável Leda, que parecia espantada por ter esta ave gigantesca e aparentemente dócil de repente possuindo-a por trás, atrai Isabella para o quadro, embora saiba que deveria desviar a vista. Ela está embaraçada por se mostrar tão cativada por esta ilustração na presença de Galeazz, mas parece que o quadro também captou a atenção dele.

— Deve ter sido ótimo ser um dos deuses do Olimpo — diz ele. — Pense só nas possibilidades.

— Blasfemo — diz Isabella de forma leve. — Além disso, acho que você é provavelmente bem-dotado neste campo. Eu odiaria vê-lo com uma ponta de deus.

— O *Magistro* nos diz que o pintor deve criar como se fosse um deus — explica o aprendiz. Ele é um garoto zeloso, pensa Isabella, citando seu mestre freqüentemente. Ela imagina se ele possui algum talento próprio.

— Não como se ele estivesse sendo *inspirado* por Deus? — pergunta ela.

— Não. Ele diz que pintar é um ato de criação, e o pintor deve ser igual a Deus em sua capacidade de imaginação.

— Não admira que ele tenha deixado Florença — diz Galeazz. — Frei Girolamo Savonarola e seus agentes de condenação teriam enfiado sua cabeça numa estaca por comparar um pintor com Deus.

— Neste exato momento Sandro Botticelli está fazendo penitência com o sacerdote por pintar suas fantásticas deusas nuas — diz Isabella. — Acredito que esteja rezando 25 rosários por dia e sendo açoitado todas as noites porque suas pinturas fazem qualquer um ansiar por aquele tempo em que deuses lindos circulavam pela terra, misturando-se com os mortais.

— Oh, o *Magistro* não admira o *maestro* Botticelli — diz o aprendiz, ansioso por partilhar seu conhecimento sobre os conceitos do mestre. — Diz que é um bom homem, mas faz seus temas planarem no espaço como se a perspectiva não existisse. O *Magistro* atribui isto à preguiça. Ele não tolera qualquer pintura que ignore as leis da matemática. "A perspectiva é o freio e o leme da pintura", ele sempre diz.

— A quem ele admira? — pergunta Isabella.

— Ele não se preocupa em ver o trabalho de outros pintores, Excelência. "Aquele que pinta de outros está criando algo falso." Este é outro de seus ditos preferidos.

— Devo admitir que começo a ficar receosa de conhecer um homem que mantém tantas opiniões poderosas sobre uma tal variedade de assuntos — diz Isabella. — Seria um tanto como um encontro com meu pai, que pode parecer assustador.

— Não, Isabella, ele é a essência do encanto — replica Galeazz, aproveitando a oportunidade para pôr o braço sobre o ombro dela como se achasse que de fato estava receosa. — Você verá.

— Vossa Excelência é muito amável.

A voz tem registro baixo, um tom consciente e inescrutável.

O aroma de lavanda e papoulas alcança o nariz de Isabella tão logo ela se volta. Por quanto tempo ele estivera parado ali? Ela vê um belo homem maduro com um ar divertido e solto. O que a atinge primeiro é o seu traje, tão elegante que deve ser desenhado por ele próprio. Apesar do frio, ele usa uma vestimenta curta e cor-de-rosa, talvez para exibir suas panturrilhas bem-feitas, facilmente discerníveis debaixo de calções pretos. Seu traje é de brocado de ouro, adornado com pedras róseas, polvilhado no colarinho por seu longo cabelo encaracolado, usado à maneira de um jovem grego.

Enquanto ele estende a mão direita numa reverência formal, Isabella nota que, ao contrário de cada outro artista que já conheceu, suas mãos são imaculadas e não mostram nenhum sinal de trabalho pesado. Suas unhas são tão limpas quanto as de uma princesa mimada, e parecem polidas para um brilho. Não há nem um salpico de tinta nem um grão de poeira nele. Num dedo está um grande entalhe de um anel que ela julga ser uma delicada escultura de algum deus nu. Apesar da aparência imaculada e do perfume floral, não há nada de feminino nele. O *Magistro* é musculoso e forte como um touro. Ao seu lado está um adolescente vestido com exagero, com cabelo e olhos pretos reluzentes, pele de marfim e uma pequeníssima renda em volta do pescoço. Ele tem um terrível autoconhecimento sobre si mesmo, e tem o sangue-frio para encarar Isabella como se ela fosse uma serviçal que ele poderia atrair para o sótão acima.

— Estávamos justamente admirando seus cisnes — diz Isabella, ignorando o pirralho e olhando para o *Magistro*. — Somos donos de muitos cisnes em Mântua.

— Excelência, é possível alguém ser dono de um cisne?

— Não quero dizer que possuímos criaturas de Deus, mas que temos muitos cisnes aninhando-se em nossos lagos. Eles são muito lindos, adoráveis de se observar.

— Mas como tantas criaturas belas, não confiáveis — replica ele, olhando para o garoto. — Traga vinho para os nossos convidados — diz a ele, que se afasta girando em seus sapatos de fivela e tirando os cachos negros dos olhos, como se irritado pelo pedido do mestre.

Um estranho arranjo, pensa Isabella. O amo é o escravo. Leonardo segue o garoto com os olhos, que são amplos e castanho-avermelhados, uma boa combinação com a sua crina. Ao contrário do garoto, ele tem um olhar penetrante, mas não violador. Sua expressão possui uma doçura que ninguém esperaria encontrar num homem de gênio. Ele é lindo, grandioso e retraído, tudo de uma vez. Isabella descobre-se fascinada com suas feições — o nariz aquilino e sensual, lábios simétricos fatiando sua face como uma *mezzaluna*. De fato, existe uma simetria perfeita para seu rosto como se ele próprio o tivesse pintado. Ele possui as feições de alguém que poderia representar o amado num caso de amor, se assim o quisesse, mas é provavelmente remoto e intocável demais para isso. Talvez na sua juventude? Mas agora fios grisalhos retorcidos enfeitam como fita os seus cachos. Linhas que indubitavelmente se aprofundam fizeram moradia em seu rosto, como cicatrizes interrompendo sua pele de outro modo azeitonada. Ele parece mais modelo do que artista, mesmo na sua idade avançada, que deve ser aproximadamente de quarenta anos; mais semelhante a um nobre do que qualquer artista que ela já viu.

— Magistro Leonardo, estou fantasticamente interessada em encomendar um retrato de sua autoria — diz Isabella, passando para os negócios. — Sou a marquesa...

Ele a interrompe:

— Vi sua estrela brilhar nas festividades em honra do casamento de sua irmã, e tenho ouvido muitas línguas cantarem do seu amor por todas as coisas da beleza, marquesa.

Ela não podia dizer que não soasse sincero, mas alguma coisa no seu tom o deixou no comando da conversa. Ela não pode dar nome a esse talento. Ela cresceu e mantém o seu próprio nos mais ardentes círculos intelectuais, entre os homens mais cultos da sociedade. Mas este homem é de uma natureza diferente daqueles cortesãos com os quais ela debate. Isabella é conhecida nas cortes de Ferrara e Mântua como ferrenha na defesa de qualquer argumento, mas aqui está um homem que nunca discute, disto ela está certa. E ainda assim ela imagina que ele raramente faz algo que não queira.

— Pinto apenas para o prazer de *Il Moro* — continua ele. — Sou criado dele. Ele é meu amo e senhor. Não posso aceitar encomendas sem sua permissão e, para ser sincero, estou atrasado no cumprimento de muitos de seus projetos.

— Mas o senhor fez uma obra de encomenda para *messer* Galeazz.

— Com a permissão de *Il Moro*, não? — Leonardo ergue as sobrancelhas em interrogação para Galeazz.

Isabella sabe que Leonardo sabe que o Mouro não foi consultado, mas há profunda convicção nesse olhar interrogativo.

Galeazz limita-se a um dar de ombros escusatório.

— Estou contente por tê-lo servido, senhor, mas agimos mal com meu senhor Ludovico, não agimos?

— Não, a empreitada foi para a honra e prazer de sua noiva, e estou certo de que seus gritos de satisfação ao ver nossos trajes que o senhor tão habilidosamente desenhou compensam por qualquer tempo perdido em seus próprios projetos — diz Galeazz.

— *Magistro*, um retrato meu feito por sua própria mão traria o mesmo prazer para minha irmã, sabendo como ela aprecia o meu amor pela pintura refinada. — Isabella espera não ter soado tímida. Isto funciona muito bem com a maioria dos homens, mas ela sabe que com este aqui não vai dar resultado. Nem ela sente que, como todos os outros artistas, ele seria convencido por elogios. Com este aqui ela nem mesmo tem certeza de que o dinheiro seria um motivador, embora seu gosto por roupas finas para ele próprio e seu vassalo, pudesse influenciar.

— Seria para mim um privilégio. Mas Vossa Excelência deve discutir o assunto com o duque. Faço o que ele pede. Não passo de um servo dele nessas questões.

O garoto nunca voltou com o vinho. Leonardo nem chama por ele nem oferece qualquer conversa adicional. O negócio deles, Isabella percebe para seu desalento, está concluído.

A JORNADA para Milão: um sucesso, um fracasso? Isabella não sabe como considerar. Ela senta-se no seu pequeno estúdio em Mântua, fazendo um inventário do seu conteúdo. Ela retornou para nada mais que imperfeição: as decorações que deseja para as paredes do seu escritório não estão concluídas. Ela acabou de escrever ao artista a fim de informá-lo de que providenciará para que seja executado se não retornar a Mântua e terminar o serviço. Ela espera que sua carta alcance o tom exato entre irritação e ameaça. Esses artistas! É mais fácil persuadir crianças pequenas a ir para a cama à noite do que fazer com que esses marmanjos terminem suas encomendas. Talvez mais mulheres devessem empunhar o pincel. Elas poderiam ser mais facilmente convencidas a cumprir um prazo. Pilhas de documentos e cartas repousam em sua mesa aguardando atenção. O ministro das finanças deseja passar a tarde revisando as contas que devem ser pagas e outras que devem ser coletadas. Francesco é um bom marido e um grande soldado, mas péssimo administrador. Ele deixa a cargo dela governar, enquanto brande espadas com seus oficiais ou conversa sobre procriação de cavalos com os treinadores nos seus estábulos.

Francesco por certo consideraria a viagem dela a Milão como um sucesso. Ela encantou todas as pessoas com as quais desejava estreitar seus laços políticos, e quando chegou em casa Isabella desafogou todo o seu desejo reprimido pelo cunhado no leito nupcial. Ela sentiu-se como se estivesse fazendo amor com dois homens ao mesmo tempo, e a idéia a empolgou. Francesco ficou surpreendido com seu apetite, deixando que aqueles violentos desejos intensificassem o orgulho que sentia como amante de mulheres. Se pudesse ler os pensamentos de Isabella, a teria matado, ou matado alguém mais. Mas enquanto ela guardava os pensamentos para si, ele considerou suas súbitas investidas como evidência de seu próprio poder sobre ela.

Mas pensar em Milão a consumia, assim como tantos negócios não concluídos. Nunca antes vira tanta nobreza reunida, apresentando-se para homenagear o casamento de Ludovico com sua irmã. Sim, a Casa de Este é antiga e influente. Ferrara é um Estado importante. Seu pai exerce poderoso domínio sobre os mais fortes e ricos príncipes da Itália. Porém ela não abriga nenhuma ilusão de que os príncipes, reis e embaixadores de todos os cantos da Europa reunidos no casamento de Beatrice estiveram lá para obter favores da família Este. Eles estiveram lá para estreitar os laços com Ludovico Sforza, regente de Milão, controlador de um dos maiores tesouros da Itália; irmão de um poderoso cardeal em Roma; amigo de Maximiliano, rei alemão do Sacro Império Romano, e um anfitrião de outras realezas, e agora ligado pelo casamento à venerável Casa de Este. Que pena que sua irmã vá ser parceira e companheira de um homem assim; Beatrice, que preferiria galopar o dia inteiro a preocupar-se com assuntos de governo. Que esposa — que duquesa — Isabella teria sido para ele! Como poderia ajudá-lo nos seus empenhos! Oh, a lista de seus interesses e realizações não tem fim — planejador de cidades; patrono de universidades e de eruditos em todos os assuntos; colecionador de livros, de jóias e de antiguidades inestimáveis; benfeitor dos maiores artistas da Itália; construtor de igrejas, catedrais e bibliotecas. Conquistador de mulheres. Sim, especialmente isso. E nesta arena Isabella demonstrou ser, se não uma igual, pelo menos uma sua igual.

O quanto ele faria pelos favores dela? Até onde iria? Estas eram perguntas que ocuparam sua mente durante os últimos dias em Milão. Ela quis testar a afeição dele por ela, mas não foi fácil livrar-se de sua família para usufruir de momentos privados com ele. Sua mãe devia ter notado esta ligação especial. Na manhã após Francesco deixar Milão, Leonora pegou o apartamento junto ao de Isabella, com a desculpa de que já que não podia intrometer-se na vida de Beatrice nos dias subseqüentes ao seu casamento, o mínimo que podia fazer era consolar-se com a proximidade da filha mais velha antes que tivesse de abdicar das duas. Não era típico de Leonora exibir tamanha fixação maternal. Isabella tinha certeza de que sua mãe estava tentando agir como escudo entre ela própria e seu cunhado.

Visitas noturnas eram impossíveis. Uma tarde, quando Beatrice estava provando um novo vestido para usar na sua nova vida, Isabella entrou destemidamente no escritório de Ludovico, onde ele estava analisando um novo edito promulgado pelo papa.

— O que cativou tanto sua atenção, cunhado? — perguntou ela.

— Um monte de absurdos papais, minha cara. Sua santidade decidiu decretar a quem devemos e a quem não devemos dar nossa aliança. Isto é uma sandice. — Ele jogou o papel para o lado e despachou seus secretários.

Quando estavam seguros a sós, ela disse:

— Eu queria vê-lo, mas minha mãe esteve grudada em mim como uma enguia enrolada no pescoço. Nós partimos amanhã.

— Mas eu providenciarei para que você volte a Milão sem a sua santificada mãe para vigiá-la e sem o seu marido mascarado para nos afastar. — Ele ergueu-se da cadeira e pegou-a nos braços. — Devemos ser muito cautelosos. Cada par de olhos no interior desses muros procura mexerico fútil como a esposa de um peixeiro.

Ele a beijou levemente nos lábios e depois convidou-a a sentar.

— Você acha que sua irmã tem sido feliz?

Não era a pergunta que esperava ouvi-lo fazer.

— Suponho que sim. Ela está tirando as medidas para magníficos vestidos, ganhou viagens de recreio pagas pelo tesouro e está autorizada a escolher suas jóias preferidas, a ter acepipes e doces desde o momento em que acorda até a hora de se deitar. E tem feito cavalgadas intermináveis no campo com o mais bonito cavaleiro da Itália, que tem dedicado a própria vida a satisfazer-lhe cada capricho e desejo. Além de tudo isso, minha mãe ensina-lhe dia e noite sobre seus deveres para ser feliz. A paz de todo o mundo depende do prazer dela, já ouviu isso?

Ludovico lançou a cabeça para trás e riu. Seu riso foi profundo e vigoroso, mostrando todos os seus grandes dentes brancos e a comprida língua vermelha. Isabella queria jogar-se no colo dele, tomar em sua boca aquela língua que parecia uma serpente gorda, mas permaneceu em sua cadeira.

— A propósito, meu caro, estou sabendo do seu jogo com *messer* Galeazz e minha irmã.

— Que diabo está querendo dizer? — perguntou ele, ainda recompondo-se de sua enorme risada.

— Sua pequena Bianca... adorável, aliás... tem apenas 12 anos. Galeazz não pode desposá-la por no mínimo três anos. Nesse ínterim, você encarregou Galeazz de distrair e cortejar minha irmã de modo que ela não perceba que sua verdadeira esposa em Milão é Cecilia Gallerani.

Ludovico parou de rir. Bateu com as mãos nas coxas e olhou fixamente para ela, seu rosto normalmente franco de súbito impenetrável.

— Espero não tê-lo deixado furioso.

— Na verdade, minha cara marquesa, encarreguei Galeazz de distrair a atenção dela, por causa da minha paixão por você.

— Como é esperto, Excelência! Adula-me além dos meus mais loucos sonhos e desvia a conversa do tema de sua amante, tudo com o golpe de uma única frase.

Ele saltou da cadeira, caiu de joelhos aos pés dela, quase assustando-a. Isabella lançou-se contra o espaldar da cadeira, mas Ludovico pousou a cabeça em seu colo, esfregando a face contra a coxa. Depois olhou para ela.

— Nunca sonhei que encontraria uma mulher tão sagaz e inteligente quanto Cecilia, e que também a superasse em beleza. Mas você é esta mulher. Quando penso que fui enviado a Ferrara por todos aqueles anos para pedir a mão da filha mais velha dos Este, e quando ela já estava prometida, rapidamente e sem pensar, aceitei a mais nova.

— E agora nada resta a fazer quanto a isso.

— Oh, não, há muito a ser feito. Você verá. Mandarei buscá-la muito em breve. Seu marido não será capaz de me derrotar. Sou muito persuasivo quando desejo ser. Pergunte a qualquer um em toda a Itália. Para demonstrar a profundidade de minha afeição por você, farei tudo que lhe agradar. Tem a minha palavra. Será como se um gênio mágico da terra dos turcos entrasse em sua vida. Existe uma razão para me chamarem de *Il Moro*, você sabe.

— Existe um prodígio de magia que eu gostaria que realizasse — disse ela. — Visitei a oficina do *Magistro* Leonardo. Falei com o homem. Quero ter meu retrato pintado por ele. Ele diz que devo falar com você, pois é apenas seu criado.

— Essa é boa! Quisera eu que fosse verdade. Leonardo é seu próprio patrão. Mas pedirei este favor a ele, só para ver seu rosto preservado eternamente tão adorável como é neste exato momento.

— Obrigada, Ludovico. Isto é tudo que lhe peço.

Enquanto a idéia submergia, os olhos de Ludovico escureceram. Ele usou as coxas de Isabella para impelir-se acima para uma posição ereta e começou a medir passos, sacudindo o dedo indicador no ar.

— Isto não será fácil, você sabe. Às vezes tenho vontade de mandá-lo embora. Estou certo de que alguém que é quase um gênio deveria ser mais produtivo. Você não faz idéia de como este homem pode ser decepcionante, Isabella. Se lhe solicito a coisa mais trivial, um retrato, por exemplo, ele não irá simplesmente assentar o tema num adorável raio de luz, como os outros pintores. Não, ele nem sequer pega o pincel, mas passa anos perdido no estudo da *luz apenas*. Não poderia prosseguir, ele me disse uma vez, até compreender a natureza da luz, como se ele próprio a tivesse criado. Só então poderia pintar o rosto adequadamente. Percebe o problema em obter deste homem um simples retrato de si mesma?

Il Moro estava ficando agitado. Isabella achou melhor não dizer nada, deixá-lo desabafar toda a sua frustração. Depois ela avaliaria o aspecto prático de posar para o *Magistro.*

— O maior prazer dele é abstrair-se em si mesmo. Estudaria o dia inteiro se não tivesse que ganhar a vida. Está tão empenhado em descobrir o mistério por trás de seu processo que perde o interesse no processo em si. É uma pena que ninguém possa penetrar no seu cérebro e pintar o que tem dentro de sua mente, pois estou convencido de que ele mantém seu gênio trancado no interior daquela cabeça.

Exasperado, Ludovico desabou na cadeira atrás de sua escrivaninha.

— E ainda tem o problema de Beatrice.

— Por que Beatrice é um problema? Ela nem se interessa muito por pintura.

— Mas precisa ser mantida feliz. Ela não pode suspeitar de nada. Não podemos tê-la correndo para seu pai ou... que Nosso Senhor Jesus não permita... seu marido, com histórias de como permiti a você os privilégios de uma esposa. Simplesmente direi ao *Magistro* que deve retratar as duas.

— Em separado, claro? — perguntou Isabella. Não queria entrar numa disputa de propriedade com sua irmã.

— É claro. Mas como Beatrice é minha esposa, terá de ser pintada primeiro. Depois, minha cara, não haverá nenhum problema. Isto é, se eu puder convencê-lo. Não posso prometer. Ele continua a me decepcionar quanto ao andamento da estátua eqüestre de meu pai. Leonardo obteve um lugar na minha corte prometendo aquela estátua. Isso já faz dez anos! Você vê algum cavalo gigante de bronze em Milão?

— Compreendo sua frustração, Ludovico, mas ninguém pode tratar esses artistas como se trata um homem comum. É preciso ter muita paciência. Eles criam no seu próprio momento. Mas se nada está disponível, eu recomendaria enfaticamente a suspensão de seus salários. Este é o expediente mais convincente de todos. Até mesmo os gênios precisam comer.

Isabella estava tão feliz por ter conduzido seus negócios com sucesso que quase esqueceu de dar em Ludovico os esperados beijos e ternura nesta sua despedida privada.

Fiel à sua palavra, ele contratou um estafeta particular para cavalgar diariamente até Mântua, com a desculpa de que assim ela e Beatrice poderiam manter contato íntimo, mas que na realidade era para entregar suas longas e secretas missivas, nas quais ele abria coração e mente. Em duas semanas, Isabella havia recebido quatro cartas, às quais respondeu com um pouco menos de prolixidade. Uma mulher, sua mãe sempre lhe ensinara, deve sempre se refrear, apenas um pouquinho. O que ela pensava a princípio que seria uma correspondência amorosa estava rapidamente se transformando numa partilha de pensamentos. Eles escreviam sobre mexericos políticos, notícias familiares e peças de arte que estavam tentando comprar, pois logo perceberam que ambos tinham em comum o fato de serem colecionadores. Prometeram ler certos livros simultaneamente e discuti-los em sua correspondência. Às vezes Isabella pedia o conselho dele em questões de estado. Às vezes ela esquecia tudo acerca de seus beijos ardentes e sentia como se estivesse se correspondendo com uma alma gêmea. Mas nunca esquecia de que aquele homem era o marido de Beatrice.

Duas semanas se passaram, e nenhuma notícia dele sobre posar para Leonardo. Ela está surpresa porque, antes de deixar Milão, cuidou da questão de sua irmã posar para o artista de uma vez por todas. Na noite antes de sua partida, mencionou a Beatrice que havia visitado a oficina do *Magistro* e estava pensando em encomendar-lhe um retrato.

— Você realmente quer posar para ele? — perguntou Beatrice. — Eu o vi apenas uma vez, mas ele me assusta. É muito grandioso. Não gosto do modo intenso como ele olha para as coisas.

Isabella estava muito feliz em ouvir que Beatrice estava predisposta desta maneira. Ela já pensara sobre a situação. Se o *Magistro* estivesse tão relutante em empunhar o pincel, então seria um milagre se ele entregasse dois retratos das irmãs. Isabella estava determinada: se apenas um retrato fosse ser feito, seria o dela e não o de Beatrice. A irmã nem sequer gostava de posar para artistas. Ouvir este veredicto sobre o *Magistro* dos próprios lábios de Beatrice soou como música e era apenas outro indicador de que apenas para Isabella estava reservado o destino de ser pintada por Leonardo.

Mas Isabella estava relutante em confiar tudo à Fortuna. Assim, plantou este pensamento na mente de Beatrice:

— Não a censuro por não querer ser retratada por ele. Isto a igualaria à amante do seu marido. Todo mundo na Itália sabe da pintura da

Gallerani. Você não deve descer a este nível. Você é a duquesa e legítima esposa de Ludovico. Deveria se manter acima disso.

Pela expressão chocada no rosto de Beatrice, ela pôde saber que o veneno surtira efeito. Não havia como sua irmã consentir em posar para Leonardo.

Agora de volta a Mântua, ela se pergunta: o que poderia fazer para selar este acordo? Ela quer mandar um presente para *Il Moro*, a prova perfeita de seu afeto, algo que pudesse ser tomado como impessoal mas que fosse carregado de significado. O que se pode dar a um homem que já tem tudo? Teria de ser um presente pequeno, mas significativo. Ela olha para os tesouros de seu estúdio: pinturas, esboços, estátuas da Antiguidade, até mesmo um busto de César Augusto de seu próprio tempo, rachado no ouvido, mas ainda assim belíssimo.

Mas o que mandar para um homem cujas coleções e gostos superam os dela própria? Seus olhos vasculharam os cômodos, detendo-se finalmente do lado de fora da janela, onde vê a família de cisnes bamboleando ao longo do lago semicongelado. Com suas enormes asas abertas, o grande macho branco é seguido por uma fêmea um pouco menor e três filhotes brancos gordinhos. O macho guincha alto para o lago, irritado porque seu banho de inverno foi interrompido pelos grandes blocos de gelo. A majestosa criatura age como se suas queixas fossem se misturar às águas. É estranho os cisnes aparecerem em tempo tão frio. Talvez seja um sinal.

Na manhã seguinte, Isabella manda para Ludovico dois filhotes, um macho e uma fêmea. Dois dias depois, recebe uma carta dele agradecendo pelas belas aves, que o farão lembrar-se dela diariamente, a criatura mais bela e graciosa que conhece.

Quando ela responde, sugere que o cisne não é ela, mas sim ele — o deus disfarçado, o sedutor das mulheres, uma criatura à qual ninguém pode resistir. Sugere até mesmo que ele é mais poderoso do que Zeus, porque não precisa se transformar para penetrar mulheres. Em sua mera forma mortal, ele já lhe conquistou o coração.

Ela sabe que, se nada mais, nenhum homem resiste à idéia de si mesmo como irresistível. Ela pensa sobre qual selo usará para esta carta, optando por uma nota musical cortada numa larga pedra de cornalina alaranjada. Ela pressiona a estampa fria na cera quente, entrega a carta a um secretário, e depois volta para sua rotina em Mântua, esperando confiantemente que ele mande buscá-la para posar em Milão para Leonardo.

Capítulo quatro

VI · GLI AMANTI (OS AMANTES)

No ano de 1492; nos parques de caça e
no palácio de descanso em Vigevano,
na região de Milão

— Nós parecemos unicórnios — diz alegremente Beatrice, tentando de alguma maneira tirar sua prima do desânimo. É um glorioso dia primaveril, com damas e cavaleiros trajados para a caça em um perfeito esplendor verde, tudo planejado por Beatrice, que está cansada de desperdiçar este seu grande momento tendo de elevar a flácida disposição de ânimo da duquesa de Milão.

Surpreendentemente, Isabel de Aragão reage ao cutucar Beatrice com a tiara em forma de crescente cravejada de jóias que usa no alto de sua testa. Beatrice a cutuca de volta com o seu crescente idêntico. Seus cavalos, não inteiramente confortáveis por ficarem tão próximos enquanto suas amazonas brincam de justa, relincham e galopam para ganhar distância um do outro.

Beatrice endireita sua touca, sinalizando para Isabel fazer o mesmo. Isso impedirá, por ocasião da caçada real, com tantas companhias de nobre estirpe — e línguas tagarelas —, que os crescentes arqueados se projetem para fora de suas testas. Grata pelo momento de frivolidade,

Beatrice espera que isso dure pelo resto do dia; com a exceção da morosa e ansiosa prima que cavalga a seu lado, ela não pode, em suas lindas roupas, galopando para dentro e fora da sombra fresca e do sol bruxuleante, pensar em uma coisa má que estrague o seu estado de espírito. O mero toque da sua capa de seda verde roçando o rosto e caindo em cascata pelos ombros e por todo o caminho até o solo quando está de pé — mas agora cobrindo a garupa de seu cavalo como uma tenda — basta para deixá-la feliz.

— Dizem que todas as damas da França estão usando essas toucas — comenta Beatrice —, mas, sem dúvida, elas foram inventadas aqui.

— Sem dúvida — replica Isabel, os olhos de novo grudados direto à frente e a boca pendendo para trás em sua careta voltada para baixo.

Beatrice esteve notando todo o dia que Isabel de Aragão se esforçou em evitar olhar para o marido. Gian Galeazzo, o jovem duque de Milão, passou o dia caindo do seu corcel branco ao tentar colher ramos, frutos e flores para dar ao jovem amante moreno que cavalga ao lado dele. Sempre que vê alguma quinquilharia da natureza que acha capaz de agradar o jovem corpulento, ele se estica para alcançá-la sem cautela, deslizando inconscientemente do cavalo para a terra. Todos dão sorrisos escusatórios, com exceção do jovem amante, que ri escancaradamente das cambalhotas do duque.

Seu gibão verde de cetim — idêntico ao de cada um dos vinte lordes que o acompanham na aventura — está arruinado com as manchas, se comparado aos cetins e *moirés* ainda imaculados dos outros homens. O cinto costurado com diamantes e esmeraldas com o qual iniciou o dia foi há muito tempo apanhado por um fiel escudeiro, após o duque arremessá-lo no chão por atrapalhar uma de suas muitas tentativas de apanhar uma floração branca para o amante. Ele não parou de beber desde a noite anterior, confidenciou Isabel a Beatrice, que, francamente, preferia se concentrar nas grandes proezas da caçada realizada pelos cães e falcões especiais de Ludovico. O próprio Ludovico se mostra muito amável com o sobrinho, pedindo desculpas por ele a cada vez que faz papel de bobo, adulando-o para que seja mais cuidadoso.

— Como o meu sobrinho ama a natureza! — diz Ludovico para as damas e cavalheiros que tentam esconder seus risinhos na hora em que o jovem duque mais uma vez quase escorrega de sua sela em outro cambaleio cômico e inebriado. — Não deve permitir que isto o mate, milorde. Deve ser mais cauteloso ao colher os pequenos presentes de Deus.

Ainda assim, cada desculpa generosa de Ludovico por seu sobrinho faz a face orgulhosa de Isabel de Aragão afundar cada vez mais fundo num feio franzir.

Beatrice tem suas frustrações com Ludovico, mas em comparação com o sobrinho dele — intoxicado por bebida e desejo por um rude rapaz do campo —, mal tem do que se queixar. Ludovico tinha-lhe permitido encomendar trajes combinando para quarenta damas e cavalheiros para esta ocasião, tirando os artesãos e costureiras dos seus projetos de decoração das muitas casas e castelos que ele ocupa para satisfazer o desejo de Beatrice pelo vestuário, que ela havia desenhado para si mesma. Antes que tivessem partido de Milão, ele a levara até a Torre do Tesouro, onde selecionaram uma quantidade de jóias para adornar seu traje de montaria. Escolheram centenas de pérolas, esmeraldas, diamantes e rubis. Todas as jóias foram então costuradas em sua touca, corpete, *camora* e mangas.

— Você deve ofuscar a rainha da França — disse ele.

— Milorde, não creio que a rainha vá estar presente na caçada — replicou ela.

— Ah, mas se tudo correr conforme o planejado, você e ela algum dia poderão ser as melhores amigas — contestou ele. Beijou-a docemente na testa sem tocar mais no assunto. Bem, de fato ele tinha grandes planos para ela.

Agora suas jóias reluziam ao preguiçoso sol de maio, fazendo-a parecer um anjo numa pintura aureolada com a própria luz de Deus. Ela pedia que parasse em cada laguna e riacho a fim de poder admirar seu reflexo radiante, e a paisagem luxuriante do parque de caça de Ludovico em Vigevano é repleta de oportunidades para isso. O dia inteiro estiveram cavalgando ao longo das margens de enormes lagos e pulando através de impetuosos riachos e córregos, parando com freqüência para que os cavalos compartilhassem das águas doces. A cada vez que capta um relance da sua majestosa figura na superfície da água, ela se apaixona pela própria imagem e precisa lembrar a si mesma para não ficar tão perdida na sua cópia resplandecente e ondulante a ponto de cair na água e afogar-se, como Narciso.

Certamente Ludovico deve notar que ela forma uma impressionante figura neste magnífico vestido, cavalgando seu palafrém branco. Como podem os olhos evitar o efeito teatral dos seus compridos cabelos negros e pele olivácea em contraste com o verde-esmeralda do seu traje, cuja cor a faz parecer como se estivesse emergindo diretamente da paisagem exuberante como uma ninfa? Ele deve ter observado como a gargantilha de diamantes e pérolas alonga seu pescoço, fazendo-a parecer alta, e que seu corpete é apertado, demonstrando que ela tem a cintura mais fina do que qualquer mulher presente, com exceção de Bianca Giovanna, sua filha de 12 anos. Ele deve ter percebido como Beatrice tomou Bianca como sua confidente; como Beatrice permite à garota dominar toda a atenção quando estão na presença de Galeazz, seu noivo. Certamente, tomando nota de todas essas coisas, o coração de Ludovico deve estar aberto para ela. Ele não levou horas de seu tempo adornando-a com jóias para esta saída? Foi um bom sinal de sua afeição crescente.

Ele é atencioso, generoso e cortês. Ainda assim, ele a trata da mesma maneira como trata sua pequena Bianca Giovanna, como uma criança encantadora que o diverte mas que só pode ganhar sua atenção por pouco tempo. Só procura a esposa após consultar seu astrólogo, em noites fortuitas para concepção, rapidamente completando seus deveres de marido de modo que possa passar a noite com Cecilia, cujo filho com Ludovico está com mais de um ano de idade. Após horas de preces para a Virgem Abençoada, contudo, a dor causada pelas visitas de Ludovico diminuiu, e apenas a solidão persiste depois que ele deixa a cama de Beatrice.

Beatrice sabe muito bem do que seu marido gosta e que ela não tem. Lembra-se do modo como olhava para o glorioso busto de sua irmã, mas nem sequer toca seus minúsculos mamilos quando fazem amor — se é que se pode fazer uma descrição tão altiva da mecânica educada que praticam no escuro. Por tudo que sabe, Cecilia parece ser a gêmea de Isabella. Sua irmã é feminina, tem uma fonte de cabelos louros e é uma grande amante de literatura e cultura em geral. Que justiça existe neste horrível fato de que o marido de uma seja *naturalmente* atraído pelas qualidades que a irmã dela *naturalmente* possui? Entre o tempo que *Il Moro* gasta em correspondência com Isabella e o tempo que passa com sua amante, não lhe sobra afinal tempo para a esposa, de modo que ele a jogou para Galeazz, que a distrai e entretém.

Neste momento, com Beatrice cavalgando à retaguarda do grupo para evitar que sua prima, o Desalento de Aragão, caia em desespero, Galeazz está demonstrando para uma deliciada Bianca Giovanna como o seu melhor falcão, Osíris, pega suas presas. Pássaros se empoleiram e arrulham de dentro de um bosquete de velhos carvalhos, farfalhando as folhas como se alguém invadisse um ninho de cobras silvantes. Galeazz retira gentilmente o capuz de couro do falcão, pontilhado com uma diminuta forma em V de safiras escuras que se encristam no bico, revelando sua inteligente face penosa. O animal permanece empoleirado na luva branca de couro de Galeazz, embora Beatrice possa sentir que ele já está em estado de alerta para suas redondezas. Seus olhos se voltam imediatamente para as árvores e não se afastam delas.

— Veja, Isabel, Galeazz está soltando Osíris! — diz Beatrice excitadamente, tentando interessar a prima nas atividades do dia. Mas Isabel limita-se a olhar na direção deles, depois volta seu rabugento olhar de esguelha para o marido.

Ela não ia estragar isso, um dos seus esportes favoritos. Mesmo os galgos tranqüilos e os agitados *spaniels* espichavam seus focinhos no ar, cientes de que algo excitante estava para começar. Um bando de garças-cinzentas paira no ar logo atrás de sua camuflagem, fugindo com longas e deliberadas passadas para seu *habitat* aquático no lago à frente. Beatrice sabe que elas se aninham no alto das árvores e espera que nenhum filhote pequeno tente fugir com os adultos, pois deixa de ser esporte matar um animal antes que esteja crescido. Os pássaros de pescoço comprido e asas amplas oscilam preguiçosamente junto ao lago, inconscientes do perigo abaixo.

Galeazz só precisa erguer seu pulso levemente para que Osíris dispare no ar atrás dos pássaros. Os escudeiros, em seus trajes verde-escuro do lado esquerdo do corpo e verde-claro do direito, se lançam à frente com os cachorros, e todo o grupo galopa para manter o passo. Beatrice deixa para trás a sua infeliz prima enquanto chicoteia ritmicamente sua montaria, ultrapassando Ludovico e sua filha, até ficar ao lado de Galeazz. Enquanto Osíris paira no ar direto sobre o pescoço magro da garça líder, quatro outros lordes recebem os falcões de seus assistentes, retiram os capuzes e os enviam para pairar no céu. Antes que os outros alcancem o bando, Osíris já matou um pássaro, que cai espiralando para o chão, e já cuida da segunda vítima. Os outros falcões caçam com ele, cada qual atacando uma presa. À medida que os pássaros vão caindo ao solo, os cães se lançam imediatamente sobre eles. Antes que possam rasgá-los em pedaços, tornando-os inadequados para o jantar, os treinadores de cães estão despejando sangue coletado de porcos abatidos em tigelas tiradas de sacos grosseiros de couro, distraindo os cães dos pássaros enquanto os escudeiros recolhem a presa. Beatrice não liga muito para garças, mas tão logo a ave está assada com vinho, alho e cebola, fica adequada o suficiente para servir.

O coração de Beatrice dispara enquanto reduz o passo para inspecionar a matança. Penas cinzentas caem do céu, cobrindo sua testa, nariz e ombros. Os falcões destruíram tantas garças que, por um momento, parece que chovem penas do céu. Suas pernas compridas e sem vida balançam como franja enquanto os garotos as recolhem, segurando-os pelo pescoço sangrento.

Osíris retorna para o dono, que convida sua jovem prometida a deixar o herói empoleirar-se no seu pequeno pulso enluvado. Beatrice acha que a garota está encantada, porém com medo. Osíris sangra da asa direita e perdeu muitas penas na luta. Bianca Giovanna deixa o falcão repousar sobre o pulso e sussurra-lhe palavras doces enquanto Galeazz se prepara para encapuzá-lo de novo.

Beatrice adora Bianca Giovanna e fica feliz ao ver o noivo tratá-la com tanta doçura, mas isto a faz lembrar dos modos corteses e ternos de Francesco quando ele e Isabella estavam no estágio de noivado. Por que deve Beatrice ter um marido que é apaixonado por outra? Não só por outra mulher, mas, verdade seja dita, por duas.

Como se ela não visse o modo como Ludovico olha fixamente o dia inteiro para o casal de cisnes que Isabella mandou-lhe de presente para enfeitar seus lagos. Beatrice é uma extraordinária arqueira e gostaria de flechar aqueles elegantes bichos brancos. Se eles não fossem tão adoráveis, ela dispararia duas flechas direto nos seus corações. Ou, pelo menos, lançaria um dos mais ferozes falcões sobre eles e os observaria rasgar suas gargantas. Cisnes podiam ser agressivos, porém, e protegeriam um ao outro com grande bravura. Pelo menos seria uma luta justa, ao contrário da que ela travava contra Cecilia Gallerani e sua própria irmã.

Francesco também parece ciente dessa paixão. Ludovico continua convidando Isabella a Milão para o "bem de Beatrice", sem sequer consultá-la, e Francesco continua a apresentar razões pelas quais sua esposa deve permanecer em Mântua. Primeiro, ele estava em Bolonha para o casamento de seu irmão Giovanni com Laura Bentivoglio, e pediu que Isabella ficasse em casa para conduzir todos os assuntos comerciais e de governo. Então, fez uma viagem extra para visitar sua irmã Elisabetta em Urbino, com o único objetivo, Beatrice tinha certeza, de manter Isabella em casa por mais algum tempo. Quando regressou, estava misteriosamente enfermo e insistiu para que Isabella ficasse a seu lado para medicá-lo. Por fim — e Beatrice só soube disso pelos boatos que transitam de uma corte para outra — Francesco lembra à esposa o tempo todo que eles "não são ricos como os Sforza", e que com a maneira como ela gosta de viajar — com centenas de atendentes e um novo guarda-roupa completo, de modo que não se sinta inferior à irmã — precisa reduzir suas viagens ao mínimo. O último mexerico foi de que Isabella ameaçara ir a Milão de camisola se Francesco lhe recusasse um guarda-roupa adequado.

O desapontamento de Ludovico em razão de seus convites recusados a Isabella culminaram finalmente num gesto chocante. Rabugento, ele cancelou os jogos e justas em Pavia que seriam realizados em homenagem ao nascimento do filho do duque e da duquesa, o pequeno conde de Pavia. Isabel de Aragão ficou furiosa com o insulto a seu filho, e despachou cartas furiosas para os conhecidos em Nápoles, pedindo que utilizassem quaisquer meios necessários para que Ludovico deixasse de ser o regente de seu marido. Beatrice sabe disso porque todos os secretários da corte trocam informações. Também sabe que a realeza de Nápoles adoraria atender ao pedido de Isabel, mas não o faz pelo fato de que Gian Galeazzo é um imbecil e um bêbado; se já é um desastre para conduzir um cavalo até a água, imagine liderando a mais importante cidade-Estado da Itália.

Olhe para ele agora, perdendo de novo o equilíbrio na sela numa tentativa de apalpar o rosto hirsuto de seu amado. Pelo menos Beatrice está competindo com duas mulheres de beleza e graça, e não com um campônio grosseiro, com membros compridos e desengonçados, que não sabe ler nem escrever. Enquanto o atendente do duque Gian Galeazzo o empurra de volta para a sela, Ludovico passa-lhe um frasco de vinho. Beatrice observa os olhos de Isabel pousarem em *Il Moro* como a língua de uma cobra venenosa sobre a vítima. A cor dispara para as faces, e seu busto, já empurrado para cima pelo corpete, se eleva num constante esforço ridicularizado. Beatrice sabe que Isabel culpa Ludovico pela condição degradada de Gian Galeazzo, porém o que mais este deveria fazer? Entregar o poder a um homem com meio-cérebro, que não tinha o menor interesse em administrar o governo? Perder o ducado de Milão para qualquer inimigo que ataque primeiro depois que o rapaz idiota seja entronizado?

Beatrice não se ilude acerca do amor de Ludovico pelo poder; ainda assim, ela acha que ele trata o frágil jovem duque com mais respeito do que o idiota merece. Outro homem poderia tê-lo afastado tranqüilamente. A política italiana estava repleta de histórias assim. Até mesmo seu próprio pai tentara envenenar o sobrinho Niccolò, que repetidamente conspirou contra ele, até que por fim, após uma tentativa de rebelião, o Diamante mandou decapitá-lo. Ninguém menosprezava seu pai. De fato, o respeito por ele aumentara. Ele e a duquesa Leonora e todos os seus outros filhos estavam vivos e prosperando, e não apodrecendo numa tumba no Duomo de Ferrara como tantas famílias de líderes que fracassaram em eliminar seus inimigos. Não, depois que o duque Ercole executou seu nêmesis, as ruas de Ferrara vibraram com gritos de *Diamante! Diamante! Longa vida para Ercole!*. O povo de Ferrara deu-lhe então seu segundo apelido, Vento Norte, reconhecendo como sua fria capacidade de tomada de decisão salvara sua terra.

Mas a bela de Aragão não tinha tanta afeição por Ludovico. Ela não se permitia considerar que, ao assumir o poder, Ludovico estava salvando Milão da ruína nas mãos do inepto Gian Galeazzo. Chicoteando seu cavalo, Isabel cavalga até Beatrice, quase batendo nela de raspão.

— Venha comigo, prima — sibila ela. Não é um pedido, mas uma ordem. — Conheço um remanso especial onde seu cavalo adoraria beber.

Beatrice, relutante em ouvir uma das diatribes de Isabel contra o mundo neste dia maravilhoso, a segue mesmo assim, embora alguma coisa dentro dela lhe esteja dizendo para dar uma desculpa e permanecer com o grupo. Contra seu melhor julgamento, ela permite que Isabel a lidere até uma estreita trilha, onde cardos se salientam dos seus véus e arranham os flancos dos cavalos. Finalmente, chegam ao prometido remanso, uma poça de refugo estagnado.

— É repugnante — diz Beatrice. — Não vou deixar Drago beber aí.

— É estranho que a formação da natureza lhe cause repulsa, mas não os atos de seu marido.

— Não sei do que está falando — diz Beatrice, recuando Drago para afastá-lo do veneno no solo e do veneno que saía da boca de sua prima.

— Você não vê como Ludovico mantém meu marido bêbado de modo que possa conservar seu poder?

Beatrice não diz nada, mas gostaria de replicar que o duque teria ganhado seu pleno poder quando chegou à idade, dois anos atrás, se tivesse demonstrado algum interesse ou capacidade para governar o reino.

— Ludovico está traindo todos nós — diz Isabel. Beatrice espera que ela prossiga. Talvez ela se esgote depois de pôr para fora todo o seu discurso. — Está fingindo não saber como ele desfila com Cecilia Gallerani em funções públicas como se ela fosse sua esposa? Não gostaria de estar acompanhando seu marido nestas ocasiões, em vez de ficar trancada em seus aposentos no castelo como uma criança numa creche?

Beatrice sabe das visitas noturnas de Ludovico a Cecilia, mas não fazia idéia de que eles estavam aparecendo juntos em público. Ela sabe que deveria parar de ouvir, sabe que deveria cravar os calcanhares nos flancos de Drago e escapar dessas novidades, mas não consegue se mover.

— Sabia que as pessoas se perguntam por que a esposa legítima de Ludovico é mantida reclusa enquanto ele passeia por aí com sua amante e seu bastardo?

Beatrice chicoteia Drago. Seu véu se agarra num espinho, inclinando-lhe a touca. Irritada, ela joga a coisa fora.

— Você não é nenhuma amiga, prima, se insiste em infectar minha mente contra Ludovico ao espalhar esses rumores.

— Que rumores, prima? Isto nada mais é senão a verdade: você e eu somos as mulheres mais maltratadas e infelizes do reino. — Isabel retira da testa a tiara cravejada de jóias. — Vamos cortar nossas amarras, Beatrice. Há muita coisa que poderíamos fazer juntas para afetar nossos destinos... e o destino da Itália.

Beatrice não diz nada. Seu pai sempre disse aos filhos que o homem sábio escuta enquanto o tolo se vangloria.

— Faz alguma idéia de que seu marido está conspirando com o rei Carlos da França contra seu próprio avô? — pergunta Isabel, sua voz baixa e plena de conhecimento. — O rei da França quer Nápoles, isso não é segredo. Ludovico acredita que, se ajudar a França a tomar Nápoles do rei Ferrante, então Carlos o investirá com o título de duque de Milão. Sabe o que acontecerá neste caso comigo e com meu marido? Ludovico nos mandará para o exílio ou nos matará durante o sono, o que melhor lhe convier. Imagine só, Beatrice: seu próprio marido aliando-se à França para depor o nosso avô Ferrante! É isso que você quer?

— Isso é ridículo — replica Beatrice. — Não existe tal intriga. — Mas ela não consegue esquecer o comentário que Ludovico fez um dia acerca de ser o melhor dos amigos do rei da França, *se tudo correr segundo o plano*. Agora, à luz das acusações de Isabel, faz muito sentido.

— Junte-se a mim — diz Isabel. — Ferrante nos adora. Se souber que não apenas uma de suas netas, mas as duas estão sofrendo humilhação constante nas mãos dos maridos, ele enviaria um exército aqui para nos resgatar. Somos princesas de duas das maiores casas da Europa... Aragão e Este. Temos estirpe, Beatrice. Sua mãe pertence à Casa de Aragão. Quem é Ludovico senão o filho de um mercenário que roubou o poder numa ocasião oportuna? Você pode vingar-se por tudo que está fazendo para afundar nossos nomes em desgraça!

— Preciso pensar a respeito, prima. — Estas são as únicas palavras que Beatrice pode dizer e as sussurra, sem encarar os olhos furiosos de Isabel. Ela sente medo agora, medo de sua prima e medo de seu marido, e não sabe qual é ou deveria ser o maior. Os olhos de Isabel são tão agressivos e sua voz tão cheia de veneno que Beatrice imagina: caso se recuse a conspirar com ela, Isabel tentará matá-la? Por outro lado, poderiam os planos de Ludovico ser de tal alcance e tão sinistros? Como se respondendo à pergunta não formulada de Beatrice, Isabel diz:

— Ludovico Sforza conspiraria com o próprio demônio para ser o duque de Milão. Ele trairia, na maior felicidade, você, sua família, a própria família dele, só para satisfazer suas ambições.

Beatrice começa a virar Drago, de modo a não precisar olhar para a prima.

— Eu disse que iria pensar a respeito.

— Pense nisso enquanto ainda pode pensar. — As palavras de Isabel voaram como flechas para os ouvidos de Beatrice: sibilantes, furiosas, perigosas e buscando um alvo macio. — Se Ludovico unir-se à França contra Nápoles, qual será sua parte? Já pensou nisso? Posso lhe dizer: você será mandada de volta para seu pai, e enquanto sua cama ainda estiver quente, uma noiva francesa, tomada para agradar o rei Carlos, estará dormindo em seus aposentos. Isto é, se Ludovico não perceber que você está misteriosamente caída por alguma carne ruim primeiro.

Beatrice quer responder que Ludovico nunca faria tal coisa, mas não está tão certa de que sua prima não atingiu o ponto quanto a alguma verdade desafortunada. Não que tencione permitir que a horrível previsão se realize. Ela não diz nada. Seus ombros se erguem e os braços e pernas chutam para o lado a fim de ganhar força. Estendidos como algum pássaro desajeitado tentando alçar vôo e respirando um ar um pouco mais quente, ela bate as pernas contra Drago e galopa na direção dos sons do grupo de caça.

Pensamentos cruzam sua mente como o vento, fazendo o coração bater mais rápido enquanto dispara através da estreita trilha. Sente como se seu corpo fosse implodir com as dezenas de emoções que fervilham dentro de si, e ainda se acha incapaz de pensar. Não quer pensar. Apesar de tudo que sente, sua cabeça está vazia.

Ela galopa o mais rápido possível, mas pode ouvir que o grupo de caça ganhou velocidade e está cavalgando para longe dela tão rápido quanto consegue emparelhar com eles. Ao chegar ao fim da trilha depara com uma clareira, e vê de longe que Ludovico, Galeazz e vários outros estão dando caça a um bando de lobos pardos enquanto as mulheres aguardam atrás, conversando entre si sob pequenas tendas verdes, sob as quais se abrigam do sol.

Beatrice ganha velocidade, dirigindo-se ao grupo de caça. Os cavalos e cães impeliram os lobos até a margem de um rio, cercando-os. Os cães latem loucamente e os lobos — Beatrice conta sete deles — uivam com ferocidade em resposta. Os homens gritam para seus escudeiros pedindo arcos e lanças.

Ludovico sorri ao ver Beatrice se aproximando em velocidade vertiginosa. Ele ergue a mão, sinalizando para que reduza a velocidade, mas ela galopa à frente, quase atropelando um escudeiro que está rapidamente tentando alinhar um arco de madeira escura com uma flecha verde.

— Arco! — exige ela e o garoto, atônito, fica parado. Beatrice o contorna e, antes que ele perceba o que ela está fazendo, inclina-se à sua direita e arrebata-lhe a arma, fazendo Drago dar a volta em torno do escudeiro.

Numa fração de segundo, ela identifica seu alvo, o maior dos animais, que a encara com olhos que parecem luas geladas. Ela pensa por um momento que vê a paisagem refletida nos olhos dele. O lobo rosna para ela e assusta seu cavalo, que recua, arisco. Galeazz dispara e um dos lobos cai por terra, fazendo com que os sobreviventes uivem ainda mais ferozmente. Beatrice acha que poderia enlouquecer por causa desse coro lamentoso. Se silenciasse pelo menos um deles, para interromper este lamento de fender os ouvidos! Ela aperta as pernas com firmeza em volta da barriga cheia de veias de Drago para se equilibrar e dispara a flecha contra o flanco do lobo. Ela sabe que errou sua pontaria precisa, atingindo o animal no alto do peito. Talvez em fúria, talvez por causa da dor que deve estar disparando através de suas patas dianteiras, o lobo salta no ar e enterra os dentes no peito de Drago. O cavalo recua, os cascos chutando no ar acima de sua cabeça, como um acrobata. Beatrice sente-se desprender da sela. Como uma pipa, ela ergue-se no ar enquanto Drago corcoveia selvagemente, tentando libertar-se do aperto do lobo. Ela vê o sangue dos ferimentos espalhar-se sobre o pêlo de ambos os animais. Ela vê que o céu da tarde tem um tom de lápis-lazúli e que floração cor de lavanda já começara a pender como jóias nas glicínias. A última coisa que vê é o ar horrorizado no rosto de Ludovico, seus olhos esbugalhados e as mãos congeladas no ar como a estátua de um orador antigo. Ela acha, mas sem ter certeza, que ele apenas gritou "não". Então sente que atinge o chão duro e que tudo escurece.

Dos cadernos de Leonardo:
Sobre o movimento dos pássaros: Quando os pássaros querem voar de um ponto para outro, eles voarão mais rápido se fizerem movimentos espontâneos de ponta-cabeça, e assim elevar-se com movimentos reflexos contra a resistência no ar, e novamente fazendo uma nova descida, e assim por diante sem parar.

Disseque o morcego, estude-o cuidadosamente, e baseado no modelo deste animal e suas asas, desenhe a máquina.

Um pequeno trinado quebra o silêncio. Beatrice acha que deve ser manhã, embora não esteja pronta para abrir os olhos. Ela sente um trapo frio na testa e um cobertor sobre seu corpo, e pensa que poderia estar em Nápoles, com sua preceptora vindo durante a noite para cobri-la devido aos ventos inesperados da noite. Por que o cobertor de frio? Será que teve febre? Espera que sua preceptora não a repreenda de novo por cavalgar num dia frio de primavera sem usar uma capa. Beatrice se lembra de cavalgar ao longo do litoral ventoso de Nápoles — ontem, hoje, ou muitos anos atrás? —, calculando que uma curta enfermidade é um preço fácil de pagar pelo êxtase de dançar o dia inteiro com as brisas frescas do oceano. Agora, uma grande, estranha e quente mão pousa sobre a dela.

— Beatrice? — Uma voz masculina se eleva acima do pássaro canoro. — Pode me ouvir, querida esposa?

Abre os olhos. Ludovico está a centímetros de seu rosto, fitando-a como se ela tivesse ressuscitado dos mortos. Sobressaltada por suas amplas feições e seu olhar preocupado, ela recua, mas não tem para onde fugir. A cabeça colada ao travesseiro, espera que sua memória retorne, e é o que acontece: a conversa doentia com Isabel junto ao lago estagnado; os dentes à mostra do lobo, gritando de dor, sangue esguichando por toda parte; e Drago empinando como um dançarino louco e arremessando-a aos ares. Beatrice estremece, lembrando-se de tudo. Eles a levaram de volta a seu quarto no palácio de Vigevano, onde quer fechar os olhos de novo contra os sentimentos de raiva e desgraça.

— Dói? — pergunta Ludovico. — O doutor disse que nenhum osso foi quebrado, nem o crânio lesionado.

Beatrice esboça um débil sorriso e depois desvia o olhar do rosto dele. Por que ele parece tão preocupado se pretende substituí-la por uma mulher francesa ou envenená-la enquanto isso? Mesmo sem as insinuações de Isabel de Aragão, a preocupação de Ludovico por alguém que ele negligencia parece mal colocada. Ela não pode imaginar tal coisa, a não ser, como havia esperado, que ele a ame mais do que ela imagina.

As cortinas e persianas ainda estão abertas, e ela pode ver o sol crepuscular chegando ao fim de sua jornada diária. O céu está púrpura, deixando boa parte do quarto na penumbra. Alguém acendeu uma pequena lamparina. Ludovico volta o rosto para o alto, agradecendo a Deus em latim — a língua favorita de Nosso Senhor — por não ter levado sua pequena esposa, mas devolvendo-a para "aqueles de nós que a amam demais".

Galeazz aparece, segurando uma pequena gaiola dourada com um pequeno tentilhão vermelho. Ele baixa a gaiola para que Beatrice possa ver suas asas agitadas.

— Eu disse a eles que você ouviria o canto do pássaro e que isto a traria de volta para nós. — Ele está sorrindo, seus dentes reluzindo para ela, a coisa mais brilhante naquele quarto.

— *Madonna* Beatrice, por favor, diga-nos alguma coisa. — A voz é oficiosa e não de todo agradável de ouvir. *Messer* Ambrogio, astrólogo de Ludovico, sai da sombra do mouro e assoma sobre seu leito. Beatrice não gosta dele. É magro demais. Não esguio e esculpido como seu pai, mas o tipo de magreza resultante de desprezo pela comida ou de um corpo cheio de vermes que devoram tudo que ingere. Seja como for, nunca entendeu por que Ludovico escolheu esta pessoa para confiar a escolha do momento exato de tantas decisões cruciais.

— Chegue para o lado, senhor, de modo que eu possa ver o sol se pôr. — Pronto. Era exatamente isso que queria dizer ao homem, e o dissera. Talvez uma queda do cavalo e uma pancada na cabeça fosse exatamente aquilo de que precisava para sacudir todas as palavras que rodopiavam em seu cérebro e fazê-las sair de sua boca. Ela quase ri com sua impertinência, mas vê que Ludovico e Galeazz estão ambos zombando do astrólogo pelas costas.

— Olhe quem está aqui — diz Ludovico. Ele põe o braço em volta do seu pescoço para ajudá-la a sentar-se. Mathilda pula à frente com um sorriso malicioso, depois mergulha com as mãos para o chão, virando uma cambalhota. Não usa roupa de baixo. Chuta com as pernas no ar, espalhando-as e exibindo a vagina peluda antes de pular de pé novamente, em triunfo.

Beatrice bate palmas para sua anã favorita.

— A senhora está boa, não está, duquesa? — O rosto ansioso de Mathilda, com seu nariz e orelhas grandes demais, está lado a lado com o de Ludovico, ambos fitando-a com a intensidade de governantas examinando os cabelos de uma criança à procura de piolhos.

— Sim, Mathilda, estou boa. Pode ir agora, e diga ao intendente que mandei dar a você uma garrafa de vinho tinto especial da nossa adega. Da melhor safra que acabamos de trazer de Osteria.

Para demonstrar sua apreciação, Mathilda dispara em cambalhotas para fora do quarto, mostrando o traseiro nu para os nobres, rindo por todo o caminho até o corredor.

Galeazz depositou a gaiola sobre uma cômoda e se ajoelha à beira do leito, pegando-lhe a mão.

— Você é a mulher mais valente do mundo. Esteve magnífica hoje. Mandamos empalhar o lobo para você. Servirá como um belo troféu.

— E Drago?

— Ferimentos superficiais — diz Ludovico. — Nenhuma criatura selvagem vai abater aquele cavalo. Ele está descansando nas estrebarias com um ungüento perfumado aplicado no peito, feito especialmente pelo mestre-cavalariço.

— Vou preparar uma poção sonífera para Vossa Excelência— declara *messer* Ambrogio.

— Não, agora que estou acordada pretendo permanecer assim pelo tempo que puder — diz Beatrice.

— Mas Vossa Excelência precisa repousar...

Beatrice o interrompe.

— Cavalheiros, eu gostaria de ficar a sós com meu marido, se fizerem a gentileza.

Galeazz beija-lhe a mão repetidamente, pressionando-a contra seu rosto. Sem outra palavra, ele recua sorrindo até a porta. Porém o astrólogo espera atrás. Será que não a ouviu? Sua voz estaria débil e desarticulada? Beatrice espera mais um polido segundo e então pergunta:

— O senhor é meu marido?

— Vossa Excelência ou não está bem ou está brincando.

— Então realmente devo pedir-lhe para sair.

Ele parece confuso pela ordem. Volta-se para Ludovico, que confirma com um aceno de cabeça que o astrólogo e curandeiro não é mais necessário no quarto. Com um enfático bater de calcanhares e sem mais argumentações, ele os deixa a sós.

— Você nos deu um susto danado — diz Ludovico, tirando o pano de seu sobrecenho e beijando-lhe a testa. — Graças a Deus que não sofreu danos.

Ele diz isto não como se fosse o início de uma conversa, mas como se estivesse contornando seu assunto com ela de modo a poder sair do quarto. Beatrice sente a fúria crescer dentro de si. Teria ele escondido Cecilia em algum lugar de Vigevano?

— Milorde — diz ela. — Desejo contar-lhe o sonho terrível que tive.

— Que sonho é esse, criança?

Criança. Em breve ele não pensará mais nela desta maneira.

— Sonhei... oh, foi assustador e ridículo — começa ela, tentando adquirir o tom e ritmo certos para o que está a ponto de dizer. — Sonhei que você estava numa conspiração secreta com o rei Carlos da França para derrubar meu avô Ferrante. Você sabe que este arranjo me causaria uma dor terrível, porque cresci na corte dele. Sei que não é um homem benquisto, mas sentei-me no colo dele e puxei-lhe a barba durante minha infância, e ele gosta muito de mim. No meu sonho, você está indo guerrear contra Nápoles. Isto enfureceu demais minha prima Isabel de Aragão, que apelou a mim para ficar do lado dela e da Casa de Aragão, e contra você, meu próprio marido!

Beatrice dá um sorrisinho para Ludovico, como se dizendo: não é uma tolice? Ela espera que ele fale. Ludovico olha para ela, sério.

— E como isto acontece em seu sonho?

— Nada bem, milorde, pelo menos não para você. Porque me aliei a Isabel e ao reino de Nápoles, o que não seria inusitado, porque minha mãe pertence à Casa de Aragão. Assim, é claro, Ferrara me deu apoio, como apoiaria uma de suas princesas. E uma vez que Ferrara apoiou Nápoles, então Mântua não ia ficar para trás. E a pior parte foi que Mântua deu a Veneza uma boa razão para atacar Milão, porque Francesco é o comandante-geral do exército veneziano, e eles iriam naturalmente apoiá-lo. Os venezianos adorariam fazer-lhe isto, milorde, o que não é apenas um delírio do meu sonho!

Ludovico parece agudamente interessado no que sua esposa-criança está dizendo. Ela imagina se alguma vez antes já captou tão intensamente a atenção dele. Ele senta na cama e fala com ela lenta e deliberadamente:

— Diga-me, Beatrice, exatamente como esta fantasia termina? Você foge para Nápoles com Isabel de Aragão?

— Oh, não, milorde. Nós mandamos chamar o Exército deles. Meu tio Alfonso cavalga à frente, porque, como sabe, ele o odeia muito. Não, nós não deixamos Milão, mas o Exército chega aqui e nos resgata.

Oh, é muito emocionante! O Exército napolitano marcha do sul e os venezianos, apoiados por Ferrara e Mântua, atacam do leste, comandados por Francesco. Você não acreditaria, mas ele monta seu cavalo junto às muralhas do castelo gritando com você por tentar tomar a esposa dele.

— Bem, por que Francesco se meteria em tal absurdo, mesmo num sonho? — Um pequeno sorriso atravessa o rosto de Ludovico, ainda que seus olhos estejam muito sérios.

— Ele é terrivelmente ciumento, e considera uma grande ofensa se um homem apenas fala com Isabella, e pior ainda se ele se corresponde regularmente com ela, como você faz. Seja como for, no meu sonho os franceses não chegam em seu socorro e os exércitos italianos arrasam Milão.

Beatrice espera em silêncio. Ele vê através de sua artimanha? Ela percebe que uma mulher melhor o teria confrontado diretamente com as acusações de Isabel de Aragão e com o desejo clandestino dele por sua irmã, mas isto é o mais direto que ela pode ser. Sua mãe tinha um ditado acerca de atrair moscas com mel, mas neste momento não consegue se lembrar dele, apenas de sua moral.

Ludovico não sai de imediato em sua própria defesa, mas fala com cuidado:

— Certamente você sabe que sua irmã depende de meu aconselhamento. O marquês entrega muitas funções de governo nas mãos dela, que mal tem 18 anos de idade.

— Oh, entendo isso, milorde, e preferia morrer a privar minha irmã do seu aconselhamento. Mas não há como controlar os pensamentos de um homem como Francesco. Ele não está no seu juízo perfeito quando se trata de sua esposa.

— É o que me dizem — suspira Ludovico. A zombaria que ela esperava na voz dele está ausente. — É realmente um sonho terrível. Eu morro?

— Não me lembro exatamente — prossegue ela, agora mais confiante de que sua tática está funcionando; ele nem grita com ela, nem ri dela, nem se afasta com raiva ou aversão. — Mas depois que os exércitos capturam o castelo, eles o levam e entregam a cidade a Gian Galeazzo e Isabel de Aragão, tendo meu tio Alfonso como governador. Isto era o que Isabel queria o tempo todo: livrar-se de você para tornar-se a verdadeira duquesa. No sonho ela continua dizendo que você compactuaria com o próprio demônio para tornar-se o duque de Milão.

— E você acredita nisso, Beatrice? Seja em sonhos ou desperta?

Beatrice espera. Sabe que quando está jogando uma boa mão de cartas — boas, mas não infalíveis — deve escolher o momento preciso para acusar o blefe do adversário. Porque se ele tiver um trunfo sobre ela, ela perde tudo. Beatrice não quer que Ludovico jogue nenhuma surpresa sobre a mesa. Fala lentamente, dando o melhor de si para parecer descontraída.

— Não, milorde, não acredito. Porque sei que é um homem inteligente, e que se estivesse realmente pretendendo tornar-se o duque oficial de Milão, a primeira pessoa a quem alistaria como aliada é a sua esposa. Já que não me considerou adequada para fazer de mim parceira e aliada em qualquer sentido real, então você não poderia estar verdadeiramente desejando ser o duque de Milão. Não acredito no que dizem; creio que estais perfeitamente satisfeito como regente de Gian Galeazzo.

Beatrice não pode acreditar no que acaba de sair de sua boca, mas está vibrando de excitação. Poderia realmente ter despertado uma parte corajosa e eloqüente de seu cérebro que ficou adormecida por estes 17 anos? Ela continua olhando para Ludovico, tentando ler seus pensamentos.

— Digamos, apenas como especulação, que fosse verdade: a minha ambição de tornar-me duque de Milão. Por que, exatamente, eu precisaria de minha esposa como parceira e aliada?

— Porque, milorde, não há ninguém na Itália, exceto eu, que não o trairia em proveito próprio. Muitas pessoas o respeitam; muitas mais o temem. A maioria, porém, gostaria de ver sua ruína.

— E por que você não está incluída nesta maioria?

— Prometi a meu pai que, com o nosso casamento, as Casas de Sforza e Este estariam unidas para sempre. Este é o meu dever para com minha família.

— Você é uma filha tão obediente?

Sua máscara desmorona. Ela não pode mais dissimular. Coloca as mãos em pequenos punhos e bate sobre o leito.

— Não, milorde, não sou nem um pouco obediente! Por que não pode ver que o amo e quero ser sua esposa?

Ela coloca o rosto envergonhado entre as faces e põe-se a chorar. Agora ele está livre para rir dela se achar que deve. Em vez disso, sente seus braços enlaçando-a. Ele a segura bem apertado, mas como se não desejasse machucá-la com pressão excessiva.

— Entendo, entendo — diz ele. — Criança, você precisa descansar. Os acontecimentos do dia sacudiram suas emoções. O sonho parece tê-la confundido, Beatrice. Você deveria dormir. Talvez pela manhã a sua boa disposição já terá retornado.

Ela está prestes a protestar que ele está errado, que é o seu amor por ele que lhe dá ânimo, quando Ludovico continua:

— O astrólogo diz que daqui a duas semanas os astros estarão de novo alinhados para que eu gere um filho. É desse jeito que você pode ser minha parceira. Descanse agora e fique boa para que possa nos dar filhos.

Está ele tentando escapar dela novamente? Ela não foi bem-sucedida. Ele não teme sua aliança com Isabel de Aragão ou com Nápoles; não a vê como uma mulher, esposa ou companheira, mas como uma máquina de gerar filhos. Se não é nada para ele, então ela não é nada.

— Meu bom ânimo não irá retornar, milorde, a menos que comece a me tratar como uma esposa.

— Mas você tem tudo que deseja — protesta ele.

— Tenho tudo que desejo exceto meu marido. Posso também retornar para a casa de meu pai. Acho que você gostaria disso. — Enxuga as lágrimas e olha diretamente para o marido. Ela se dá conta de que nesses momentos mudou da astuta articuladora política para uma criança lamurienta, mas já perdeu o controle e profere palavras furiosas para ele: — Creio que isto lhe agradaria. Creio que mandarei *messer* Trotti ir ter com meu pai amanhã de manhã com a notícia de que Ludovico Sforza não se importa com Beatrice d'Este. Então você pode lutar contra toda a Itália por conta própria, com os amados franceses a seu lado, como se fossem ser leais a você uma vez que o tenham liquidado. Espero que tudo se passe como no meu sonho. Aí você verá o que perdeu por não me amar!

Ela tenta se levantar. Está fraca pela queda, mas é também jovem e forte e empenha-se em rolar para afastar-se de Ludovico. Levanta-se, olhando para ele do outro lado da cama, mas ergueu-se muito rapidamente e sente o sangue disparar para sua cabeça. Firmando as pernas contra a lateral da cama, ela usa de toda a sua força para permanecer lúcida e ereta.

— Já a vi manejar o arco, Excelência, e asseguro-lhe que não desejo que se volte contra mim — diz ele.

— Está de novo zombando de mim, milorde?

— Nunca. — Ele está sorrindo para ela agora, radiante, na verdade. Não há zombaria no seu rosto. — Você é maravilhosa, Beatrice. É ousada e valente. Num momento, uma mulher valente, no seguinte, uma garota amuada. Você é... oh, não sei... você é minha pequena amazona. — Ele se ergue lentamente e caminha até o outro lado da cama. Pega-a nos braços. Ela se sente instável e inclina-se contra ele buscando apoio. E deseja que pudessem continuar assim para sempre. — O que devemos fazer para termos certeza de que nunca mais tenha esse terrível pesadelo? — pergunta ele.

Ela não faz idéia se Ludovico a está amaciando ou se tentando proteger-se politicamente, mas não dá importância. Ela acha que o resultado será o mesmo: ele aprenderá a amá-la.

Ela agarra com força o traje de brocado de Ludovico, puxando-o para mais perto de si.

— A queda do cavalo agitou meu útero, Ludovico. Não precisamos mais dos cálculos de um astrólogo. Faça amor comigo *agora*. Você não precisa de outra mulher. Sou sua esposa. E estou lhe dizendo que qualquer outra mulher tentando usurpar este direito terá que deixar o castelo imediatamente. Do contrário, irei para casa em Ferrara, ou para Nápoles, ou para onde quer que tenha de ir para escapar desta humilhação.

— Mas, minha querida...

— Não diga nada sobre isto, Ludovico, mas aja antes que seja tarde demais. Entendo que devemos ser generosos para com seu filho. Deus sabe, meu pai sempre foi amável com seus bastardos. Mas não aceitarei outra mulher em minha casa. Se ela estiver no castelo quando retornarmos, procurarei primeiro minha irmã e meu cunhado em Mântua e explicarei minha situação, e depois vou para a casa de meu pai. Se meu pai escolher vingar a desgraça que sofri é algo que está além do meu controle.

Dos cadernos de Leonardo:
Sobre o pênis: Ele tem algumas relações com a inteligência humana e às vezes mostra inteligência própria. Quando um homem possa desejar que seja estimulado, ele permanece obstinado e segue seu próprio caminho. Às vezes age por conta própria, sem permissão do seu proprietário, ou por qualquer pensamento ou desejo daquela pessoa. Se o dono do órgão está adormecido ou desperto, ele faz o que lhe agrada; com freqüência o homem está adormecido e seu pênis acordado, ou o homem está desperto e seu pênis adormecido. Ou o homem gostaria de tê-lo em ereção e ele se recusa. Com freqüência ele deseja ação e o homem a nega. Eis por que parece que esta criatura costuma ter uma vida e uma inteligência à parte do organismo maior que o carrega. Ainda assim, parece que o homem está errado ao se envergonhar de lhe dar um nome ou mostrá-lo. Aquilo que teriam de cobrir e esconder deveria ser exposto com solenidade, com o comportamento de um padre na missa.

SETEMBRO DE 1492; NA CIDADE DE MILÃO

BEATRICE passeia na nova carruagem que Ludovico mandou fazer especialmente para ela. Sua madeira é fina e pesada, mas *Il Moro* tinha um dos muitos artesãos a seu dispor para dourar as beiradas. Uma macia tenda, cujo tecido é mudado diariamente para combinar com seu traje, mantém o sol de setembro afastado de seu rosto enquanto trafega pelas ruas de Milão.

Quando ela pensa em como sua vida mudou no decorrer de um curto verão, ela quer cantar — não suave e harmonicamente como se faz em igrejas e salões, mas alto, obscenamente, como os anões fazem tarde da noite durante suas orgias regadas a vinho. Ela gostaria de arrancar as roupas pesadas e dar cambalhotas nua como Mathilda, mostrando seu traseiro ondulado para qualquer um que quisesse olhar. Às vezes acha que seu pequeno corpo não é feito para acomodar tal felicidade indisciplinada.

Ela havia assumido um grande risco, mas havia pagado por ele. Nada de bom lhe resultaria de sua ameaça de deixar Ludovico, porque a reação do Diamante a sua fuga de volta para casa seria espancá-la ou colocá-la num convento.

Mas Ludovico não tinha como saber disso.

Em vez de ficar furioso com seu desabafo, Ludovico se havia mexido. Os homens adoram ser adorados, sua mãe sempre disse, e agora tinha a prova de que era verdade. Naquela noite, lágrimas ainda molhando sua face, tão dolorida de sua queda que mal conseguia ficar de pé, ela agarrou-o pela roupa e puxou-o para a cama. Subiu em cima dele, beijando-o loucamente, sugando sua língua tão vigorosamente que podia sentir um puxão profundo dentro do útero. Ela se lembrou de uma das piadinhas de Mathilda que sempre a fez enrubescer. *Se você cavalgar seu marido do jeito como cavalga aquele corcel, todos os seus problemas se resolveriam.* Ela sempre se sentia embaraçada demais com a piada para analisar sua sabedoria. Mas naquele momento, montada sobre Ludovico, sentindo a ereção dele pressionando contra ela, decidiu testar a teoria, pois ninguém sabe tanto sobre as questões sexuais — ou aprecia a atividade com tanto júbilo — como os anões.

Finalmente, ela compreendeu do que se tratava toda aquela agitação. Homens e mulheres falavam, escreviam, cantavam e sonhavam com a paixão sexual o tempo todo, e ainda assim este foi o primeiro indício que Beatrice teve de seu poder. Ela se despira diante dele sem pudores e pedira-lhe que fizesse o mesmo. Depois montou em cima dele e descobriu que seu pênis duro deslizava com impaciente facilidade na sua umidade macia. *Veludo*, ele havia suspirado, o que a deixou ainda mais excitada. Pensou em Mathilda, pensou em Drago, pensou em um dia quente de primavera em campo aberto, e começou a galopar — suave e facilmente até conhecer bem o terreno. A seguir, abandonou todo o controle e disparou num galope desembestado, no qual prosseguiu até sentir todo o corpo tenso. Cavalgou cada vez mais rápido, incerta agora da criatura debaixo de si — homem, animal, quem sabia ou se importava? Finalmente, seu útero pareceu como se fosse explodir, mas em vez de temer por isso, ela rodopiou mais freneticamente para apressar seu gozo. Num rompante de suor e gritos, aconteceu, e Beatrice achou que este devia ser o tipo de êxtase de que falam as freiras devotas quanto comentam a respeito das paixões da prece. Mas não é desse modo que as freiras recomendam que se o alcance.

Pelos meses seguintes, Beatrice e Ludovico nunca se separavam, caçando e cavalgando diariamente até a exaustão, explorando cada centímetro do parque de Vigevano. A caça parecia brotar de cada canto — lebre, cervo e cabritos no solo, e garças e outras aves ribeirinhas nos céus. Alguns dias saíam de canoa para pescar, pegando na rede enorme cavalinhas e delicadas trutas pintadas do rio. Ludovico descobriu um novo prazer em tudo que Beatrice fazia, fosse para ver Drago ou um de seus cães realizar um pequeno truque, ou vê-la abater um gamo com uma única flechada bem colocada. Ele ria descontrolado das suas piadas e palhaçadas. Comprou-lhe presentes — brincos de pérola, um rosário com uma cruz gigante de diamante e uma jovem égua branca escolhida a dedo dos estábulos dos Gonzaga para eventualmente se acasalar com Drago. Quando Galeazz tentou atrair Beatrice para um dia de falcoaria, Ludovico aconselhou-o a começar a dar mais atenção à sua prometida e menos à esposa de *Il Moro*. Ludovico disse isso bem-humorado, fazendo Bianca Giovanna enrubescer tão intensamente que ela teve de esconder o rosto nas mãos. Mas Beatrice sentiu que ele falava a sério. Os dias de Galeazz distrair Beatrice estavam oficialmente encerrados.

Beatrice ficou ansiosa quando Ludovico regressou a Milão poucas semanas antes dela, para "cuidar de alguns negócios urgentes", mas quando chegou ao castelo, soube pelos criados, em tom de voz furtivo e excitado, que Cecilia Gallerani e seu filho Cesare se haviam mudado para um palácio junto ao Duomo, e que Ludovico arranjara o noivado dela com o conde Bergamini, um dos mais leais e galantes cortesãos de *Il Moro*. O casamento estava marcado para o mês seguinte.

Agora Beatrice está se dirigindo para a oficina do Florentino, o *Magistro* Leonardo. Ludovico deseja que ela pose para o mestre. Beatrice disse que não quer ser pintada por Leonardo. Oh, não tanto por causa do que Isabella disse — que isto iria equipará-la a Cecilia —, pois aquela pintura tinha sido feita mais de dez anos atrás, quando Beatrice não passava de uma pirralha no quarto das crianças, mas porque o homem sempre lhe deixa com uma sensação de inquietude. Ela não faz idéia de por que ele a afeta assim, mas em sua mente ela chega a ponto de um temor irracional. Se o *Magistro* a pintar, o adorável mundo no qual viveu ao longo do verão, será de algum modo alterado. Ela sabe que isto não faz nenhum sentido e não quer insultar Ludovico, que está disposto a tirar o *Magistro* da sua colossal estátua eqüestre só para imortalizá-la "neste ponto de bem-aventurada juventude e perfeição", como ele gosta de dizer. Portanto, ela concordou com a visita ao *Magistro* para ver se consegue sentir-se à vontade com a idéia de posar para ele.

Ao entrar na Corte Vecchio, ela vê que o *Magistro* fez algum progresso na estátua do cavalo, mas a coisa gigantesca está sendo montada em pedaços e Beatrice fica perturbada pelo modo como a cabeça jaz ao lado no chão, apartada das pernas, que estão aprumadas e esperando reunir-se ao resto do corpo. As partes do corpo que estão no chão recordam-lhe que Leonardo é conhecido por adquirir corpos humanos e dissecá-los perante platéias. O que alguém pode pensar de um homem que expõe as entranhas dos corpos? Ela deixa sua carruagem com o escudeiro do pátio, desliza silenciosamente através da porta aberta e entra na oficina. Garotos trabalham em silêncio nos diversos projetos. Dois estão finalizando os detalhes em retratos encomendados pelos nobres de Milão, cujas feições eram indubitavelmente esboçadas pelo *Magistro* e depois entregues a seus aprendizes para acabamento. Beatrice sabe que se ela concordar em ser retratada por Leonardo, o mestre provavelmente irá completar pessoalmente boa parte do trabalho, como um tributo à posição dela como esposa de seu senhor e patrão. Mas se fosse apenas um rico mercador ou um insignificante cortesão que desejassem um lisonjeiro retrato de noivado de uma das filhas, ou um quadro da esposa exibindo sua melhor coleção de jóias, então o *Magistro* faria o esboço principal, passaria os detalhes para um aprendiz, e depois talvez aplicasse um pouco da sua própria magia nas pinceladas finais.

Beatrice se mantém em silêncio, olhando para os muitos desenhos pendendo das paredes, a maioria de gente feia e deformada. Por que um gênio desse quilate tem um fascínio por aberrações quando é capaz de melhorar ainda mais o belo? Aleijados, cegos, velhos cujas faces foram comidas por alguma horrível doença — poderiam ser os desenhos dos mortos? Estas são as coisas que estão nas suas paredes. Desenhos intricados de homens velhos, enrugados, murchos, lado a lado com as cabeças de homens jovens no auge de sua beleza. O contraste quase a desagrada. O modo como ele colocou esses retratos parece dizer: qual é a utilidade de tal beleza, já que ela logo se desvanece no estado decrépito dos idosos? É como se ele partilhasse alguma piada particular com Deus sobre a disposição das coisas. Beatrice não gosta disso; acha que ele está discordando da maneira como Nosso Senhor planejou e executou o destino do homem.

O *Magistro* senta-se num banquinho, debruçado sobre um desenho que Beatrice não consegue ver. Sua concentração é intensa. Um lema em caligrafia fantasiosa está colocado acima de seu espaço de trabalho: OBSTINADO RIGOR.

Os outros também trabalham desta maneira — concentrados, silenciosos, decididos. O silêncio é tanto que ela acha que pode ouvir a respiração deles acima do rabiscar de carvão arranhando o papel e os pincéis atingindo mananciais de cor. À frente de Leonardo está uma estátua de Leda e o Cisne, que foi adquirida, após grande empenho, por Ludovico, do espólio de um cardeal falecido em Roma. Desde que Isabella mandara dois exemplares daquela criatura para seu lago, ele ficara obcecado pelos cisnes. Beatrice lembra que Ludovico tinha enviado a estátua, que supostamente datava da Antiguidade, para ser limpa e polida na oficina do *Magistro*. Leonardo aparentemente não havia trabalhado nada na estátua, que está manchada por anos de sujeira e fezes de pássaros, mas agora está olhando para ela, e depois voltando os olhos para o seu papel.

— Senhor! — Ela por fim se anuncia. Leonardo se vira, sobressaltado. Imediatamente se levanta, fazendo-lhe uma mesura.

— Excelência. Que privilégio!

— O que está desenhando? — pergunta ela. Beatrice sabe que seu marido não ficará feliz em ouvir que o *Magistro* está despendendo o dia trabalhando em outra coisa senão o cavalo.

O desenho a assombra. É muito mais sugestivo do que a estátua. A Leda inventada por Leonardo é curvilínea e está nua. O cisne é enorme, quase tão alto quanto Leda, e cobre-lhe o corpo numa generosa proteção de penas brancas de um modo possessivo como qualquer homem que já tivesse reclamado uma mulher. O quadril redondo dela se encaixa caprichada e perfeitamente na curva de sua asa, que cai lânguida pela coxa e pela perna de Leda. Beatrice não consegue imaginar como alguém pode encontrar erotismo na cópula com este animal, mas o *Magistro* o fez. Leda timidamente dá as costas para o cisne, como se embaraçada por estar atraída por tal criatura. Mesmo assim, está atraída. Beatrice sente as faces enrubescerem enquanto olha para o quadro; ela própria acabou de ser despertada para o olhar de prazer e satisfação que o *Magistro* desenhou no rosto de Leda.

— Ah, o cisne — diz ela, ensaiando algum comentário inócuo. — Meu marido tem um novo fascínio por essas criaturas. Estou certa de que seu estudo o agradará. Deveria até optar por pintar um quadro.

— Ele já o encomendou, Excelência — responde o mestre.

Ele depõe o carvão e levanta a mão para o ar cerimoniosamente. Um jovem aprendiz conhece este sinal e corre até ele com uma tigela de água e uma fatia de limão, de modo que ele possa limpar o carvão de seus dedos longos.

— Encomendou? — Beatrice sente as primeiras dores do ciúme, coisa que não sente há meses. Poderia a obsessão com cisnes sinalizar uma fascinação em andamento com sua irmã?

— Acha que irá agradá-lo? — pergunta o mestre.

— É belo. O cisne, quero dizer.

— Oh, sim. Zeus usou o disfarce para seduzir, claro. O cisne é o ser esperto, o único ao qual não se pode resistir por causa de sua beleza. Ninguém imagina seu propósito porque ele parece tão puro. — Ele acrescenta, num sussurro: — Eu não confio nele.

— E na mulher?

— Olhe para ela — diz ele. — O que ela sabe? Está perdida em seu próprio prazer.

Beatrice não gosta de ouvir este julgamento acerca de Leda. Nem está disposta a aceitar a condenação do cisne por Leonardo, porque isto significaria que aquelas duas criaturas nadando no lago dentro das muralhas do castelo têm poder sobre Ludovico, que talvez fosse o que Isabella pretendia ao mandá-los.

— Pode um cisne não ser puro? — pergunta ela. — E quanto à lenda da cisne donzela, cujo manto de penas foi roubado por um caçador de modo que ela permanecesse em forma feminina e se tornasse sua esposa? O cisne é culpado por sua beleza.

— E ela abandonou aquele que a amava na primeira oportunidade. Além disso, é um conto adequado para crianças, nada mais que isso. Há muitos outros. Eu observo as criaturas por mim mesmo, você sabe. Vejo como fitam aqueles que observam como são graciosos. E, mesmo assim, se são ameaçados de alguma forma, podem ser atacantes agressivos. O que seria capaz de criar tal dúplice criatura?

— E quanto à história do cisne que vê seu reflexo no lago e sabe que está morrendo, e assim começa a cantar para as criaturas companheiras a fim de que pranteiem sua morte?

— Acha que criaturas da natureza podem ser tolas como nós, os seres humanos? — pergunta ele gentilmente, um pequeno sorriso triste surgindo em seu rosto. — O cisne sabe quando é o seu momento, sabe que todas as coisas deste mundo não passam de uma dádiva efêmera. Este fato inescapável foge somente aos humanos. No mesmo instante em que o pobre mortal se sente seguro em seu poder e sucesso, ele é destruído por forças maiores que as suas.

— Você quer dizer que Nosso Senhor nos destrói no momento em que nos cria? — pergunta Beatrice, esperando não ter soado melindrada. Deseja que Isabella estivesse aqui para ajudá-la a manter esse tipo de diálogo. Isabella saberia simplesmente qual a correta réplica profunda a tal pronunciamento.

— Não sei, Excelência. Limito-me a dizer que nada é permanente. Tudo é tão efêmero quanto nossas emoções. Só o estado de ilusão da mente de um homem o impede de enxergar esta inevitabilidade.

Beatrice gostaria de descartar o assunto dos cisnes e mortalidade porque isto intensifica a ansiedade de estar em sua oficina. Ela, que está tão segura e assentada, sente uma vertigem rodopiante. Evita olhar para cima ou para baixo com medo de desmaiar.

— Esta é uma observação muito dolorosa, senhor — replica, reunindo seus sentidos. — Como poderia alguém manter o bom humor se contempla tais pensamentos? O homem pode em breve virar pó, mas ele não deixa grandeza em seu lugar? As histórias de Homero ou os tesouros das antigas Grécia e Roma atestam este fato.

— Perdoe-me por dizer isto, Excelência, mas somente o homem singular e extraordinário deixa alguma coisa para trás neste mundo além de seu excremento. — Ele devia ter ficado sobressaltado pelo ar chocado no rosto dela, porque acrescenta rapidamente: — Vossa Excelência e o duque, claro, sendo as mais notáveis exceções, com seu generoso patrocínio às grandes obras.

— Mas você deixará para trás muitas coisas belas — replica ela baixinho.

— A pintura se esfarela das telas, tanto quanto a pele cai da carne. O homem destrói suas próprias criações. A natureza cuida do resto. Que só sobrevive por acidente.

Beatrice desvia o rosto, mas não encontra nenhum conforto na face de Leda, nem nos desenhos de Leonardo, ou nos movimentos dos aprendizes enquanto se ocupam de suas tarefas.

— Entendo que vamos ter uma sessão de pose, Excelência — diz Leonardo, interrompendo a procura de Beatrice por um lugar confortante para centrar sua atenção.

— Sim — responde ela em voz baixa. Ela quer sair desta sala da pior maneira. Concordará com tudo e mudará de idéia depois. Se a reputação dele corresponde à verdade, ele nunca arranjará tempo para pintá-la, de qualquer forma.

— Primeiro Vossa Excelência, e depois sua irmã, a ilustre marquesa. Por favor, explique a ela que sei não ser merecedor de receber a incumbência de pintar seu retrato, e que estou grandemente lisonjeado por suas cartas. Mas tenho aguardado a instrução de Sua Excelência, vosso esposo. E ele finalmente atendeu-lhe o desejo, com a advertência de que faça o seu retrato primeiro, como é apenas adequado.

A sala começa a girar enquanto a informação percorre sua mente. Então este é o jogo. Isabella e Ludovico não acharam conveniente mostrar as cartas para Beatrice, mas o *Magistro* revelou tudo. Ludovico não tem o menor desejo de que Leonardo faça uma pintura de Beatrice, mas não pode, em sã consciência, ter o mestre pintando Isabella sem primeiro prestar homenagem à esposa. Oh, eles são bons jogadores, mas até o melhor acaba por fim se tornando transparente.

Raiva e determinação se estabelecem. Beatrice sente a vertigem abandoná-la. Olha para baixo, surpresa ao ver tão elegantes chinelos de veludo com fivela nos pés de um artista. Ela quase tem vontade de rir. De repente, sente o poder que vem do conhecimento.

— Obrigada por me mostrar seu desenho — diz, olhando de volta para o rosto intenso do *Magistro*. — Manteremos contato, eu e você.

Leonardo parece surpreso por ela estar se retirando tão rapidamente, antes que quaisquer arranjos ou considerações artísticas pelo seu retrato tivessem sido discutidos. Ela não sabe por que está com medo dele; ele tem olhos tão amáveis. Mas sabe que não tem a menor intenção de entrar neste estúdio de novo.

LUDOVICO espera por ela para que tenham uma ceia leve nos seus aposentos. Dirige-lhe um grande e inocente sorriso quando ela entra no quarto e senta-se diante dele.

— O que é? Nada de beijos para seu senhor e dono? — pergunta ele, seus olhos escuros iluminados pelas velas.

Ela se levanta e lhe dá um negligente beijo no rosto.

— Gostou da visita ao *Magistro*? Marcou hora para posar para ele?

Beatrice arma sua face mais séria.

— Não, milorde, não marquei. O homem me provoca uma sensação de inquietude. Não me sinto à vontade posando para ele. Sinto como se ele fosse roubar minha alma. É o que dizem que ele fez quando retratou Cecilia.

— Minha querida, observei Cecilia por dez anos depois de ser pintada pelo *Magistro*, e garanto-lhe que ela continua dona de sua alma.

— Ainda assim, milorde, não creio que seja sábio para mim me comparar com alguém que foi sua amante. Isto seria inconveniente.

Beatrice deseja de todo o coração que Isabella pudesse ouvir as palavras que usou para manipular a irmã se voltando contra ela.

Ludovico parece levemente angustiado por sua decisão.

— Se é assim que se sente... Mas você devia considerar que ele está a nosso serviço e é o grande mestre da atualidade. Não gostaria de ser pintada por um homem assim? Até mesmo sua ilustríssima irmã disse que gostaria de ser imortalizada por um gênio desse quilate.

— Oh, não, meu senhor — diz Beatrice, esperando que seu rosto projete uma sincera expressão de horror. — Não podemos permitir que minha irmã seja colocada no mesmo plano de uma de suas ex-amantes. Não podemos deixá-la arriscar sua reputação dessa maneira. Você sabe como as pessoas falam. A sua inocente bondade em relação a Isabella já foi interpretada maldosamente em certos círculos.

— Está exagerando, minha cara — replica ele. — Isabella tem mania por boa pintura. Isto é tudo que existe sobre seu desejo de posar para o *Magistro* Leonardo.

— Eu adoraria ver minha irmã feliz — diz ela, jogando a cabeça para o lado pensativamente, fingindo que formulava estes pensamentos à medida que chegavam a sua boca. — Mas não podemos permitir que aconteça. Ter o *Magistro* pintando outra mulher tão próxima de você, sobre quem já correm rumores, só serviria para dar corda a essas línguas ferinas. Cheiraria a adultério.

— E o que nos importa o que comentam? Estamos certos de nossa afeição mútua.

— Porém, milorde, devemos ser mais cuidadosos em nossas ações. Oh, não em meu benefício. Mas creio que podemos estar esperando por um acréscimo na nossa família em alguma época do ano que vem.

Ludovico pára, os dedos embranquecidos e tensos sobre a mesa. Ele parece estar se equilibrando. Seus lábios lentamente se abrem num sorriso.

Beatrice ergue um dedo, sinalizando-lhe para ouvir o que tem a dizer. Ela continua:

— Este seria o momento de nos apresentarmos na melhor luz possível, como uma família inteiramente dedicada, impenetrável e incapaz de ser rachada por influências externas. Esta notícia certamente fortaleceria sua posição junto ao povo de Milão. Quero dizer, com um herdeiro legítimo a caminho.

Ludovico sacode a cabeça.

— Você é um prodígio — diz ele, contornando a mesa correndo para lançar os braços ao redor da esposa. Ela adora esta sensação de ser engolfada por ele; adora sentir o perfume que ele usa, importado de terras orientais que a fazem pensar em incensos e especiarias, e adora esmagar o rosto contra o veludo macio de seu manto. Ela sente que, pela primeira vez, ele está abraçando não apenas a ela, mas à vida que se agita no seu interior.

— Vamos esperar mais algumas semanas antes de fazer um anúncio oficial, meu amor, só para termos certeza.

— Tudo bem — diz Ludovico. — Embora seja difícil abafar tais notícias. — Ele ergue as mãos como se expedindo uma proclamação. — Então, a questão de posar para o *Magistro* está encerrada.

Beatrice imagina, contudo, que por trás da segurança, ele já está tentando inventar as desculpas que terá de fornecer à insistente Isabella.

— Talvez — começa ele de forma ponderada, como se passando um agradável argumento para si mesmo —, se não o distrairmos com retratos, ele se concentrará na finalização do cavalo.

Capítulo cinco

III • L'IMPERATRICE (A IMPERATRIZ)

Junho de 1493; no território de Mântua

Isabella está sentada no calor de junho, balançando suavemente no bucentauro na confluência dos rios Pó e Mincio, imaginando que a inversão da sorte trouxe-a ao ponto em que sua irmã se elevou tão alto acima dela que não se digna a parar por alguns dias para visitar sua casa, mas insiste em arrastá-la rio acima para dar uma olhada nela e ficar a par das últimas novidades.

> Eu queria muito visitá-la em Mântua no meu regresso de Veneza, mas meu marido está extremamente ansioso para que eu retorne para ele. Devo pedir-lhe que me deixe apreciar uma visão de você no bucentauro. Você não deve insistir para que eu perca tempo desembarcando.

As palavras ostensivamente inocentes poderiam muito bem ter sido disparadas por uma centena de flechas direto no coração de Isabella. Beatrice parece não conseguir cessar de enviar desfeitas à irmã. Seja ou não intencional, cada triunfo na vida de Isabella é ofuscado imediatamente pela mais recente vitória de Beatrice. Isabella não quer ser desagradável em relação à irmã. Talvez sua sensibilidade seja resultado da gravidez, pois está finalmente esperando um filho. Mas se encontra apenas no segundo mês, e toda manhã acorda com o estômago nauseado e sem vontade de deixar a cama. Ela devia ter insistido para que Beatrice viesse a Mântua em vez de concordar com este ridículo encontro no meio do rio. Embora o Pó seja calmo, cada ondulação das águas suaves ameaça causar-lhe enjôo. Mas Beatrice foi inflexível: as irmãs deviam se encontrar e conversar, e tinha de ser dessa maneira inconveniente e apressada.

Os infortúnios de Isabella com sua irmã tinham começado um ano atrás, quando Ludovico parecera estar apaixonado por — entre todas as pessoas — sua própria esposa. O primeiro sinal chegara na forma de uma carta dele no final do verão, dando a Isabella todo o tipo de razão pelas quais ele não poderia arranjar para que o *Magistro* a pintasse.

> Você sabe como eu vivo para agradá-la, minha querida, mas se já estou tendo uma tremenda dificuldade em convencer o florentino a trabalhar na encomenda do cavalo, muito menos em interessá-lo em retratá-la. Mencionei a ele o assunto de fazer seu retrato, e ele replicou que estava em meio a um estudo sobre o olho humano e que só voltaria a pintar rostos depois que tivesse finalmente compreendido a mecânica da visão! Você sabe como ele é difícil...

Este absurdo foi precedido por um verão de cartas de Beatrice, descrevendo em grandes detalhes quão próximos estavam ela e o marido recentemente; ficavam melancólicos quando privados da companhia um do outro, mesmo por uma hora. Ela escrevia sem parar, *ad infinitum* e *ad nauseam*, sobre como passavam um dia após outro em busca dos vários prazeres que Ludovico havia planejado para eles — caçada, pescaria, cavalgada, falcoaria *e a compra de coisas extravagantes só para me fazer sorrir*, escrevera Beatrice copiosamente. Parecia que Ludovico não podia mais atender os pequenos pedidos de Isabella, tão ocupado estava em cumular sua esposa com afeto e gentileza. Isabella escreveu para Ludovico pedindo-lhe que mandasse o escultor Cristoforo Romano a Mântua para fazer um busto dela. Ele fizera um adorável busto de Beatrice alguns anos atrás, deixando-a muito mais bonita do que jamais parecera. Isabella não disse que desejava Cristoforo como prêmio de consolação por ter de adiar o retrato a ser pintado por Leonardo sabe lá Deus por quanto tempo, mas esperava que *Il Moro* enxergasse as coisas desta maneira e mandasse o escultor imediatamente. Mas, de repente, Beatrice decidiu que queria fazer uma curta viagem a Gênova, e que não poderia fazê-la sem a companhia de seus cantores favoritos, sendo Cristoforo o mais talentoso componente do seu coro.

Finalmente, após este pretenso verão de bem-aventurança que os dois pombinhos passaram juntos, Beatrice desferiu o *coup de grâce*, escrevendo para anunciar que estava grávida e desejando a companhia de sua irmã — como se Isabella, que engravidara antes, quisesse ver Beatrice na sublime condição de carregar o primeiro filho legítimo de Ludovico.

Era tudo muito enigmático para Isabella, com quem Ludovico estivera tramando na maior parte do ano para arranjar uma visita, de modo que os dois pudessem ficar juntos. Ela especulava se esta afeição recém-descoberta entre marido e mulher era uma fantasia da imaginação esperançosa de Beatrice. Ela teria de descobrir por si mesma. Após numerosos adiamentos — a maioria deles curiosamente fornecidos por Francesco —, Isabella deixou Mântua com seu novo e extravagante guarda-roupa. Ela passara o ano anterior importunando Francesco para gastar dinheiro na sua organização, e observando-o ser empacotado em baús, sentiu o enorme senso de satisfação que uma pessoa sente ao perseverar no alcance de seus objetivos. Ela deu um beijo de despedida em Francesco e, dias depois, estando quase em Cremona, percebeu que havia esquecido seu chapéu de plumas mais charmoso. Imediatamente mandou um mensageiro mal-humorado de volta a Mântua para recuperá-lo. Ela não ia estragar o efeito de seu traje cheio de jóias com um chapéu que não combinasse.

— Trate de tirá-lo discretamente do meu quarto — ela dissera a ele. — Não quero que o marquês pense que sou frívola. — Mas o que realmente não queria era que o marido soubesse que ela tinha pagado vários dias de salário a um lacaio de modo que pudesse ter na cabeça o chapéu certo no tempo certo.

Isabella sabia que estava indo para Milão com maus pensamentos, porém não podia evitar. Não se podia impedir que pensamentos chegassem ao cérebro. Esperava encontrar Beatrice grande e gorda em sua gravidez, de modo que ela, Isabella, pudesse parecer mais bonita aos olhos de Ludovico — isto é, se ele já não estivesse fora de si com a ânsia por ela. Oh, ela não tencionava sucumbir aos avanços dele. Já idealizara em sua mente o cenário no qual recusaria o intercurso com ele. Iria dizer-lhe que os Gonzaga eram criadores especialistas, conhecidos no mundo por sua meticulosidade e gênio na criação de cavalos e cães perfeitos. Pensava por acaso Ludovico que Francesco não notaria as feições de outro homem no rosto de seu próprio filho, caso a aventura deles levasse à gravidez? Mas não teve nenhuma oportunidade de representar a cena ensaiada.

Assim que chegou, recebeu a notícia de que o duque e a duquesa estavam conferenciando com o *Magistro*. Que sorte, pensou. Usaria a oportunidade para marcar pessoalmente uma sessão de pose com Leonardo, evitando intermediários. Desta vez, o *Magistro* não poderia usar como desculpa as exigências de Ludovico sobre ele se o próprio Ludovico estivesse presente para liberá-lo. E por certo Ludovico faria isto por ela. Beatrice, grávida e segura com seu marido, iria com certeza apoiar a idéia.

Ignorando os protestos do secretário de Ludovico — "eles adorarão a surpresa de minha chegada", ela assegurou ao homem —, Isabella passou pela comitiva do duque e entrou no salão sem ser anunciada.

Isabella deu-se conta das pessoas no salão como se fossem figurantes num quadro vivo. As mãos de Ludovico estavam erguidas no ar, no gesto universal de frustração. Numa das mãos ele segurava um pedaço de pergaminho, que caía flácido de seus dedos como se fosse um lenço. O *Magistro* apoiava seu peso num pé atrás, como se em uma reverência relutante, seu queixo levemente contraído e olhos baixados como um *don* espanhol orgulhoso que acabara de sofrer uma afronta à sua dignidade. As mãos de Beatrice estavam pressionadas no peito quase como se em prece, como se estivesse fazendo um pedido silencioso de conciliação entre os dois homens. Um garoto magro, presumivelmente criado do *Magistro*, estava agachado junto à lareira. A conversa era sussurrada agora, mas a tensão do que havia sido dito pairava no ar. Todos os rostos se voltaram para Isabella, cada qual registrando a surpresa da sua intrusão. Ninguém se moveu, permanecendo paralisados, e por fim Ludovico falou:

— Que surpresa encantadora — disse ele, colocando o pergaminho sobre uma mesa com o que parecia ser uma série de desenhos, que Isabella esperava fossem esboços e projetos para uma das grandes obras do *Magistro*. Ela adorava ver obras de arte ainda nos estágios de planejamento.

Beatrice, roliça, robusta e afogueada, moveu-se rapidamente em direção à irmã, abraçando-a. O *Magistro*, Isabella viu por cima do ombro de Beatrice, fazia grandes círculos com os braços enquanto inclinava-se de modo formal, mostrando-lhe o topo de sua cabeça. Ela notou que seus sapatos de camurça, as pontas voltadas diretamente para ela, estavam adornados com jóias.

— Quão indelicado de minha parte interromper a conferência de vocês! — disse Isabella.

— Bobagem — replicou Ludovico. — É maravilhoso vê-la chegar em segurança. De fato, sendo uma renomada mecenas de muitos artistas, talvez possa auxiliar-me neste debate com nosso grande mestre.

Ludovico tirou a cunhada dos braços de sua esposa e beijou-a nas faces. Beatrice estava estranhamente calada, talvez grata por Isabella ter chegado como mediadora. Ela colocou-se atrás de Ludovico e Isabella, sentando-se numa cadeira com um pequeno suspiro, aliviada de carregar o peso do bebê no seu ventre. Isabella registrou este fato, esperando que a gravidez de Beatrice a mantivesse mais sedentária que de hábito e incapaz de interferir com qualquer dos esquemas da irmã.

Ludovico espalhou os desenhos sobre a mesa para Isabella ver — dezenas e dezenas de esboços com todos os elementos concebíveis do corpo de um cavalo, do focinho ao rabo. As ventas infladas, bocas abertas revelando dentes ferozes, patas empinadas, flancos robustos, até mesmo um par de ancas musculosas com compridos rabos se agitando saltavam da página para ela.

— Ah, estudos para o grande monumento eqüestre! — exclamou Isabella.

O mais impressionante dos esboços era o de um cavalo empinando sobre suas ancas, as patas dianteiras agitando-se violentamente no ar, com um cavaleiro agarrando-se firmemente em seu dorso.

— Ora, é como se esta criatura pudesse ganhar vida, expelir seu cavaleiro e galopar para fora da página — disse Isabella. Ela examinou o *Magistro* buscando uma reação ao cumprimento e ficou feliz ao ver um modesto sorriso atravessar sua face, como se ela tivesse marcado um ponto para a equipe na qual ambos poderiam estar atuando.

— Sim, é a pura verdade — disse Ludovico. — Desenhos maravilhosos, todos eles. Mas nosso mestre não começará a esculpir o cavalo a sério a não ser que ele possa imaginar como realizar o impossível, que é fazer um bronze colossal da besta empinando-se nas patas traseiras. Todo mundo me diz que isto não pode ser feito!

— Tudo pode ser realizado com tempo e pesquisa — replicou Leonardo.

Ludovico folheou os desenhos procurando por um específico. Ao encontrá-lo, agitou-o no rosto de Leonardo.

— E o que é que isto tem a ver com sua interminável meta de fazer o cavalo apoiar-se nas patas traseiras ao mesmo tempo que sincroniza as dianteiras em movimento e harmonia perfeitos?

O *Magistro* se enrijeceu ante a raiva lançada contra ele. Ficou levemente mais alto, notou Isabella, em vez de se apequenar diante de seu benfeitor.

Isabella tomou o desenho de Ludovico. Parecia ser um projeto arquitetônico para cavalariças.

— Permite, Excelência? — disse o *Magistro*, tomando o desenho de Isabella e colocando-o sobre a mesa. Apontou para o que parecia um sistema de calhas. — Este é um projeto para o que acredito ser uma estrebaria perfeita. Aqui, a forragem fluiria automaticamente dos paióis acima, liberando os cavalariços para outras tarefas. Nunca mais ninguém teria de se preocupar com horário de alimentação. As gamelas são reenchidas com bombas, um sistema de bombeamento que rivalizaria com os melhores banheiros de castelos e palácios. Água limpa vai fluir livremente e de acordo com a necessidade. — O *Magistro* deu um passo atrás de sua criação de modo a poder ver a reação de Isabella. Mas Ludovico interrompeu antes que ela pudesse falar.

— Mas como isso nos deixa mais próximos do monumento? — perguntou Ludovico, sua voz vacilante se elevando com cada palavra.

— Vossa Excelência é um homem que pensa à frente — replicou o *Magistro*. — Presumi que gostaria de ser o dono das mais modernas e avançadas estrebarias da Itália.

Isabella estava a ponto de convidar Leonardo a ir até Mântua para mostrar os desenhos a seu marido, o mais famoso criador de cavalos da Itália, que certamente apreciaria suas obras, quando Ludovico tornou a falar.

— *Magistro* Leonardo — começou Ludovico, seus esforços para se controlar visíveis na mandíbula contraída. — Faz mais de 12 anos que estivemos discutindo, eu e você, sobre a questão do cavalo. Se não me apresentar em breve um monumento, algo com cascos, uma cauda e uma crina, serei forçado a cancelar a encomenda e pôr um cavalo vivo no pedestal, para ser trocado por outro sempre que morrer de sede, inatividade ou insolação!

Leonardo permaneceu em silêncio, talvez espantado, como Isabella, com a explosão do duque.

— Seria bem menos custoso! — acrescentou Ludovico, como se reforçando seu argumento. — Mesmo se os cavalos forem de excelente qualidade!

— Ah, Excelência, vejo que acredita que desperdicei minhas horas, quando foi da minha mais elevada intenção criar algo raramente visto, algo extraordinário e novo com o qual honrar a memória de seu ilustre pai. — A voz de Leonardo era sedosa e macia. — Acelerarei meus esforços, não porque acredite que velocidade irá contribuir para a qualidade, mas porque é meu mais profundo desejo servir-vos.

Com isso, as narinas do *Magistro* se inflaram, não de modo diverso daquelas dos cavalos em seus desenhos. Ele não parecia insultado ou furioso, mas sim cheio de si, como um galo após satisfazer todo um galinheiro.

Antes que Ludovico pudesse replicar, o *Magistro* fez mesuras superficiais para Beatrice e Isabella, estalando os dedos para seu mudo criado antes de virar as costas e sair apressado do salão. O rapazola catou os desenhos de Leonardo da mesa e, sem encarar ninguém, correu atrás de seu mestre. Isabella quis ir atrás do *Magistro* para convidá-lo a visitar Mântua, mas não ousou. Queria garantir-lhe que nem ela nem o marquês jamais apressariam o seu gênio; que eles entendiam que tais labores evoluíam no seu devido tempo. Ela olhou para sua irmã, esperando que Beatrice repreendesse o marido por sua impaciência, mas em vez disso ela se levantava para oferecer sua cadeira a ele.

— Meu querido, você não deve se permitir ficar tão irritado nas suas discussões com o *Magistro*. Não faz bem à saúde. Ele não pretende ser uma frustração para você.

Em vez de sentar, Ludovico tomou a esposa nos braços, beijando-lhe a testa.

— Imagine, Isabella! Minha esposa está pesada esperando bebê e é minha saúde que a preocupa! — Ele ergueu o rosto de Beatrice de modo a poder fitá-la nos olhos. — Como algum dia em poderia viver sem você, minha querida? Isabella, ela não lhe parece positivamente beatífica?

De fato, parecia. As faces de Beatrice estavam com um rosado querubínico e, como sua barriga, se achavam arredondadas. Ela devia estar se mantendo afastada de seus corcéis como precaução, porque a pele mostrava-se suave e pálida como a pétala de uma rosa branca. Os olhos castanhos de boneca de Beatrice estavam mais arregalados do que nunca, mas, para Isabella, havia uma nova força na irmã que desfigurava suas feições sempre suaves. Ainda assim, Ludovico estava louco de amor por ela, como se fosse uma peça recém-adquirida de preciosa porcelana.

— Uma rosa em plena floração — sussurrou Isabella, ciente de que não só perdera uma oportunidade de posar para Leonardo como também de que estava perdendo qualquer poder secreto que exercera antes sobre seu cunhado. Até mesmo imaginou se Ludovico explodira diante dela para que visse as dificuldades que tinha com o *Magistro* e parasse de pedir que ele intercedesse para Leonardo pintá-la. Seu cunhado era bem capaz de uma intriga tão sutil, embora estivesse enganado se pensava que ela desistiria tão facilmente.

— O homem conquistou sua posição nesta corte após me convencer de que sua maior paixão era fazer a estátua eqüestre em homenagem a meu pai, mas nos últimos 12 anos ele gastou seu tempo em tudo menos nisso.

— Você não sabe nem a metade, Isabella — disse Beatrice. — O *Magistro* nos diz que despende todo o seu tempo trabalhando na escultura do cavalo, mas ouvimos dizer que está secretamente dedicando tempo à invenção de uma máquina que capacitaria um homem a voar como se fosse um pássaro! Imagine!

— Vocês não podem cortar seu estipêndio? — indagou Isabella. — Ele em breve estaria faminto o bastante para concluir a obra encomendada.

— Oh, fico tolerante quando se trata de um gênio — exclamou Ludovico, pondo a cabeça entre as mãos como se nunca tivesse lamentado mais por outra alma do que lamentava por si mesmo por ter este ponto fraco por demais mortal.

Ludovico continuou a explicar como Leonardo passava todos os seus dias nas estrebarias, admirando quatro garanhões em particular, bem como os magníficos afrescos de diferentes cavalos negros, desenhando-os de cada ângulo possível.

— Ele passou mais tempo olhando para o traseiro de um cavalo do que qualquer outro homem na história — queixou-se Ludovico, provocando risinhos reprimidos em Beatrice. — Acredito que esteja tentando fazer de mim um poltrão!

— Não se pode apressar os gênios — disse Isabella, ciente de que Ludovico estava também, com cada declaração, preparando-a para a decepção de ouvir que não era possível que Leonardo pintasse o seu retrato.

— Estou sem alternativas — queixou-se Ludovico. — Há poucos meses, pedi a Lorenzo, o Magnífico, que me mandasse outro escultor florentino que pudesse fazer o monumento eqüestre. Mas então, Lorenzo, repouse em Deus sua alma arguta e perspicaz, faleceu. Nunca serei capaz de substituir Leonardo, maldito seja!

— Você deve repousar, Ludovico — disse Beatrice. — Essas coisas sempre se concluem da melhor forma possível. — Ela pegou o braço de Isabella, conduzindo-a para fora do salão.

— Será que Ludovico realmente mandaria o *Magistro* embora? — perguntou Isabella, imaginando se poderia usar esta oportunidade para roubar o *Magistro* para Mântua sem incorrer na ira do cunhado.

— Oh, Ludovico se acalmará. Aqueles dois são como um casal de velhos, Isabella. No fim do dia sempre fazem as pazes. Eles não se separariam mais do que papai e mamãe.

ISABELLA teve sua primeira oportunidade de ficar a sós com o cunhado quando ele a convidou para uma visita à Torre do Tesouro. Ludovico pegou a chave com o intendente e o dispensou, abrindo a porta para Isabella e permitindo-lhe entrar. Guardas armados, substituídos a cada oito horas, explicou Ludovico, assumiram posição de sentido enquanto a marquesa passava para entrar na casa-forte. Isabella ouviu a porta fechar-se atrás de si.

A luz filtrava-se de janelas triangulares fixadas no alto das paredes, caindo sobre enorme quantidade de ducados de prata colocados em barris pintados e organizados segundo peso e valor. Mesas compridas continham jóias de toda espécie, as jóias e pedras preciosas numerosas demais em variedade para Isabella poder identificar. Grandes cruzes de prata cravejadas de diamantes estavam organizadas por tamanho, das menores às maiores, cobrindo toda a extensão de uma mesa de jantar. Colares e cintos reluzindo com pedras preciosas variadas jaziam à espera de ser colocados no pescoço ou no quadril da afortunada. Tapeçarias e pinturas decoravam as paredes do chão ao teto. Baús de prata repousavam sobre carpetes tecidos a mão e altos candelabros de ouro e prata, talvez duzentos pares, amontoavam-se no canto do grande salão como algum estranho exército congelado em movimento. Nas extremidades da casa-forte assentavam-se moedas de todo tipo, empilhadas tão alto que Isabella imaginou que Beatrice, no seu melhor cavalo, não conseguiria pular por cima.

Isabella sentia-se tonta por estar cercada de tanta riqueza, percebendo que estava visitando a caixa de jóias pessoal de sua irmã.

— Deslumbrante — disse finalmente a Ludovico, que estivera esperando a reação dela.

— Isto não é nada — disse ele, tirando outra chave escura de ferro do bolso de seu manto e começando a abrir as portas dos armários que se enfileiravam nas paredes. Isabella mal sabia como avaliar seu conteúdo: coroas e outros adornos de cabeça cravejados de jóias; anéis de todos os tamanhos, formas e pedras; mantos de pérolas pretas e brancas e resmas de pano dourado e bordado pesado.

— É coisa demais para avaliar — disse Isabella. — Dois olhos apenas são insuficientes para a tarefa.

— A riqueza de um pequeno reino dentro de cada armário.

— Só os armários já são lindos — disse Isabella, notando o intricado padrão de marfim pintado delicadamente sobre cada porta. Ela tentou traçar o serpenteante desenho com seus olhos, ficando tonta no processo.

— Desenhados e decorados pelo próprio *Magistro* — disse Ludovico.

Ah, pensou Isabella, uma abertura.

— Ter meu retrato pintado por ele valeria mais para mim do que tudo nesta câmara — disse ela, como se para o ar.

— E, ainda assim, posso dar-lhe tudo nesta câmara menos isso — ela o ouviu dizer. Virou-se para fitá-lo. Sumira o flerte dançante nos olhos dele que estivera presente desde a última vez em que o viu. Ele parecia mais velho agora, tratando-a como se ela fosse a irmã caçula e Beatrice a mais adulta. Seria a gravidez capaz de conseguir tanto?

— Devo ser muito direto convosco, Excelência. — Ele nunca antes soara tão formal ao dirigir-se a ela. Isabella soube que isto assinalava o fim de uma certa intimidade entre os dois. — Já abordei o assunto com minha esposa. Ela não consentirá com tal coisa. Receia que isto daria a impressão ao mundo de que tenho outro caso.

— Mas e se o *Magistro* pintá-la primeiro? — sugeriu Isabella, sentindo a cavidade do seu estômago afundar, lembrando-se de como ela própria já havia sabotado esta possibilidade.

— Eu não vou submetê-la a isto. Ela não será equiparada a uma das minhas amantes.

Isabella apoiou-se numa das mesas para manter o equilíbrio. Pensou que fosse desmaiar. Como pôde ter sido tão estúpida? Tão intencionalmente cruel? E agora Deus a estava punindo pelo pecado. Ela merecia sofrer.

Ao mesmo tempo, sabia que não ia desistir. Isto não era como desistir de um anel de pérola, um caso antigo ou alguma outra bagatela. Era como desistir da própria imortalidade. Mas, neste momento, viu-se apanhada no meio de uma teia que ela própria tecera e não sabia o que fazer.

— Você não parece bem, Isabella — disse Ludovico, sem qualquer traço da sensualidade que existia entre eles no passado. Olhava para ela como um pai preocupado.

— O que podemos fazer? — perguntou ela com lágrimas se formando nos olhos tombados.

— No momento, nada. Como sabe, já correram rumores suficientes sobre nós dois. A situação é delicada por muitas razões. Tentei fazer amigos por toda parte, mas estou descobrindo que tenho muitos inimigos. Não posso me dar ao luxo de tornar minha esposa em um deles.

LUDOVICO amenizou a dor que causou a ela na Torre do Tesouro dando a Isabella uma comprida peça de bordado dourado.

— Faça alguma coisa bonita — disse, beijando-a na fronte. *Na fronte!* Depois a tomou pela mão e, com o velho tom musical de volta à voz, confidenciou que as coisas eram ainda mais complexas do que ela imaginava e que devia ter paciência. Ele não deu margem a discussão adicional quanto ao que pretendera dizer com aquela declaração enigmática e deixou-a, alegando ter de tratar de outros assuntos.

No dia seguinte, o mundo de Isabella foi novamente abalado quando chegou para almoçar, apenas em tempo de ver uma adorável mulher loura — doce de rosto, curvilínea de corpo, com olhos verde-mar argutos e inteligentes — gargalhando enquanto Beatrice brincava com um animado garotinho de cabelos castanhos. Embora houvesse engordado desde que posara para o *Magistro* mais de dez anos atrás, Isabella reconheceu instantaneamente a mulher do retrato, e o garoto, pelo cabelo escuro e basto e pelos lábios carnudos que este herdara do pai.

Isabella não fazia idéia de como reagir ao ser apresentada a Cecilia Gallerani, ex-amante de Ludovico, sentada agora à mesa com a esposa do mouro, que balançava o bastardo do marido em seus joelhos. Beatrice não poderia ter sido mais graciosa, mesmo dando doces na boca do pequeno Cesare e assinalando sua semelhança com o clã Sforza.

— Ele terá a estatura de Ludovico — disse ela, como se nada no mundo a deliciasse mais do que saber que o filho bastardo de seu marido não teria de sofrer por ser baixo.

Isabella ficou excepcionalmente calada durante a refeição. Ela engoliu três taças de vinho branco dos vinhedos de Ludovico no sul, respondendo educadamente às perguntas formuladas por Cecilia, enquanto ponderava sobre quão estranho tudo se tornara no curto ano desde que vira os Sforza pela última vez. Após a refeição, Beatrice anunciou que ia repousar, e Isabella aproveitou a oportunidade para pedir a Cecilia que fosse caminhar com ela através do parque de *Il Moro* recém-projetado a oeste do castelo. Ele havia expandido os terrenos do castelo para incluir quase cinco quilômetros repletos de bosque e jardim, e estava no processo de ter boa parte disso plantado em padrões intricados, com árvores em floração e arbustos demarcando trilhas de pedra.

Caminhando de braços dados através dos terrenos, Isabella estava bêbada apenas o suficiente para perguntar a Cecilia se havia percebido quaisquer mudanças recentes nas relações entre Ludovico e sua esposa.

— Oh, sim — disse Cecilia num tom baixo carregado de maldade juvenil. — Ele me confessou alguns meses atrás que havia ficado, súbita e inesperadamente, apaixonado por ela.

— *Madonna* Cecilia, por favor não pense que sou indiscreta, mas preciso perguntar: *Il Moro* ainda está apaixonado por você?

— Excelência, entendo a sua preocupação de irmã e asseguro-lhe que pode ficar sossegada. Não temos sido românticos já faz um bom tempo. Estou inteiramente satisfeita com meu marido, e adoro sua irmã, cuja bondade comigo tem sido excepcional. Sempre ficarei em débito com Ludovico por me arranjar um casamento com um cavalheiro tão adorável como o conde Bergamini. Tornei-me para Ludovico o que uma antiga amante deve ser, uma amiga e confidente. — Cecilia estreitou seu aperto no braço de Isabella e sussurrou no seu ouvido como se fossem amigas por anos e não horas. — De qualquer modo, depois da excitação do primeiro florescer de um romance, qual é a diferença entre um homem ou outro?

Isabella não tinha a experiência para apoiar ou contestar a afirmação de Cecilia. Afinal, Cecilia tinha quase trinta anos. Isabella tivera experiência com dois homens em toda a sua vida, um dos quais seu marido, que ela não havia pensado que estaria pronta para trocar em tão poucos anos. E o outro, Ludovico, que afastara sua atenção tão rapidamente quanto a concedera. Isabella, com apenas 19 anos, ainda estava tentando pôr em ordem sua lealdade e dever para com o marido, cujo poder ela partilhava de dia e cujo desejo partilhava na escuridão da noite, e sua ânsia pelo cunhado, com quem não só havia experimentado uma intensa atração, mas com quem partilhara seus pensamentos por carta na maior parte de um ano.

Mas Cecilia não tinha tais conflitos; conformava-se agora em dedicar-se a seu filho e a decorar seu palácio, que pretendia fazer rivalizar com as mais finas residências particulares em qualquer lugar do mundo. Ela estava interessada nos confortos do lar, em escrever poesia e em adquirir coisas belas.

— Ludovico nos enche de tesouros para nossos aposentos — disse Cecilia. — Suponho que deseja que seu filho viva num esplendor digno de sua estirpe familiar.

— Tenho certeza de que isto é porque você lhe deu muitos anos felizes — disse Isabella. Ela queria dizer que Cecilia era amável, graciosa e sensata. E Isabella viu-se desejando que esta mulher mais velha vivesse perto dela e lhe servisse como orientadora em questões femininas. Se ao menos a conhecesse melhor, poderia pedir seu conselho acerca da súbita dedicação de Ludovico a Beatrice e sobre o que deveria fazer quanto ao resultante abrandamento de seus sentimentos por ela depois de um ano cortejando-a por cartas.

Mas estes eram tópicos para uma amiga mais íntima. Isabella guardou suas impressões em relação a ela, expulsou a preguiça de seu corpo por causa da comida e do vinho, e decidiu que não podia deixar a tarde findar sem tocar no assunto do *Magistro.*

— Oh, foi adorável posar para ele — disse Cecilia. — Músicos tocavam melodias suaves enquanto ele fazia os esboços e a comida era servida. Ele queria que a atmosfera fosse calmante para mim. Eu era muito jovem, e estava nervosa por posar para este grande gênio que Ludovico acabara de roubar do serviço ao príncipe de Florença. Posei para Leonardo por diversas vezes, talvez umas três. Depois ele levou embora a pintura e a finalizou em segredo. Ainda não sei ao certo por que isto criou um alvoroço entre os amantes da arte.

Isabella adoraria contar-lhe todos os motivos para tal, porém não pode confessar que já se havia esgueirado pelos aposentos de Cecilia só para dar uma olhada no quadro.

— Seria um privilégio receber uma visita de Vossa Excelência se desejasse ver a pintura. Embora deva preveni-la de que praticamente dobrei de idade e tamanho, e o quadro não se parece comigo, afinal.

— Estou certa de que está sendo excessivamente modesta — disse Isabella. Na verdade, Cecilia não era mais a magra e etérea donzela captada pelo *Magistro*, porém estava mais suave agora, uma criatura mais terrena e, aos olhos de Isabella, não menos bonita. — É verdade que o *Magistro* pediu que você posasse novamente para ele?

— Não, mas dizem que ele usou meu rosto outra vez. Já viu o altar da Capela da Confraternidade da Imaculada Conceição? — perguntou Cecilia. Ela explicou que a capela ficava na Igreja de San Francesco Grande, não distante do castelo. — É uma imagem de Maria e Jesus na sua fuga de Herodes.

— Não, não a vi, minha senhora. O Magistro a utilizou como modelo para a Virgem Abençoada?

— Não. Estranhamente, porém, o anjo Uriel, que senta ao lado da Virgem, se parece exatamente comigo quando era uma mocinha.

— Preciso ver o quadro, então.

— Os monges o detestam. De fato, estão até processando Leonardo por isso. Dizem que todo o propósito foi enfatizar que a Virgem nasceu sem pecado original, mas não há nenhuma evidência deste fato na pintura. Fizeram um contrato detalhado com o *Magistro*, mas ele não honrou nenhuma das exigências dos monges. Eles queriam tudo feito com pilhas de ouro e azul ultramarino, mas o *Magistro* evita aquelas qualidades da pintura religiosa. Ele as considera antigas, baseia tudo na observação da natureza, como sabe, e diz que ainda não conseguiu encontrar ouro brilhante e azul ultramarino na natureza. Para não mencionar o serafim pairando acima de tudo.

— O que acontecerá com ele? Será levado para a prisão, ou obrigado a refazer a pintura? — perguntou Isabella. A esse ritmo, ela jamais iria posar para o grande mestre.

— Ludovico provavelmente terá de intervir. Comenta-se que comprará a pintura dos monges para sua coleção particular. Depois os monges terão de pagar ao *Magistro* para refazer a obra. É uma terrível confusão e inspirou muito diálogo vulgar entre os monges e o *Magistro*.

— E ainda assim os monges exibem a pintura, apesar de não estar de acordo com seus propósitos?

— Eles a exibem com orgulho. Afinal, é de autoria do grande Leonardo. Atrai homens endinheirados à capela deles.

Dos arquivos pessoais de Leonardo:
Apêndice ao contrato entre Leonardo, o Florentino, e os Irmãos de Predis e a Confraternidade Franciscana da Imaculada Conceição:

Eis a lista de decorações a ser aplicadas ao altar da Conceição da Gloriosa Virgem Maria colocado na Igreja de San Francesco Grande, em Milão:

- *Primeiro, nós, os monges de San Francesco, os comissários do dito tríptico, desejamos que tudo, exceto as faces das figuras, seja feito em ouro fino.*
- *O manto de Nossa Senhora, no centro, deve ser de brocado dourado e azul ultramarino. Seu vestido deve ser de brocado dourado e carmesim-lago.*

- *A bainha do manto é para ser de brocado dourado e verde. Igualmente, o serafim é para ser feito em trabalho de grafito. Os anjos acima são para ser decorados e seus trajes baseados no estilo grego.*
- *Deus o Pai é para ter um manto do mais fino brocado dourado e azul ultramarino.*
- *Nos painéis vazios têm de haver quatro anjos adicionais, cada qual diferindo de um quadro para outro, a saber: um quadro onde eles cantam e outro em que tocam um instrumento.*
- *Em todas as outras seções, Nossa Senhora será decorada como aquela do meio, e as outras figuras são em estilo grego, todas as quais serão feitas à perfeição. Qualquer entalhe defeituoso é para ser refeito. Sem exceções.*
- *As sibilas devem ser ricamente decoradas, e o fundo é para ser transformado em um abrigo para as sibilas.*
- *As cornijas, pilastras, capitéis e todos os seus entalhes — tudo deve ser feito unicamente em ouro para as especificações acima. Sem poupar despesas.*
- *Todos os rostos, mãos e pernas devem ser pintados à perfeição, ou seja, sem falha.*
- *No lugar onde está o menino, que o ouro seja especialmente adornado.*

Por favor, assinar a cópia abaixo na presença de um notário juramentado e devolver aos remetentes.

Os Monges de San Francesco

Isabella deitou-se para seu cochilo vespertino, a cabeça girando com vinho e informação. Ela dormiu intermitentemente, sonhando que caçava Francesco através de um campo, mas ele fugia dela como se não a conhecesse. Acordou com o sol do fim de tarde escorrendo pela janela de seu quarto. As mulheres haviam esquecido de fechar as cortinas; não era de admirar que não conseguisse dormir. Ela virou de costas para a luz e fechou os olhos. Adormeceu por vários minutos ou por uma hora e depois acordou com uma idéia nova e um senso renovado de objetivo.

De manhã, Isabella propôs uma saída com sua irmã para visitar San Francesco Grande e ver o altar de autoria de Leonardo.

— Embora ele seja difícil, é o artista mais importante em Milão, Beatrice, se não em toda a Itália, e sem dúvida, ao longo dos anos, você encomendará muitos trabalhos dele para sua família. Você mesma disse que ele e Ludovico nunca irão se separar. Você pode se dar ao trabalho de conhecer sua obra a fundo, de modo que possa manipulá-lo adequadamente. É o seu dever, minha cara. Você é a duquesa do duque que é conhecido pelo seu amor à arte!

Isabella podia ver que usara simplesmente a exata combinação de preocupação de irmã com intimidação; Beatrice prontamente concordou.

A igreja gótica de tijolo vermelho e arcos triplos coroando sua fachada recepcionou as irmãs. Isabella havia encorajado a maioria dos atendentes a ficar para trás, dizendo-lhes que desejava um tempo privado e sagrado com sua irmã numa casa de culto. A capela da Imaculada Conceição era pequena, uma invenção da confraternidade formada para sustentar a idéia de que a Virgem Abençoada não só concebeu o Menino Jesus sem intercurso humano, como também era ela própria a primeira mortal nascida sem a mácula do pecado original. A idéia surgira sob algum escrutínio e questionamento de alas renegadas da Igreja, e estes clérigos se haviam organizado para proteger a reputação, pureza e divindade de Nossa Senhora.

Isabella foi instantaneamente atingida pela claridade e simplicidade do tríptico que dominava sobre o altar. Talvez com mais de dois metros de altura, era pintado em madeira e encaixado numa moldura dourada um pouco fora de harmonia, ela julgou, com a pintura em seu interior. Era como se a moldura dourada fosse feita de materiais deste mundo com a intenção de sugerir o celestial, enquanto a pintura em si tivesse chegado de fora, do mundo etéreo.

Do lado externo de um buraco nas montanhas — que segundo os relatos bíblicos abrira-se miraculosamente para abrigar a Virgem e seu Filho quando fugiam do decreto de Herodes que condenava à morte todos os bebês meninos de Israel — realizava-se um trivial piquenique: a Virgem, uma jovem de rosto doce com pele imaculada, cabelo cacheado, e olhos baixados repousando sobre o bebê, e João Batista, que oferecia as mãos em prece para o Cristo menino. O Cristo retribuía o gesto do futuro santo, apontando para ele com dois dedos, enquanto, sentado no abrigo do anjo Uriel, que trajava suntuosos mantos em carmim e verde, uma figura totalmente feminina — tão feminina quanto a própria Virgem —, apontando um comprido dedo ossudo para João Batista, enquanto relanceava indiferentemente no primeiro plano para... o quê? Isabella pôde ver o rosto de Cecilia no anjo — as feições longas e triangulares, os olhos argutos porém amáveis, o nariz petulante. Era como se o *Magistro* voltasse no tempo de Cecilia ainda jovem para criar esta fisionomia doce do anjo. Mas por que usar uma mulher como modelo? Isto era espantoso. O grupo sentava-se em folhagens típicas do deserto nas bordas do opulento manto de veludo azul de Maria. Por que Uriel apontava para João e não para o Cristo, Isabella não conseguiu imaginar. Era como se ele estivesse ungindo João. Os estranhos dedos apontando para todos os lados fizeram Isabella especular o que significavam todos estes sinais de mão, se é que significavam alguma coisa. João, Jesus e Uriel pareciam estar em disputa, apontando seus dedos como se para dizer: *Você... você é único. Não, você. Não, você.*

O cenário era a parte mais perturbadora da pintura. O *Magistro* pusera estes personagens santos não em qualquer lugar terreno reconhecível, ignorando o capricho italiano por retratar a Terra Santa como a paisagem toscana; e também não tentou pintá-los em um cenário celestial. Não, estas figuras sentavam-se diante de enormes e altas rochas que se projetavam na amplitude da caverna. A luz se apresentava vinda do fundo. Por que estavam essas pacíficas figuras colocadas contra este fundo desolado e árido? Talvez o *Magistro* estivesse tentando evocar o perigo de uma família tentando escapar ao seqüestro e assassinato de seu Santo Menino. Recuando, ela também notou que as quatro figuras assumiam a forma de uma cruz e se perguntou se isso era intencional. Isabella avaliou todos estes fatos e não pôde evitar pensar que o *Magistro* talvez fosse um herege que não tinha medo de insinuar isto na sua arte. Ele parecia não dar a menor importância às maneiras tradicionais em que as narrativas bíblicas eram retratadas nos quadros. Não era de admirar que os monges o estivessem processando por causa da encomenda. Onde estavam os símbolos dogmáticos usados em todas as pinturas religiosas para glorificar Cristo e sua mãe? Este quadro tinha a mesma simplicidade tranqüila — com o acréscimo daquele dedo inquietante apontando — que ela observara no quadro da Madona desdentada no estúdio de Leonardo.

Mas ela também entendia por que os monges exibiam a pintura na capela; era diferente de qualquer coisa já feita por outro artista. Olhar para os quadros de Leonardo era como estar sonhando. Isabella sabia que Leonardo havia colaborado com dois outros artistas no altar, os irmãos Predis: Ambrogio, um artista por mérito próprio, e Evangelista, responsável pelo trabalho em madeira e pela douração. Agora ela via as colaborações daqueles homens, ou assim imaginava. A pintura era flanqueada por retratos de dois anjos de cabelos longos tocando instrumentos musicais, representantes mais convencionais da Divindade, e destoando inteiramente do cenário não-terreno no centro.

Isabella achou prudente não revelar a Beatrice que Uriel ostentava o rosto de Cecilia. Não desta vez, quando ela não queria impor na mente da irmã qualquer ligação entre a ex-amante de seu marido e o *Magistro.* Ela viera para sugerir outra ligação, e aguardava o momento certo. Mas, na verdade, ali estava Cecilia — etérea e angelical, a mais divina parte de si mesma revelada mais uma vez pelo grande homem. Isabella estava quase doente em seu desejo pela mesma honraria. Não devia a sua parte mais gloriosa e elevada — sua própria alma — clamar por expressão? Não era Leonardo o único artista na terra que poderia realizar tal feito? Apenas Leonardo poderia captar aquela parte de Isabella que ela desejava que anunciasse às gerações vindouras ter ela vivido neste mundo; que havia vivido, reinado, amado, que havia *importado.*

Beatrice estava ajoelhada, orando. Isabella esperava que ela olhasse para cima. Não queria perturbar a comunhão de sua irmã com Deus. Finalmente, Beatrice ergueu o rosto e olhou direto à frente para a pintura. Virou a cabeça para o lado como se fosse fazer uma pergunta. Isabella ajoelhou-se silenciosamente junto à irmã e tocou-lhe o braço. Sua irmã parecia positivamente santa, a pele brilhando sob a luz fria da capela.

— A Virgem parece como se ainda fosse uma criança. Uma linda criança — disse Isabella. Mas Beatrice não estava disposta a conversar na casa do Senhor.

Beatrice fez o sinal-da-cruz e se levantou. Isabella seguiu a sugestão da irmã, mas teve a nítida sensação de que Beatrice estava despedindo-se de Deus, enquanto Isabella dizia adeus à obra de Leonardo. Beatrice apanhou várias moedas de prata da bolsa as presenteou ao monge que esperava por elas na entrada da igreja. Ele tirou seus dedos ásperos do bolso de lã grosseira e aceitou o dinheiro silenciosamente, fazendo mesuras para as nobres damas, abrindo a porta e deixando-as sair para a luz do sol outonal. Beatrice ergueu o rosto para o sol. Isabella estendeu os braços diante de si como se para abraçar o ar fresco; estivera muito frio na igreja e ela ficou feliz por estar mais uma vez do lado de fora.

Beatrice pegou o braço de Isabella enquanto seguiam para a carruagem.

— A Virgem está excelente, não está? Dizem que o *Magistro* usou o rosto de Lucrezia Crivelli quando tinha apenas 13 anos. Você a viu? Ela é uma das damas a meu serviço. Está com 22 anos agora e é de uma beleza impressionante. Ela não é calorosa, porém. Mantém distância de mim como se me temesse. Mas por que alguém iria me temer? — perguntou Beatrice.

— Não sei — respondeu Isabella. — Você é doce demais para ser temida, Beatrice. Talvez ela seja tímida.

— Não penso assim. Ela é recém-casada. Talvez esteja preocupada com seu marido, embora ele seja velho e, receio, inadequado para ela. Ele é rico, porém.

— Não pode despedi-la?

— Não, isso insultaria sua família e Ludovico diz que eles são de alguma importância ou outra. Falei a Ludovico que ela me deixa pouco à vontade e ele disse: "Oh, pense nela como um ornamento."

— Não parece justo que ela, uma dama a seu serviço, e não você, tenha tido a honra de ver sua beleza celebrada numa pintura pelo *Magistro.* — Isabella deixou que sua declaração pairasse no ar entre elas.

Beatrice libertou seu braço do da irmã.

— Por que você acha que seja necessário para mim ser celebrada pelo *Magistro*? — perguntou ela. Um tom incomum de sarcasmo tingiu sua agradável maneira de falar.

— Beatrice, eu disse a você uma coisa que lamento. Disse-lhe que ser pintada por ele iria equiparar você à amante de Ludovico, mas eu estava errada. Foi uma coisa cruel de dizer. O *Magistro* pinta todo tipo de mulher, inclusive, como acabamos de ver, a Virgem Abençoada. Minhas palavras foram insensatas. Quero corrigi-las, de modo que, se você desejava ser imortalizada pelo pincel do *Magistro*, não deveria ter recusado a honra.

Beatrice subiu na carruagem, tomando as rédeas do atendente, que seguiria a cavalo atrás das irmãs nobres. Ela esperou que o homem ajudasse Isabella a sentar a seu lado e soltou as rédeas, lentamente guiando o cavalo para a rua.

— Isabella, existe algo sobre mim que você não entende. Para você, a imortalidade encontra-se na ponta de um pincel. Para mim, ela encontra-se na ponta do pau de meu marido.

Isabella ficou atônita ao ouvir tais palavras da boca de sua irmã.

— Conseguirei a imortalidade com o nascimento de meus filhos. — Ela chicoteou o cavalo, sinalizando a Isabella que a conversa estava encerrada.

Dos cadernos de Leonardo:
Atraído por grande curiosidade e um faminto desejo, ansiando por ver as várias e estranhas formas produzidas pela natureza, percorri alguma distância em meio a rochas lúgubres e pendentes, chegando à entrada de uma grande caverna. Parei diante dela por algum tempo, me ajoelhando e sombreando meus olhos, estupefato e espantado, pois não percebera anteriormente a sua existência. De repente, duas coisas despertaram em mim: medo e desejo. Medo da ameaçadora escuridão da caverna e desejo de ver se havia alguma maravilha dentro dela.

JUNHO DE 1493; NO TERRITÓRIO DE MÂNTUA

ISABELLA acorda de seu cochilo no barco, a luz suave de verão aquecendo sua face. Devia ter adormecido por algum tempo. O sol movera-se o suficiente para que a tenda de lona sobre sua cabeça não mais estivesse projetando sua sombra sobre ela. O sol da tarde está alto, a brisa é constante, e ela esteve esperando Beatrice, calcula, por várias horas. O sono melhorou seu mau humor e o estômago se recompôs. Quando Beatrice chegar, Isabella não cederá à tentação de discutir acerca de ter que tomar um barco no rio, no meio de um dia de verão, só para ver sua ilustre irmã.

O esboço de seu sobrinho, que ela prometera devolver para Beatrice, repousa no seu colo. Ela o pega e segura à luz do sol para ver por uma última vez seus extraordinários detalhes. A mão do *Magistro* é inconfundível. Embora as cartas de Beatrice a tivessem assegurado de que o bebê menino, chamado Ercole em homenagem ao pai delas, houvesse sido esboçado muito rapidamente, os detalhes eram notáveis. Mil pinceladas de sombreamento destacavam as feições da criança. Tufos de cabelo preto coroavam sua alta testa como um césar romano. Sua boca redonda e aberta e seus olhos brilhantes dão a impressão de que ele está surpreso por ter nascido, ter-se descoberto nesta terra, emoldurado num berço dourado e adornado com os elmos dos Sforza, Visconti e Este, e usando um manto bordado e um gorro minúsculo cravado de pérolas. Isabella já vira inúmeros trabalhos do Cristo menino feitos pelo *Magistro*, que enfatizavam sua mortalidade, enquanto dera ao filho de Ludovico e Beatrice uma expressão positivamente celestial.

Um lindo garoto, embora ele não mais se parecesse com o esboço, feito cinco meses atrás. Isabella acha que poderia penetrar na pintura e cobri-lo de beijos. Seu corpo inteiro anseia quando ela olha para o retrato da criança. Sente-se duplamente invejosa — pois tanto o garoto quanto o desenho feito pelo *Magistro* pertencem a sua irmã. Ela sabe que tem de devolver o esboço a Beatrice. Será difícil desistir, mas ela não quer trazer uma maldição sobre sua própria gravidez por cobiçar seja o filho, seja o esboço do filho de sua irmã.

Beatrice está retornando de uma missão diplomática em Veneza, a cidade que a própria Isabella acabara de visitar. Tinha ficado emocionada quando o idoso doge, Agostino Barbarigo, a havia convidado pessoalmente para visitar a cidade durante o festival do Casamento com o Mar — uma grande honra para ela e Francesco. A cada ano, numa cerimônia solene, o doge subia num grande navio e arremessava uma aliança ao mar, para dar graças à principal fonte da prosperidade de Veneza. Alguma versão desse rito vinha ocorrendo desde tempos antigos. O ritual era sempre seguido de um enorme banquete. Ser convidado pelo doge a este evento era uma honra do mais alto nível.

A alegria de Isabella foi instantaneamente frustrada quando recebeu de Beatrice a notícia de que estava planejando ir a Veneza na mesma época. Isabella quase cancelou sua viagem; a perspectiva de aparecer em Veneza com a irmã a mortificava. Desde seu casamento, Beatrice mandara fazer mais de trezentos vestidos — uma quantidade que desgostava a duquesa Leonora, que se queixava a Isabella de que Beatrice poderia abarrotar as lojas da cidade com seu guarda-roupa particular. Suas jóias, selecionadas à vontade da Torre do Tesouro de Milão, eram inigualáveis. Isabel de Aragão havia reclamado com qualquer um que quisesse ouvir que detestava ver *Il Moro* recorrer ao tesouro de Milão para decorar sua esposa "como um santuário". Agora, quando Beatrice viajava, era com uma comitiva de centenas. Não ia a lugar nenhum sem o seu coral de cantores, sem os cortesãos milaneses, seus poetas e músicos, suas costureiras e suas dezenas de damas de companhia, todos vestidos e enfeitados de jóias como a realeza, além dos melhores cavalos dela, cuja selaria era cravejada com mais pedras preciosas do que as coroas dos reis e rainhas de muitas nações pequenas. Não — Isabella não iria aparecer em Veneza para o que deveria ser o seu melhor momento parecendo uma maltrapilha em comparação com a irmã. O vestuário e a comitiva de Isabella rivalizavam com todos, menos com aqueles das grandes rainhas do mundo. O problema era que sua irmã se enquadrava agora nessa categoria.

Francesco havia aconselhado Isabella a prosseguir com seus planos; ele recebera correspondência de Ludovico indicando que Beatrice adiaria sua viagem por umas poucas semanas enquanto este dava alguns retoques em alguns pontos mais delicados das negociações que estava tendo com a França. Felizmente, sua informação resultou ser acurada e Isabella teve uma esplêndida viagem a Veneza, durante a qual toda a honra lhe foi dispensada. O próprio doge recebeu-a na cidade em Santa Croce, com toda a nobreza e embaixadores de Nápoles, Milão e Ferrara. Após beijar a mão de Sua Mais Sereníssima Alteza, Isabella foi convidada a ir a sua barcaça, onde uma centena de dignitários venezianos — olhos, sorrisos e jóias cintilando — a aguardavam. O príncipe insistiu para que ela se sentasse junto a ele enquanto seguiam pelo Canal Grande. Sinos badalavam de cada igreja importante e da catedral, e um arsenal de mosquetes e trombetas anunciou sua chegada. Parecia que toda a cidade tinha ido para ver a marquesa, esposa do comandante-geral do Exército. Isabella sentia como se as próprias pedras de Veneza estivessem se rejubilando com sua presença. Ela passou uma semana sendo liberalmente entretida à custa da *Signoria*, e enfrentou incontáveis cerimônias com um sorriso jovial, mesmo quando o calor era extremo e a comida ruim, pensando o tempo todo na honra que estava trazendo para Francesco e para o estado de Mântua.

Todos que eram alguém pareciam ter um *palazzo* em um dos canais, e Isabella visitou rainhas, duques e outras figuras da realeza de todo o mundo. Ela soube de coisas espantosas: que o explorador genovês Colombo tinha descoberto novas rotas de comércio a oeste, retornando com ouro, especiarias, sândalo, pássaros exóticos e uma dezena de nativos cor de cobre que diziam ser estranhos, porém bonitos. Os venezianos estavam terrivelmente preocupados com esta nova descoberta porque eles controlavam todas as rotas comerciais para o Oriente. Este Colombo havia navegado rumo oeste para alcançar as Índias. Os venezianos especulavam se, afinal, o astrônomo Paolo Toscanelli não estivera certo. Seria a Terra realmente redonda? De qualquer modo, no típico estilo dissimulado veneziano, eles mandaram agentes secretos procurar Colombo para comprar uma cópia do relatório dele a seus benfeitores, o rei e a rainha da Espanha. Isabella adorou ouvir este tipo de informação, que poderia repetir por todas as cortes da Itália. Ela encerrou sua estada com um *tour* pela grande arte da cidade e travou conhecimento com os irmãos Bellini, Gentile e Giovanni, que estavam pintando afrescos na Sala do Conselho. Passou uma tarde com eles — cuja irmã era esposa do pintor da corte de Mântua, Andrea Mantegna — e saiu com uma promessa de Gentile de um retrato do doge para seu *studiolo* por volta do fim do ano.

Após deixar Veneza, ela foi a Pádua, onde orou com todo o seu coração na Basílica de Il Santo para que estivesse grávida de um menino, e depois a Vincenza e Verona, onde a *Signoria* arranjara para que fosse entretida pela nobreza local. Finalmente, no fim de maio, já que Francesco estava viajando, ela foi visitar sua mais cara amiga, sua cunhada Elisabetta Gonzaga, duquesa de Urbino. As duas passaram gloriosas semanas juntas, lendo poemas e cantando, e usufruindo do ar fresco. Como uma surpresa, Ludovico enviou-lhe o tocador de viola Jacopo di San Secondo, que tocou para ela uma canção especial sobre um cisne cuja fêmea se foi. Ele sente tanta falta dela que deseja morrer. Isabella podia ver o ar suspeitoso no rosto de Elisabetta enquanto o menestrel cantava esta lamentosa canção de amor enviada por seu cunhado. Isto também chocou Isabella. Seria possível que ela ainda fosse dona do coração de

Ludovico? Foi isso que ele quis lhe dizer quando falou que tinham de ser pacientes? Ela deleitou-se com a idéia — não que a afeição de Ludovico carregasse o peso que tinha no passado. Agora, a não ser pela lisonja, isso dificilmente importava. Estava carregando o filho do seu marido. Ela trouxera glória a Francesco pela impressão que causara em Veneza. As cartas dele para ela refletiam o monte de elogios a ela que ouviu de cada personagem importante que Isabella encontrou na sua viagem, e ele não fez nenhum segredo de quão grato estava por ter uma esposa que podia não só realçar sua posição com a Sereníssima República, mas a posição da cidade-Estado que ele governava tão bem. A afeição de Ludovico a esta altura era como o diamante preso num colar de pérolas — belo, mas não tão essencial.

Isabella retornou em triunfo para Mântua, até ouvir que mal tinha deixado Veneza, Beatrice lá chegara em esplendor sem precedentes, com uma comitiva de 1.200 pessoas. Ela fez não apenas um, mas dois discursos diplomáticos para a *Signoria*, e foi recebida como princesa e embaixadora. Para homenageá-la, o doge comandou uma corrida de barcos pelo Canal Grande com remadores mulheres pela primeira vez na história de Veneza — tudo para a satisfação de Beatrice. Todo mundo foi conquistado por sua eloqüência, elegância e encanto. Das cartas de Beatrice e todas as outras cartas que recebeu sobre o assunto, Isabella discerniu que tudo sobre a viagem de Beatrice era levemente mais maravilhoso que a sua própria. Algum bajulador chegou a escrever que as jóias de Beatrice "refletiam o próprio prodígio do Universo, mas nada era tão precioso quanto a própria duquesa".

O sol já iniciava a descida a oeste quando aquele enaltecido bucentauro da duquesa finalmente aparece do leste, seguido por uma flotilha, sem dúvida transportando a criadagem de Beatrice, mais vestidos, jóias, pilhagens de Veneza e tudo e todos com que ela viaja esses dias. Isabella decide que não deixará seu barco, mas esperará que Beatrice venha a ela. É o mínimo que ela pode fazer por recusar a hospitalidade de Isabella, retirando a irmã grávida dos seus aposentos confortáveis num dia de verão.

Leva algum tempo para Beatrice compreender que deve ir até Isabella. Após alguma confusão, ela aparece, ruborizada, excitada e apressada. As faces quentes das irmãs se encontram em beijos duplos.

— Que negócios prementes a impedem de nos permitirmos sua companhia por alguns dias, Excelência? — pergunta Isabella, sorrindo. — Francesco está fora de si com pesar. Ele tem um novo corcel da Barbaria, enorme, com um pescoço que parece um tronco de árvore. Queria que você domasse a besta.

— Oh, por favor, diga-lhe que terei prazer em assumir o desafio numa outra ocasião. No momento, não há tempo a perder, há muitas coisas que devo discutir com você.

— Recebi tantos relatos de seus triunfos em Veneza que dispenso detalhes adicionais — diz Isabella.

Beatrice não perde nenhum outro momento em frivolidades.

— Como você sabe, Ludovico nunca manteve boas relações com Veneza.

Sim, pensa Isabella. Eles não gostam nem confiam em seu marido porque ele tenta jogar todos os lados um contra o outro, ou é o que toda Veneza pensa.

— Concederam-me duas audiências com a *Signoria*. Ludovico mandou-me lá para informá-los de suas crescentes alianças com França e Alemanha. Ele está reunindo essas duas facções, Isabella. Imagine!

— Como é que ele está manobrando isso? — pergunta Isabella. — Têm sido inimigos de longa data. — Mas a pergunta que faz a si própria é: quem será sacrificado nas negociações?

— Você ouvirá bastante em breve, mas no momento, por favor, mantenha o assunto em segredo. Ludovico está prometendo a mão de sua sobrinha, Bianca Maria, ao imperador Maximiliano, rei da Alemanha e imperador do Sacro Império Romano.

— Não é a pequena beleza que está noiva de Galeazz?

— Não, Ludovico jamais faria isto com sua própria filha. Ela adora Galeazz. Você não conhece esta garota. Ela é irmã do duque Gian Galeazzo... uma doçura, mas um tanto fraca de cabeça, tal como seu irmão.

E ela irá com um dote impressionante que vai abarrotar os cofres francos, Isabella especula consigo mesma. Por que Ludovico está subornando o imperador?

— Parece um movimento muito sábio — diz ela. — E quem ele está casando com a França?

Beatrice finge não notar o sarcasmo, mas puxa Isabella para mais junto de si, baixando a voz:

— Ele deu sua bênção para a França invadir Nápoles.

— Interessante — diz Isabella lentamente, enquanto tenta decifrar o quebra-cabeça político em sua mente. Com França, Milão e Alemanha contra Nápoles, quem restaria então para resistir a eles? O papa, é claro, que não gosta dos franceses tão perto de suas fronteiras. E possivelmente Veneza, que não se alinharia com Nápoles, mas poderia ser tentada a interferir nos grandes planos de Ludovico. — E você vai apoiar Ludovico contra nosso avô materno Ferrante?

— Vovô está perto de morrer, e ele, mais do que ninguém, é um exemplo da necessidade de se tomar decisões impiedosas. Se ele não tivesse feito isso a si mesmo, teria morrido muito tempo atrás, e não na velhice. Não nos resta nenhuma escolha, Isabella. — Beatrice soa mais como um daqueles frios e experientes diplomatas a serviço de seu pai do que com a excitável garota que sempre foi. De fato, parecia cada vez mais com o próprio Diamante.

— Como foi que a invasão de Nápoles passou a ser um encargo de Milão? — pergunta Isabella.

Beatrice recosta-se um pouco, e Isabella fica grata por ganhar o espaço de sua irmã, cujas emoções estão tão inflamadas neste momento que chegam a sufocá-la, como algum tipo de vento turbulento e impetuoso.

— Ludovico decidiu assumir o título de duque de Milão. França e Alemanha estão apoiando isto em troca da sua aliança. O imperador Max tem o poder de investir Ludovico com o título. É um antigo acordo rezando que, ao fim da linhagem Visconti, o sacro-imperador romano pode reinvestir no ducado a qualquer um que lhe agrade. O último varão Visconti morreu faz muito tempo. É simples assim.

— E quanto a Gian Galeazzo e Isabel de Aragão? Como serão depostos?

Isabella observa cuidadosamente a reação de Beatrice ao nome de sua prima, porque ela negligenciou em mencionar sua própria ascensão em fortuna, posição social e títulos, se o esquema de Ludovico fosse aprovado.

— Gian Galeazzo é infantil e tem hábitos sexuais doentios. Ele não tem interesse em cumprir nem mesmo a mais simples de suas obrigações e, francamente, Deus nos ajude se o fizer. Ele é o pior dissoluto do reino. Ele bate na esposa! — A indignação de Beatrice aumenta. — Lamento por Isabel de Aragão. Tentei ser amiga dela, mas Isabel não teria coisa nenhuma se eu não me unisse a ela para pedir a seu pai a deposição de Ludovico. Agora ela irritou o tio Alfonso a ponto de ele estar preparado para nos atacar. O que deveríamos fazer, Isabella? No momento em que vovô morrer, Alfonso estará sobre nós. Deveríamos ficar esperando por esse dia?

Isabella sabe que muito do que Beatrice diz é verdade. Ela havia recebido no mês anterior uma carta lânguida da duquesa de Montferrat, que escreveu: *Não há nada de novo a relatar de Milão, exceto que o duque Gian Galeazzo passou a bater na mulher.* Ela sabe que a humilhação de Aragão é insuportável, e que ela se queixa a todo mundo de que Ludovico e Beatrice dispõem de todo o dinheiro, poder e glória, enquanto ela e seu marido são tratados como mendigos. Ainda assim, Ludovico *já* detinha todo o poder. Precisava ele ir tão longe — intriga, contratos de casamento, invasões do solo italiano — para adquirir o título? Até onde Isabella podia ver, Gian Galeazzo era patético, porém inofensivo no quadro político. E ela duvidava que Alfonso fosse fazer algum movimento tão drástico só para aplacar sua infeliz filha.

— Beatrice, seria sábio *convidar* os franceses para a Itália? — Isto é precisamente o que Francesco esteve perguntando desde que os rumores da intriga de Ludovico com a França começaram a se espalhar.

— Temos a proteção do imperador Max, que nos é muito caro, e manteremos a França contida em Nápoles. E temos a palavra do rei Carlos de que não seguirá mais longe ao norte uma vez que Nápoles seja sua.

Isabella vê que Beatrice e Ludovico trabalharam este cenário em suas mentes e estão empenhados na sua fruição. Beatrice não está aqui para pedir aconselhamento. Seus olhos brilham e bruxuleiam com vida enquanto explica o plano. Suas faces estão ruborizadas e as mãos se agitam no ar como alguma linda Fúria. Isabella não sabe dizer se a náusea no seu estômago está atuando como alguma espécie de aviso sobre a loucura de tudo isso, ou se a pequena criatura no seu ventre está se enraivecendo de novo. Senta-se de volta na cadeira, apoiando a cabeça contra o espaldar alto.

— Não me sinto bem — diz finalmente.

Beatrice pede algo gelado para Isabella beber. Ela tira um pano úmido das mãos da aia de Isabella e passa na testa de sua irmã. Isabella acha que Beatrice poderia estar tremendo, ou isto é uma ilusão causada pelo movimento de seu ventre ou pelo balanço do barco?

— Você deve ir para casa e descansar — diz Beatrice. — Mas devo incomodar você com mais uma coisa antes de deixá-la. É uma mensagem de Ludovico, um pedido,

É exatamente o que Isabella não queria ouvir: que papel vai representar neste plano que Ludovico e Beatrice — e metade do mundo, parece — idealizaram. Era disso que esperara escapar, por causa da sua condição. Mas, a não ser que as dissimulações sejam aprovadas, não há escapatória.

— Ludovico ouviu que você conquistou o doge e toda a população de Veneza. Oh, isto é que se comenta na Itália, não se preocupe. Todo mundo está ciente dos poderes de seu encanto e seu intelecto, Isabella. Meu marido apenas espera que, se surgir a chance, você use esses poderes em benefício dele.

— Eu faria tudo por minha irmã e meu cunhado. — Ela reza para que Beatrice pare por aí.

— Usará sua influência sobre Francesco para convencê-lo a lutar pelos franceses em Nápoles? Ele é um grande soldado e comandante, e nos sentiríamos seguros se ele comandasse a invasão.

Isabella especula se sua irmã ficou louca. Ela realmente acha que Francesco pode simplesmente comandar qualquer exército que lhe agrade? Pensa que ele pode convencer os venezianos a apoiar os odiados franceses?

— Não posso assumir compromissos por meu marido, como não posso assumir compromissos pelo seu. Mas não vejo como ele pode lutar pelos franceses quando é o comandante-geral do Exército veneziano. Veneza não permitirá que seu Exército seja arrastado para este conflito.

— Não seria como comandante do Exército veneziano, Isabella. Seria um contrato à parte, como soldado mercenário, um *condottiere.* Seria por dinheiro, e posso lhe garantir que o preço de que estamos falando pode ser bem compensador, de fato.

— Beatrice, não sei qual seria a reação de Francesco a esta proposta, mas estou receosa por você. Essas ações que você e Ludovico estão assumindo são perigosas e envolvem grande risco. Ludovico já tem tudo. Receber o título acrescentará tanto ao seu poder?

— Isabella, você me surpreende. Se estivesse em minha posição, o que não faria para assegurar isso algum dia, tendo seu filho o título de duque de Milão?

Então era isso: Beatrice põe fogo pelas ventas como as chamas de um dragão por causa da ambição de uma mãe por seu filho. A garota amável que nada mais queria senão um longo dia montando um bom pônei se transformou em Olímpia fazendo intrigas para a ascensão de Alexandre, ou a venenosa Lívia promovendo Tibério. Nem sequer parece real. Ainda assim, não é um padrão entre mãe e filho que vem sendo encenado ao longo dos séculos? Não está a história apinhada com os cadáveres daqueles que atravessaram o caminho das ambições de uma mãe para com seu primeiro filho homem?

Isabella usa a desculpa da náusea e tontura para pôr fim ao encontro tão abruptamente quanto possível. Precisa escapar das ambições insistentes de Beatrice. Quer voltar para o início desta manhã, quando ainda ignorava esses planos para virar o mundo de cabeça para baixo. Quando foi que tudo mudou? Quando foi que a garota indomável e inconseqüente que tinha sido convencida pela mãe delas a desposar *Il Moro* se transformara nesta assustadora força política?

Isabella acena e joga beijos para a comitiva de Beatrice enquanto eles navegam passando por ela rumo a Milão. Quando o último bucentauro passa, ela deixa cair seu sorriso, sentindo como se os cantos de sua boca estivessem cheios de chumbo. Afunda na cadeira, a cabeça rodopiando com pensamentos infelizes. Uma atendente se apressa para o seu lado, mas ela enxota a mulher. Mal pode esperar para chegar em casa, para a segurança da austera e forte Mântua, cujas antigas muralhas fortificadas a protegerão do torvelinho que ela teme ser iminente. Está também muito cansada; sente como se o barco devesse navegar através de um espesso melado para voltar ao tranqüilo conforto de seu quarto escuro. Seu corpo está pesado e os braços e dedos esguios parecem inchados e debilitados, pendendo dos braços da cadeira.

Enquanto desliza rio acima para sua casa — para Francesco, que terá alguma perspectiva para toda essa loucura —, os pensamentos que queria evitar finalmente chegam, abarrotando sua mente. Há quanto tempo Ludovico vem planejando tudo isso? Pois certamente não teve a idéia de executar movimentos tão drásticos da noite para o dia. Ela não pode evitar especular quanto do flerte e atenção de Ludovico para com ela fora uma antecipação do dia em que lhe pediria que usasse sua influência para convencer o marido a liderar um exército numa luta por suas ambições.

É possível que todos fossem, inclusive Beatrice, peões no elaborado jogo de Ludovico?

Dos cadernos de Leonardo:

Na Etiópia, as raças negras não são produto do sol. Pois numa união de negro com negro, a cria é negra. Se o negro se unir com branco, a cria é parda.

E assim isto prova que Aristóteles se equivocou. O útero está longe de ser passivo, um mero campo de pasto para o esperma do macho. A semente da mãe tem tanto poder no embrião quanto a semente do pai.

Capítulo seis

IV * L'IMPERATORE (O IMPERADOR)

No inverno de 1495; na cidade de Milão

Isabella se ajoelha no banco de madeira colocado diante dela pelo frade do Duomo de Milão. Ela não gosta desta escura e cavernosa catedral, com seu ar frígido, diminutas colunas de mármore e um eco tétrico que parece vir de lugar nenhum e rodopia em torno dela como um demônio zombeteiro. Ela veio prestar seus respeitos ao pobre falecido Gian Galeazzo, último duque de Milão, agora trancado na cripta da família como tantos Sforza e Visconti antes dele. Tremendo no ar úmido, segurando seu rosário, tenta imaginar a catedral como fora descrita para ela por ocasião do funeral do duque, com milhares de velas de cera iluminando sua escura vastidão, e o réquiem de som celestial do melhor coro de Milão cantando para a alma do duque enquanto ascendia aos céus, ou para onde estivesse indo. Toda essa cerimônia importaria a Nosso Senhor quando Ele considerava o destino de uma alma? Seria Ele influenciado pelas vozes celestiais, pela catedral resplandecente, as preces pelos mortos, ou pelos parentes lamurientos vestidos de luto?

Além de fazer mais frio dentro do que fora das portas neste dia de janeiro, o Duomo deixa Isabella desconfortável. Certamente, este grande prédio, com suas espiras góticas espinhosas, tumbas amontoadas e altares sob os quais estavam enterrados tesouros fabulosos de ouro e prata, fora construído para apaziguar a natureza mais sombria de Deus. O amoroso e clemente Pai que enviou Seu Filho para redimir a humanidade não fez daqui o seu lar; apenas o Deus vingativo, irado pelos pecados do rebanho que desperdiça Suas muitas dádivas. Isabella imagina que homem mais enraiveceu Deus em tempos recentes — o duque, que dissipou sua jovem vida em bebedeira e perversão, ou aquele que toda Milão sussurra ser o responsável por sua morte? Ela imagina se o emprego de amplas porções de fortuna na construção e embelezamento desta catedral, como o fizeram Ludovico e cada cabeça coroada de Milão por mais de cem anos, irá aplacar a sede de vingança de Deus quando chegar a hora de prestar contas dos seus atos.

Ela termina suas preces pelo descanso eterno do duque — um rosário inteiro de pai-nossos, ave-marias e atos-de-contrição — detendo-se na última das contas de cristal. Nosso Senhor receberia um dissoluto tão deplorável em Seu seio? Gian Galeazzo ia encontrar o Deus do Perdão ou o Vingador? Ela supõe que isto não é da sua conta, mas com freqüência imagina como é que Deus conduz Seus assuntos. Ela já rezou um rosário por sua mãe — que Deus dê paz a sua alma boa —, falecida no ano anterior. Por um inverno inteiro, tanto Beatrice quanto Isabella, desoladas por a distância não lhes ter permitido sequer estar com a duquesa quando ela morreu, usaram roupões pretos de *moiré* com compridas mangas pretas e pesados mantos de veludo preto, seus rostos cobertos em delicados véus de linho branco que pendiam dos altos chapéus pretos.

Isabella junta as palmas das mãos para enviar uma prece pela qual ela tem pouca esperança de receber uma resposta. Pede a Deus que, com o tempo, seu coração se abra para sua pequena filha, chamada Leonora em homenagem à mãe, porque nasceu logo após a morte da grã-duquesa. Não iria sua mãe querer que Isabella amasse a menininha? Isabella sabe que está prestando um grande desserviço à memória da mãe ao negar amor materno à criança, mas não foi capaz de alterar o fato de que desejara um menino tão extremamente que não conseguia reunir quaisquer sentimentos pela menina.

— O que há de errado com as meninas? — Francesco gosta de perguntar. — Você é uma menina, Isabella! A criança é bonita como você, e saudável. Por que está desapontada?

Francesco, que poderia ter ficado desapontado por Isabella haver fracassado em dar-lhe um pequeno marquês para herdar o reino, está inteiramente deliciado com a filha. Mas Isabella guardou o berço dourado que o duque Ercole mandara os melhores artistas de Ferrara entalhar para o seu primeiro neto em Mântua e, com o berço, ela fechou seu coração. Recuperaria os dois quando tivesse um menino. Não queria se sentir dessa maneira. Instruiu todas as aias do quarto de crianças para derramar amor e atenção sobre a criança; nenhuma punição é permitida ou necessária. Leonora está sempre trajada em elaborados vestidos e toucados de pérolas e renda, ganha minúsculos docinhos para chupar, e é pega no colo e embalada ao primeiro sinal de irritação. Todo esse mimo pretende maquiar o fato de que Isabella não tem lugar para a pequena Leonora no mais fundo de seu coração. Não da mesma maneira como Beatrice acolheu seu filho no seio. Não, Isabella sabe a diferença. Ela conhece sua própria deficiência, e reza a Deus para que, com o tempo, ela possa ser capaz de compensar esta frieza.

Santa Rainha, Mãe da Misericórdia, vida, doçura e esperança nossa. A vós bradamos, as degredadas filhas de Eva. A vós suspiramos, gemendo e chorando neste vale de lágrimas.

Na última de suas preces, Isabella olha acima das mãos entrelaçadas para as altas janelas de vitral, notando que cada uma delas está enlaçada com o símbolo da família Visconti, uma serpente engolindo um homem. As janelas são provavelmente tão antigas quanto a catedral, postas ali pelo primeiro príncipe Gian Galeazzo Visconti, que iniciou esta estrutura monolítica cem anos atrás, mas a mesma mensagem continua verdadeira hoje — o homem é uma criatura desafortunada nas mãos dos Visconti. Mesmo quando confrontados com algo que se refira a seu próprio sangue, essas criaturas engolirão qualquer um que seja empecilho às suas ambições. E agora sua irmã faz parte dessa família de serpentes — talvez tenha se tornado uma das próprias víboras.

Isabella mal pode acreditar no que comentam sobre Ludovico, e ainda assim dificilmente pode negá-lo. É tudo conveniente demais, o modo como Gian Galeazzo saiu deste mundo no exato momento em que Ludovico reuniria apoio suficiente para usurpar o título de duque de Milão. O redemoinho mutante de alianças políticas que Isabella previra em sua conversa com Beatrice no rio está agora dando frutos.

A partir do momento em que a duquesa Leonora morreu parecia que toda a Itália estava febril em trazer os franceses. Sem ninguém mais em Ferrara para apelar por Nápoles, o Diamante rapidamente deu permissão para que os franceses atacassem o antigo reino de sua falecida esposa. O duque Ercole não tinha nenhum amor pelos franceses — ou por quaisquer outros, a propósito —, mas, com a maioria da Itália, ele odiava e temia o aliado de Nápoles, Alexandre VI, o corrupto papa Bórgia, cujo filho, César, queria reconquistar todos os estados independentes da Itália em nome do papado. Isto o Diamante não poderia suportar.

— Não estou tentando fazer um inimigo em Nápoles. Estou salvando Ferrara das ambições dos Bórgia — explicou ele a Isabella. — Se isto levar os franceses a pôr os Bórgia no seu devido lugar, que assim seja. Se o seu avô quer se alinhar com o demônio, e lhe asseguro que os Bórgia são o demônio, ele terá de pagar o preço por esta barganha cruel. Sua mãe, que Deus descanse sua alma, entenderia. Devemos livrar o papado desse Satã. Os franceses podem nos ajudar a derrubar a abominação Alexandre e a reconduzir um homem santo ao trono no Vaticano.

Ao mesmo tempo, Ludovico e Beatrice estavam entretendo reis e príncipes que apoiariam a ascensão de Ludovico a duque de Milão. Eles começaram a chamar o filho deles, Ercole, de "Max", em homenagem ao imperador alemão. Como não bastasse, Ludovico e o duque Ercole, que até aqui não haviam feito qualquer objeção à mudança de nome do seu neto, encontraram o rei francês Carlos VIII em Asti, perto de Turim, onde Beatrice ofereceu uma fabulosa recepção no castelo em Annona, com seu coro de cantores e músicos e oitenta lindas e bem torneadas damas. Ela se deu ao trabalho de descrever para Isabella *cada único detalhe* numa carta, explicando como Carlos — baixo, encurvado, narigudo, com marcas de varíola e feio como um sapo, mas acima de tudo isso um rei — adora mulheres a tal ponto que viaja com um artista da corte que pinta cada dama que o rei leva para a cama, em quaisquer posições sexuais que apreciem, para seu livro de memórias. Beatrice, que fora no passado tão pura, via agora isso como um escândalo menor em alguém que poderia fazer muito para promover seu marido.

Segundo Beatrice, e apesar de ela julgar os franceses maçantes — queixavam-se incessantemente do calor e do vinho italiano, que achavam ácido —, o rei ficara enfeitiçado por ela. Ela o havia encantado com seu vestuário — um roupão de cetim verde, cujo corpete era adornado por infindáveis trilhas de diamantes, pérolas e outras jóias, e um chapéu do qual brotavam penas, unidas por um fecho feito com os maiores rubis do Tesouro. Ele ficou atordoado pelo fato de que, "com tudo aquilo na cabeça", ela sentava tão alta e reta no cavalo quanto qualquer homem. Beatrice dançou para ele no estilo francês, permitindo-lhe um único beijo com cada uma de suas damas de companhia, incluindo a filha de Ludovico, Bianca Giovanna, agora com 15 anos e recém-casada com seu prometido de longa data, Galeazz di Sanseverino. Beatrice disse que ele ficara de olho na garota, mas que ela afastara o olhar lascivo do rei da recém-casada de olhos enevoados, desviando-o para damas muito mais acessíveis e experientes. Ela é ciosa em relação a Bianca Giovanna, que é graciosa e delicada e cujo alongado rosto branco repousa sobre o pescoço como um lírio num caule. Beatrice deixou o rei Carlos tão deslumbrado que ele mandou o pintor Jean Perreal fazer um retrato dela para sua irmã, Ana de Bourbon, que queria ver o que a mais elegante dama da Itália estava trajando. "Ele é tão generoso e caloroso na conversa quanto qualquer homem vivo, mas você acreditaria, irmã, que o rei e os barões franceses são praticamente iletrados? Eles mal conseguem escrever suas cartas e se espantaram ao ouvir que nossos jovens recitam poesia e oram em latim!"

Isabella especulava o quanto dessa carta tinha intenção de informar e o quanto pretendia atormentá-la, pois Beatrice não fizera outra coisa por mais de uma estação. Isabella sempre tinha sido considerada a melhor dançarina das duas, e tinha certeza de que a referência à dança no estilo francês pretendia colocá-la em seu lugar. Quanto à mais elegante, bem, até mesmo Beatrice teria de admitir que se Isabella tivesse sido agraciada com o dinheiro de Ludovico, teria um guarda-roupa superior ao dela em estilo e criatividade. Só neste outono Beatrice pedira permissão para usar um modelo que Niccolò da Correggio criara explicitamente para Isabella. Ela o vinha reservando para alguma ocasião especial, mas Beatrice suplicou que precisava de algo estonteante para o casamento do imperador Max com a sobrinha de Ludovico, "em que viriam embaixadores de um lugar tão distante quanto a Rússia, e tudo será brocado de ouro e prata até onde a vista possa alcançar. Os mais pobremente vestidos estarão usando exuberantes veludos acetinados!".

Isabella respondeu com um curto bilhete, dizendo, "sirva-se", o que ela achou bastante generoso, considerando que Beatrice possuía uma equipe de estilistas a seu serviço. Por que ela tinha de tomar de Isabella este modelo tão especial? Ficou ainda mais irritada quando Beatrice finalmente escreveu acerca do sucesso que o modelo tinha feito, "perfeito para o vestido de ouro maciço que fantasiei para este casamento imperial". O próprio Leonardo havia desenhado as mangas de Beatrice para esta obra de brocado, usando um intricado desenho de motivos circulares que Beatrice chamou de Fantasia de Leonardo. O *Magistro* havia utilizado o mesmo padrão em um anel magnífico, de valor inestimável, "delineando as maiores águas-marinhas verdes conhecidas no mundo em ouro maciço, com o padrão circular em cada extremidade, tudo engastado com diamantes. Era tão largo que não pude dobrar meu dedo médio ao usá-lo". Tudo isto se tornou pior quando Isabella não pôde comparecer ao casamento em Milão devido a uma estranha febre que tinha pegado de Francesco. Aquele homem nunca parava de urdir maneiras para deixar sua esposa ausente dos eventos importantes?

Isabella sabe que não deveria permitir que esses ressentimentos passassem por sua mente, especialmente na casa do Senhor. *Ó meu Jesus, perdoai nossos pecados, salvai-nos dos fogos do inferno, conduzi nossas almas para o Céu, especialmente aquelas que mais necessitam de vossa misericórdia.* Seria duplamente insultuoso ter de invejar sua irmã nesta terra e depois arder nas chamas do inferno pelo pecado.

Isabella logo descobriu que Francesco era o atual alvo da perseguição de Ludovico. Não muito depois do casamento imperial, *Il Moro* enviara *monsieur* D'Aubigny e três embaixadores franceses a Mântua para oferecer a Francesco mais de 40 mil ducados para comandar o Exército francês. D'Aubigny continuou falando a eles naquela horrível língua francesa, como se todos devessem conhecê-la, enquanto Isabella continuava a responder a ele em latim. Quando a delegação se foi, Isabella e Francesco discutiram o assunto. A quantidade de dinheiro era espantosa, mas a posição certamente ofenderia os venezianos. Por fim, Francesco disse:

— Ludovico Sforza é o homem do momento, mas Veneza é eterna. — Abruptamente, ele enviou um mensageiro atrás de D'Aubigny, para dizer que recusava.

Corporificada em Donato de Preti, enviado de Mântua a Milão, chegou daquela cidade a notícia informando-os da fúria de Ludovico por Francesco ter recusado a proposta. De Preti chegou trajando uma capa curta de veludo, volumosas mangas listradas com os punhos bege fechados nos antebraços com reluzentes botões de ouro. Ele retirou seu chapéu de aba larga da cabeça num largo movimento majestoso, simultaneamente arremessando-o para um criado e fazendo uma mesura, tentando, segundo a interpretação de Isabella, afastar do caminho com rapidez todas as amabilidades. Aparentemente, ele mal podia conter o fluxo de notícias comichando para ser liberado de sua língua.

— Oh, o duque está bastante contrariado com o marquês — disse De Preti. — Ele não gosta que seus desejos sejam frustrados por lealdade a Veneza. Mas não há motivo para preocupação. Ele teve muito pouco tempo para avaliar o assunto porque o rei Carlos chegou a Milão ao mesmo tempo que a recusa do marquês à proposta.

— Muito conveniente. Suponho que Sua Excelência não se deleitou em passar as novidades ao rei — disse Isabella.

— Não, ele não o fez. Para reduzir a decepção de sua majestade e imprimir sua riqueza extraordinária na imaginação do rei, o duque levou Carlos para visitar a Torre do Tesouro. O rei mal pôde conter a saliva em sua boca enquanto passeava por aquelas câmaras, posso garantir.

— Se eu possuísse tamanha riqueza não a mostraria a um homem com um exército maior do que o meu — disse Francesco, lendo os pensamentos de Isabella.

— Só mesmo um santo perfeito deitaria os olhos sobre aquelas riquezas suntuosas sem invejá-las — disse ela. Francesco e Isabella haviam discutido antes sobre a dúbia sabedoria que Ludovico exibia em mostrar os tesouros de Milão para os visitantes. — Imagino o rei francês fazendo um inventário mental de tudo que foi mostrado — continuou Isabella. — Talvez até tenha mandado o artista de sua corte fazer um esboço para seu livro, de modo que possa salivar sobre aquela riqueza à noite, enquanto revê seus devassos retratos de mulheres.

De Preti sorriu, impressionado por Isabella ter tanto conhecimento sobre o rei francês.

— Embora ele tenha um apetite insaciável pelas mulheres, asseguro-lhe, Excelência, que seu apetite pela riqueza do duque é muito maior.

De Preti explicou que, poucos dias depois, Ludovico entreteve Carlos em Pavia, onde o duque Gian Galeazzo adoecera "depois de uma grande bebedeira". Carlos foi visitar o abatido duque, que era seu primo, e também a duquesa, que, dizia-se, estava à beira da loucura por causa do apoio de Ludovico à invasão de Nápoles.

— Foi o mais deprimente dos quadros, Excelências — disse De Preti. — Isabel de Aragão prostrou-se aos joelhos de Carlos, fazendo um deplorável apelo pela segurança de sua família. Carlos garantiu-lhe que a protegeria e aos filhos dela, mas Ludovico não lhe deu ouvidos, aconselhando-a a rezar, imagine.

Dois dias depois que Carlos deixou Pavia, o duque morreu.

— Ninguém podia ignorar como este acontecimento era conveniente aos planos de Ludovico Sforza — explicou De Preti. — Num dia ele estava entretendo o rei da França, que prometeu apoiar sua candidatura a duque de Milão; no dia seguinte, o homem que ostentava o título de duque de Milão morreu, à idade um tanto prematura de 25 anos.

— Qual foi exatamente a causa da morte do duque? — perguntou Francesco.

— A versão oficial foi de que pegou uma febre, mas rumores de envenenamento circulam por toda parte. O médico do duque disse que, contrariando suas ordens, o duque comeu pêras e bebeu vinho, o que o fez piorar.

Pelo ar desprezível de De Preti, Isabella notou que ele não acreditava na explicação.

— Quem é que neste mundo já morreu por misturar pêra com vinho? — perguntou ela.

— Falei com o médico que o atendeu em Pavia, Teodoro Guainiero. — De Preti inclinou-se o mais perto que ousou da marquesa. O marquês inclinou sua cabeça na direção deles de modo a poder entreouvir o segredo. — Ele diz que todos acreditam que Ludovico Sforza mandou seu astrólogo, aquele íncubo Ambrogio, que também é médico, ir administrando veneno lentamente ao pobre e inocente duque.

Livrai-nos do mal, Senhor, livrai-nos da tentação agora e na hora de nossa morte.

Isso era impensável. Ainda assim, antes que tivessem se passado 24 horas da morte de Gian Galeazzo, enquanto seu cadáver recém-lavado e belamente vestido estava a caminho da catedral para exposição, Ludovico reuniu todos os magistrados, clero e nobreza na Rochetta em Milão, onde rapidamente descartaram o filho de quatro anos de Gian Galeazzo como sucessor e indicaram Ludovico como duque de Milão, a investidura dependendo dos alemães, aos quais Ludovico imediatamente solicitou o diploma oficial. Como um gesto de respeito ao seu sobrinho falecido, Ludovico pediu que fosse chamado apenas de duque, e não duque de Milão, até que Gian Galeazzo estivesse enterrado.

Que Deus dê descanso à alma cansada e bêbada de Gian Galeazzo, e à alma de Ludovico, se este tomou parte num complô sinistro contra aquele, reza Isabella agora, estremecendo em uma das muitas correntes de ar da catedral, ajoelhando-se diante da câmara mortuária onde jaz o corpo do duque e lembrando-se da conversa com De Preti. Ela reza por todos — o morto, os vivos que podem ter encomendado a morte e por todos aqueles que terão de viver com as conseqüências —, pois certamente todos eles precisarão de cada prece que possam obter. Ela reza por Francesco, que não teve nenhuma dificuldade em acreditar na cumplicidade de Ludovico. Reza para si mesma, para que cesse de especular sobre a culpa dele.

Glória ao Pai, ao Filho e ao Espírito Santo. Como foi no começo, é agora e sempre será, um mundo sem fim.

Isabella põe o rosário no bolso e se levanta, os joelhos machucados e as juntas doendo de ficar ajoelhada neste lugar glacial, amplo e sombrio o bastante para ser um túmulo para todo o gênero humano, varrendo o pensamento que estivera evitando desde que a notícia a alcançara, meses atrás: Não estaria Beatrice por certo envolvida? Ainda assim Isabella vira com os próprios olhos as fogueiras recém-acesas da ambição ardendo em sua irmã. Oh, ela não pode sequer nutrir essa idéia, não agora quando está a caminho para ver Beatrice, grávida mais uma vez. Todos os astrólogos, parteiras, cartomantes e duendes — qualquer um com suposta capacidade para ler o futuro — estão prevendo que Beatrice terá outro filho. Ela e Ludovico insistiram para que Isabella estivesse presente ao parto. Por quê? Para que revivesse uma vez mais sua própria decepção ao dar à luz uma filha? *Não cobiçarás coisas alheias.* Nem os filhos de tua irmã. Mas ela não está aqui por estas razões. Veio por insistência do marido, que havia enfurecido Ludovico ao recusar aliar-se aos franceses. Isabella, capturada entre os dois homens, veio para suavizar as relações entre eles.

Isabella sabe que sua comitiva, tiritando de frio na praça arejada, está enfraquecida pela viagem desde Mântua e anseia pelos confortos do Castelo Sforzesca. Por mais que deseje escapar da pesada escuridão deste lugar, gostaria de protelar a travessia que a levará ao mundo dos Sforza. Mas já se demorou o bastante. Beatrice foi certamente informada da sua chegada à cidade e estaria preocupada por ainda não ter aparecido no castelo. É só quando os frades abrem as grandes portas de bronze da catedral, deixando entrar a luz fria e branca da tarde milanesa, que Isabella percebe que esqueceu de fazer a prece que mais pretendia — pela segurança da Itália, onde vozes por toda parte estavam clamando a uma potência estrangeira que os atacasse e os libertasse deles próprios. A Itália teria que esperar; Isabella estava tensa e exausta.

A COMITIVA de Isabella sobe desfilando pela ampla avenida que irá desembocar na grande praça de tijolos defronte ao castelo. O passo da comitiva é lento. Embora o tempo esteja ruim, lojistas, operários e crianças correm pela rua para captar um vislumbre da nobreza, ou, mais provavelmente, captar o que quer que a fidalguia pudesse estar jogando no caminho deles. Moedas, quinquilharias, bonequinhas, pãezinhos, nacos de queijo e outras provas de boa vontade — tudo trazido de Mântua para apaziguar os pobres, os ambiciosos e os curiosos — saem dos bolsos e algibeiras dos nobres para as mãos frias — jovens e velhas, sarapintadas, manchadas com sangue de boi, corante, terra, metal, graxa — estendidas para eles enquanto passam.

Isabella está grata por se encontrar sob grossos agasalhos, viajando numa carruagem. Ela desliza a mão para fora do seu regalo de pêlo de coelho para passar um soldadinho de brinquedo — lindamente pintado para um brinquedo barato, não pode deixar de notar — para um menino de olhos verdes que saiu disparado do açougue e o arrebata dela como um cão faminto abocanhando um osso.

Enquanto o garoto desaparece com seu tesouro, ela olha para cima para ver um elmo cônico que parece flutuar no ar. A proteção do nariz desse elmo está elevada, expondo uma face com traços fortes e um semblante de gavião. À medida que o comboio se aproxima da praça, ela vê que a cabeça de capacete não está flutuando, afinal, mas pertence a uma estátua colossal solitariamente fixada na praça. A figura, um soldado, monta um cavalo empertigado, apoiado num pedestal de mármore. O monumento deve ter uns seis metros de altura, mas o sol declinante do fim de tarde lança uma sombra através da praça com o dobro do comprimento, fazendo parecer que toda a praça só existe para abrigar a besta e seu senhor.

Isabella pede ao cocheiro que contorne a estátua, de modo que possa vê-la de todos os ângulos. O cavalo é uma maravilha, como se o escultor tivesse capturado o animal no ato de empinar. Dois cascos dançam elegantemente no ar, enquanto os outros dois estão firmemente plantados, o rabo balançando como se a chicotear o ar em volta. As narinas estão infladas e a boca escancarada, revelando grandes dentes quadrados e uma língua comprida e enrolada. Embora pareça que o cavaleiro tenha forçado o animal ao limite da fadiga, existe um ar de infalibilidade emanando da besta.

O Cavalo, a gigantesca escultura de argila que o *Magistro* prometera durante anos, tinha sido finalmente completada e exposta em homenagem ao casamento entre o imperador Max e Bianca Maria Sforza, gerando grandes louvores à estátua, ao seu criador e, claro, a *Il Moro*, que a encomendara. Uma das muitas razões pelas quais Isabella lamentara sua enfermidade à época desse evento fora o fato de haver perdido o descerramento da estátua. Tinha apenas ouvido as descrições em cartas daqueles que estiveram presentes — e quem não esteve? — e os poemas escritos em homenagem a Leonardo e sua obra. Não conseguia lembrar das palavras agora, mas elas eram freqüentemente repetidas — *Vitória ao vencedor, e você, Leonardo, tem a vitória*, ou algo assim. E depois houve o louvor de Taccone, que a fizera estremecer, comparando Leonardo a Fídias e Praxíteles e situando-o acima de ambos. Jamais Grécia e Roma viram uma obra tão magnífica, ou assim disse o poeta. Muito tempo atrás, ela própria havia acreditado que, na Atenas moderna de Ludovico, Leonardo se elevaria a tais alturas. Só tinha lamentado não ser ela a duquesa da terra que daria ao gênio a oportunidade de explorar seus talentos ao máximo. Tais coisas exigiam dinheiro — pilhas e pilhas de dinheiro, como o que Ludovico mantinha na Torre do Tesouro. Oh, eles seriam capazes de criar milagres em Mântua com o que tinham, mas para dar rédea plena ao gênio de um artista era preciso a mentalidade de um visionário, que Isabella podia fornecer, e a fortuna de um rei, que ela não podia.

Isabella sabe que a estátua pretende ser um monumento ao cavaleiro Francesco Sforza, pai de Ludovico e um dos maiores soldados e conquistadores da Itália. Mas, até onde ela pode enxergar, a estátua é um monumento à beleza do cavalo; não deste cavalo em particular, mas de todos os cavalos, ou talvez à grandeza de Deus que criou estas assombrosas criaturas. Se Ludovico perguntar o que ela acha, dirá que a energia, a resistência e a força sobrenaturais do cavalo são evidentes, simbolizando e refletindo aquelas mesmas qualidades possuídas por seu pai — e por todos os outros Sforza, incluindo aquele que encomendou a obra. Mas isto não é o que ela pensa. Isabella acha que o cavalo é uma glória em si mesmo, e ao gênio que levou tantos anos para apreender a essência do animal.

Mas não há nada a explicar a Ludovico, pois informam a Isabella na sua chegada que ele está ausente, visitando seu aliado francês, o rei Carlos, em seu acampamento militar no Castelo de Sarzana, na Toscana.

Beatrice, que transmite alegremente esta notícia, está imensa com a gravidez.

— Minha cara irmã, você está enorme! Já não deveria ter começado o seu parto? — Isabella quer na verdade perguntar a Beatrice como ela consegue se equilibrar com a barriga inchada como um grande balão.

— Com Ludovico fora, o reino enlutado pelo duque, e a antecipação da investidura de meu marido no ducado feita pela Alemanha, devo permanecer tão ativa e visível quanto possível.

Isabella preferia evitar qualquer discussão a respeito do falecido duque. Ela examina o rosto de Beatrice em busca de qualquer sinal de culpa, dissimulação de conhecimento ou cumplicidade no crime, pois certamente a participação em algo tão hediondo se evidenciaria em algum lugar no rosto, talvez uma incapacidade de sustentar o olhar de outra pessoa? Ou nos contornos de um sorriso forçado?

Mas o rosto de Beatrice está brilhante e aberto. Ela reluz e exulta diante do esboço que Andrea Mantegna fez da pequena Leonora.

— É como se a pequena criatura tivesse extraído as mais finas feições de ambos os pais — exclama ela. Isabella não pode evitar sentir que sua irmã está tentando compensá-la pelo fato de que a criança é uma menina. Ela gostaria de juntar-se à manobra da irmã, mas nada consegue induzi-la a fingir entusiasmo perante este desapontamento, especialmente não com alguém que tem um menino e, sem dúvida, com outro a caminho. Ou Beatrice está carregando outro menino robusto ou um novilho, pensa Isabella, pois certamente nenhuma menina poderia ser a causa de um útero se estender a tais proporções.

Uma babá gorda traz o menino Ercole, segurando-o pela mão, refreando sua passada ansiosa. Ele está com dois anos de idade, tem olhos escuros brilhantes e cachos castanho-dourados. Ele herdou a boca sensual de Ludovico, já evidente em sua face de menininho. Isabella o pega no colo e cobre sua cabeça e face de beijos, a maioria dos quais ele aceita no cabelo enquanto esconde o rosto no ombro dela. Ele se contorce nos braços de Isabella enquanto ela tenta tomá-lo com os olhos.

Beatrice o chama de Max, o que faz Isabella estremecer.

— Max, cante sua nova canção para a titia Isabella — diz Beatrice. O garoto se recusa, sacudindo a cabeça resolutamente. — Max, onde está seu irmãozinho?

Os braços do menino disparam como uma flecha, os dedos apontando para a barriga da mãe.

— Diga para a titia Isabella qual é o nome dele.

— Francesco! — A criança canta o nome.

— Em homenagem a seu avô *e* seu tio, dois grandes soldados — diz Beatrice.

Isabella sabe que depois que seu marido recusou o pedido de Ludovico para que servisse sob o rei Carlos, o mouro dificilmente permitiria que seu segundo filho fosse batizado em homenagem a *ele*. Sabe que o menino — se o bebê for de fato um menino — está recebendo o nome unicamente em homenagem ao finado *condottiere* colocado na praça montado no magnífico cavalo de Leonardo. Isabella decide mudar o rumo da conversa para o assunto mais inofensivo do monumento, afastando-se do complicado tópico militar.

— Depois de toda a frustração de Ludovico com o *Magistro*, o resultado parece ter valido a espera — diz ela.

— Oh, sim, o imperador Max ficou tão impressionado com o monumento! — replica Beatrice. — O *Magistro* trouxe grande honra para todos nós.

— É uma obra-prima — comenta Isabella.

— Ludovico ficará contente em saber que você gostou. Você deve me acompanhar amanhã numa missão — diz Beatrice misteriosamente. — Acredito que achará a experiência gratificante.

Na manhã seguinte, Beatrice os leva até os arredores a oeste da cidade para a Santa Maria delle Grazie, o lar dos frades dominicanos milaneses, onde Ludovico está investindo grandes somas de dinheiro em melhorias. Beatrice estende-se sobre o fervor de Ludovico por empregar os maiores artistas de Milão na glorificação de Nosso Senhor, mas Isabella tem certeza de que percebe uma motivação mais profunda no empenho: os dominicanos são uma força política poderosa. Com a morte de Lorenzo, o Magnífico, o frei Girolamo Savonarola de Florença aumentou sua ira contra a frouxidão moral e sua campanha contra o papa. Quanto mais Ludovico honrasse os dominicanos, menos ouviria sermões morais do monge dominicano.

Ao entrar na igreja, Isabella sente de imediato o contraste entre o Duomo, que lhe parece minimizar o espírito humano, e este edifício íntimo, que o celebra. Beatrice os conduz ao centro da capela principal, onde param num cubo circundado por quatro arcos enormes. As irmãs olham para o alto do domo, onde janelas pequenas e redondas permitem que raios finos de inverno iluminem em círculos gentis os afrescos no teto. Uma série de motivos circulares alinham os arcos, em harmonia com suas perfeitas linhas hemisféricas.

— O *maestro* Bramante levou três anos para ampliar a capela — diz Beatrice. — Achamos que valeu o tempo e o dinheiro gastos.

— É magnífico — replica Isabella. — É grande e aconchegante ao mesmo tempo, uma difícil combinação de qualidades.

— Tinha esperança de que você gostasse — diz Beatrice. — Ludovico e eu faremos disto aqui o nosso derradeiro lar. É por isso que não poupamos despesas na decoração. Veja como é adorável o coro. Com freqüência penso em como serei feliz quando estiver jazendo aqui, sendo embalada pelas vozes mais lindas de Milão.

— Por favor, não fale dessa maneira, Beatrice. Você é jovem demais para ter tais pensamentos! — Isabella toca na barriga da irmã. — Você está ficando enorme, tenho certeza de que o bebê já desenvolveu orelhas e está ouvindo tudo que dizemos.

— Ludovico sempre afirma estar muito mais próximo do que eu de tornar a igreja o seu lar permanente. É por isso que está se empenhando para tê-la completada. Claro que está brincando, mas ele prometeu aos dominicanos que tudo estará terminado ainda este ano: igreja, reitoria e refeitório.

— Será ele capaz de manter a promessa?

— Duvido — diz Beatrice, sorrindo. — Um dos maiores projetos está nas mãos de nenhum outro que não o *Magistro.*

Beatrice guia Isabella da igreja para o pátio, e daí para o refeitório, um enorme cômodo retangular com mesas de jantar de madeira rústica e bancos no centro. Um jovem monge solitário varre o chão, o farfalhar da vassoura contra o pavimento ecoando através da sala. Um vasto mural com uma cena da crucificação está pintado em uma das paredes; as outras estão nuas.

— Mesmo com um mural tão grande, o refeitório parece frio e vazio — diz Isabella.

Beatrice sussurra:

— Dizem que os julgamentos da Inquisição aconteciam aqui mesmo nesta sala. Devo dizer que não gosto muito daqui. É frio e arrepiante, e sinto pena dos monges que têm de fazer suas refeições aqui.

— Oh, mas para que os monges precisam de animação, afinal? — brinca Isabella. — A melancolia provavelmente os aproxima mais de Deus.

— Eu queria que você visse o local da próxima grande obra do *Magistro* — diz Beatrice. — Queria também espioná-lo um pouco para ver se já começou o trabalho. Ele prometeu a Ludovico, mas Leonardo não está em nenhum lugar à vista, está? Não apareceram quaisquer ferramentas; nada de esboços desenhados nas paredes. O duque vai ficar furioso.

— Qual é este grande projeto? — pergunta Isabella, a curiosidade espicaçada como sempre em relação ao *Magistro* e sua agenda.

— Encomendamos um mural na parede oposta à da cena da Crucificação: Nosso Senhor Jesus Cristo tendo sua última refeição com os apóstolos.

— Por que pegaram outro artista para pintar a Crucificação? Não teria sido melhor e mais consistente ter todo o cômodo decorado por um artista só?

— Oh, você é esperta demais — diz Beatrice. — Você percebe que a cena da Crucificação não é obra do *Magistro.*

Isabella olha a figura de Cristo na cruz, flanqueado pelos dois ladrões.

— É grandiosa, enorme e dramática, Beatrice, mas a composição é pobre para o meu gosto, e está superpovoada de elementos. A cena nos conta uma história, mas é pouco dramática e não tem nenhuma disciplina de perspectiva. Não poderia ser obra de Leonardo.

— E ainda assim o artista terminou o trabalho a tempo e sem pedir um ducado além do que foi acertado por contrato. Imagine o nosso prazer. Tínhamos esperado que o *Magistro* pintasse ambos os murais, mas Ludovico disse que ter um só mural de Leonardo já seria uma grande conquista. Outro lombardo, Giovanni Montorfano, pintou a Crucificação. Como artista, ele não se compara a Leonardo, mas começou a tempo e não parou até que tivesse acabado. Ludovico pediu ao *Magistro* que inserisse retratos nossos com nossos filhos no mural concluído de Montorfano. Esse foi o acordo.

— E quando ele começará a fazer A Última Ceia?

— Oh, você conhece o *Magistro*. Ele diz que estava começando os preparativos, mas sua concentração se achava em outro lugar. Esperamos que ele não tenha de fazer um estudo da oração em si a fim de inserir retratos de mim e de Ludovico com as mãos postas no mural de Montorfano.

Isabella fixa seu olhar na cena da Crucificação de modo a não ter de encarar sua irmã.

— Assim, posso presumir que você superou sua aversão em posar para o *Magistro*? — Ela ouve sua voz se elevar ao fazer a pergunta. Sabe que é impossível esconder sua intenção, mas mesmo assim não consegue resistir à pergunta.

— Não, não inteiramente. Não gosto de posar para artistas. Sou irrequieta demais. Particularmente, não quero passar horas sob o escrutínio *dele*. Embora respeite o seu trabalho e embora seja encantador em minha presença, ele me deixa pouco à vontade. Existe algo intenso e sombrio em relação àquele homem.

— Não acredito que algum dia eu tenha conhecido um gênio sereno, Beatrice. Pelo menos ele é jovem e de boas maneiras, e não rabugento o tempo todo, como Mantegna.

— Ludovico diz que o retrato feito pelo grande pintor de nossa época trará honra para a família, e que portanto devo posar. Ele me convenceu de que pedir ao *Magistro* para me retratar é um ato de amor de sua parte. "Nem que tenha de mover montanhas para ele pintá-la!" — diz Beatrice, lançando seus braços no ar, imitando Ludovico. — "Eu só faria esses esforços e passaria por esta frustração por aqueles a quem amo!"

Isabella decide não dizer nada. Não cabe a ela encorajar ou desencorajar. Beatrice fará como for do seu agrado, e agora parece disposta a posar, não porque lhe agradará, mas porque dará prazer a Ludovico. Ou ajudará nas ambições dele. Ou mandará a mensagem ao clero de Milão acerca do poderoso benfeitor deles. Ou apaziguará Savonarola. Ou ligará indelevelmente nas mentes das futuras gerações o gênio artístico com a poderosa família. Ou resultará no que quer que Ludovico deseje que tais coisas resultem. Está claro que os motivos de Beatrice são altruístas.

— Afinal — diz para Isabella, colocando suas mãos pequenas em cima de enorme barriga —, Ludovico estava apaixonado por Cecilia quando encomendou o retrato dela. Está apaixonado por mim agora. Assim me diz ele todo o tempo. Vi de quanto tempo e paciência se precisa para persuadir o *Magistro* a completar qualquer um de seus trabalhos. Estou certa de que Ludovico não aceitaria o desafio a não ser em nome do seu amor por mim e por seus filhos.

Deixando o refeitório e entrando no pátio, Isabella e Beatrice vêem as costas largas de um homem sentado de pernas cruzadas no passadiço, como um potentado oriental, olhando fixamente para uma parede do pátio, como se em transe. Seus cachos desgrenhados pendem de modo incongruente de sua rica boina de veludo azul, caindo sobre os ombros. O sol do fim da manhã realça os profundos tons castanhos do seu cabelo, bem como lança uma sombra elaborada na parede. Uma mancha de água mofada mistura-se com as sombras no estuque.

— Senhor! — diz Beatrice.

O *Magistro*, sobressaltado de sua meditação, se vira. Ao ver a duquesa de Milão e a marquesa de Mântua, ele se levanta abruptamente — e adequadamente, nota Isabella —, elevando-se à postura plena sem descruzar os pés.

— O que está fazendo, *Magistro*? — pergunta Beatrice.

Ele aponta para a mancha na parede.

— Estou olhando para uma grande paisagem do drama humano, Excelências. Não conseguem enxergá-la?

— Vejo uma parede um tanto mofada — diz Isabella. — Se o duque está tão empenhado em reformar a igreja e o mosteiro, certamente ele deveria ordenar uma nova mão de tinta para a parte externa.

— Marquesa, permita-me. — Leonardo caminha em direção à parede, inclinando-se levemente e apontando. — Tudo na criação poderia ser visto nestas formas, sombras e qualidades se olhadas com novos olhos. Vi, nestas humildes descolorações, grandes batalhas em progresso, quadros vivos de vida e morte, torneios de justa, bebês nascendo, velhas morrendo, deusas elevando-se do mar, barcos despedaçando-se contra o cais durante uma tormenta. Está tudo ali, se alguém olhar por tempo suficiente e com muita concentração.

Isabella olha fixamente para a parede, incapaz de ver aquilo que o *Magistro* está falando. Só viu formas e faces em formações de nuvens, mas não pode construir um cenário a partir dessas manchas. Beatrice, por outro lado, está assentindo educadamente, como se começasse a delinear as imagens do Magistro.

— Excelência — ele se dirige a Beatrice com o que Isabella distingue ser um senso de antecipação ou ansiedade na voz, quase como se receoso de fazer a pergunta. — Temos alguma decisão sobre o bronze?

— O bronze? — pergunta Isabella.

— O *Magistro* quer moldar seu cavalo em bronze, de modo que dure eternamente, ou pelo tempo que o bronze durar; e não creio que o mundo seja velho o bastante para já saber o tempo de vida de uma boa peça de bronze.

— É simplesmente argila, marquesa, e se destruirá com o tempo e os elementos — diz Leonardo, com um rosto funéreo. — Passei meus dias nas fundições, discutindo métodos de moldagem com os engenheiros e metalúrgicos na preparação para o projeto.

— O *Magistro* se tornou um perito no estudo dos metais, um verdadeiro alquimista — diz Beatrice.

— Vossa Excelência me lisonjeia.

— Nada disso. Eu havia esperado encontrá-lo aqui, para poder contar-lhe as novidades. O bronze para o cavalo foi localizado, e terá acesso a ele imediatamente.

Beatrice sorri, erguendo as sobrancelhas para Isabella. Então era esta a sua missão. Estaria ela exibindo o seu poder sobre o *Magistro* diante da irmã?

— Aceite minha eterna gratidão, duquesa — diz ele, inclinando o queixo em direção ao que Isabella julga ser a posição do coração dele. O rosto de Leonardo se enche de cor, fazendo-o parecer aliviado, tocado, e levemente embaraçado por estar enrubescendo.

— Parabéns, *Magistro*, seu monumento irá durar por cem gerações — diz Isabella, mas está pensando que esta nova obra colossal colocará sua própria pose para o *Magistro* fora de alcance por sabe Deus quantos anos mais.

— O *Magistro* projetou o método mais fascinante para moldar o cavalo. Poderia dar uma explicação para minha irmã? — pergunta Beatrice. Que mulher não sabe quando tem o orgulho de um homem sob seu controle?

Leonardo se abaixa e pega uma enorme mochila de couro que repousava no chão, extraindo uma comprida tira de papel e desdobrando-a para Isabella ver. Dois desenhos do monumento colocados lado a lado: um, a escultura completa, com seu cavaleiro; o outro, o cavalo sozinho desenhado de cabeça para baixo e dividido em quatro peças. Complexas fórmulas matemáticas, tudo numa impossível escrita a mão, cobrem o papel com outros pedaços de garranchos ilegíveis.

— Comecei a supervisionar a escavação de um enorme buraco nos campos vazios atrás do castelo. O propósito desta empreitada é para que o molde para o cavalo possa ser colocado dentro desse buraco numa posição de cabeça para baixo, de modo que, quando o bronze for aplicado, ele correrá através do corpo do animal.

— Espantoso — diz Isabella. — Este procedimento já foi realizado antes?

— Não, Excelência, jamais algo semelhante foi tentado. Portanto, será a primeira estátua eqüestre deste tamanho a ser fundida no metal. Naturalmente, o empenho exigiu uma nova técnica. Os velhos métodos são inadequados à tarefa, o que é a causa da demora. — Ele olhou incisivamente para Beatrice. — A invenção não pode ser apressada. Quando alguém deseja, como o nosso ilustre duque Ludovico, criar memoriais de tamanho e escopo jamais vistos nesta terra, deve ter paciência com o processo investigativo e experimental.

Isabella nunca viu o Magistro falar com tal empolgação. A notícia da chegada do bronze parece ter infundido um novo vigor a seu corpo. Por um momento, ele perdeu seu ar de alheamento perpétuo, e ela acredita que até mesmo assume a aparência de um homem mais jovem com suas faces rosadas e a maneira apressada de falar.

— Por falar em meu marido, ele quis que eu acrescentasse esta condição: terá seu bronze imediatamente, senhor, mas na condição de que comece o mural. O duque prometeu aos monges entregar todas as reformas e decorações à igreja e ao mosteiro por volta do fim do ano. Por favor, não o ponha em dificuldades com o prior.

Cobrado talvez, mas não diminuído, Leonardo diz:

— Madame, há semanas estudo numerosos tipos de rostos a fim de fazer justiça a Nosso Senhor e aos apóstolos. O cenário que tenho em mente será um grande drama religioso.

Os sinos da igreja começam a bater o meio-dia, e os dominicanos nos seus trajes em preto e branco saem enfileirados rumo ao refeitório para sua refeição. Beatrice dá o braço a Isabella e desculpa-se, talvez porque não deseje ser detida numa conversa com o prior, que tem a fama de ser prolixo e difícil. Enquanto elas deixam a companhia do *Magistro*, Isabella diz:

— Como é maravilhoso Ludovico permitir essas grandiosas experiências! — Ela imagina se o seu pai, seu marido, até ela própria, teriam a paciência, o dinheiro e a visão para financiar um tal esforço experimental, e sem dúvida oneroso demais.

— Ludovico ficou atônito com a amplitude de sua pesquisa, seu empenho e sua paixão, e assim deu-lhe permissão para começar a escavação. Notou a empolgação de Leonardo, Isabella? Ele trabalhou tanto tempo no cavalo e esperou tanto tempo pelo bronze que parecia uma noiva prometida há anos e que foi finalmente levada ao altar — ri Beatrice.

Isabella não se surpreende por Beatrice ter criado a metáfora, já que também passara por situação semelhante. Mas ela estava tão distante daquela garota humilhada, que não tinha certeza de que seu prometido honraria o compromisso, que Isabella nem mais conseguia fazer a correlação.

Naquela noite, enquanto Isabella sopra a vela à cabeceira do leito e fecha os olhos, sua mente está tão sobressaltada como um gato. Quando Beatrice fala do marido, ela reluz com o fervor de uma noviça aos pés de um santo. Se Ludovico era cúmplice na morte do duque, Beatrice não demonstra nenhum sinal de carregar o fardo daquele conhecimento. Talvez sua adoração por Ludovico a impeça de acreditar nos rumores. Ou talvez ela perdoe o que ele fez — se é que o fez.

Isabella gostaria de se convencer de que está agora um passo mais perto de ser pintada pelo *Magistro*, já que Beatrice concordou em posar para ele, muito embora ele vá levar anos na feitura do cavalo de bronze, sem falar no grande mural. Mas nada mais faz sentido; a lógica não se aplica necessariamente. Ela sente como se de repente estivesse dentro de uma peça em que não conhece qualquer dos outros personagens, mas se espera que represente como de hábito. Ela está atenta à mudança nas alianças — políticas, pessoais, artísticas — da mesma maneira como observa a correnteza de uma grande massa de água que se move rapidamente e está além de seu controle. A sobrevivência certamente dependerá de permanecer seca.

O sono é uma dádiva; os sonhos são leves e fáceis de esquecer. Ela não consegue se lembrar de onde está ou do que está fazendo quando ouve dezenas de cascos de cavalos batendo contra o pátio de tijolo da Rocchetta, bem do lado de fora de sua janela. Está em frangalhos, querendo permanecer onde está, seja lá onde for, porque é tão agradável como a cor-de-rosa ou o ar suave do verão. Isto é tudo que pode conservar de seu devaneio, enquanto os olhos se arregalam no escuro contra sua vontade e ela é arrancada de seu estado onírico. Ela puxa o cobertor para o alto em volta do queixo como uma defesa contra o clamor. Tinha ido para a cama depois da meia-noite e ficara acordada por horas, tem certeza. Poderia algum exército ter invadido o castelo nas primeiras horas da manhã? As muralhas são altas, o fosso é largo, e as tropas de Ludovico estão eternamente vigilantes. A Rocchetta é o santuário particular da família. Muitos soldados teriam encontrado a morte — ou sido subornados — antes que um intruso pudesse entrar nesta parte do castelo.

Quase ao mesmo tempo, Isabella encontra seu agasalho no escuro. Seus olhos começam a se ajustar, a identificar formas — as altas e grossas colunas da cama, a comprida mesa na qual seus chapéus se assentam em seqüência como damas no baralho, e os contornos das janelas abobadadas no alto das muralhas. Ela ouve homens no salão, vozes baixas e desesperadas chegando em sua direção. Lança os braços em volta do peito, pressionando as costas contra o balaústre da cama. Tem de se esforçar para tomar fôlego.

A lembrança mais recente de Isabella é esta: rebeldes irrompendo nos aposentos do palácio da família Este nas horas sombrias enquanto o duque Ercole estava ausente de Ferrara. Sua mãe, de camisola e cabelo longo ondulado pairando atrás dela, recolhia as crianças de suas camas e buscava refúgio na fortaleza. Os pretensos raptores estavam nos seus calcanhares, enquanto fugiam à captura, matando todos que estivessem ajudando a duquesa e seus filhos a escapar. Mãe e filhos passaram três dias aterrorizantes protegidos por uma pequena guarda até Ercole chegar à cidade com seus soldados e repelir os rebeldes. Isabella ainda se lembra de ter corrido pelo salão escuro, sua mãozinha suada agarrada à camisola sedosa da mãe, tentando manter-se junto a Leonora, que segurava a pequena Beatrice num braço e seu bebê no outro. Os sons e imagens nunca se afastaram de seu pensamento consciente: os gritos dos criados, o entrechoque de armaduras enquanto os guardas tentavam conter os rebeldes, enquanto a realeza escapava, os gritos das pessoas morrendo enquanto fugiam, e o terror de deixar cair a peça de seda em sua mãozinha, sua única ligação com a vida naquele túnel escuro de um corredor.

Buscando agora recuperar o fôlego, ela se força a estender uma das mãos diante de si, como um cego. Com a outra mão agarrando o xale ao peito, percorre o caminho até a porta, escancarando-a. A sombra de uma tocha dança ao longo da parede, ondulando na direção dela como uma serpente em sua barriga. Acima da algazarra e do estrépito, ela reconhece a voz de Ludovico, gritando ordens. Aliviada, ela corre pelo saguão para interceptá-lo.

Ele parece um gigante em seu traje de montaria. Penas pretas ornamentam seu chapéu de abas largas; uma capa de lã guarnecida de couro espesso pende de seus ombros largos, zunindo em volta dele enquanto cavalga à frente. Os homens à sua volta também usam capas, mas estão lançadas para trás em volta do pescoço e suas mãos empunham as espadas, pendendo baixas na cintura. Estão sendo atacados?

Isabella pára de correr quando vê Beatrice, os braços seguros por duas criadas meninas, surgir no corredor saindo de seus aposentos. Beatrice está inchada e desajeitada e cai como uma boneca de trapos nos braços de Ludovico. Uma das criadas explica que a duquesa tomou uma poção para dormir.

— Eu estava tão preocupada — murmura ela, erguendo os olhos para o marido. — Nenhuma carta sua ontem.

— Volte para a cama, querida. Está tudo bem. — Ludovico olha corredor abaixo, avistando Isabella enquanto afaga sua esposa. — Olhe quem está acordada! Isabella dividirá uma taça de vinho conosco e ouvirá nossos mexericos. — Ludovico beija Beatrice ternamente por todo o rosto enquanto fala com ela. — Você deve repousar. O parto está próximo. — Quando a solta dos braços, ele deixa uma marca de poeira da estrada no xale azul-claro de Beatrice, que parece aliviada, caindo para trás nos braços de suas criadas.

Ludovico faz um gesto para Isabella seguir os homens corredor abaixo até seu estúdio. Ela caminha na esteira do odor deles — o suor azedo dos homens e cavalos pingando de suas roupas pesadas. Eles devem ter tido uma cavalgada longa e árdua, pensa ela, para ter concentrado este odor.

O mecanismo silencioso que administra o castelo galvaniza-se em atividade. Todos, exceto Isabella, são dispensados à porta. Valetes estendem seus braços para pegar o pesado casaco e o chapéu de Ludovico antes de entregá-los às pressas ao pessoal da lavanderia. Lá dentro, o vinho chegou e, com ele, tinas de água e toalhas limpas para tirar a fuligem e a poeira do rosto e das mãos de Ludovico. Lamparinas já estão acesas, bem como uma grande lareira, cujas chamas suavizam as beiradas duras da mobília e iluminam o rosto de Ludovico, brilhando de suor e com algo que parece fúria.

Isabella mantém distância. O mau cheiro de Ludovico e sua chegada agourenta são um convite a não estender os braços, nada de ternura e beijos familiares. Ela permanece do outro lado da sala, os braços cruzados no peito.

— Maldito seja aquele rei francês corcunda e bexiguento, aquele saco de merda mentiroso!

Ludovico limpa a nuca com uma toalha e a joga no chão.

— E aquele pálido e trêmulo eunuco florentino. Uma desgraça para seu pai. Que ambos ganhem a companhia de Satã por toda a eternidade.

Isabella espera que ele explique.

— Traído, manipulado, enganado, trapaceado. Feito de idiota e cúmplice. — Ludovico toma um generoso gole de vinho. Um fino riacho de líquido vermelho escorre do canto da boca para seu comprido cabelo. Ele se paralisa, as costas arqueadas, deixa cair a taça, gritando de dor. — Oh, minhas costas, minhas pernas! — Sua mão vai até a curva na base da coluna. — Não posso mais cavalgar do jeito que costumava, Isabella. Ajude-me a ir até minha poltrona.

Isabella permite que Ludovico se apóie no seu ombro enquanto o conduz até a grande poltrona de couro na qual ele afunda.

— Está doente? — pergunta ela.

— Não, nada disso, apenas com pontadas nas costas e com as pernas arqueadas e enrijecidas. Cavalguei dia e noite todo o caminho desde as colinas toscanas.

Isabella nota que Ludovico ficou mais pesado. Sua barriga se projeta em torno dele enquanto se recosta, esticando os pés diante de si. Isabella senta-se diretamente em frente, examinando-lhe o rosto em busca de indícios do que aconteceu. Ele aperta os olhos e lambe os lábios, e por um momento ela pensa que ele parece uma grande serpente negra.

— Estivemos no acampamento do rei da França. Ele mentiu para nós para obter aquilo de que precisava. E fomos traídos por Piero de Médici, filho do falecido Lorenzo, que é uma praga no nome da família. — Ludovico se inclina à frente, gemendo de dor enquanto sinaliza com a mão para que Isabella se aproxime. — Nada disso deve chegar aos ouvidos de sua irmã. Ainda não. Não até que ela dê à luz a criança. Ela é robusta e saudável, mas também delicada à sua maneira. Ela é muito excitável.

— Cunhado, como ainda não me contou nada, não existe nada que eu possa partilhar exceto alguns xingamentos.

— Aquele poltrão idiota, Piero de Médici, que é indigno do título de príncipe de Florença, literalmente arrojou-se aos pés de Carlos, oferecendo-lhe o controle de Florença, Siena e Pisa a troco de... a troco de nada! Para evitar a invasão! Pode imaginar uma coisa dessas? Lorenzo, o Magnífico, deve estar vomitando no seu túmulo. Fui testemunha disso tudo, Isabella, e não pude disfarçar meu horror. Você deveria ter visto as expressões nos rostos dos franceses. Eles estavam atônitos. O idiota simplesmente lhes entrega uma parte substancial da Itália, três de seus baluartes. Até mesmo os arrogantes franceses estavam sob grande pressão por uma resposta.

— Eles não o repeliram, por certo.

— Não, claro que não. Encontrei-me com o Médici depois. Ele veio todo servil, dizendo que tentara me encontrar na estrada para recepcionar-me, mas errou o caminho. Eu estava com alguns oficiais franceses, de modo que não pude dizer-lhe exatamente o que pensava dele. Dei algumas desculpas para Carlos e parti de Sarzana imediatamente.

— Mas você mesmo se alinhou com os franceses contra Nápoles. Agora Piero também está se alinhando com os franceses contra Nápoles. Sem Lorenzo para dar-lhe aconselhamento, talvez Piero achasse que estava seguindo o seu exemplo. — Isabella sabe que estas palavras incriminatórias não deveriam ter escapado de sua língua, mas dificilmente poderia tê-las atraído de volta. *Quem convidou os franceses para a Itália, em primeiro lugar?* Era isso que ela queria perguntar. Por que Ludovico está tão incomodado de que os outros estejam simplesmente fazendo o que ele fez? E, ainda assim, ele parece confuso e vulnerável, como um homem cuja mente fez cálculos demais e não pode acreditar nos números que lhe couberam.

— Alinhei-me com os franceses para conter a agressão de Nápoles. O rei Ferrante estava em profunda conspiração com o papa Bórgia para atropelar toda a Itália e nos transformar em estados papais. Certamente você compreende isso. Seu próprio pai alinhou-se conosco. Mas agora Carlos foi longe demais. Ele é pior do que você imagina. O sobrinho dele, Luís, duque de Orleans, está se posicionando perto das minhas fronteiras, lembrando a todo mundo que sua avó era uma Visconti. *Ele* está alegando ser o legítimo duque de Milão. Carlos não está concordando com ele; não ainda. Nem o está silenciando.

— O que vamos fazer, Ludovico? Vamos nos tornar franceses? — Isabella está imaginando quão rapidamente ela pode fazer com que esta informação chegue a Francesco; se houver um par de mãos em

Milão em que possa confiar para levar a carta. Parece-lhe que este é o fim deles todos.

— Da estrada, enviei cartas em segredo para Veneza, para seu marido e seu pai, para o rei e rainha da Espanha, para o imperador Max e, sim, até mesmo para o maldito papa, embora todos nós o desprezemos e oremos diariamente pela sua morte. Informei a todos eles da ameaça francesa e dos últimos desdobramentos, e propus formarmos uma Liga Italiana para nos protegermos. Não abrigo nenhuma ilusão de que possam ser alianças permanentes, mas devemos deter Carlos. E Luís. E vamos precisar juntar nossos exércitos para fazer isso.

— Mas os franceses estão marchando sobre Nápoles e acreditam que você é aliado deles.

— Por enquanto vamos deixá-los acreditar nisso. Não podemos impedi-los de tentar tomar Nápoles. Mandei cartas para Carlos e todos os embaixadores franceses, congratulando-os por suas várias conquistas ao redor do mundo e assegurando-os de minha lealdade. Desejei-lhes boa sorte. Carlos não tem nenhum motivo para duvidar de mim. A pedido dele, deixei Galeazz a seu serviço. Ele cavalga para toda parte lado a lado com o rei francês. Para exibição, suponho.

— Para exibição? — Isabella sabe que Galeazz é leal a Ludovico, e fingiria lealdade ao francês se seu príncipe assim exigisse.

— Como você sabe, eles não puderam contar com Francesco — diz Ludovico, um tanto venenosamente demais para o gosto de Isabella. — Por alguma razão, ter um arrojado soldado italiano ao seu lado é essencial para os planos de Carlos.

Isabella está tentando decidir se uma mente capaz dessas tramas é também capaz de assassinato. Ela sabe que tinha sido usada por Ludovico; que ele havia cultivado sua afeição — ela, com apenas 16 anos quando se conheceram —, prevendo exigir sua lealdade, para não mencionar a lealdade de seu marido e seu pai, numa data futura. Oh, ela não tem nenhuma dúvida de que ele sentia atração por ela como ela sentia por ele. Eles partilhavam — ainda partilham — um amor por todas as coisas belas. Ela conseguia entrever a alma dele. Ela não era negra, mas plena — de ambição, com certeza, mas também do desejo de melhorar e realizar e tornar o mundo um lugar mais agradável de se viver. Ludovico é um homem que pensa à frente do seu tempo, como certa vez disse o *Magistro*, um homem que acredita no futuro. O quão longe ele está disposto a chegar, ou chegou, para garantir que o futuro lhe pertence, Isabella não tem certeza.

— Também propus que Francesco fosse nomeado comandante do Exército da Liga Italiana. Poderia você aceitar isto, seu marido comandando todos os exércitos da Itália?

Oh, sim, ela poderia aceitar, se isto servisse ao bem maior de todas as cidades-Estado e não somente às ambições de Ludovico Sforza.

— Se o doge de Veneza sancionar a indicação, como ele poderia recusar? — Isabella não quer entrar em discussão acerca das várias lealdades de Francesco. Às vezes ele podia ser tão retorcido quanto Ludovico no seu modo de pensar.

Ludovico engole o resto do seu vinho, arquejando sofregamente. Pela primeira vez nesta noite ele inspira fundo, relaxando suas feições. As sobrancelhas contraídas se acomodam de volta na sua posição arqueada perenemente divertida. Ele enxuga o vinho dos lábios com a manga, revelando um ligeiro sorriso. É como se subitamente decidisse divertir-se com tudo.

— Minha cara, com os franceses quase acampados no gramado do doge, duvido seriamente de que ele irá questionar minha sabedoria.

Dos cadernos de Leonardo:
Sobre a crueldade dos homens: Uma profecia

Serão vistas na terra criaturas lutando incessantemente umas com as outras, e haverá pesadas baixas de ambos os lados. O rancor não conhecerá limites. E por causa do orgulho e arrogância sem limites, elas desejarão ascender aos céus, mas o peso excessivo de seus membros irá retê-las embaixo. Não há nada na terra ou sob a terra que não irão caçar, molestar ou destruir. O que faz parte de um território será tomado para outro.

Ó Terra! O que a retarda em se abrir e arrojar estes atacantes de cabeça para baixo nos seus enormes abismos e cavernas? Isto não deixaria os selvagens e cruéis privados da visão do céu?

Isabella esteve tentando sair de Milão por semanas, mas seus esforços foram diariamente sabotados pelo astrólogo *messer* Ambrogio, que parecia não encontrar um dia propício para a marquesa retornar a Mântua. A cada dia ela ficava mais desesperada para partir e se tornava cada vez mais furiosa por ser mantida refém pelos astros. Vinha negligenciando sua própria família por tempo demais em favor dos Sforza, e os recentes desdobramentos confirmaram a necessidade de se apressar na volta para casa.

Três semanas antes, recebera uma carta de uma de suas damas de companhia, uma amiga devotada a quem Isabella conhecia desde a infância. A carta fora escrita em tom leve, mas a mensagem que a mulher escolheu para transmitir abalou Isabella.

> O marquês anda transtornado por você estar ausente há tanto tempo. Está tão desesperado que realmente disse que queria ir para a cama comigo, mas percebi o pedido pelo que era — o apelo de um marido solitário pela volta de sua amada. Volte rápido. Toda Mântua sente sua falta e deseja revê-la.

Isabella não prestou nenhuma atenção, nos anos de seu casamento, se Francesco tinha sido fiel. Ele cumpriu com vigor seus deveres de marido. Age como se fosse louco por ela, na cama ou fora dela. É encantador e dado ao flerte com todas as mulheres, mas ela está disposta a pagar o preço do ciúme para ter um marido desejável. Mas a carta pareceu demais como um alerta.

Além disso, havia concluído seus negócios aqui em Milão e estava ansiosa por partir. Ela esperou o nascimento do segundo filho de Beatrice, um belo menino moreno que parecia uma cópia de *Il Moro.* Segurou a criança no altar batismal do Duomo enquanto ela era batizada, limpando seus olhinhos régios com um lenço de musselina e renda quando o padre míope pingou a água benta em sua testa. Fez companhia a Beatrice enquanto a irmã concordou em ficar de resguardo. Ajudou a presidir às muitas festas e cerimônias relativas ao nascimento do menino, a quem Beatrice não queria passar para trás só porque era o segundo filho.

Para celebrar o nascimento, toda a cidade e seus arredores tinham sido decorados com maior esplendor que o que fora oferecido para o casamento de Beatrice. Cada edifício e balcão foi decorado nas cores azul e vermelho dos Sforza; cada coluna enfaixada e envolta com hera e ramagens, cada estátua polida e pintada. Ruas foram repavimentadas, calçadas reformadas. Toda a cidade reluzia, até mesmo no fraco sol de inverno. O verdor trazido do campo dava a impressão de que já era primavera e não o final do inverno.

Todas as noites havia representações teatrais, seguidas de festejos — banquetes, bebidas e danças até três ou quatro da manhã. Beatrice tinha se recuperado rapidamente do trabalho de parto e, vinte dias após seu filho nascer, estava na platéia de uma esplêndida representação da fábula de Hipólito e Teseu, oferecida na casa de Niccolò da Correggio. Depois da peça, ela dançou cada música, inclusive a última. No dia seguinte já estava montada a cavalo, disparando através do parque com Isabella, ignorando o tempo frio, pulando cercas e ameaçando arranjar uma caçada, embora não se houvesse ainda passado um mês desde o parto.

Isabella apreciou todas essas atividades, mas se perguntava se o louco esquema de entretenimento visava a manter distante o problema que fermentava fora das muralhas de Milão. Parecia-lhe haver um novo desespero nas atividades de Beatrice. Sua irmã nunca tinha sido de parar quieta; agora lhe parecia que Beatrice sentia-se incapaz de sequer relaxar. As noites eram gastas em festividades; os dias resumiam-se a segurar a mão de Ludovico enquanto ele recebia respostas ao seu plano secreto de formar a Liga Italiana. Todos os contatados haviam concordado em participar. Era como Ludovico ressaltava à medida que recebia notícias de embaixadores solícitos: que escolha eles tinham, com a França se aproximando de todas as direções?

Então, um presságio apareceu em meio às festas, ou foi assim considerado por Isabella. A viúva Isabel de Aragão, amarga, velada, enrolada em resmas de roupa preta grosseira, deixou o castelo em Pavia e voltou para o castelo de Milão com seus três filhos de aspecto lastimável. Como um espectro, ela vagueava silenciosamente pelos corredores, vez por outra deixando escapar um prolongado suspiro de sua boca retorcida para baixo.

— Eles não podiam mais suportá-la um momento sequer em Pavia, de modo que a despacharam para cá a fim de lidarmos com isso! — queixou-se Ludovico certa noite numa festa. Beatrice estivera cansada nessa noite e se recolhera a seus aposentos após a ceia. Isabella imaginava que a presença de Isabel de Aragão, assombrando os corredores do castelo onde certa vez havia reinado como duquesa — como se ela, e não o seu marido, tivesse morrido —, era embaraçoso para Beatrice e estava sugando suas forças. De repente, com o aparecimento de Isabel, cessaram as intensas atividades de Beatrice.

— A bruxa cobriu seus aposentos de preto como se esperasse o demônio para jantar. Ela teve a audácia de representar a viúva despojada. Não é uma piada? Tive de prometer ao marido dela cada garrafa de vinho e cada garoto de coro no ducado de Milão só para que ele se dispusesse a fodê-la!

Isabella reparou que Ludovico dirigia sua frustração zombeteira a uma das damas de companhia de Beatrice. Também notou que ele gostou quando ela riu um tanto alto demais ao seu comentário e depois cobriu sua esplêndida boca com a mão. Ela estava talvez no início da casa dos vinte anos, com um cabelo escuro que, ao brilho da vela, adquiria a mesma coloração de um vinho tinto encorpado. Seus olhos eram verdes ou azuis, Isabella não tinha certeza, e sua pele de um branco cremoso abaixo das faces rosadas. Usava um manto de cetim escarlate com grandes cordões dourados nas mangas e um decote muito baixo que revelava amplos montes brancos. Isabella conhecia seu rosto, mas não sabia onde situá-lo; Beatrice tinha centenas de damas que a serviam em rodízio. Isabella não gostou do modo como Ludovico estava olhando esta moça, como se fosse um porco numa travessa e ele estivesse há dias sem comer.

— Todos nós lembramos bem das tendências do pobre rapaz — disse Ludovico. — Ai de mim. Fiz o melhor possível para dar herdeiros a ela, e fui bem-sucedido.

— Apesar de suas queixas, milorde, você certamente cumpriu seu dever para com a pobre duquesa Isabel — interveio Isabella. — Minha irmã está tão grata por tê-la aliviado de recepcionar a duquesa de volta em Milão enquanto ela está de resguardo. Mas sois incansável quando se trata de encontrar maneiras de tornar minha irmã feliz, não é mesmo?

Ludovico forçou um sorriso. Talvez não estivesse feliz em ser lembrado de que tinha uma esposa. Isabella queria que ele soubesse que ela estava de olho. Ela havia sido uma vez objeto das atenções furtivas de Ludovico. Pensaria ele que podia continuar flertando ali debaixo do seu nariz? Olhou para a dama em escarlate para sentir sua reação ao nome de Beatrice. A mulher sorriu educadamente e virou o rosto, como se de súbito enfeitiçada por um alto candelabro na mesa atrás dela.

Era verdade, contudo, o que Isabella tinha dito. Ludovico havia encontrado a duquesa despojada nos portões de Milão; segurara sua mão, consolando-a enquanto cavalgavam pelas ruas. Ele tinha sido visto chorando com ela no Duomo enquanto visitavam o túmulo de Gian Galeazzo, e a escoltara até seus antigos aposentos no castelo, onde, exaustos após um dia repleto de lágrimas, eles se apoiaram nos ombros um do outro e choraram um pouco mais. Tudo isto foi passado a Isabella num relato verbal de Barone, o Bufão, um mantuano a serviço de Ludovico que não conseguia decifrar se o novo duque de Milão era cavalheiresco, hipócrita, ou as duas coisas.

— Ou talvez ele esteja tentando superar seus feitos tenebrosos com uma rodada de simpatia pela viúva — sussurrou Barone. Só um bufão poderia escapar ileso com uma declaração deste tipo.

Isabella fez disso um pretexto para visitar a pobre duquesa Isabel no castelo. Panos negros pendiam das paredes e as janelas estavam cobertas. Seus filhos — destinados um dia a herdar o reino, mas agora meros órfãos dependentes de Ludovico — entravam e saíam da escuridão, mostrando os rostos à luz das poucas velas que a mãe deles acendia, queixando-se de que não podiam enxergar e que as roupas de luto que eram forçados a usar irritavam a pele. Ansiavam por brincar ao ar livre, mas não lhes era permitido. Isabella ficou no cômodo escuro até onde pôde suportar a proximidade com a infelicidade esmagadora. Quando ia saindo, a duquesa destronada sibilou no seu ouvido: *Você também sabe quem trouxe esta desgraça para nós.*

Isabella não respondeu. A Aragão continuou:

— Quando meu caçula cavalga pelas ruas, o povo grita: *Duque! Duque!* Eles estão revoltados por seu cunhado elevar os impostos para bancar sua grandeza. Você verá, marquesa. Grave bem as palavras de uma mulher que caiu em desgraça.

Isabella fez uma mesura respeitosa ao comentário e escapou corredor abaixo.

Logo depois, receberam a notícia de que Nápoles caíra em poder dos franceses. O idoso rei Ferrante morrera recentemente — graças a Deus, concordaram Isabella e Beatrice — de modo que não vivesse para ver a queda do seu reino. Seu filho Alfonso — pai de Isabel de Aragão —, que pretendera por muitos anos ser tão feroz quanto seu pai, entrou em pânico, abdicou e fugiu para a Sicília, deixando seu jovem filho, o príncipe Ferrante, para enfrentar os franceses. Temendo a violência, o povo de Nápoles abriu os portões da cidade para o rei Carlos e seu Exército.

Isabella começou a planejar sua escapada de Milão. A trágica visão da pobre Aragão e seus filhos e a sina de Nápoles a fizeram lembrar do preço de todas as festas e banquetes. Aragão olhara para Isabella com olhos frenéticos e perguntara:

— O que sua pobre mãe, uma princesa de Aragão e do reino de Nápoles, acharia da traição de sua família? — Isabella se fizera essa mesma pergunta muitas vezes e nunca chegara a uma resposta confortável.

Desculpando-se com Ludovico e Beatrice, informou-lhes que partiria imediatamente e ordenou que seus encarregados e camareiros se preparassem para sua partida. Mas Ludovico não a deixou partir. Ele havia consultado seu astrólogo, como fazia em todas as questões, que dissera não ser seguro para a marquesa partir. Todas as noites o astrólogo fitava fixamente os astros, e a cada vez era relatado a Isabella que tinha de esperar por uma fase auspiciosa antes que o duque a deixasse partir. Ela não podia imaginar o que Ludovico ia fazer. Por certo, ele não tinha nenhum motivo para retê-la em Milão. Isabella tinha sua própria família e seus próprios deveres a cumprir. Estava cansada dos banquetes e ansiosa em relação ao futuro — da Itália, do seu casamento. Se Ludovico estivesse certo, a Itália em breve entraria em guerra com a França e seu marido estaria à testa do Exército. Ela imaginou que se Francesco estivesse tentando seduzir as damas do castelo, o medo do que estava por vir era pelo menos parcialmente responsável. Os homens não tentavam sempre afogar seu medo em desejo? Sua ausência por todos esses meses não ajudava em nada. Finalmente, após dez dias de alinhamento cósmico inauspicioso, ela foi informada de que *messer* Ambrogio achou que o quinto dia de março seria apropriado para sua partida.

Embora o tempo ainda estivesse frio, o gelo no rio havia derretido e Isabella decidiu usar um bucentauro na volta para Mântua. Ludovico insistiu em escoltá-la até o cais em Pavia, onde tinha outros negócios a tratar. Embora preferisse viajar sozinha ela consentiu, pois quem podia dizer não a Ludovico naqueles dias?

Viajaram para Pavia numa caravana variada, com Ludovico e Isabella a cavalo e um comboio de carruagens fechadas acompanhando-os, cheias de itens que Ludovico disse que eram para ser utilizados mais adiante, para decorar o castelo em Pavia. Quando Isabella tentou dar uma espiada nos seus tesouros, ele a deteve.

— Você irá apenas tentar negociar comigo para me privar das melhores peças — disse ele. Uma vez chegados ao castelo, os itens foram armazenados, e Ludovico deixou Isabella após uma ceia antecipada. Na manhã seguinte, enquanto esperava por ele no grande salão de recepção, Isabella viu da janela uma mulher caminhando sozinha no pátio — a risonha dama de companhia em manto escarlate que vira antes. Agora sem ruge nas faces, num vestido simples matinal de cor azul-centáurea com xale pálido sobre os ombros e os cabelos caindo em luxuriantes anéis, Isabella reconheceu o rosto. Era aquele da Madona sentada entre as estranhas pedras no altar do *Magistro* na capela de San Francesco Grande. Beatrice tinha dito que o modelo era uma das damas a seu serviço, Lucrezia Crivelli. Isabella não precisou se perguntar o que a mulher estava fazendo em Pavia. Era tudo óbvio demais: ela era um dos "tesouros" que Ludovico havia transportado para decorar seu castelo na velha cidade.

Isabella sentiu um aperto no estômago. Seu coração doeu pela irmã. Beatrice daria cada gota de seu sangue pelas ambições do marido, baseada na crença de que seria para sempre a jovem queridinha de Ludovico. Mas aqui estava uma ainda mais querida. Lucrezia era ao mesmo tempo lisa e curvilínea. Sua pele reluzia à pálida luz matinal. Ela parecia bem descansada, não mantida em vigília como Beatrice estivera na maior parte da noite, com preocupações sobre a saída dos dois filhos ou ouvindo os grandiosos planos do marido para sua ascensão política, ou consolando-o à medida que seus amigos se tornavam inimigos.

Ou tranqüilizando-o acerca da sua possível culpabilidade na morte de Gian Galeazzo.

Beatrice tinha dado tudo, e esta era a sua recompensa: infidelidade com uma das suas próprias damas de companhia, debaixo do nariz das equipes de dois palácios reais e sabe lá Deus quem mais. Beatrice havia traído seu amado avô, virado as costas à Casa de Aragão, dera à luz dois belos filhos, ficara amiga da ex-amante do duque, reinara sobre a corte dele usando todo o seu encanto, impressionara o doge de Veneza, o imperador da Alemanha e o rei da França, e apoiara as ambições de Ludovico para tornar-se duque de Milão a qualquer custo. O que mais ele queria?

Isabella mal pode olhar para o cunhado enquanto viajam juntos numa carruagem rumo ao cais. Sim, é verdade que ela teve seu próprio flerte com Ludovico, mas isso foi quando Beatrice era uma garota tola e volúvel, não a esposa dedicada e refinada que se tornou. Isabella quer correr de volta a Milão e avisar sua irmã, ou enlaçá-la com os braços, ou de algum modo protegê-la do que está certamente por vir. Beatrice não tem estrutura para um desapontamento desta espécie.

— Você está ciente do que deve acontecer — diz Ludovico, quebrando o silêncio.

Ele interrompeu os pensamentos furiosos dela, e Isabella não faz idéia do que ele está falando.

— Não, o que deve acontecer?

— A Liga Italiana deve ser sólida e forte. Veneza foi um estado rival por muitos anos, mas a fim de preservar nossa independência dos franceses, Veneza e Milão devem resistir juntas.

— Sim, é claro — diz ela, percebendo que Ludovico a manteve em Milão até ouvir a resposta de cada potencial aliado, inclusive Veneza. Mas os venezianos são notórios por ser inescrutáveis e astutos. E por isso ele insistiu em acompanhá-la até o cais: para ter uma impressão de último minuto do serviço que ela ia fazer por ele com Francesco, para se assegurar de que ele promoveria a causa da Liga Italiana junto aos venezianos. Ela diz que nunca mais; não está com humor para apoiá-lo ou ser solícita com ele.

O rio é raso e cinzento nesta época do ano, uma combinação perfeita com os céus. Quando chegam, criados já estão levando os pertences dela para o bucentauro. Carruagens abertas estavam estacionadas no cais, seu conteúdo sendo embarcado no barco junto ao dela, uma barcaça de rio comprida e plana. Os cavalos cansados fazem um grande rumor de cascos contra as pranchas de madeira das docas enquanto dançam impacientes no local, ao mesmo tempo que uma tripulação de seis homens maneja roldanas carregadas com pesados quadrados de metal. Um homem alto usando uma régia capa azul ricamente adornada com fios metálicos os dirige enquanto eles conduzem e empilham os tijolos com grande esforço. Cada pacote produz um baque surdo enquanto vão caindo um sobre o outro.

— Há alguma coisa que deseja mandar para seu pai em Ferrara? — pergunta Ludovico. — A barcaça está indo diretamente para ele.

— E o que você está enviando para ele? — pergunta ela.

— Bronze. Para construir um grande canhão. Os franceses possuem uma artilharia muito forte. Temos que nos igualar a eles ou superá-los.

O homem de capa azul se vira e Isabella reconhece o rosto do *Magistro*. Embora já tivessem decorrido apenas dois meses desde que o vira no refeitório, ele estava envelhecido. As linhas de seu rosto se haviam aprofundado em grandes fendas, e o contorno do couro cabeludo começara a recuar. Sua juba encaracolada e sua barba estão fora de controle e despenteadas. Sua roupa continua impecável e ele ainda é grandioso, mas alguma coisa essencial nele se alterou.

— Por que o *Magistro* está supervisionando o embarque de mercadorias no rio? Você precisa de um gênio para cumprir a menor das suas ordens? — pergunta ela.

— É o bronze que coletamos para recobrir a estátua do cavalo. Eu disse a Leonardo que, sendo as condições o que são, temos de esquecer o projeto por algum tempo. Tudo agora é pela guerra. Ele insistiu em supervisionar pessoalmente o embarque do material. Disse que era uma oportunidade para testar um sistema de guindaste e roldanas que ele projetou.

— Mas ele já trabalhou por anos, milorde. A estátua é uma obra-prima, mas a argila se desgasta com o tempo. Será uma perda se ele não conseguir folheá-la em bronze! — Isabella sente como se estivesse perdendo alguma coisa nesta transação; como se algo precioso para ela estivesse lutando para escapar-lhe. — O que é um canhão comparado com uma obra de arte imortal?

Isto é horrível, ela quer gritar para Ludovico. Mas pode dizer por sua expressão que ele iria somente acusá-la de estar pensando como uma mulher, de valorizar a beleza sobre o poder, quando todos os seres racionais sabem que com a aquisição do poder vem a capacidade de adquirir e produzir mais beleza.

— É uma situação temporária. Ele compreende, acredite-me. É um grande engenheiro militar e já me procurou com maravilhosos desenhos para novas armas. Acredito que ele esteja empolgado com as possibilidades de guerra. Nesse meio-tempo, tenho lhe adiantado dinheiro para pintar um mural de grande alcance e drama. É melhor que ele dedique a isso sua energia. *O Cavalo* é uma obsessão irrelevante de que ele não precisa desta vez.

Isabella não acredita nas justificativas de Ludovico; ela pode ler tristeza em cada gesto de Leonardo enquanto este observa seu precioso bronze ser levado, flutuando para longe dele para criar alguma coisa que dará fim à vida, em vez de celebrá-la.

— O que ia ser um monumento para um grande guerreiro deve agora tornar-se uma arma — diz Isabella. — É irônico, não é?

— Sim, mas adequado, de alguma forma — responde Ludovico. — Meu pai, primeiro e acima de tudo, foi um soldado. Ele não teria objetado.

— Ainda assim, não há nenhum outro jeito? — Isabella só pode pensar na dor do *Magistro*. Por que deveria sua obra sofrer em benefício às ambições de Ludovico? Tem vontade de correr até o artista, consolá-lo por sua perda, dizer-lhe que irá encontrar algum bronze para ele, em Mântua ou qualquer outro lugar. Falará com seu pai para mandá-lo de volta. Mas ela sabe que quando os homens ficam com a cabeça na guerra, as súplicas de uma mulher não alterarão o rumo.

— Talvez seja melhor assim — concede Ludovico. — Folhear a estátua em bronze levaria anos. Ele não precisa de outra distração. Pode acreditar que ele ainda passa horas e horas em segredo tentando fabricar asas? Contaram-me que ele está fazendo planos para em breve tentar um salto de grande altura de um prédio não revelado. Rezo a Deus para que termine o mural da Última Ceia de Nosso Senhor e o retrato de minha família antes de saltar para a morte.

— Acha realmente que ele irá tentar uma coisa dessas? Ele não parece insano. — Isabella nem quer pensar neste homem de meia-idade e ombros largos tentando voar de um telhado como se fosse um pássaro. — Não crê que todo esse absurdo de voar como um pássaro não passa de boato?

— Não, não creio. Tenho falado com ele acerca desta obsessão. É real. Seu lema é que o pintor deve possuir todas as formas de conhecimento úteis para sua arte, mas o que é que voar tem a ver com a pintura, afinal? Deve alguém na verdade ser um pássaro para pintar aves?

— Nunca iremos entender as obsessões de um artista, não é mesmo? Devemos confiar que estejam seguindo alguma trilha misteriosa, só conhecida por eles próprios.

A última das arcas de Isabella está embarcada no bucentauro. Ludovico a beija em ambas as faces, depois na testa. Ele a estreita nos braços.

— Quando nos encontrarmos de novo, Francesco terá expulsado os franceses da Itália.

— Cuide bem de minha irmã — diz Isabella. — Ela precisa de um marido tanto quanto de um príncipe. — Ela se afasta dele, dando a mão ao capitão do barco que a ajudará a embarcar. Antes de pisar a bordo, olha rio acima para ver que o *Magistro* a está observando. Ele faz uma pequena reverência, nunca desviando seus olhos castanhos lastimosos dos dela. Ele está começando assemelhar-se aos esboços dos velhos que tinha visto na oficina. Imagina se ele sempre foi assombrado pelo inevitável espectro dele próprio idoso, ciente de que espreitando das sombras de sua beleza estava o onipresente fantasma da velhice. Era por isso que os adoráveis adolescentes que desenhava estavam sempre ao lado de homens velhos com as faces enrugadas?

Ela acena com a cabeça em sinal de reconhecimento. Gostaria de fazer uma mesura de volta, mas isto pareceria impróprio, portanto ela põe a mão sobre o coração como um cortesão teria feito para seu rei. É um pequeno gesto, mas Isabella espera que ele o receba com o respeito — e a simpatia — que ela pretende.

Capítulo sete

I • IL BAGOTTO (O MÁGICO)

Dos cadernos de Leonardo:
Sobre a disposição das figuras dos Apóstolos em relação a Cristo:

Um bebe, pousando a taça no seu lugar, e volta a cabeça na direção do orador.

Outro entrecruza os dedos e volta-se de cenho franzido para seu companheiro.

O seguinte abre as mãos, mostrando as palmas e alçando os ombros na direção das orelhas, e boceja em espanto.

Outro fala no ouvido de seu vizinho e o ouvinte volta-se na direção dele e lhe oferece o ouvido enquanto segura uma faca numa das mãos e na outra uma fatia de pão cortada ao meio com esta faca.

O seguinte, uma das mãos segurando uma faca, derruba seu copo com a outra mão.

Outro repousa as mãos sobre a mesa e olha fixamente, enquanto mais um outro respira pesadamente de boca aberta.

Outro se inclina à frente para olhar Nosso Senhor e sombreia os olhos com a mão.

Outro, atrás daquele que se inclina à frente, recosta-se e observa o Cristo entre a parede e aquele que está inclinado.

Talvez Alessandro Caríssimo de Parma para a mão do Cristo?

Beatrice observa Ludovico baixar a cabeça para receber o alto gorro ducal, permitindo que os embaixadores do imperador pendurem o manto oficial em torno de seus ombros largos. Ela quase ri quando o mesmo sorriso com o qual ele recebe uma travessa de comida deliciosa, ou uma boa taça de vinho, ou a promessa de sexo, atravessa seu rosto no momento em que ele aceita o cetro de ouro e a espada do reino.

Se ao menos Isabella estivesse aqui para ver a que altura sua irmã se elevou. Isso é tudo o que Beatrice consegue pensar enquanto se acomoda na grande tribuna construída para a ocasião em frente ao Duomo, à sombra do monumento eqüestre do *Magistro*, observando seu marido ser proclamado duque de Milão e conde de Pavia por ordem do imperador Maximiliano da Alemanha e do Sacro Império Romano. Mas Isabella está grávida outra vez, e somente Francesco representa os Gonzaga de Mântua na cerimônia.

Beatrice participou de cada detalhe com vistas a esse momento, desde atuar como embaixadora e conselheira do marido a supervisionar a feitura do enorme pano escarlate pendendo do pódio no qual se encontram agora. Ela visitou as bordadeiras diariamente para se certificar de que as folhas de amoreira — emblema de *Il Moro* — tinham sido costuradas no tecido com o mais fino fio de ouro e nos mais intricados detalhes.

Quando chega a hora de ela fazer sua parte, não pode se concentrar no fluxo de palavras que zumbem passando por ela enquanto cada nobre e patriarca que presidem sobre as grandes casas e famílias da Lombardia garantem sua aliança e fidelidade a Ludovico, e depois à duquesa. Ela reconhece cada rosto, mas está nervosa, oprimida tanto pelo medo quanto pelas emoções. Há dias que não se alimenta. Sua mente se encontra em tal desordem que seria difícil para ela chamar qualquer uma daquelas pessoas pelo nome. Graças a Deus que sua única obrigação neste momento é ficar ali e receber solenemente as honrarias concedidas à duquesa de Milão.

Ludovico a surpreendera dias antes ao anunciar que a estava designando como regente do ducado de Milão e guardiã dos seus dois filhos. Se algo viesse a acontecer a ele, caberia a ela governar até que o filho mais velho atingisse a idade. Não era incomum um marido conceder tal honraria à esposa, mas Beatrice mal completara vinte anos. No caso de morte de Ludovico, nenhum chanceler idoso ou corpo de governantes teria soberania sobre ela. Herdaria o poder de Ludovico na sua totalidade e o garantiria até que o pequeno Max pudesse assumir o título e as responsabilidades.

Após a cerimônia, enquanto todo o grupo cavalga em cortejo até a catedral de San Ambrogio para dar graças, Beatrice está compondo mentalmente uma carta para Isabella. *Esta é a maior e mais nobre solenidade jamais testemunhada por nossos jovens olhos.* Ela não quer soar como se estivesse se vangloriando. Sente uma terrível falta de Isabella desde que ela partiu em março. O pequeno Max, que ficara apegado à tia, corria pelos corredores do castelo chamando seu nome, e Ludovico olhava tristonho para seus cisnes toda vez que eles cruzavam o fosso do palácio e proclamava Isabella "uma mulher que com cada gesto anuncia seu nobre caráter". Beatrice não mais sente ciúmes da irmã; Isabella não flerta mais com Ludovico, pelo menos não na sua presença. Sua irmã até parecia sair do caminho dela para evitar Ludovico na sua última estada em Milão, relutante, ou pelo menos assim pareceu a Beatrice, em passar qualquer tempo sozinha com ele, afinal. Anos de casamento, obrigações e maternidade podem ter tido seu efeito diligente e de constância sobre Isabella, como ocorreu com Beatrice. Não eram mais duas garotas competindo por atenção, mas duas mulheres, unidas pelo sangue e pela experiência.

Os acontecimentos se passaram com tal rapidez na vida de Beatrice que ela adoraria ter tido o aconselhamento sensato de sua irmã nestes últimos poucos meses. Agora que a mãe delas está morta, Isabella é a mentora e protetora feminina no mundo de Beatrice. Sem mais a mãe a quem recorrer, quando confrontada com um desafio ou situação que ameaçava esmagá-la, Beatrice se via perguntando: *o que Isabella faria nesta situação?* Então agiria segundo o modo como achava que sua irmã agiria. Mesmo quando Isabella não estava em nenhum lugar à vista, pensar nela dava a Beatrice um modelo invisível de força e coragem a imitar. Às vezes ela olha para uma multidão e imagina ver Isabella seguindo em sua direção, só para descobrir que imaginou a presença da irmã.

Mais tarde naquela noite, na festa à luz de velas para 2 mil convidados em comemoração à ocasião, Beatrice descobre que quer conversar apenas com Francesco. Ludovico pediu-lhe com antecedência para "falar com Francesco e tentar interpretar sua disposição sobre a questão de combater os franceses", mas Beatrice descobre que deseja somente notícias em primeira mão sobre a irmã.

— Não me fale da nossa habitual obsessão por cavalos, marquês — diz ela para Francesco, ignorando a longa fila de dignitários e simpatizantes que querem trocar uma palavra com ela. — Só quero saber da saúde de minha irmã e como vai indo ela. Deve me contar tudo com riqueza de detalhes, porque acho que as cartas são inadequadas e me deixam querendo mais informação.

— Bem, ela está deste tamanho — diz ele, pondo as mãos alguns centímetros adiante de seu estômago. — E está sempre com o *marchand* de cavalos árabes quando procura belas coisas para decorar seu estúdio. Ela barganha com tremenda convicção. Muitos mercadores ao longo das rotas de comércio gostariam de possuir seus talentos. Juro-lhe, ela é tão astuta e ladina que às vezes penso que deve ser veneziana. — Beatrice pode perceber o orgulho iluminando os grandes olhos castanhos aquosos. Claro que ele devia apreciar sua esposa. Beatrice ouviu dizer que Isabella, a orgulhosa e linda Isabella, penhorou suas jóias mais preciosas para ajudar Francesco a pagar por armaduras e suprimentos para o Exército da Liga Italiana.

— Ela pediu a Andrea Mantegna uma pintura de tais e tais dimensões para cobrir uma certa parede no seu estúdio, e exigiu que a fizesse baseado em algum tema clássico. Bem, o que você acha que o velho propôs? Ele está fazendo uma pintura das Nove Musas no monte Parnaso. E quem você acha que é a Musa de cabelos dourados no centro exato da pintura? É a nossa própria Isabella em sua gravidez, dançando em meio às outras. Ela é mais linda do que Vênus, que preside sobre a pintura.

— Ela *é* mais linda do que Vênus — repete Beatrice. — Finalmente alguém a pintou como ela é, uma Musa.

— Oh, sim, ela inspira a qualquer um — diz ele. — Se eu fosse um homem ciumento, já teria matado dezenas de poetas, pintores e cortesãos.

Beatrice nem sequer tenta abafar seu riso.

— Ora, marquês, mas sois um homem ciumento.

— Então sou. Talvez devêssemos refletir um pouco sobre meu autocontrole.

Depois que todos os convidados partiram e o duque e a duquesa ficaram a sós, Ludovico quer saber o que Beatrice e Francesco estiveram discutindo com tanta vivacidade. Ela diz a ele que Isabella está sendo pintada como uma Musa.

— Ótimo. Assim ela vai parar de nos importunar sobre o *Magistro* Leonardo. Pelo menos por enquanto — responde ele. — Mantegna também é um gênio. Espero que possa aplacar-lhe a sede.

Beatrice nunca presenciou Ludovico fazer qualquer comentário sobre sua irmã em termos menos que elogiosos, e se pergunta por que ele está falando dela agora em termos irônicos.

— Você falou com seu cunhado sobre quaisquer assuntos importantes? — pergunta ele.

— Pensei que a saúde e o estado mental de minha irmã *fossem* importantes — responde ela.

— O marquês é um pouquinho pedante, e peço a Deus que não precisássemos de seus serviços — exclama Ludovico. — Ele nem sequer me fala do confronto com os franceses. Suponho que pensa que está empregado apenas pelos venezianos, e não por mim. Ele sabe de onde sai o dinheiro que está enchendo seus bolsos?

Beatrice está razoavelmente certa de que toda a Itália sabe de onde sai o dinheiro que enche seus bolsos, sem mencionar os bolsos dos reis da França e da Alemanha. Embora Ludovico esteja fazendo a aliança secreta contra a França, publicamente ele ainda se alinha com os franceses, tendo acabado de emprestar a Carlos uma grande soma em dinheiro. Quando Beatrice o questionou, ele disse:

— É importante fazer seus inimigos pensarem que está fazendo uma coisa quando na verdade está fazendo outra.

— Bem, você certamente conseguiu fazer isso — replicou ela. Ludovico tinha negado publicamente seu envolvimento na formação da Liga Italiana por todo o tempo desde as comemorações da coalizão em Veneza, ocasião em que o embaixador francês quisera saber por que todos os sinos da cidade estavam badalando, e por que todas as casas estavam animadas com festas e comentários sobre expulsar os franceses da Itália.

— Nada sabemos sobre isso — os embaixadores de Ludovico tinham sido instruídos a dizer. — E seja como for, asseguramos que nosso duque nada tem a ver com isso.

Beatrice decide ignorar a pergunta de Ludovico sobre qual dinheiro está indo para quais bolsos.

— O que você quer dizer quando afirma que Francesco não falou com você a respeito? Ele esteve completamente encantador por toda a noite. Não posso acreditar que o tenha desfeiteado na celebração de sua ascendência. Afinal de contas, ele não é nenhum tolo.

Uma veia escura e recortada aparece na testa de Ludovico. Beatrice não tem certeza de já tê-la visto antes, porém ela o faz parecer mais acabado, mais velho, mais malévolo.

— Aparentemente, ele já gastou todo o charme e civilidade com você e com quaisquer mulheres que estivessem nas proximidades. Quando perguntei a ele como iam os planos para marchar ao sul para combater os franceses ele enrijeceu. E disse, naquela sua maneira arrogante: "Não vou combater os franceses. Vou exterminá-los." Depois teve a audácia de ir embora, como se eu o tivesse insultado.

— Talvez você o tenha feito. Talvez ele tenha pensado que você estivesse questionando sua capacidade ou seu discernimento em assuntos militares. Você é um grande príncipe, Ludovico, mas não é um soldado, afinal. Ou talvez, porque ele tenha ouvido alguma coisa sobre sua nova aliança com os franceses, e depois outra sobre sua nova aliança com Veneza, ele esteja relutante em falar abertamente com você.

— Por que está tomando o partido dele contra mim? — grita Ludovico. — Não tem uma boa opinião a meu respeito?

Beatrice não consegue se lembrar de ele ter algum dia erguido a voz para ela. Talvez nunca.

— Não gosto dessa espionagem sobre minha irmã e meu cunhado, que só têm sido leais a você. — O que ele queria deles? De qualquer um? — Milorde, não entendo por que seu humor anda tão amargo estes dias, quando está no pináculo do seu sucesso. Você reuniu a mais poderosa aliança na história da Itália, apoiada pelo maior exército que já se viu.

Ludovico não lhe responde. Em vez disso, ele a fixa por um momento ou dois, joga as mãos para o alto e deixa os aposentos.

Ela fica dois dias sem vê-lo.

Beatrice descobre através dos criados que Ludovico foi para Vigevano a fim de se recuperar das festividades. Ela finge que já sabia disso, para deter qualquer mexerico que já estivesse circulando pelo castelo. Beatrice não pode imaginar o que fez a ele para causar esta retirada. Já fazia anos que ele a procurava em busca de conforto e companhia. Por que de repente ela tinha se tornado alguém de quem ele devesse fugir?

Quando regressa, ele está à beira da morte.

Um mensageiro aterrorizado tira Beatrice do banho aonde ela tinha ido para escapar do calor da tarde. *O duque está doente e chamando pela duquesa. Ele está a caminho de casa, acompanhado por* messer *Ambrogio, o astrólogo. Prepare os aposentos.*

— É a peste? — pergunta ela, sentindo o desjejum subir até o nível de seu coração em disparada.

— Não, é alguma coisa mais — replica o homem, virando a cabeça, imagina ela, para evitar a visão da desprevenida duquesa, enrolada apressadamente num roupão de linho, o excesso de água jorrando de sua trança. — Algum estranho ataque provocado por más notícias. Não fui informado do teor das notícias.

Beatrice está tão impaciente para acabar de se vestir que chuta com sua perna para trás, batendo o tornozelo na canela da garota que tenta atar seu corpete. Ela ouve o grupo de Ludovico e dispara para o corredor, semivestida, o cabelo molhado respingando pequenos riachos de água por suas costas e por dentro do corpete. Ludovico vem em sua direção, *messer* Ambrogio e seu assistente amparando-o um de cada lado. O traje do duque está afrouxado no pescoço; enormes manchas de suor desfiguram o tecido sedoso sob as axilas. Saliva cobre seu queixo e peito. Os olhos se reviram selvagemente. Ela nota que o lado esquerdo de seu corpo parece imóvel, como se puxado relutantemente para trás do direito. De fato, o lado esquerdo de sua boca parece paralisado, fazendo-a assemelhar-se a uma meia-lua sendo separada com violência. Beatrice escancara a porta para os aposentos dele, enquanto o médico o coloca na cama. Ludovico geme. Ele não fala com Beatrice, mas tenta captar sua atenção com os olhos. Ele parece confuso, como se lutando contra algo que não compreende.

O assistente do médico segura a cabeça do duque em suas mãos e despeja uma poção em sua garganta. Ludovico engasga, tentando cuspila fora, mas parece não ter controle da própria língua. Finalmente, ele relaxa e deixa o líquido remanescente descer garganta abaixo.

— Dei a ele alguma coisa para acalmá-lo — diz *messer* Ambrogio a Beatrice.

— O que há de errado? — pergunta ela. — Ele comeu alguma coisa estragada? — Ela está assustada ao ver seu marido e senhor em tal condição, mas alguma coisa dentro dela, algum orgulho que supera a dor, não lhe permite revelar suas emoções diante deste homem em quem não confia. Existe alguma coisa mesquinha de espírito em relação ao doutor que se manifesta em seu porte desprezível.

— Ele está tendo um ataque, causado por notícias adversas. Já vi isto antes em homens da idade dele. Ele deve repousar. — O médico a afasta do leito do duque enquanto o assistente tenta aliviar Ludovico com compressas frias em seu rosto.

— Qual é esta má notícia? — pergunta ela.

O doutor espera, talvez avaliando se é adequado revelar à duquesa de Milão qualquer segredo que estivesse guardando. Os gemidos de Ludovico fornecem um pano de fundo à conversa. Beatrice sente-se ainda mais incomodada.

— Devo lembrar-lhe de que sou a regente do meu marido — diz ela.

— Esta manhã nos chegou a notícia de que Luís, duque de Orleans, capturou a cidade de Novara.

— Mas essa cidade é *nossa*. Não fica a mais de trinta quilômetros de Milão.

— Está inteiramente certa. Luís encenou um ataque agressivo um tanto de surpresa a partir de Asti. Ele chegou aos portões com um enorme exército e deu uma opção ao conselho da cidade. Eles podiam abrir os portões e aceitá-lo como o verdadeiro duque de Milão, já que sua avó era Valentina Visconti, ou podiam se arriscar a um ataque com força total sobre a cidade.

Beatrice espera que ele termine o relato.

— É claro que eles abriram os portões.

LUDOVICO parece estar deslizando cada vez mais profundamente para a inconsciência. Acena com a mão direita para Beatrice, enquanto a esquerda já pende inútil ao seu lado. Ele tenta falar com ela, mas as palavras soam como as dos mendigos surdos que se amontoam nas esquinas da cidade. A mente de Beatrice tenta processar toda essa informação de uma vez: a doença de seu marido; ele tê-la abandonado; Luís exigindo Milão e a proximidade dele da cidade. A esta altura o rei Carlos da França já devia ter sabido sobre a Liga Italiana. Do exército italiano já estar reunido e preparado para marchar rumo sul. Por certo, Carlos está ciente de que Ludovico — não importa o quanto negue seu envolvimento — não é mais aliado da França. Talvez Luís tenha até agido por sugestão de Carlos.

De qualquer modo, Carlos não mais se oporia ao fato de Luís invadir Milão. E que Deus nos ajude se qualquer um deles souber da condição precária de Ludovico, pensa ela. Os franceses se apressariam em alcançar os portões do castelo.

Beatrice lembra da história contada por sua mãe e sua irmã da noite em que os rebeldes irromperam no castelo d'Este em Ferrara, tentando seqüestrar a família real para humilhar o duque Ercole. Ela tinha apenas um ano de idade e não guarda nenhuma lembrança deste horror. Na época em que já era crescida o bastante para ouvir a história, soube que tudo havia acabado bem. Sua mãe agira sabiamente, levando as crianças para a segurança, e o corajoso duque chegara em casa bem a tempo de sufocar a rebelião e salvar sua família. Agora não havia mais pai, mãe ou irmã mais velha a quem Beatrice pudesse recorrer. Ela é a mãe. Isabella está longe. E o duque, que supostamente deveria se apressar e salvar o dia, jaz na sua cama arfando para falar. Beatrice se lembra de como a dignidade contida de sua mãe parecia lutar contra seu orgulho maternal sempre que a história era contada, lembra-se dos elogios com que o pai cumulava sua mãe pela coragem que ela demonstrara num momento de crise. Agora cabia a Beatrice certificar-se de que quando seus filhos contassem *esta* história, eles não iriam se lembrar do terror, mas sim viver para relatar um final feliz para seus filhos e netos. Ela quer ver a mesma admiração e gratidão nos olhos de Ludovico quando ele, recuperado, contar a história para outros.

Beatrice agarra a mão direita de Ludovico enquanto ela se agita no ar, apertando-a. Esta surpreendentemente fria ao toque.

— Cuidarei disso, meu querido — diz para os olhos frenéticos dele, forçando-se a oferecer um sorriso calmo.

Ela tem sua família trancada dentro da Roccheta, aquele grande santuário no interior do santuário do castelo, com homens armados para garantir que ninguém entre ou saia. Ela envia mensageiros para cada um dos nobres, que apenas uma semana antes juraram sua lealdade, pedindo que se reúnam no castelo sem mais delongas. Ela se encontra com eles, dando as notícias sobre a agressão de Luís e despachando-os para defender suas áreas da cidade. Quando lhe perguntam sobre o paradeiro de Ludovico, ela inventa uma história no ato: o duque está se reunindo em segredo com seus generais para planejar uma contra-ofensiva.

Ela convoca Bernardino del Corte, um dos mais antigos amigos de Ludovico, que neste inverno foi nomeado guardião do tesouro do castelo. Nos próprios aposentos de Beatrice na Rocchetta, Del Corte jurou fidelidade eterna ao duque e à duquesa, hipotecando sua própria vida na proteção de seus bens. Agora ele repete-lhe o juramento e se apressa para fortificar a Torre do Tesouro em caso de ataque. Ela tem um encontro com o comandante da guarda responsável pelos quinhentos soldados que protegem o castelo dia e noite, para colocá-lo de sobreaviso.

Depois manda um recado para Galeazz, que já está a caminho de Novara com um exército de bom tamanho. Convoca Bianca Giovanna, a qual mantém a seu lado para que a garota não entre em pânico, com o pai doente e seu marido liderando uma perigosa missão. Envia cartas para seus aliados por toda a Itália e outra para o imperador Max, explicando a traição e pedindo reforços em auxílio a Galeazz. Se Galeazz não for capaz de conter Luís e seu exército, eles irão surgir às portas de Milão. O que poderia deter as ambições de Luís agora? À noite ela dorme com um braço em volta de cada filho, recordando-se de como, quando criança, costumava dormir com duas bonecas para manter-se aquecida e sentir-se segura. Agora, está tomando as precauções necessárias caso tenha de reencenar a fuga de Leonora dos invasores à meia-noite.

Bianca Giovanna, cujo noivo foi arrancado do leito nupcial pela guerra, insiste em sentar-se ao lado da cama do pai à noite, segurando a mão dele e falando-lhe docemente quando ele desperta do sono ou de seus acessos. A garota começava a parecer fatigada, sua pele sobrenaturalmente branca e sem marcas assumindo um brilho perolado. Depois que Ludovico adormece, por algumas noites Bianca Giovanna vai para a capela privativa da família no castelo e reza por seu marido até alvorecer. Certa manhã, Beatrice aparece ao romper do dia para dizer suas orações e encontra a garota ajoelhada no altar. Ela não havia dormido. Os altos círios diante dos quais se ajoelha em prece já haviam queimado até o pavio. Beatrice vê pesados círculos repousando como sorrisos sombrios e sinistros sob os olhos turvos da garota.

— Você deve ir dormir, Bianca — diz Beatrice. — Que bem você fará a seu pai ou a seu marido, ou a mim e às crianças se ficar esgotada?

— Mas com freqüência fico rezando à noite — confessa a garota. — Deus tem sido tão bom para mim. Nasci ilegítima, mas ainda assim fui tratada com ternura e generosidade por meu pai depois que minha mãe se foi. Ele casou-me com o homem mais galante da Itália. Se passar minha vida ajoelhada, seria isso um reconhecimento suficiente pela bondade de Nosso Senhor?

A sinceridade da garota é palpável. Não desejando desestimular tamanha devoção, Beatrice estende as mãos para Bianca, ajudando-a a erguer-se. Leva a garota até seu quarto para dormir uma hora ou duas e promete acordá-la se houver qualquer mudança na condição de Ludovico.

Uma semana transcorre. A cada dia Ludovico apresenta uma leve melhora; ele pode quase comprimir o punho esquerdo outra vez. As palavras saem com mais facilidade. O general Bernardo Contrarini, das forças venezianas, chega a Milão com um exército mercenário de 2 mil gregos para ajudar a defender a cidade. Beatrice recebe relatórios diários de Galeazz, que está em escaramuças com os franceses junto às muralhas de Novara. Beatrice esconde de Ludovico o conteúdo das cartas.

> Embora sejamos capazes de conter Luís de Orleans dentro da cidade de Novara, estou gastando tempo demais para convencer meus soldados a se absterem de desertar. Eles não têm sido pagos nas semanas recentes, madame, e está ficando cada vez mais difícil impeli-los à luta. O próprio oficial-intendente está de bolsos vazios e ameaçando passar para o outro lado.

Beatrice fala em segredo com o tesoureiro de Ludovico, *messer* Gualtieri, só para ser informada de que toda a reserva monetária do reino foi para o Exército da Liga Italiana. Tão logo eles saiam vitoriosos, os soldados serão generosamente pagos. Ela percebe que derrotar os franceses agora depende não só da capacidade militar de homens como Francesco e Galeazz, mas também da diplomacia deles em convencer seus homens a combater sem salário, mas com a promessa de pagamento. Uma situação delicada.

Beatrice rastreia o progresso de Francesco na marcha para o sul a fim de enfrentar o Exército francês, que marcha para o norte. Ela recebe uma carta de Isabella dizendo que está passando seus dias com o clero em Mântua, rezando para o sucesso de Francesco na batalha. O confronto é iminente. O povo de Nápoles se cansou rapidamente de seus novos ocupantes franceses — o Carlos amante do prazer, que é visto pelos napolitanos como uma autêntica toupeira, só se preocupando em ir para a cama com belas mulheres; e seu exército, soldados que caem de bêbados pelas ruas, que invadem casas e quartos das mulheres à vontade, tomando tudo que lhes apraz.

Carlos aparentemente leu o que está escrito nas paredes. Os napolitanos começaram a se amotinar contra os franceses, de modo que Carlos reuniu o grosso de seu exército e abandonou a cidade, deixando como oficial encarregado o duque de Montpensier, que vem a ser cunhado de Francesco Gonzaga. Enquanto isso, a esposa do duque, Chiara, está sendo protegida em Mântua por Isabella, que diz a todo mundo que família é sempre família, franceses e italianos que se danem, e que protegerá qualquer membro de sua família se assim desejar. Beatrice imagina se a guerra algum dia irá parar de fazer estranhos companheiros de cama e mesa. Sua irmã abriga Chiara enquanto Francesco marcha sobre o rei de seu concunhado. Francesco lidera um exército contratado e pago por seu outro concunhado e apoiado pelos venezianos, que estão agora em Milão protegendo Ludovico, que por décadas foi inimigo declarado deles. Como isso terminará? *Irá* afinal terminar?

NO meio da manhã, Beatrice senta-se no seu gabinete imaginando se e como governará o ducado de Milão quando os exércitos italiano e francês se chocarem, enquanto o duque que vislumbrou e deflagrou a guerra jaz acamado, um homem enfermo. Ludovico continuava a melhorar aos poucos, vestindo-se todo dia e sentando-se para um banho de sol, mas dificilmente em condições de comandar uma guerra. Ela só tem vinte anos de idade. Tenta lembrar a si mesma que também é filha de Ercole d'Este e neta do rei Ferrante. Se preciso, ela governará num tempo de guerra. Não é impossível. A história está repleta de nomes de mulheres nas mesmas condições, mas Beatrice d'Este realmente se juntaria às fileiras de Semíramis e Artemísia? Por que não? A prima de Ludovico, Caterina Sforza de Forli, está sempre travando guerra por um reino ou outro. Com apenas 19 anos, ela empunhou a espada e liderou um exército no Castel Sant'Angelo, em Roma. Ainda assim, a idéia de governar no lugar de Ludovico numa época tão precária a está deixando doente. E se o Exército da Liga Italiana não fosse bem-sucedido e os franceses em breve estivessem irrompendo através dos portões de Milão?

Ela empurra a bandeja de seu desjejum intocado para o lado e ergue a vista para ver Leonardo, o Florentino, à porta do estúdio segurando uma mochila, um ar de serena preocupação no rosto. Ele parece precisar de uma boa noite de repouso. Quem o deixou entrar?

— Em que posso ajudá-lo, senhor? — pergunta ela. Sem dúvida, veio pedir outro adiantamento pelo mural.

— Excelência, recebi uma mensagem do duque solicitando um encontro para tratar de questões de armamento e fortificação. Mas quando cheguei esta manhã, disseram-me que está doente e não recebe visitas.

— O duque lhe mandou uma carta? — pergunta ela, incrédula. Então é um truque para obter mais dinheiro, pensa ela. Por que outro motivo ele inventaria tal história?

— Um bilhete. Escrito de seu próprio punho, expressando preocupação quanto à segurança do castelo na eventualidade de um ataque. Entrei a seu serviço originalmente como engenheiro militar e especialista em armas. Ele esteve demandando por tais habilidades em todos esses anos.

Por que Ludovico chamaria Leonardo quando mal podia ver alguém, afinal? Mas Leonardo apresenta a carta, que está escrita na caligrafia do marido.

— Disseram-me que veio por meio de emissários que conduziriam à filha dele, *madonna* Bianca.

Ah, isto fazia sentido. Bianca Giovanna podia ser coagida a isto cumprindo ordens do pai.

— Excelência, posso falar francamente? — pergunta Leonardo.

— Se achar que será produtivo — responde Beatrice, temendo, como de hábito, o que o *Magistro* terá a dizer.

— Dissequei pessoalmente a língua, e embora não tenha encontrado nela quaisquer músculos destinados especificamente a mexericos, esta me parece ser a função principal deste órgão, pelo menos na corte.

— Entendo — replica Beatrice. — Então já sabe do estado do duque?

— Já.

— Sabe que ele está convalescendo. Por que, em seu estado enfraquecido, acha que ele o chamaria?

— Ele deve ter muitos pensamentos trancados em sua mente que deseja liberar.

— *Magistro* Leonardo, permita-me que lhe fale francamente. Mais do que ninguém, o senhor sabe como seus debates com o duque podem se tornar um tanto inflamados. Se alguma coisa acontecer que o perturbe, lançando-o em outro ataque, poderíamos perdê-lo.

— Este não será o resultado de nosso encontro. Pelo contrário. — Leonardo nunca pareceu mais confiante, pelo menos em sua presença.

— Passou também a se dedicar à previsão do futuro? — indaga ela, sorrindo.

Ele olha por um momento como se estivesse tentando formular uma resposta honesta à pergunta antes de reconhecer seu humor com um sorriso compreensivo. A seguir, ele fala:

— Excelência, realizei um estudo extensivo do interior do crânio para meu livro sobre a anatomia humana. Vi o cérebro e como ele é alimentado pelas artérias. Testemunhei o ponto de interseção de todos os sentidos. Vi a localização do pensamento. O gênio divino é tão evidente nas aléias desse maravilhoso órgão que é o cérebro quanto no levantar do sol ou no nascimento de uma criança. Vossa Excelência deveria realmente ver por si mesma essas maravilhas. Se eu despertar a paixão do duque, quer positivamente ou não, seu coração irá bombear mais sangue, que fluirá para o cérebro, reanimando-o de volta à vida. O fluxo rápido de sangue através de veias saudáveis é a chave para a longevidade!

Nada disso faz qualquer sentido para Beatrice. Sua mente é tomada pela imagem de Leonardo dissecando um crânio, que depois fecha seus ouvidos para tudo o mais que ele tenha a dizer. Mas seus métodos não poderiam ser nada piores do que os de *messer* Ambrogio, que é senhor absoluto de seu paciente, alterando os papéis entre servo e amo e tentando, na opinião de Beatrice, inserir uma cunha entre marido e mulher. Além disso, Leonardo assustava Beatrice, mas ela confiava nele. Ela não tinha medo de Ambrogio da mesma maneira como temia o *Magistro* — naquela misteriosa maneira na qual alguém poderia sentir medo de um anjo ou fantasma, embora a criatura etérea nada significasse de danoso — mas ela confia cada vez menos no astrólogo.

De modo que, quase ao mesmo tempo que calcula que Francesco Gonzaga e seu exército de 30 mil homens estão colidindo com o do rei Carlos às margens do rio Taro, perto de Fornovo, Beatrice leva o *Magistro* para encontrar Ludovico em sua sala de estar privativa. O duque está vestido, embora um tanto modestamente, seu colo coberto com um cobertor de lã. Ele parece mais velho desde que sofreu o ataque. A pele parece ter afrouxado, em especial nos olhos e garganta. Para sua jovem esposa, ele mais parece o pai do que o marido, mas sua vulnerabilidade só faz fortalecer a ternura dela.

O duque não demonstra nenhuma surpresa quando o *Magistro* entra. De fato, dá um amplo sorriso e agradece a Beatrice por levar o grande homem a sua presença. O *Magistro* nada pergunta sobre o estado do duque, mas cobre as mesas de Ludovico com esboços e desenhos arquitetônicos de vários tipos de muralhas e fortificações. Os dois juntam as cabeças sobre os projetos, formando uma barreira que exclui Beatrice de sua comunhão.

Beatrice deixa-os a sós para quaisquer que sejam os jogos que os vão entreter. Talvez uma manhã de Ludovico simulando que está saudável e com o reino sob controle trará bons resultados. Quando ela volta, uma hora depois, Ludovico já tem um pouco de cor nas faces.

— Você deve mostrar sua invenção à duquesa — diz Ludovico, pronunciando as palavras mais lentamente do que antes de sofrer seu ataque, mas com clareza readquirida.

Beatrice se adianta até a mesa e Leonardo traz para a frente um amplo desenho da fachada do castelo e seu fosso. Aponta para uma série de janelas que parecem flutuar logo acima da água.

— É uma casamata secreta, debaixo d'água! — exclama Ludovico.

— O fosso deve ser drenado, é claro — diz Leonardo. — Mas a câmara pode ser construída muito rapidamente, e com materiais que resistirão à água. Uma passagem subterrânea, do castelo para a casamata, será construída aqui — ele aponta com seu dedo comprido. — Guarnecer a casamata não será um problema. Só estas janelas serão visíveis acima da água. Atiradores podem disparar suas armas à altura do olho antes que o inimigo saiba de onde vêm os disparos. Desnecessário dizer que os homens no interior da casamata estarão impenetráveis ao fogo inimigo.

Beatrice descobre que está sem fala. Leonardo e Ludovico olham para ela como dois filhotinhos esperando ser afagados após realizarem uma série de truques. Ocorre-lhe que os dois, com todas as suas diferenças, são com mais freqüência uma mente só.

— O elemento surpresa é o que tão freqüentemente ganha o dia — acrescenta Leonardo com completa segurança.

Ainda assim, ela não consegue imaginar o que dizer. Talvez isto seja uma tolice de mulher, esta incapacidade de reconhecer o que homens de visão percebem rotineiramente. Talvez ela conheça muito menos de questões militares do que presumia antes. Ela deseja que Isabella estivesse presente para analisar esta coisa extravagante que o *Magistro* apresentou. Beatrice só consegue pensar em perguntar quanto isso vai custar, quais são os tipos de materiais refratários à água, e se é sábio, em tempos de guerra, drenar o fosso.

— É estonteante, de fato — diz ela, a única resposta que pode esboçar. Mas é inegável o novo ânimo no rosto de Ludovico.

— E isso não é tudo — diz Ludovico, olhando conspiratoriamente para o mago pintor-e-especialista-em-armas. — O *Magistro* tem planos alternativos para derrotar os franceses.

— Excelência, demonstrei ao duque como podemos queimar o inimigo *en masse*, inundá-los, sitiá-los, ou, em último recurso, repelir suas escadas de escalada com fogo e óleo enquanto tentam tomar o castelo, derrubando seus corpos escaldantes uns sobre os outros no solo.

Os rostos dos homens estão luminosos, cenários de destruição pondo fogo em seus olhos. Beatrice se pergunta como alguém como Leonardo, conhecido por ser tão generoso que compra pássaros no mercado só para ter o prazer de soltá-los; que não come carne de qualquer tipo de animal; e que pôs no mundo criações de beleza incomparável, como alguém desse tipo pode vivenciar tal alegria na destruição de batalhões inteiros de seres humanos.

— Estou surpresa por descobri-los tão jubilosos acerca dessas invenções horripilantes — diz ela para os dois. — Como é que um artista pode tão facilmente voltar sua natureza criativa rumo à destruição?

— Excelência, a guerra é uma das maiores artes. O que de mais nobre existe do que planejar meios que preservem as vidas de nossos compatriotas?

Ludovico parece extremamente satisfeito com a resposta.

— Volte para me ver amanhã. Vamos conspirar mais, você e eu.

Beatrice acompanha o *Magistro* até a porta.

— Obrigada por ter revivido o ânimo de meu marido — diz ela baixinho.

— Não fui eu, Excelência, mas sim a magia que ocorre quando o sangue é estimulado.

Depois que o *Magistro* se vai, Beatrice pergunta ao marido se ele precisa descansar.

— Oh, nada disso — diz ele. — Já me recuperei.

Ludovico alcança Beatrice, direcionando o rosto dela para o seu. Para decepção da esposa, ele a beija na testa em vez de nos lábios.

— Obrigado por cuidar de tudo enquanto estive impedido. Poucos homens são abençoados com uma esposa assim.

Esta é toda a intimidade que recebe. Beatrice deixa seus aposentos sentindo-se mais intrigada e perdida do que antes.

Por vários dias, a primeira coisa que Beatrice faz pela manhã é olhar pela janela da Rocchetta para se certificar de que ainda não começaram a drenar o fosso. E se Ludovico ensandeceu e está começando a aprovar os mais loucos esquemas do *Magistro*? E se o *Magistro* é de fato um mago que deseja tirar vantagem de um homem não inteiramente no controle de suas faculdades mentais? E se Leonardo esteve o tempo todo esperando por uma chance dessas? O que viria a seguir? Beatrice imagina grandes somas sendo subtraídas da Torre do Tesouro para financiar a construção de asas gigantes para cada soldado de infantaria. Teria ela que vender suas jóias pessoais para financiar a empreitada?

Felizmente, logo chegam notícias que tornam desnecessária a casamata aquática.

No sétimo dia de julho, um dia sufocante de sol quente e ar parado, o conde Caiazzo, cavaleiro extraordinário e irmão de Galeazz di Sanseverino, chega galopando como o diabo em Milão com um relatório do campo de batalha. Diz a Ludovico e Beatrice que os exércitos se confrontaram, com os dois generais, Carlos e Francesco, transformados em guerreiros ferozes, cada qual servindo de surpreendentes exemplos de valor e convicção para suas tropas. Francesco combateu implacavelmente, enquanto três cavalos foram mortos debaixo dele. Os soldados de Carlos estavam exaustos e sofrendo de insolação, seu número diminuído por deserção constante na marcha forçada desde Nápoles através do montanhoso relevo da Itália. Mas o rei os incentivava com lembretes sobre a honra francesa, liderando vezes sem conta o ataque para inspirar seus soldados.

— Ele continua a gritar "Morram comigo!", enquanto brande a espada acima da cabeça, cavalgando como uma criatura selvagem para dentro das linhas inimigas — diz o conde. — Deveriam tê-lo visto em seu cavalo de batalha branco, com plumas de cor púrpura e branca se elevando de seu capacete. Eu lhes digo, o rei se transformou de um esquisitinho desprezível num herói.

Caiazzo continua, explicando que ao pôr-do-sol era difícil dizer quem tinha ganhado o dia. Mas Francesco conseguiu capturar o comboio de bagagens francês, repleto de munição, armamento e uma boa quantidade do butim que o rei conquistou de Nápoles.

— O marquês caminhou pelo campo de batalha em lágrimas, olhando para os corpos de seus valentes cavaleiros, primos alguns, amigos de infância outros, declarando uma vitória que foi obtida a um custo elevado. Nunca vi um homem lutar tão bem, ou verter tantas lágrimas sobre companheiros caídos. O Exército de Carlos foi horrivelmente batido e reduzido, mas eles escaparam e estão se dirigindo para Asti, conforme falamos. Tenho certeza de que a esta altura já alcançaram a cidade.

Beatrice desaba de alívio.

— Então o marido de minha irmã não foi ferido?

— Alguns arranhões superficiais, Excelência. É um milagre. Ele me mandou dizer-lhe que está enviando algumas quinquilharias da tenda do rei Carlos para sua avaliação. Ele acha que gostará delas, embora tenha certeza de que Vossa Excelência e sua irmã lutarão para ficar com as melhores. — Os olhos de Caiazzo brilham enquanto extrai do bolso uma pequena cruz adornada de jóias, que coloca na mão de Beatrice. Ele dobra os dedos dela em volta da cruz, depois beija-lhe o punho. — Esta é apenas uma amostra das belas coisas por vir.

Onde esses homens Sanseverino adquiriam seu charme? O conde Caiazzo parece muito com o irmão, com o mesmo ar despreocupado e maneiras galantes, mesmo depois de uma longa batalha e dois dias de cavalgada.

— Se encontrar o marquês, diga-lhe, por favor, que o única espólio que desejo dessa guerra é a sua segurança. Estou certa de que minha irmã pensa da mesma maneira.

— Ah, mas creio que a espada e o capacete autênticos de Carlos Magno estão entre os despojos!

— Mas por que ele deixou o francês escapar? — pergunta Ludovico, impaciente. — Carlos poderia estar a caminho de Milão, por tudo que sei!

O conde Caiazzo não gosta da acusação implícita a um homem que arriscou sua vida da parte de um homem que não o fez, percebe Beatrice. Ela conhece tudo das expressões faciais dos Galeazz e o que significam. Está familiarizada com esta reproduzida agora no rosto de Caiazzo: surpresa, indignação e um lampejo de raiva.

— O marquês custou um rio de sangue ao Exército francês. Dizimou suas fileiras e capturou seus suprimentos. A parte que escapou é um bando extraviado de famintos com seu rei. O marquês poderia tê-los aniquilado por completo não fosse uma enorme companhia de mercenários albaneses que desobedeceu a suas ordens. Em vez de atacarem, eles abandonaram o campo de batalha para saquear o acampamento francês. Esta traição causou-lhe grande pesar, mas ele não teve culpa. Não consigo imaginar um homem que agisse com maior coragem em seu benefício, Excelência.

Sem mencionar soldados arregimentados que não tinham sido pagos, Beatrice deseja acrescentar, mas não o faz.

Ainda assim, Ludovico anda de um lado para o outro, resmungando que os franceses permanecem na Itália e era missão de Francesco expulsá-los. Beatrice fica grata quando Bianca Giovanna entra na sala, jogando os braços ao redor do conde. Beatrice sabe que Bianca está fazendo isso porque anseia abraçar seu marido, que ainda está sitiando o duque de Orleans em Novara. Caiazzo é um substituto razoável, parecendo bastante com Galeazz para preencher a garota com a idéia de que seu marido está simplesmente tão a salvo neste momento quanto seu irmão.

— Se ao menos eu pudesse levar-lhe um retrato seu de como está neste momento, ele venceria os franceses imediatamente, só para voltar a você — diz Caiazzo para Bianca Giovanna. Ela usa um vestido rosa escuro que a faz parecer como se flutuasse numa nuvem macia.

— Você o verá? — pergunta a garota, entrelaçando seu braço delicadamente raiado de veias com o musculoso e lustroso braço do conde.

— Vou me juntar ao meu irmão nas muralhas de Novara. Só parei aqui para alimentar os homens e deixá-los descansar um dia ou dois, e então partiremos.

— Pode entregar isto a ele? — Ela desliza uma volumosa carta para a mão enorme de Caiazzo. — Há tanta coisa que quero que diga a ele por mim!

— As palavras não são tudo, minha cara — diz Caiazzo para Bianca Giovanna. — Ele sabe do anseio que está sentindo e, acredite-me, o mesmo sucede com ele.

— Fico feliz em ouvir que não vai se demorar em Milão — diz Ludovico. — Não podemos nos permitir deixar os franceses tão próximos de nossa fronteira.

— Conheço meus deveres, Excelência — replica o conde solenemente, mas não com a devoção que Beatrice gostaria de ouvir. — Após uma breve visita a sua esposa em Mântua, e uma cerimônia em Veneza em honra da sua extraordinária coragem, o marquês estará se juntando a nós no sítio de Novara, embora ele mal vá ter tempo de recuperar o fôlego.

Caiazzo se inclina formalmente — um pouco formalmente demais para o gosto de Beatrice —, fazendo sua despedida. Ela não gosta do olhar em seu rosto quando se retira. Não pode evitar o pensamento de que o gesto embute uma espécie de aviso.

BEATRICE viu a pompa e a glória de um grande exército, e agora é testemunha da devastação que ele pode causar. Ela põe o lenço sobre o nariz para evitar o fedor de doença e morte. O custo da guerra é este: os mortos e moribundos que jazem apodrecendo à beira da estrada enquanto ela e Ludovico cavalgam para fora da cidade de Novara. A visão e o som de jovens soldados vomitando e gemendo a deixam envergonhada dos sentimentos vitoriosos que havia abrigado no mês anterior, quando o próprio exército responsável por esta chacina lhe pagara tributo.

Em agosto, ela havia acompanhado um rejuvenescido Ludovico a Novara, que Galeazz vinha mantendo sitiada desde meados de junho. Reforçados por Caiazzo e sua cavalaria, Francesco Gonzaga e o Exército da Liga Italiana, mais uma companhia de mercenários suíços enviados pelo imperador Max, fizeram uma grande exibição para o duque e a duquesa de Milão. O grande *condottiere* da Itália envergou uma reluzente armadura para a ocasião, carregando suas bandeiras e estandartes. Músicos tocavam a música de batalhas; tambores rufavam e clarins clangoravam enquanto os soldados desfilavam, brandindo suas armas no ar. Beatrice nunca vira uma tal exibição de espadas, lanças de justa, balistas da altura de um homem, adagas reluzentes e canhões sobre rodas puxados por cavalos. O desfile parou pelo tempo suficiente para que os canhões fossem disparados, numa demonstração de seu poder. Beatrice pôs as mãos sobre os ouvidos e fechou os olhos enquanto bolas de fogo e fumaça eram disparadas dos canos compridos, pousando com grandes estrondos. Galeazz e seus homens carregavam todas as bandeiras de Ludovico, que pareciam a Beatrice mais esplendorosas do que as insígnias de Veneza ou do Sacro Império Romano. Ela estava orgulhosa demais por ter recebido seu tributo especial tanto de Galeazz quanto de Francesco. Todo mundo murmurava que a Itália jamais montara um tal Exército desde a época dos imperadores romanos. Beatrice deixou que esta glória fosse derramada sobre ela. Sabia o papel que tinha representado na orquestração deste momento entronizante. Ludovico era o príncipe que havia financiado e reunido esta grande força militar, o resultado de seus esforços para agrupar os antigos rivais nas alianças da Liga Italiana, e ela foi a esposa que manteve o reino vivo enquanto Ludovico jazia incapacitado durante sua doença. Achava que tanto ela quanto Ludovico eram merecedores das homenagens prestadas. Se não fosse por eles, o rei Carlos teria marchado por todo o país. Em vez disso, enquanto combatia as forças da liga em Fornovo, seu primo, o príncipe Ferrante, escapuliu de volta a Nápoles e restaurou a ordem. Agora, o Exército francês estava em farrapos, tentando achar seu caminho para fora da Itália, e as forças de Luís estavam passando fome dentro das próprias muralhas de Novara, sobre as quais seus olhos agora repousavam.

Ela imaginava que Luís e os franceses estavam encolhidos de medo no interior daquelas muralhas, recebendo relatórios de seus espiões sobre a força e grandeza dos italianos e fazendo planos para sua rendição. Era um dia perfeitamente maravilhoso, só que, ao final do desfile, enquanto Ludovico cavalgava através das fileiras inspecionando as tropas, seu cavalo empinou e o arremessou ao chão, e todas as suas maravilhosas roupas se estragaram. Beatrice preocupou-se por este revés, principalmente por causa da recente crise de saúde de Ludovico, mas ele não permitiu que o incidente prejudicasse sua animação, apesar do fato de que alguns maledicentes venezianos começassem a espalhar rumores de que sua queda era um mau presságio.

No dia seguinte, satisfeitos porque a situação em Novara estava sob controle, Beatrice e Ludovico foram para Vigevano, em vez de suportarem o forte calor em Milão. Embora estivesse quente, o ar campestre era fresco e claro. O espetáculo em Novara pareceu reanimar Ludovico — e seu desejo pela esposa. Beatrice não sabia exatamente o que deflagrara a volta de sua afeição por ela, mas logo lembrou-se da satisfação que a atenção dele podia trazer-lhe. Por uma longa semana eles reviveram os primeiros tempos de seu casamento, quando ele havia descoberto os encantos dela. Dedicaram-se aos prazeres da vida campestre, cavalgando, caçando, pescando e fazendo grandes refeições às margens dos rios, onde comiam lentamente, bebiam vinhos brancos esfriados por blocos de gelo trazidos dos Alpes, e um dia até leram a doce poesia de amor de Petrarca um para o outro. Quando foram descansar depois do almoço na tenda montada para eles, Ludovico fizera amor com ela enquanto a lona ondulava em torno deles.

Ao final de setembro chegou-lhes a notícia de que Carlos estava cansado da guerra e enviara Philippe de Commines, o embaixador francês em Veneza, para negociar uma trégua com o marquês. Ludovico e Beatrice se apressaram de volta a Novara, onde o rei Carlos já tinha chegado. Acomodaram-se num castelo, a muito pouca distância de Novara, onde embaixadores de todos os aliados da Liga Italiana chegaram para discutir os termos da trégua. Beatrice estava especialmente orgulhosa por Ludovico falar com o francês como o representante de todas as partes, inclusive o pai dela, que chegou atrasado de Ferrara naquela semana. Ela própria opinou várias vezes nas reuniões, reforçando qualquer ponto que Ludovico tentasse expor, particularmente que estava ansioso apenas para recuperar Novara e escoltar os franceses para fora da Itália e, é claro, para Carlos forçar o primo criador de encrenca, Luís, a cessar os seus reclamos para ser o duque de Milão.

Mas Luís, faminto e ainda entrincheirado dentro das muralhas de Novara, estava pedindo a Carlos que interrompesse as negociações com Ludovico e os italianos. À medida que decorria a semana, todos os embaixadores queriam discutir os termos de Carlos separadamente com seus governos, o que Ludovico admitiu que levaria meses. Assim, ele se reuniu com Carlos em particular e negociou seu próprio acordo.

— Luís de Orleans não tem direito a reclamar meu título — disse Ludovico.

— Devo lembrar-lhe de que a avó dele era uma Visconti — replicou Carlos em defesa de seu primo.

— E posso recordar-lhe de que há milhares de bastardos em toda a Europa com sangue Visconti, mas nem por isso vamos investi-los com o ducado de Milão.

Beatrice interrompeu antes que Carlos pudesse replicar.

— Majestade, permita-nos lembrar que é paz o que buscamos. Os reclamos de Luís sobre o ducado de Milão são um empecilho à paz, que é simples de negociar desde que seja realmente desejada. Nós desejamos a paz, assim como Vossa Majestade. No interesse da paz, Luís deve ser dissuadido de reclamar Milão.

Carlos respondeu de imediato, não só às palavras dela, Beatrice tinha certeza, como também aos seus encantos.

— Estou cansado disso tudo, Excelência — replicou ele, sorrindo para ela. — Minha esposa me informa que não restam reforços franceses, apenas viúvas pranteando os ossos embranquecidos de seus maridos que cobrem todo o campo italiano.

Ele concluiu as negociações imediatamente, insistindo para que todos os documentos do acordo fossem minutados logo, em francês e italiano, antes que ele tivesse motivo para mudar de idéia.

O triunfo de Beatrice não foi sequer estragado quando, mais tarde, ela entreouviu o rei francês perguntar sobre Isabella a um dos embaixadores de Ferrara. Era verdade, perguntou ele, que havia outra irmã Este que podia rivalizar com a adorável Beatrice em aparência, encanto e graça?

— É mesmo possível que existam duas criaturas assim no mundo? — perguntou o rei, para satisfação de Beatrice.

O embaixador replicou que, na verdade, a marquesa era ainda mais bonita que a duquesa, superando todas as damas em educação, inteligência e encanto. Ele prosseguiu por um tempo muito longo, descrevendo Isabella com riqueza de detalhes, desde sua figura aos vestidos, jóias e mangas que a adornavam. Depois exaltou seu intelecto.

— Ela governou Mântua através desta guerra, e com sabedoria e compaixão, dizem, o tempo todo aprendendo novas línguas e embelezando sua cidade. Ela é a inspiração de artistas e poetas por toda a Itália. Fala um latim perfeito e toca alaúde tão bem quanto o músico mais talentoso. E canta como um anjo, eu acrescentaria.

— Ela não é alta demais? — perguntou o baixinho Carlos.

— Não, ela é mais alta do que a irmã, mas de altura normal para uma mulher — replicou o embaixador.

— Graças a Deus por isso — disse o rei.

— Os cortesãos da Itália a chamam de a primeira-dama de todo o mundo.

— Isto soa como uma visão da perfeição.

— Ora, majestade, acredito que esteja apaixonado pela própria descrição dela.

Era verdade, pensou Beatrice. Isabella era mais bonita e mais brilhante do que ela. Mas aqueles fatos — e o rei francês estar de posse deles — não alterariam sua presente felicidade. Não só a paz havia sido conquistada, como seu marido seria conhecido como o príncipe que escorraçou os franceses da Itália. E este príncipe estava outra vez apaixonado por sua esposa. Ela descartou o seu rude comportamento de meses antes como uma conseqüência da doença. Ludovico estava de novo amável e atencioso. Como recompensa pela força que ela demonstrou quando jazia doente, Ludovico designou o *Magistro* Leonardo e Donato Bramante para reformar seus aposentos no castelo. Tanto ela quanto o duque ansiavam por retornar a Milão para ver os resultados da colaboração entre os dois brilhantes talentos; e para cobrir seus filhos de beijos; e para proclamar a paz que conquistaram em benefício de seu povo.

Além de tudo isto, Beatrice está novamente grávida. Sua estada com Ludovico em Vigevano rendera mais frutos do que havia esperado. Ela conta-lhe na noite antes de partirem e ele fica emocionado.

— Qual seu melhor palpite, minha querida? Menino ou menina? — pergunta ele.

— Você nem mesmo precisa consultar o astrólogo, meu caro. Sinto nos meus ossos. Nossos dois filhos ganharão um irmãozinho.

Ludovico não parece tão satisfeito quanto Beatrice gostaria.

— Meninos crescem para ter inveja do poder de seu pai. As meninas adoram os pais para sempre — diz ele.

— Mas você já tem uma filha perfeita em Bianca Giovanna — replica Beatrice.

— Sim, mas seu belo marido me suplantou no coração dela, como deveria ser. Seria lindo ter outra filha para me amar na minha velhice.

— É para isso que estou aqui, milorde — replica Beatrice.

Com a paz assinada, Francesco e Galeazz abrem os portões de Novara para escoltar os franceses para fora da cidade. Beatrice e Ludovico cavalgam na esteira deles, lentamente se tornando cientes do horror que vão testemunhar enquanto passam pelo exército derrotado. Os soldados franceses não têm mais cavalos.

— Todos foram comidos durante o sítio — diz Galeazz a Beatrice quando ela lhe pergunta por que estão sendo obrigados a caminhar para a fronteira. Ela avalia que realmente poucos viverão para ver sua terra natal. Um bando de cerca de cinqüenta soldados, vestidos em farrapos, atrasa-se na estrada, apoiando-se um no outro para se manter de pé. Beatrice fica atônita ao ver o embaixador Commines ajudando seu estafe a preparar uma sopa rala para os soldados. Ela nota que muitos deles estão fracos demais para deglutir, a sopa escorrendo pelas bocas indolentes, e se afasta. Mas a visão à frente não é agradável. Dezenas deles, por fim de posse de algum alimento fornecido pelo estafe de Carlos, se empanturram e vomitam simultaneamente. Famintos por tanto tempo, Beatrice imagina que seus corpos estão se rebelando contra a nutrição. Homens jovens caem enquanto caminham, seus companheiros fracos demais para olhar para trás, quanto mais para ajudá-los a prosseguir. Finalmente o grupo de Beatrice passa por todo o Exército francês. Enquanto cavalgam se afastando, ela pode ouvir os sons dos homens — chorando, soluçando, gemendo, vomitando — alongando-se atrás dela.

Os olhos de Beatrice percorrem a trilha farfalhante de corda dourada entrelaçada que se enrosca através de ramos e ramos de galhos formando um dossel pintado de selva no teto de sua sala de estar. Um caramanchão para meu caramanchão, pensa, sorrindo à sua própria sagacidade, depois percebendo que o *Magistro* havia provavelmente concebido e executado a piadinha para o prazer dela. Troncos maciços de árvores cresciam das curvas arqueadas das paredes, raízes rompiam as camadas de pedras que tentavam confiná-las, como se para dizer que os ímpetos da natureza não podem ser contidos. A folhagem se espalha como um eterno verão, protegendo todo o cômodo num bosquete interminável. Cada folha, de fato cada veia em cada folha, está esmeradamente delineada com linhas delicadas e precisas. Os galhos, como a faixa dourada que serpenteia através deles, se retorcem juntos num padrão interminável como uma orgia de serpentes. Pedaços de céu — azul, violeta, rosa, branco, cinza — feitos com pinceladas rodopiantes que imitavam o movimento de nuvens cintilando através do emaranhado. Mas é a faixa dourada entrançada que intriga. Infinda, inquebrantável, esquiva, ela desliza através de folhas vividamente pintadas, em volta de um córtex espesso, e depois giros e giros em torno de si mesma, em eternos rodopios. No exato momento em que Beatrice pensa que o significado do mural é a própria eternidade, toda a paisagem chega a um término, onde, aparentemente, o pintor pousou seu pincel.

— É espetacular — diz Beatrice. — Monumental. Esmagador. Mas está inacabado.

— Ah, sim, a especialidade do *Magistro* — replica Ludovico. — Mais um espetáculo inacabado.

Messer Gualtieri, o tesoureiro, chega com a carta e as más notícias. Como as impetuosas raízes no seu mural, o *Magistro* teve um ataque.

— Ele estava de pé no andaime — começa Gualtieri —, retocando uma parte do céu, quando alguém da sua criadagem chegou. Creio que o rapaz queria dinheiro. O *Magistro* arremessou o pincel no ar e começou a gritar que não era um banco, que tinha credores no seu encalço, e que o rapaz deveria se acostumar a usar calções de lã em vez de couro, porque todos eles iam ter que começar a fazer economia. — Gualtieri fez uma pausa. — Bem, ele me pediu um papel e escreveu isto.

Gualtieri entrega a Ludovico uma carta de pergaminho dobrada.

— Ele pelejou com as palavras, Excelência. Escreveu lentamente, como se em grande dor.

Ludovico resmunga enquanto lê as palavras do *Magistro.* Beatrice se inclina sobre a carta para ler ela mesma seu conteúdo.

Para Vossa Senhoria:

Lamento estar necessitado desta vez porque isto me impede de obedecer a cada capricho e desejo de Vossa Senhoria, o que sempre foi meu maior prazer. Lamento muito que, tendo requisitado minhas habilidades, Vossa Senhoria me veja necessitado das verbas que me prometeu. E lamento além disso que, por causa dessas verbas que não foram liberadas, eu tenha que deixar vosso serviço e procurar outros meios para me alimentar e à minha criadagem, que agora chegam a seis bocas. Nos últimos 56 meses recebi de vosso tesouro apenas cinqüenta ducados. Alguns credores podem ser descartados com as desculpas de hábito, mas tive que adiantar dinheiro ao padre, aos participantes da procissão e aos coveiros para ver minha amada mãe ser posta em repouso eterno em solo santificado e com os rituais e sacramentos santos apropriados.

Portanto, devo deixar de servir Vossa Senhoria por algum tempo — uma época muito triste para mim, asseguro, ver-me separado do meu maior desejo, que é servi-lo —, de modo que eu possa começar a levantar o dinheiro necessário para manter minha criadagem alimentada e vestida. Espero e confio que esta fase chegue logo a um fim, de modo que possamos encerrar os projetos que iniciamos de boa-fé. Eu especialmente me antevejo executando os murais que projetei retratando Vossa Senhoria como o Filho da Fortuna, expulsando a bruxa decrépita, a Pobreza, com seu cetro dourado; de sua persona representando a Sabedoria, usando óculos mágicos que o capacitam a ver através de todas as mentiras e frau-

des; e de Vossa Excelência usando mantos judiciais e condenando a Inveja. Acredito que esta série apresentará Vossa Senhoria ao seu povo de maneira na qual vossa benevolência em relação aos súditos e vosso desejo por nada senão a felicidade e a prosperidade deles já deveria transmitir. Vossa Excelência já conhece minha tristeza sobre o fato de que Bramante recebeu o tempo e a verba para completar sua série de afrescos de sua administração de justiça, ao passo que ainda aguardo que as ferramentas de tempo e dinheiro me sejam entregues. Além disso, estou ansioso para testar os desenhos para as comportas do canal. Como sabe Vossa Excelência, tenho dedicado muitos anos ao estudo do fluxo da água e estou inteiramente seguro a respeito desse novo sistema de controle. No que se refere ao mural da Última Ceia, gostaria de finalizá-lo, mas, como sabe, ainda não descobri um modelo apropriado para o rosto de Judas, nem recebi a compensação para retomar o trabalho. Eu o terminarei, bem como o retrato de vossa ilustre família, quando os recursos financeiros que obtiver de outras encomendas me possibilitem retornar a vosso serviço. Nessa ocasião, rezo para que a duquesa encontre tempo para posar para mim, pois desejo trabalhar somente a partir do tema e não de alguma reprodução deste feita por outro artista.

Nada direi sobre o revestimento do cavalo, sabendo quais são as circunstâncias na época atual. Mas alguém vai querer, algum dia, completar a grande obra de outro.

Peço perdão por me retirar da minha maior felicidade, que é servir e obedecer Vossa Excelência.

— Leonardo

Ludovico arremessa a carta no ar.

— Será que ele pensa que é o único artista da Itália? — grita para Gualtieri. — Onde está trabalhando Pietro Perugino? Envie-lhe uma carta imediatamente. Escreva para minha cunhada e peça que mande o velho Mantegna neste instante. Saia por todos os estados e descubra quem está disponível. Não serei refém do *Magistro* na realização de minhas ambições!

— Mas, milorde, por que não podemos simplesmente dar-lhe o dinheiro que está pedindo para retornar ao nosso serviço? — pergunta Beatrice. Parece um pedido bastante simples: o dinheiro para alimentação e vestuário de alguém e seus dependentes. — Por que esperar até outro artista viajar para Milão quando, por apenas um pouco de dinheiro, podemos convencer o *Magistro* a terminar meus aposentos?

As bochechas de Ludovico se inflam como se estivesse a ponto de soprar alguma coisa enorme da boca. A veia, que Beatrice tinha visto antes, recortada como um raio de relâmpago, aparece abruptamente por toda a extensão de seu cenho. Beatrice imagina se ele, como um Zeus furioso, o disparará contra ela direto de sua cabeça.

— O quê? E ser um joguete nas mãos dele? É exatamente o que ele quer. Mais dinheiro para que possa procrastinar até o Juízo Final e não tenha que acabar uma única coisa!

Ela reza para que o marido não tenha outro ataque por causa disto, mas sente que deve recordar-lhe certas realidades.

— Não entendo como pagar ao homem é ser um joguete nas mãos dele. Você soa como se estivesse falando sobre uma amante consentida e não de um homem a seu serviço! — Ela há muito que comparava os dois a um casal. A analogia nunca se esgotaria?

A fúria dele é incontida.

— Não acho que você seja inocente, madame — diz ele. — Se você e sua irmã não ficassem disputando jogos tolos pela atenção do *Magistro*, poderiam ter posado para o retrato da família muito tempo atrás e teríamos ao menos uma obra concluída por tudo que já pagamos. Uma que poderia trazer glória à família, a propósito.

— Se é do agrado de Vossa Excelência, posarei para o *Magistro* imediatamente. Estou certa de que ele pode ocultar minha condição. A barriga ainda não está tão pronunciada. — Beatrice concordará com qualquer coisa que acalme seu marido neste momento, quando teme que ele se irrite o suficiente para provocar outro ataque e que ela, grávida, tenha de governar o reino numa época em que a paz com a França é recente e tênue.

— Muito conveniente. Agora que você está disposta, ele está indisponível.

Esteve ela errada por ter tentado derrotar Isabella em seu próprio jogo?

— Minha irmã queria a atenção do meu marido. Se tivesse sido meramente uma questão de ser pintada pelo *Magistro*, é claro, eu nunca a teria impedido. Mas meu marido reserva os talentos do *Magistro* para a pintura das mulheres que ama. Eu não podia permitir que minha irmã se juntasse a essa distinção. Não quando as intrigas da corte e minha própria intuição me sussurravam para evitar isso. Uma família forte silencia as línguas de seus detratores. Não vê, milorde? Tudo que fiz desde que vim para esta corte foi feito por você.

Ela diz isto ternamente, esperando que a pura verdade se derrame sobre ele. Ela gostaria de acrescentar: *e para fazer você me amar*. Mas ela está contente por ter se contido, porque suas palavras não o acalmaram, afinal. Em vez disso, ele olha estranhamente para ela antes de se virar e continuar com sua ladainha.

— Oh, ele deixa qualquer um louco — diz Ludovico, como se falando para as árvores que Leonardo pintou nas paredes. — Quem o alimentou e o vestiu com seus brocados e veludos extravagantes por todos esses anos? Eu não mereço nenhuma gratidão? De ninguém?

E então, como se enraivecido porque o emaranhado de folhas de Leonardo não lhe oferecia nenhuma resposta, Ludovico sai do aposento, deixando a esposa para trás como se tivesse esquecido por completo de que ela estivera com ele.

Dos cadernos de Leonardo:

1. *Solicitar à Comissão de Obras da Catedral de Piacenza autorização para fazer portas de bronze.*
2. *Desenhar cenários para a produção de* As Dânaes *na residência do conde Caiazzo. Pedir dinheiro para reconstruir a maquinaria teatral do Banquete do Paraíso, atualmente armazenada. Testar a resistência às chamas dos trajes dos atores que emergem das nuvens de fogo.*
3. *Apresentar desenho do bordel para* messer *Jacomo Alfeo. Convencê-lo de que uma Casa de Prazer adequada, uma baseada na discrição, com entradas secretas para a fêmea da escolha do freguês, elevaria em muito os lucros.*
4. *Testar a máquina voadora. Fazer uma nova tira de couro para as asas. Apresentar o desenho aos generais. (Usos: Equipar cavalaria com asas*

para surpreender o inimigo na batalha. Cavalaria voadora muito mais eficaz do que uma montada. Dotar de asas todos os mensageiros, como Hermes, para levar notícias urgentes aos príncipes e reis.)

5. *Apresentar planos para máquinas de tecer a* messer *Soderini, o mercador de roupas.*
6. *Coletar o resto do dinheiro da fundição para o sistema de guindastes e roldanas construído para erguer grandes quantidades de metal.*
7. *Terminar as máscaras para o baile do conde Bergamini.*
8. *Fazer baixelas e utensílios de mesa de ouro para a condessa Bergamini, que anseia por entreter os venezianos no próximo mês.*
9. *Finalizar banheiro com canos de água quente para a duquesa Isabel de Aragão.*

Oh, miséria humana! Quantas coisas mais fazer para tornar-se um escravo do dinheiro?

De: Emissário milanês a Florença
Para: Ludovico Maria Sforza, duque de Milão
Assunto: Artistas disponíveis

De acordo com o pedido de Vossa Excelência, investiguei a disponibilidade de vários artistas do quilate exigido por vós. Sandro de Botticelli, o mais excelente mestre, executou pintura em painel e parede. Suas figuras têm um ar másculo que vossa alteza poderia admirar. Filippino di Frati Filippi é discípulo de Botticelli e filho de um dos grandes e raros mestres de nosso tempo. Suas figuras, cabeças em particular, são mais gentis e suaves. Perugino, raro e singular, excede na pintura mural. Seus rostos são angelicais e doces além de comparação. Sei que preferis a ele, mas creio que os monges do Certosa, em Pavia, o mantêm ocupado dessa vez. Vossa alteza poderia usar a ascendência sobre eles e convencê-los a liberá-lo, de modo que a duquesa não tenha que passar seu resguardo em aposentos inacabados. Ghirlandaio é bom mestre em painéis, mas até mesmo melhor em murais. Ele é diligente, o que forneceria um contraste muito necessário com o Magistro. *Todos esses mestres, com a exceção de Filippino, provaram seu talento na capela do papa Sisto, em Roma. Por favor, deixe-me saber vossa opinião. É preciso rapidez na contratação dos serviços de tais homens.*

— *Messer* Gualtieri, gostaria que me levasse até a Torre do Tesouro — diz Beatrice, irrompendo no escritório do homem.

Beatrice decidiu fazer as coisas do seu jeito. Ela não quer que Botticelli ou Perugino, nem mesmo o adorado Andrea Mantegna de sua irmã, venham para Milão. Qual dentre aqueles grandes homens poderia sequer pensar em concluir um projeto iniciado por quem todos eles consideravam seu mestre? Além disso, já fazia semanas desde que Ludovico mandou mensageiros com propostas para os artistas e até agora nada de respostas. Beatrice quer que o *Magistro* termine o extraordinário dossel de folhas em seus aposentos, e quer posar para ele e ter concluído o retrato da família na cena da crucificação oposta ao mural da Última Ceia do Nosso Senhor. Oh, ela não quer exatamente posar para ele, mas acha que pode ter o *Magistro* de volta ao trabalho, Ludovico não vai mais poder culpá-la por interferir com suas ambições. Deveria ser bastante simples e, feito isso, Ludovico não ficará mais furioso com ela, mas sim grato.

Há mais de um ano que não ia à Torre do Tesouro, pois com a guerra não houvera oportunidades para encher um balde com jóias para adornar um vestido para esta ou aquela cerimônia. Ultimamente houvera poucas razões para comemorar. A derrota do Exército francês veio a um custo tal que foi seguida de alívio e não de júbilo. Toda a Itália havia feito grandes sacrifícios. De fato, Beatrice tem hoje uma missão secundária. Ela planeja pegar uma pequena jóia para Isabella, que altruisticamente permitiu a Francesco penhorar toda a sua coleção de pedras preciosas para pagar seus soldados pela campanha contra a França. Isabella deu à luz outra menina, Margherita, e desta vez pareceu ainda mais decepcionada com o sexo da criança, tanto que ela sequer menciona a menina, apesar das sinceras congratulações e presentes que Beatrice enviou. Beatrice acha que encontrará alguma coisa adorável para Isabella, e talvez um pequeno colar de pérolas para a menina também. Se Isabella achar que os outros estão satisfeitos por ela ter produzido outra filha, talvez ela própria passe a ser mais calorosa com a menina.

Mas Gualtieri não se move.

— Desejo selecionar um pequeno presente para minha irmã — diz Beatrice, imaginando por que o homem não se apressa para atender seu pedido, como normalmente faria, mas olha fixamente para ela como se apanhado num ato impróprio. — E depois tem a questão do *Magistro* — acrescenta ela. — Meu marido está sendo um tanto tolo. Pensei que poderíamos, só nós dois, arranjar um jeito de adiantar alguns ducados ao Florentino para que ele volte logo ao trabalho. Achei que poderíamos não incomodar o duque com essa questão. Leonardo frustra meu marido. Estou tentando aliviá-lo da pressão de lidar com um artista temperamental. Não desejamos ver o duque doente de novo, tenho certeza.

A expressão de Gualtieri muda para uma de tristeza, se Beatrice o avalia corretamente.

— Excelência, como sabe, não posso me recusar a atender qualquer pedido seu.

— Isto é correto, senhor, portanto, vamos à nossa missão.

Gualtieri volta os olhos sombrios para o seu secretário, um homem magro sentado a uma pequena escrivaninha, os olhos grudados a um livro-razão.

— Vá buscar as chaves — diz ele, acenando com a mão para o homem fora da sala. — Excelência, o duque tem lhe falado ultimamente sobre suas finanças?

— Não, não tem. O duque adora se queixar de que não fabrica dinheiro, mas continua a agir como se o fizesse. Ele não teve nada a dizer a respeito ultimamente.

— Então talvez seja melhor para todos nós que a senhora dê um giro pela torre — diz Gualtieri, suspirando como se estivesse subitamente muito cansado.

A primeira coisa que Isabella vê quando Gualtieri abre a porta é a tênue névoa de poeira flutuando ao último raio de sol da tarde que penetra através das janelas altas. As partículas, dançando e cintilando como minúsculas estrelas nas réstias de luz solar, parecem imperturbáveis por aquela força que impele todos os objetos a cair para o chão. Ela adentra a sala, os olhos atraídos para o canto onde sabe que poderá encher uma bolsa para Leonardo de um dos altos barris cheios de prata, o que trará facilmente o artista de volta aos seus projetos.

Mas os barris sumiram. Só resta uma tina de madeira tombada de lado, vazia. As mesas, antes cobertas de pedras preciosas de cada tipo e cor, estão nuas, acumulando poeira. Beatrice ofega, apressando-se até a sala seguinte da grande casa-forte, onde encontra as estantes de tesouro — desenhadas pelo *Magistro* — abertas e vazias. As salas são uma desolação, como antigos alojamentos abandonados e trancados por anos a fio.

— Onde foi parar tudo? — pergunta ela a Gualtieri, que a seguiu vagarosamente.

— Foi gasto, se foi.

— Mas para onde?

— Tudo custa dinheiro. As guerras foram pagas pelo butim que o marquês Gonzaga tomou dos franceses, mas este também acabou, principalmente para pagar um exército mercenário. Se não os pagarmos, os mercenários se voltam contra nós. O duque sabe disso. O resto do dinheiro se foi para derrotar Luís de Orleans em Novara.

— Mas isso é impossível! Simplesmente havia riqueza demais para tudo ter-se evaporado!

— Tem que discutir isso com o duque, Excelência. Tudo que posso dizer-lhe é que grande quantidade de dinheiro foi tomada emprestada da nobreza de Milão para financiar os muitos melhoramentos que o duque iniciou nesta cidade: a renovação do sistema de canais, a catedral, a igreja e o refeitório em Santa Maria delle Grazie, os monumentos, as celebrações, e principalmente os empréstimos aos franceses, que nunca serão quitados, agora que eles estão derrotados e esfarrapados. É preciso também não esquecer o dinheiro que saiu para o dote de Bianca Maria quando ela desposou o imperador Max, que foi enorme. Depois disso, a Torre do Tesouro ficou totalmente sem recursos. Recentemente, os patriarcas de Milão exigiram ser reembolsados pelos empréstimos que o duque os obrigou a conceder a ele. Não restava muita coisa, mas como o duque desejava evitar uma revolta, ele dividiu o que sobrou nos cofres para apaziguá-los.

— O que vamos fazer agora?

— Não é uma idéia muito popular, mas o duque vai aumentar os impostos. Oh, vai haver queixas, mas não há alternativas. É impossível governar um reino, especialmente este, sem dinheiro.

— Mas no momento, está me dizendo que estamos...

— Quebrados — Gualtieri completa.

BEATRICE percorre os corredores do castelo, incerta de seu rumo. Está procurando por Ludovico, mas receosa de encontrá-lo. Precisa confrontá-lo, ela sabe, mas o que exatamente irá dizer, não consegue imaginar. Qualquer coisa que fale irrefletidamente no seu estado mental soará como recriminação e o afastará ainda mais. *O que importa é ajudar*, pensa ela enquanto nota que os intrigados serviçais do castelo vêem a duquesa passar rapidamente sem olhar para eles nem retribuir suas saudações. *O principal é esquecer tudo e criar soluções.*

Um dos secretários de Beatrice enlaça seu braço através dos dela, puxando-a para trás. Ela solta seus braços e coloca-se em guarda contra o homem, que faz uma reverência.

— Vossa Excelência pareceu não ouvir quando a chamei.

— Não, não ouvi. — O coração de Beatrice bate forte contra o peito e seus pulmões ofegam. Há quanto tempo estava correndo?

— A condessa Bergamini espera nos seus aposentos.

— Oh, não posso vê-la hoje — replica Beatrice, tentando controlar a respiração. — Diga-lhe que não estou me sentindo bem.

Como se para ilustrar este ponto, Beatrice engolfa o ventre com os braços, esperando que este ataque de nervos não prejudicasse o bebê.

— A condessa pediu-me para informar que sua visita é urgente.

Beatrice inspira fundo, silenciosamente instruindo seu coração a bater mais devagar. Ela deve acalmar-se. Cecilia é uma amiga e confidente — sem malícia, ao contrário de muitos visitantes que a procuram — e alguém que com freqüência exerce uma influência tranqüilizante sobre o duque e a duquesa. Talvez fosse bom sentar-se com a condessa para se recompor.

Às vezes, quando Beatrice vê Cecilia, fica admirada com sua própria capacidade de afastar o coração de Ludovico de tal beleza. Embora Cecilia seja mais velha e, verdade seja dita, à beira da corpulência, sua pele cremosa brilha como a de uma mulher com metade da sua idade. O peso suavizou os aspectos angulosos de seu rosto, e seu sorriso doce pertence à face de um anjo — um fato que o *Magistro* deve ter notado quando a usou como modelo para o anjo em sua estranha pintura da Virgem Abençoada com o Menino Jesus e João Batista sentados entre as pedras escarpadas. Em erudição e intelecto, Cecilia só tem rival em Isabella. Cecilia escreve belos poemas e sonetos que são declamados em todas as cortes da Itália. Como pôde a vitória de Beatrice sobre ela — sobre elas duas — ter sido tão completa?

— Bondade sua me receber sem ter sido prevenida, Excelência — diz Cecilia, levantando-se e abraçando a mulher menor e mais jovem e beijando-a na face.

— Disseram-me que seu assunto era urgente — diz Beatrice, fazendo um sinal para que sua visitante sentasse e outro para que um criado lhes servisse vinho.

— Urgente e confidencial — replica a condessa, ao que Beatrice acena para que todos os criados saiam.

As duas mulheres inclinam-se à frente.

— Como sabe, dois embaixadores de Veneza estão hospedados em minha casa. Foi gentil da parte do duque alojá-los conosco.

Ludovico havia financiado uma generosa redecoração do palácio de Cecilia perto do Duomo, que agora era uma das mais elegantes residências da Itália. Beatrice nunca ficou enciumada por isto; Cecilia dera dez anos de sua vida a Ludovico, sem falar de um filho adorável, Cesare. Mas agora, com os cofres vazios, ela estremece à menção daquele lar extravagante.

— Ludovico considera os venezianos seus aliados agora, mas tenho entreouvido aqueles embaixadores e seus convidados dizendo as coisas mais desagradáveis e assustadoras sobre ele.

— Por exemplo?

— Por exemplo, que ele não honra seus acordos, que diz uma coisa e faz outra.

As duas mulheres deixam isto passar sem comentários. Beatrice sabe que, como ela própria, Cecilia está bem ciente da tendência de Ludovico a dizer uma coisa e fazer outra.

— Ludovico andou se vangloriando publicamente de que o papa Alexandre é seu capelão, o imperador Max seu *condottiere*, o doge de Veneza seu camareiro, uma vez que gastaram o dinheiro deles para atingir os fins de Ludovico, e que o rei da França é o seu mensageiro. Ludovico foi bem-sucedido contra a França, mas com a assistência de seus aliados. Aliados não gostam de ser vistos como serviçais. Você sabe como os venezianos são orgulhosos. Eles consideram tais declarações o máximo da arrogância. Ouvi um deles dizer que Deus ou Veneza, ou ambos, descobrirão um meio para depor o duque.

— Mas por que me procura com esta informação quando deveria encaminhá-la a Ludovico? Por certo não está com medo de falar com ele, está? Não depois do que se passou entre vocês, não é? — Beatrice sente-se sobrecarregada com o que Cecilia está lhe contando. Ouviu Ludovico proferir as mesmas observações. Ouviu-o vangloriar-se de que será conhecido ao longo dos tempos como o homem que expulsou os franceses da Itália. Ela o viu contratar um artista após outro numa campanha de auto-engrandecimento, algo que não podia bancar. Todas essas coisas a deixaram desconfortável, especialmente quando comparadas com a abordagem refletida de seu pai em relação a dinheiro e poder. Mas seu primeiro objetivo sempre foi preservar o amor e a intimidade entre si e o marido, e não sabia como abordar estes assuntos com Ludovico sem perder seu afeto.

— Minha cara, tentei falar com Ludovico, mas ele não levou nada disso a sério — replica Cecilia. — Eu disse a ele o que acabo de lhe dizer, e ele respondeu que é agora o Filho da Fortuna e que ninguém tem que se preocupar com ele. Recordei-lhe o velho adágio veneziano de que a pessoa deve sempre se lembrar da inconstância da fama humana. Mas isto não pareceu afetá-lo nem um pouco. Você tem a mesma influência com ele. De fato, vocês dois são praticamente um. Detesto sobrecarregá-la com isto, mas se puder usar sua famosa discrição e seu encanto para convencer o duque a agir com mais modéstia, pelo menos em público, e pelo menos na presença dos venezianos, isto me acalmaria. Apesar de os venezianos acusarem o duque de duplicidade, eles são até piores. Quem sabe que golpe sujo estão tramando pelas costas dele?

Beatrice promete que irá falar com Ludovico e logo despacha Cecilia, antes que a mulher mais velha possa descobrir até onde vai o medo da duquesa. Como pode ser isto? Depois de todos os sucessos deles, como podem estar sem dinheiro? Odiados por seus aliados, quem pode estar conspirando para a deposição deles? Cecilia estava certa sobre uma coisa: não havia nada separando as fortunas de Beatrice e Ludovico. Eles podiam igualmente ser uma só pessoa. Se a estrela de uma mulher se eleva com a de seu marido, pode da mesma forma declinar.

Beatrice caminha lentamente pelos corredores, agora à procura de Ludovico, os olhos tentando não vaguear para as maravilhosas colunas sustentadas no alto por grandes colunas de mármore, ou para as paredes decoradas por Leonardo e Bramante, ou para as pinturas dos grandes mestres da Lombardia, porque cada centímetro espetacular do castelo parece agora um túmulo para o dinheiro deles.

Ela o encontra num novo alojamento do castelo, projetado e executado no último ano. Ele está parado diante de um enorme afresco recém-pintado pelos irmãos De Predis e seus aprendizes. Ludovico criara um concurso desafiando os artistas da região a contribuir com idéias que colocassem o duque sob a mais ilustre luz. Ambrogio de Predis venceu com facilidade. Sua idéia foi representar o campo da Itália como uma bela e benevolente rainha usando mantos suntuosos bordados com os nomes de todas as cidades importantes. *Il Moro* está galantemente ao seu lado — servindo a Itália! —, espanando a poeira de suas saias; em outras palavras, limpando a Itália de tudo que seja indesejado.

Beatrice entra na sala no momento em que Ludovico explica o significado do mural alegórico a Lucrezia Crivelli, que o olha fixamente como se fosse mais miraculoso do que o Nascimento da Virgem. Beatrice sabia de todos os rumores acerca das atenções de seu marido para com Lucrezia, mas não lhes dava atenção. Os ataques sofridos por Ludovico o tinham deixado mais pálido, velho e frágil. Ele simplesmente não parecia, ao menos para sua esposa, um homem capaz de entreter uma amante. E ainda assim ele tinha sido para lá de irregular nas suas afeições por Beatrice. Quando tiveram seu interlúdio amoroso em Vigevano e ela havia concebido pela terceira vez, Beatrice expulsara da mente todos os pensamentos de sua frieza e distanciamento anteriores.

Agora ela olha para o marido, que exibe no rosto o mesmo tipo de ar surpreso que havia encontrado em *messer* Gualtieri. Será que ela desconfia de todos os homens, de uma coisa ou outra, ou será que hoje todos eles estão sempre sendo apanhados no ato? Lucrezia está se adaptando ao protocolo, fazendo uma mesura baixa à duquesa, os olhos fixados no chão, aguardando instruções. Beatrice as dá imediatamente:

— Deixe-nos a sós.

Lucrezia ergue a vista para ter certeza de que é com ela. Apruma-se rapidamente, sem encontrar os olhos de Beatrice, e se apressa para fora do quarto, nada deixando para trás senão o som do farfalhar de sua saia de veludo.

— Lucrezia Crivelli supostamente devia ser uma dama de companhia para mim e não para você. Por que é, senhor, que ocupa seu tempo com ela a ponto de provocar mexericos na minha corte?

— Madame, lamento que conversa fiada tenha chegado aos seus ouvidos. Sabe como os cortesãos são maliciosos. E não só em Milão, mas em todo o país.

— Há mais alguma coisa que posso fazer por você, Ludovico, além de criar seus filhos, atuar como sua diplomata junto a reis estrangeiros, administrar o reino quando você está doente, e ser sua companheira e amante? Porque, se houver alguma coisa que eu ainda deva fazer a seu serviço, gostaria de ser informada.

Ela não havia enxotado Cecilia Gallerani do palácio por ser dócil. A voz que se ergueu dentro dela à época — aquela à qual só encontra dentro de si quando se sente realmente ameaçada — surge agora e busca impor-se sobre o marido.

— Cara Beatrice — diz ele, pegando-lhe a mão. — Você tem de esperar que essas coisas aconteçam. Sou o homem que expulsou os franceses da Itália. Uma imagem assim causa impressão sobre uma jovem mulher romântica como Lucrezia. Ela está entediada com o marido. Quero dizer, o homem é pouco mais que um *mercador*. Mas a família a empurrou para ele por causa do seu dinheiro. O que ela pode fazer? Está faltando diálogo em casa, para dizer o mínimo. Ela procura minha atenção, mas isto é tudo.

Oh, ele parece tão orgulhoso de si! Beatrice gostaria de dizer-lhe que a papada sob seu pescoço está pendendo perto do esterno; que a pança em volta do seu cinto está cada vez mais ampla; que as veias ao redor dos tornozelos formam uma rede grotesca e que ela passa um tempo difícil olhando para este último lembrete de como ele está muito mais velho do que é a cada vez que remove seus calções. Ela deseja dizer-lhe que ele *é* o Filho da Fortuna, mas que isto é porque tem uma esposa jovem que não somente o ama como também é sua feroz aliada política e defensora. Essa é a verdade, mas ela sabe pelo ar pomposo no rosto dele que tal opinião só iria esvaziar sua grandiosa opinião de si mesmo e jogá-lo de volta nos braços da mulher que acabara de sair da sala.

Em vez disso, ela coloca-se em guarda contra ele, fitando-o nos olhos. Ela não pode deixar de notar que as bolsas debaixo deles estão mais espessas e mais pesadas.

— Milorde, acabei de visitar a Torre do Tesouro e descobri que está vazia. O que diz? Eu, uma princesa da Casa de Este, vou ter que viver como mendiga? Meus filhos vão ser mandados para aprender um ofício?

— Minha querida, você deve me procurar quando tiver perguntas ou preocupações, em vez de ficar xeretando por aí e descobrindo coisas que parecem piores do que são. — Ele está calmo, a voz uma fina seda deslizando sobre ela, suavizando suas emoções agitadas. Que tipo de víbora é ele, para ficar tão calmo sob ataque?

— Eu não estava xeretando — protesta ela debilmente. — Só queria mandar uma pequena jóia para a pobre Isabella, já que deixou Francesco vender as dela para equipar seu exército. Pensei que era o mínimo que poderia fazer, até descobrir que não tínhamos mais nenhum dinheiro.

— Beatrice, desde quando você perdeu toda a sua fé em mim? — pergunta ele, um ar magoado anuviando seu rosto. — Mandei a maior parte do tesouro para as casas-fortes de nossos outros castelos para salvaguardá-lo. Com os franceses a meros trinta quilômetros de Novara, achei que isso seria prudente. Moedas e jóias foram escondidas com parentes e aliados por toda a Itália.

— Mas *messer* Gualtieri disse que tínhamos de pagar os empréstimos feitos pelos nobres, e que é para onde o dinheiro foi. E agora você tem de aumentar os impostos, o que vai enfurecer os cidadãos ainda mais.

— Os milaneses terão que aprender a conviver com os impostos. Eles querem beleza, querem progresso, querem conforto e modernidade, querem ver Deus louvado nas mais grandiosas maneiras, com catedrais douradas e repletas de arte se elevando aos céus, mas não querem pagar por nada disso. Ah, mas os seres humanos são assim. E, aliás, *messer* Gualtieri só sabe o que eu digo a ele, minha cara.

E isso também vale para mim, pensa Beatrice. Mesmo assim, suas palavras não a tranqüilizam.

— Agora, venha para mim — diz ele, abrindo os braços para ela. — Se você não se cuidar, vai acabar parindo um bebê nervoso.

Beatrice vai direto aos braços do marido, deixando seu corpo ir flácido contra o dele. Ela fecha os olhos, esfregando o rosto contra o brocado de sua roupa, permitindo-lhe pôr os braços em torno dela. Ela não se importa, neste momento, em refletir mais sobre seus pensamentos, mas deixa-se afundar na calma escuridão que o corpo dele parece oferecer.

CAPÍTULO OITO

XII * LA MORTE (MORTE)

Para: Ludovico Sforza, duque de Milão
De: Leonardo o Florentino

Excelência,

Chamou-me a atenção que o frade dominicano, prior de Santa Maria delle Grazie, o abordou com queixas acerca de possíveis atrasos no mural da Última Ceia de Nosso Senhor no refeitório. Vossa Excelência deveria estar ciente de que tudo está virtualmente completo, exceto pela cabeça de Judas. Ele foi, como todo mundo sabe, um notório vilão. Portanto, a ele deveria ser dada uma aparência que combine com sua natureza má. Para este fim, por cerca de um ano, se não mais, noite e dia percorri as ruas do Borghetto, onde Vossa Excelência sabe que vivem muitos dos rufiões da cidade. Mas ainda não consegui descobrir o rosto maligno adequado para o que tenho em mente. Tão logo eu descubra este rosto, terminarei o mural em um dia. Mas se minha pesquisa para o modelo apropriado continuar numa trilha infrutífera, usarei o rosto do prior que o procurou para se queixar de mim, já que se adequaria perfeitamente às minhas exigências. Mas ainda estou indeciso quanto a se farei ou não dele uma figura de ridículo em sua própria reitoria.

Quanto à minha alegada inatividade no convento, Vossa Excelência deveria saber que trabalho no mural pelo menos duas horas por dia e, além do mais, as mentes mais elevadas conquistam o seu máximo quando parecem estar fazendo o mínimo. Que é quando alguém completa sua busca do que esteve procurando.

DEBAIXO da grande arcada sustentada por quatro imponentes pilares, Beatrice pára diante do que será seu local de repouso eterno. Desde que Bramante terminou seu trabalho na Igreja de Santa Maria delle Grazie, ela e Ludovico a haviam visitado com freqüência para admirar o trabalho do mestre, para orar e para dirigir a finalização da cripta de mármore de 16 câmaras que Ludovico estava construindo para finalmente servir de sepulcro a ele, sua esposa e o resto da família. Beatrice se pergunta com freqüência se Ludovico quer ficar o mais distante possível de seu irmão e de todos os outros iníquos Visconti sepultados no Duomo, mas ainda assim permanecer em Milão. Certamente, ele não quer ficar perto de Gian Galeazzo, o falecido duque de Milão, enquanto rumores da responsabilidade de Ludovico pela sua morte ainda pairam pelo reino como corvos furtivos. Embora Ludovico sempre negasse ter tido qualquer cumplicidade na morte do jovem duque, Beatrice imagina que ele não desejaria passar a eternidade num lugar onde o espírito do duque pudesse querer vingar-se dele ainda que não merecesse. A Santa Maria delle Grazie fica do outro lado da cidade, perto da Porta Vercellina, e bem fora do alcance de quaisquer espíritos furiosos sepultados no Duomo, ou assim imagina Beatrice.

Ela não fazia a menor idéia de que passaria muito tempo nessa igreja enquanto ainda estivesse viva; nenhuma idéia de que uma das câmaras mortuárias estaria ocupada muito em breve. Mas ela visitava a igreja diariamente nas semanas que se seguiram à morte de Bianca Giovanna. Aconteceu de repente, em Vigevano, no final de novembro, logo depois que o tempo esfriou. A garota comeu alguma coisa que não lhe fez bem e foi para a cama. Ninguém se preocupou excessivamente com isso. Bianca Giovanna tinha o estômago delicado, mas os acessos que sofria eram sempre de curta duração. Mas dessa vez suas dores tornaram-se crescentemente graves, e antes que um médico pudesse diagnosticar sua condição, a vida a abandonou.

Galeazz, casado por menos de um ano, recolheu-se. Ludovico estava inconsolável e trancava-se sozinho nos seus aposentos, fechando seu coração e suas portas para a esposa. Beatrice sequer podia contar com Isabella, pois poucas semanas antes da morte de Bianca Giovanna, a segunda filha de Isabella, Margherita, havia morrido em seu berço. Beatrice não podia ir a Isabella e nem esta podia vir a Milão. Francesco caíra gravemente doente com uma febre na Calábria, onde estava estacionado com seu exército, e Isabella o estava trazendo de volta a Mântua, lentamente, e em pequenos deslocamentos.

Grávida de sete meses, Beatrice tinha sido deixada sozinha em pesar. Ela ansiava por seu marido, mandando-lhe bilhetes e mensagens, pedindo que a deixasse consolá-lo, pedindo que ele tentasse consolá-la, uma vez que ela também sofria com a perda da garota. Mas Ludovico ignorou seus apelos, enviando-lhe finalmente um sucinto bilhete: *Perdoe-me, Beatrice. Você só me faz lembrar dela.*

O único lugar em que Beatrice podia encontrar consolo era com a própria Bianca Giovanna. Toda manhã, ela conduzia sua carruagem até Santa Maria delle Grazie e sentava-se junto à tumba da garota, falando com ela, perguntando-lhe se, do mundo dos espíritos, poderia inspirar seu pai a abrir as portas, os braços e o leito de novo para Beatrice. O rumor era de que Ludovico não estava sofrendo sozinho, como dera a entender a Beatrice. Supostamente, ele chorava tarde da noite nos braços da bela Lucrezia Crivelli. Todo mundo sussurrava sobre isso, em tons baixos, claro, se Beatrice estivesse presente. Mas ela não podia evitar em crer que esses sussurros *sotto voce* destinavam-se a seus próprios ouvidos. Parecia que ninguém aprovava a ligação de Ludovico, nem mesmo os anões de estimação. Mathilda deixou escapar, enquanto bêbada, que ela se recusava a ser alegre na presença do duque, não importa o quanto ele pedisse por uma pequena piada, em protesto pelo tratamento que dispensava à duquesa. Beatrice não sabia o que era mais humilhante: se o fato de que Ludovico estava se consolando com os encantos de Lucrezia enquanto sua esposa era deixada para sofrer sozinha, ou se a piedade do reino sobre o modo como o duque a vinha tratando. Apesar de tudo isto, ela sentia sua falta. Ela deseja que ele volte a confiar nela e retorne a sua cama. Juntos, eles podem resolver qualquer problema, superar qualquer obstáculo, até mesmo o obstáculo das garras de outra mulher no seu coração.

Beatrice tentava buscar consolo na criança que crescia em seu útero, como as mulheres supostamente fazem quando a atenção de seus maridos se desvanece, mas a pequena criatura não a confortava. Crianças são uma das maiores recompensas de Deus, mas não substituem um marido ao lado de uma mulher. Os únicos momentos de refúgio de Beatrice eram acompanhados de grande dor. Ajoelhando-se junto ao túmulo de Bianca Giovanna, sussurrando seus problemas para a garota morta e fazendo apelos a Nosso Senhor para melhorar sua situação, ela descobria a única companhia que lhe agradava.

Então, depois de transcorrido um infeliz Natal, sem nenhum aviso, Ludovico saiu do seu confinamento no primeiro dia do ano. Chegou aos aposentos dela não com os braços abertos para confortá-la, mas com um plano para completar seus grandes melhoramentos para a cidade.

— Fui inspirado — disse ele. — Devemos prosseguir, Beatrice. Minha garotinha desejaria que parássemos com nosso pesar para retomar nossas ocupações terrenas.

Não era exatamente o que Beatrice queria ouvir, mas ela interpretou seu entusiasmo, após mais de um mês de exílio auto-imposto, como um sinal de que as coisas iam melhorar.

— O que tem em mente? — perguntou ela.

— Usaremos em nosso favor a situação financeira desesperada do *Magistro*! — diz ele, seus olhos exibindo a exuberância de vida que estivera ausente desde que pôs Bianca Giovanna no túmulo.

Ludovico explicou que entrara dinheiro novo nos cofres, graças ao aumento dos impostos. Eles adiantariam ao *Magistro* dinheiro suficiente para instigá-lo a voltar a servi-los, retendo a maior parte até que ele completasse o mural da Última Ceia e o acréscimo aos retratos da família na parede oposta. Talvez pudessem até mesmo tentá-lo a terminar os aposentos de Beatrice a tempo para o nascimento da criança. Em qualquer caso, os dois projetos no refeitório de Santa Maria delle Grazie tinham de ser completados primeiro, porque Ludovico estava cansado das queixas do prior acerca da procrastinação do *Magistro*. Ludovico prometeu que usaria quaisquer meios necessários para forçar o *Magistro* a concluir os projetos, mas ele também capitalizou em cima da frustração do prior, exigindo que a Ordem dos Dominicanos absorvesse parte dos custos do grande mural, o que fez o prior reclamar ainda mais.

— Por que o *Magistro* não pode se comportar do modo tradicional de um artista, digamos, como fazia Montorfano? Concordamos sobre o conteúdo do mural, neste caso, a pintura da Crucificação. Adiantamos a ele metade do dinheiro. Ele pintou por um mês ou dois. Os óleos secaram. Nós aprovamos seu trabalho. Ele é pago sem pestanejarmos!

Beatrice notou que a frustração especial que Ludovico reservava para o *Magistro* era com freqüência mais intensa do que a ira manifestada contra seus inimigos políticos.

— E no entanto, Excelência, devo lembrar-lhe que o mural de Montorfano é um tanto comum, ou pelo menos assim dizem todos os especialistas em sua corte. Isabella também julgou assim. Ele é amplo e grandioso, e enobrece a Ordem dos Dominicanos. Mas não existe nada do gênio no mural. — Beatrice estava pensando que tanto ela quanto Leonardo haviam dado a Ludovico muito mais que o comum, e ele ainda considerava os dois meras ferramentas para desenvolver suas próprias ambições. Nada mais. Ludovico se considerava o sol, o resto deles não passando de planetas menores.

— Isto reforça meu ponto de vista, Beatrice — disse ele. — A pintura da Última Ceia do Senhor está se revelando ser não menos que uma obra-prima. As pessoas viajarão milhares de quilômetros só para vê-la, estudá-la, elogiá-la. — Ludovico parecia estar se trazendo de volta à vida com cada palavra que dizia, de repente inflamado com seus próprios pensamentos. Suas faces, encovadas nas semanas recentes, estavam inflamadas como no passado. — Na parede oposta, incorporados no mural por Montorfano, elas verão os retratos da família sob cujo patrocínio o *Magistro* desenvolveu seu gênio. Por fim, o mundo terá uma de suas grandes obras em forma completa para admirar. E seremos eternamente reconhecidos como aqueles que tornaram possível este talento inigualável florescer. Pense nisso, Beatrice, nós e o *Magistro* estaremos todos unidos na imortalidade!

Você deveria ter casado com minha irmã, ela queria dizer. Pois Isabella estava sempre buscando fama e imortalidade. Beatrice estava mais preocupada com a qualidade de suas vidas no aqui e agora.

— Nós o faremos incorporar nossos brasões e escudos, não só os meus, mas os seus, e aqueles de nossos filhos, no mural, de modo que para sempre todos saberão que foi a família Sforza que possibilitou, por seus consideráveis esforços e dinheiro, esta grande obra!

— Mas certamente você não deseja que eu pose para o *Magistro* nesta condição inchada — disse ela, pondo as mãos na barriga.

— Mas Isabella posou para Mantegna quando estava grávida, e veja só o resultado. A pintura do monte Parnaso é uma obra-prima, comentada em toda a Itália. Estão dizendo que Isabella parece mais a deusa do que a própria Vênus. E assim será com você.

— Duvido — disse ela. — Já estou mais roliça do que estive na última gravidez. Deixe-me esperar até que o bebê nasça. Irei me exercitar com meu cavalo diariamente até estar em forma de novo.

— Quem sabe que estranhas invenções estarão ocupando a mente do *Magistro* à ocasião? Ele precisa de dinheiro agora. Está disposto a trabalhar agora. Vamos aproveitar. Esta é a nossa chance, repito. Dizem que ele está fazendo planos secretos para testar sua máquina de voar. Insisto que você pose antes que ele se lance de um telhado e mergulhe para a morte.

— Mas não me importo tanto em estar em torno dele, Ludovico, especialmente enquanto estou grávida. Ele é encantador, com certeza, mas para mim é também assustador, até mesmo agourento. Não gosto que ele desenhe bebês no útero, ou que abra os mortos para descobrir os segredos do corpo. Esses são mistérios que pertencem a Deus. Não são para conhecimento dos homens, do contrário Deus nos teria feito transparentes.

— Ah, Beatrice, você doma facilmente cavalos que deixam grandes guerreiros pálidos de medo, mas tem receio de um artista. Você é incoerente, minha esposa.

Ele sorriu para ela da antiga maneira, a maneira que evocava uma intimidade entre eles; que evocava o fato de ele conhecê-la melhor do que os outros e admirá-la por sua singularidade. Esse comentário e esse sorriso a encorajaram a concordar em posar para o *Magistro* já no dia seguinte.

Assim, nesta manhã, ela está a caminho do refeitório para posar para Leonardo. Antes de encontrar-se com ele, Beatrice parou na igreja para agradecer a Bianca Giovanna por interceder com seu pai. Beatrice teria preferido um retorno aos velhos dias de intimidade um com outro — noites de sexo e riso — à conspiração para completar uma obra de arte. Mas talvez este acesso de entusiasmo tenha sido tudo o que Bianca pôde instigar do túmulo. Talvez um retorno ao modo como as coisas eram antes levasse tempo. Talvez, com o nascimento de outro filho, Beatrice pudesse ser capaz de tirar Lucrezia do coração de Ludovico, tal como fez com Cecilia. Sim, talvez tudo acabasse bem no final.

Apesar de ser um dia ensolarado, a temperatura dentro da igreja é gélida e Beatrice sente o frio desta manhã percorrer todo o caminho até o interior de seus ossos. Ela julga sentir o bebê no seu ventre estremecer, portanto fala a Bianca num tom apressado.

— Gostaria de poder enlaçá-la com os braços e livrá-la deste frio terrível, minha querida garota. Lembra-se de como costumávamos sentar perto da lareira e conversar? Minha santa menininha, pergunte a Nossa Senhora se nos permitirá momentos assim quando eu me juntar a você no céu Dele, pois este é o único lugar em que você poderia estar.

Ela sempre detesta deixar Bianca Giovanna sozinha neste lugar gélido, com 15 criptas vazias circundando-a, mas ela se força a imaginar que o espírito da garota não está solitário, mas sentado junto aos pés de Deus, pois é o lugar a que pertence uma alma tão doce. Beatrice tem a fugaz idéia — ou melhor, esperança — de que está grávida de uma menina; outra linda menininha para substituir a filha perfeita de Ludovico. Uma menininha iria abrir seu coração, tanto para a criança quanto para a mulher que o presenteou com ela. Beatrice hesita, desejando voltar até o altar e fazer uma prece para que a criança seja uma menina. Mas se não for — e passou meses pensando que não era —, não quer insultar nem o bebê nem Deus, que toma tais decisões. E se ela irritar Deus, questionando Seu julgamento em enviar-lhe uma criança do sexo que Ele escolheu? Isabella tinha rezado por um menino, e Deus levara a filha de sua irmã quando o bebezinho estava apenas com dois meses de vida.

— Sinto muito — sussurra ela para o bebê, aquecendo as mãos frias no veludo que cobre seu ventre. — Não quis dizer que desejaria que se fosse. Eu o amo não importa quem seja. Quem quer que seja, menina ou menino, mal posso esperar para ver seu doce rosto e tocar suas mãozinhas e ouvir seus gritinhos de anjo.

Ocorre-lhe que não pode ser bom para uma vida nascente passar todo este tempo na companhia dos mortos, e ela se apressa para fora da igreja rumo ao pátio da reitoria, onde vê o *Magistro* acabando sua última fatia de pão. Ele mastiga rapidamente, fazendo-lhe uma mesura, acha ela, para encobrir o fato de que está deglutindo.

— Bom-dia, *Magistro* — diz ela. — Não está o céu de um azul extraordinário para este dia frio de inverno?

— Excelência — diz ele, limpando as migalhas de sua barba. — O céu não é realmente azul, não sabia disso? Fiz um estudo a respeito. O azul é uma ilusão. Sua cor é meramente um resultado do modo como os raios do sol se refletem sobre a água contida nos céus.

— Mas se não é realmente azul, de que cor ele é?

— Este grande teto azul está meramente cobrindo uma escuridão eterna e insondável. Como acontece com muitas coisas, uma fachada de beleza esconde o escuro e o desconhecido.

Leonardo a toma pelo braço, conduzindo-a em direção ao refeitório, inconsciente, pensa ela, do efeito que sua declaração lhe causou. Não acha que seja sábio para um homem fazer tais investigações sobre os portentos da natureza. Se Deus quer que vejamos azul, que assim seja, tem vontade de dizer. O Senhor teria suas razões. Que bem pode advir de revelar Seus segredos?

Beatrice pára Leonardo do lado de fora das portas duplas que conduzem ao refeitório dos monges.

— *Magistro*, preciso perguntar-lhe. É verdade que construiu uma máquina com asas e que pretende voar nela?

— Sim, Excelência, é verdade.

— Mas se falhardes, ou se a máquina voadora fracassar, isto não será o seu fim? Pergunto isto por preocupação. O duque e eu o temos no mais alto conceito. Eu negligenciaria meu dever se permitisse que um homem de seus talentos desgraçasse a si mesmo enquanto ao nosso serviço.

Mas ele se limita a sorrir-lhe.

— Fiz alguns testes preliminares que me deixaram muito otimista. Como pode ver, permaneço incólume.

— Não teme que, em sua tentativa de voar, esteja desafiando Deus, que criou os pássaros com asas e o homem para andar no solo?

— Ora, não, Excelência. Acredito que o próprio Deus me inspirou para criar a máquina voadora. E mesmo que eu estivesse tentando desafiar Deus ao voar, creio que Ele me perdoaria. Os homens estão sempre agindo em desafio a Nosso Senhor, e não posso ver onde Ele tenha castigado muitos deles.

Entram no refeitório, trazendo com eles para o interior do aposento uma rajada de ar frio. Boa parte do mural de Leonardo da Última Ceia de Nosso Senhor está oculta por andaimes, mas Beatrice sente-se feliz ao ver que a face de Jesus está à mostra. Ela sempre extraiu conforto do rosto de Jesus, e às vezes, ultimamente, quando em visita ao túmulo de Bianca Giovanna, tem espichado a cabeça para dentro do refeitório para dar uma olhada. Olhos fixados para baixo, as palmas das mãos abertas, Jesus está absolutamente sereno enquanto anuncia o fato da traição. Ele usa mantos simples em escarlate e azul, as cores dos Sforza, um tributo sutil do *Magistro* à família reinante. Sua cabeça inclinada está posicionada no centro de uma janela atrás Dele, de modo que Ele seja emoldurado pela brilhante luz externa. De há muito o *Magistro* abandonou os halos na pintura religiosa, como Isabella observou à irmã, mas para marcar a divindade de Jesus o *Magistro* circunda em luz divina provinda de uma fonte natural. Beatrice não pode evitar de pensar que o *Magistro* deu intencionalmente a Jesus esta espécie de halo. O olhar do observador é naturalmente atraído para o Cristo no centro, e para além, fora da janela, onde a paisagem tem um horizonte infinito que parece se estender da própria parede do refeitório para a eternidade. É como se o *Magistro* estivesse fazendo um contraste entre a natureza finita do evento que ocorria no cenário da pintura e a natureza eterna que é a essência de Jesus. Beatrice deixa seu olhar se mesclar com o do Senhor. Se Jesus pôde ficar tão sereno na hora de ser traído por alguém que amava e confiava, então ela também pode. É como se Nosso Senhor estivesse dizendo a ela para ter coragem diante de sua recente dor. Avaliando este presente drama, Ele parece dizer que ele é temporal, *ao passo que o amor que lhe prometo é eterno.*

Ela informará ao marido que o *Magistro* está por finalizar sua grande obra. Ela e Ludovico visitavam o refeitório de tempos em tempos para fiscalizar o progresso da pintura — ou a falta dele. Na primeira vez, chegaram com os aprendizes de Leonardo e seu equipamento, observando o rosto atônito do prior enquanto tábuas para escadas e andaimes, rolos de corda, guindastes e roldanas eram trazidos para o salão debaixo do seu nariz. Esses materiais eram seguidos por tigelas de ovos para misturar a têmpera, grandes cântaros de óleo, vasos de cerâmica cheios de pigmentos de cada matiz de cada cor, pedras de lápis-lazúli e os almofarizes para transformá-las num pó para misturar a cor azul, e dezenas de paletas e pincéis.

— Mas tudo isso no nosso refeitório? — tinha perguntado o prior. — Montorfano nunca chegou a este ponto!

— Não pode esperar que o *Magistro* cubra dez metros de parede com apenas um pouquinho de tinta — respondeu Ludovico, enquanto os aprendizes e operários contratados carregavam cavaletes de modo que o mural pudesse ser copiado e estudado mesmo enquanto o *Magistro* o pintava. Eles montaram grandes mesas de trabalho nas quais foram espalhadas suas centenas de estudos para as várias partes do mural — cabeças, perfis, rostos, pés, mãos, narizes, mantos, cortinas, pratos, copos, até mesmo diferentes tipos de comida, tudo esboçado em giz vermelho e preto. Em breve o salão ficou abarrotado, e o prior perguntava por quanto tempo seu clero faria as refeições com o forte cheiro de linhaça que já impregnava o ambiente.

— Meu caro padre — disse Ludovico —, Giotto podia pintar um mural em dez dias. Quanto tempo um gênio maior como Leonardo poderia ficar atrás dele? Além disso — acrescentou —, vocês são homens de Deus, que juraram fazer qualquer sacrifício pela glória Dele. Qual é o sacrifício de jantar nessa confusão comparado ao sacrifício que o Salvador fez por todos nós na cruz?

O prior não podia contestar este argumento, e portanto calou-se — por algum tempo.

O *Magistro*, desejando explicar sua concepção para o mural aos seus patronos, citou cerimoniosamente do Evangelho Segundo Mateus:

— "Ao cair da tarde, ele pôs-se à mesa com os Doze e, enquanto comiam, disse-lhes: 'Em verdade vos digo que um de vós me entregará.' Eles, muito entristecidos, puseram-se — um por um — a perguntar-lhe: 'Acaso sou eu, Senhor?' Ele respondeu: 'O que comigo põe a mão no prato, esse me entregará.'"

E o *Magistro* continuou:

— A tarefa de um artista é dupla: retratar a pessoa e retratar o estado mental da pessoa. Retratarei cada apóstolo e seu estado mental no momento em que o Senhor anuncia que um deles O trairá.

Satisfeito porque o *Magistro* estava suficientemente interessado em dedicar-se e completar o mural, Ludovico o deixou sozinho. Ele e Beatrice visitaram o refeitório algumas semanas depois, quando constataram, para sua surpresa feliz, que as figuras já estavam delineadas na parede em fina tinta preta. Lentamente, nos meses que se seguiram, uma grande varredura de cor começou a cobrir a parede e o prior parou de queixar-se porque agora podia ver progresso diário. Embora quisesse ver o artista e sua equipe de assistentes fora do refeitório com aquela quantidade de material imundo, também podia antever que os dominicanos de Santa Maria delle Grazie estariam de posse de uma grande obra de arte.

Mas isso se passara há dois anos.

Embora a maior parte da pintura esteja completa, Judas — Beatrice presume que seja ele porque a figura está segurando uma bolsa — permanece sem a cabeça. E ao contrário de todas as representações deste evento, Judas senta-se do mesmo lado da mesa que os outros.

— Judas é sempre retratado isolado dos demais, sentado do lado oposto de Nosso Senhor e dos apóstolos. Por que o representou do mesmo lado que eles? — pergunta Beatrice.

— Porque, Excelência, ele deve ter sentado — responde Leonardo educadamente, como se todos os pintores através dos tempos até ele próprio estivessem simplesmente errados. — Deve-se considerar o estado mental do traidor. Ele deveria ter feito alguma coisa para manter sua má ação em segredo. Tentaria parecer o mais inocente possível. Não ficaria apartado dos outros, pois levantaria suspeita. Um drama deve ser o mais possível parecido com a vida para convencer.

A pintura é, de fato e como prometido, um drama. Cada um dos apóstolos está congelado em um momento, tudo o que passa por sua mente, e o medo de ser aquele que trairá o Senhor, se delineiam na sua expressão e em cada movimento corporal. Beatrice nunca viu uma pintura que capte com tal perfeição um momento no tempo. É como se o *Magistro* parasse o próprio Tempo e o preservasse em seu mural. O efeito é soturno, ela acha, outro dos truques místicos de Leonardo, indubitavelmente trazido de suas pesquisas sobre o funcionamento interior da mente e corpo humanos. Ela decide trazer a conversa de volta a um nível mais prático.

— E por que a cabeça de Judas ainda não está pintada?

— Porque ainda não encontrei o modelo correto para ele, um rosto que possa personificar a traição em si.

— Mas um traidor poderia ter muitos rostos, algum deles vistoso ou gracioso ou inteiramente belo. — Beatrice sente-se engasgada pelas palavras enquanto elas saem de sua boca. O *Magistro* sabe que a duquesa foi recentemente traída por dois rostos, um belo e o outro gracioso? Será que ouviu os mexericos? Tem pena dela até a ponto de dever preservá-la?

— Isso é verdade — diz ele, sombrio. — A traição é com muita freqüência ocultada por um rosto doce ou bonito. — Ele diz isto não de maneira condescendente, como se estivesse respondendo a um mexerico da corte, mas como alguém que também foi golpeado pelo impostor por trás da máscara de beleza. Ela nunca o viu parecer tão vulnerável. Suas sobrancelhas se franzem e ela nota o estranho emaranhado de linhas que parte dos cantos de seus olhos como desenhos a lápis dos raios do sol. Uma linha de preocupação divide sua testa, dando a impressão que o rosto dele pudesse partir-se em dois se continuasse com qualquer que fosse o pensamento que estivesse passando por seu cérebro.

— Por que é que nas outras representações da Última Ceia Judas está isolado, mas na sua é Jesus quem parece tão sozinho?

— Porque, Excelência, se tivesses acabado de profetizar que seria em breve traída por alguém a quem amasse e confiasse, e se a traição fosse inevitável, o que sabia porque lhe tinha sido revelado por Deus, estando portanto além de discussão, não vos sentiria isolada?

— NOSSA tarefa em conjunto é simples — diz Leonardo, guiando Beatrice até a parede sul do refeitório, onde ele vai inserir o retrato dela no mural de Montorfano. O aposento não tem nenhuma lareira e o calor das gamelas sobre o fogo ardente parece dissipar-se no teto alto antes que possa fazer aquecer quem quer que seja. Beatrice tirita enquanto o *Magistro* explica. — Você verá no lado esquerdo da pintura onde delineei o perfil do duque e seu filho mais velho. Vê como eles estão ajoelhados, como se estivessem sendo abençoados pelo papa ou São Francisco? À direita do mural, pintarei também o seu perfil, Excelência, com seu filho mais novo ao lado, ajoelhando-se ao abrigo das freiras dominicanas, às quais o excelente Montorfano pintou de forma tão interessante na cena da crucificação de Jesus, alguns milhares de anos antes.

Estaria ele zombando do outro artista? Leonardo continuava envolvido num monte de batalhas legais ao se recusar a fazer concessões visando a glorificar os que controlavam os cordões da bolsa nas encomendas que aceitava. O mural de Montorfano, de fato, incorporava todas as convenções da época atual rejeitadas pelo *Magistro* — um pano de fundo clamorosamente italiano para a Crucificação; anjos com asas multicoloridas voando em torno; demônios empoleirados nos ombros dos iníquos enquanto santos sussurram nos ouvidos dos bons; a presença do papa e outros clérigos; e soldados e cruzados a cavalo, testemunhando o sofrimento do Senhor. O mural oferece um efeito geral de tristeza, ao passo que a pintura do *Magistro* testemunha o momento de clímax de um grande drama. Pode-se ver não apenas o personagem, mas, como o próprio Leonardo disse, cada estado mental dos personagens.

— Só preciso fazer um esboço do seu perfil — diz ele, enquanto seus assistentes trazem-lhe folhas de papel de cada tamanho e peso. Sem nada falar, ele rejeita cada peça de pergaminho até achar um que mereça sua aprovação. — E gostaria também de fazer um esboço de suas mãos unidas em prece.

Os assistentes retomam a sua tarefa de misturar cores, presumivelmente para que Leonardo possa mais tarde continuar a trabalhar na Última Ceia. Isto é o que Beatrice relatará a Ludovico, de qualquer modo. Cavaletes se espalham pelo cômodo, sobre os quais repousam cópias da Última Ceia. Alguns deles estão cobertos com compridos panos de musselina, ocultando as pinturas. Um, em especial, parece fantasmagórico, pensa Beatrice, sentando-se na cadeira que o *Magistro* lhe trouxe. Ela não consegue tirar os olhos de sua forma alta e branca. Seu topo em forma de cone projeta-se do cavalete como se permanecesse ali na solidão de um espectro, parecendo muito misterioso, mas ao mesmo tempo ansioso por revelar-se. Isabella sempre afirma que não existe nada mais excitante que retirar o pano que cobre a obra de um grande artista. Se ela estivesse aqui, teria pedido ao *Magistro* que lhe mostrasse sua obra, como se fosse a coisa mais natural a fazer. Mas Beatrice fica sem jeito de pedir para ver o que o artista cobriu. Ele deve ter suas razões para cobrir a obra, pensa.

Como Ludovico diz que deseja fazer um esboço de suas mãos, Beatrice tira as luvas de couro, revelando sua pele pálida e seca. Ela tem

21 anos de idade; como é que a pele no dorso de suas mãos pode parecer mais enrugada do que o pano amarrotado que cobre as pinturas? A sala é muito fria, mais fria até do que a igreja onde jaz Bianca Giovanna, fazendo a pele de Beatrice arrepiar-se ainda mais.

— Excelência, suas mãos tremem. Vou pedir ao frade na cozinha que prepare um caldo quente para aquecê-la — diz o *Magistro*, seus olhos cheios de preocupação enquanto deixa o local para pedir a sopa.

Beatrice se enrola com o manto, pondo-se de pé de modo que possa caminhar para aquecer-se. Ela é atraída pela pintura coberta. Acha que dará uma espiada por debaixo do pano, talvez descubra alguma obra-prima em acabamento que descreverá mais tarde naquele dia em uma carta para Isabella. Beatrice já pôs na cabeça que convidará Isabella para ficar com ela em Milão quando seu bebê nascer. Como presente para sua irmã, ela se certificará de que Isabella pose para o *Magistro* — e não neste gélido refeitório para um mero esboço, mas num salão do castelo perto de uma lareira aquecedora, onde desenhos serão feitos para uma fina pintura a óleo como aquela que Leonardo fez para Cecilia. Beatrice não confiará esta empreitada a Ludovico, que só a levará a cabo se puder pensar em algo que possa pedir a Isabella em troca. Ela pedirá pessoalmente ao *Magistro*. Como foram tolas as competições entre as irmãs no passado! Agora são duas mulheres adultas, ambas sofrendo com perdas. Presentear Isabella com um retrato feito pelo *Magistro* é o mínimo que Beatrice pode fazer por sua irmã.

Os aprendizes estão ocupados em seus afazeres. Certamente não impediriam a duquesa de dar uma espiada num trabalho em andamento. Afinal de contas, é sem dúvida o dinheiro dela que está financiando qualquer trabalho que esteja sendo feito debaixo daquele comprido pano branco. Fingindo aproximar-se de uma das tigelas em chamas para aquecer-se, ela se inclina e levanta a cortina, revelando o canto inferior à direita da pintura. Pode ver que o painel é de madeira escura, nogueira, tal como o painel que Leonardo usou para o retrato de Cecilia. Ela ergue a vista para ver se está sendo flagrada no seu ato de espionagem — não está — e então levanta o pano um pouco mais. Sobre a lona, uma faixa amarela, parecida com a que o *Magistro* pintou nos ramos no teto de seus aposentos, repousa contra um manto de veludo escarlate. Intrigada por ter descoberto o que é indubitavelmente um retrato, Beatrice continua a descobri-lo, ansiosa para saber quem seria o modelo. Se o *Magistro* está aceitando encomendas para retratos, então dificilmente será capaz de recusar quando ela lhe pedir para retratar sua irmã.

Lentamente, ela ergue o pano. Veludo vermelho ornamentado com dourado compõe o corpete do vestido do modelo. As contas de um colar simples pendem abaixo da faixa bordada que margeia o pescoço, expondo uma pele cremosa. O ombro é curvilíneo, o pescoço longo. O modelo é uma mulher jovem. O queixo é redondo, os lábios carnudos, mas seriamente assentados. O cabelo cor de corvo, puxado para trás numa espécie de trança, abraça um malar saliente.

De repente, os olhos se revelam. Estão virados levemente para a esquerda, como se o tivessem feito com freqüência em tempos recentes, quando Lucrezia Crivelli tinha sido tímida demais, ou culpada demais, para sustentar o olhar direto de Beatrice. Lucrezia recusa-se uma vez mais a olhar direto para ela, em vez disso virando seu olhar sério — quase atento — para alguma coisa logo ao lado do retrato. Olhe para mim, Beatrice tem vontade de gritar, a dor tomando conta de seu corpo. Sente a cabeça zonza, e o estômago enjoado ao mesmo tempo, e não sabe se é melhor curvar-se ou jogar-se no chão. Agarra o cavalete para apoiar-se, quase derrubando-o. O barulho alerta os aprendizes.

— Não me sinto bem — diz ela, baixando o pano sobre a pintura e olhando para o piso de pedra do refeitório, não querendo que eles vissem seu rosto afogueado e perturbado. Um dos rapazes tenta aproximar-se para oferecer o braço, mas, sem olhá-lo, ela passa correndo por ele em direção à porta.

As árvores no pátio do refeitório estão nuas. O céu passou de azul para cinza, e o ar parece muito mais frio do que apenas um momento atrás. Beatrice vê que seus criados a esperam em duas carruagens, todos amontoados para se manter aquecidos, enroscados sob grossos cobertores, e rindo a qualquer mexerico que estejam trocando para afastar seu pensamento do tempo frio. E se a conversa fiada que traz aqueles sorrisos aos rostos deles for de que a ingênua duquesinha posa para um retrato da família de autoria do *Magistro*, a ser pintado numa pose solene com o marido e os dois filhos, glorificando sua união e sua prole, enquanto ela está também posando bem debaixo do nariz de Lucrezia Crivelli, que conquistou o coração de Ludovico?

Ela não pode, não poderá, retornar às carruagens só para ver suas damas tapando a boca, aquietando os mexericos, porque sua vítima acabou de aparecer. Ela vê a porta da igreja e fica sabendo para onde ir — para Bianca Giovanna, cujo espírito doce ouvirá seus problemas e a tranqüilizará.

A igreja está vazia, gélida e úmida. Beatrice cai no chão junto à cripta de Bianca.

— Estamos ambas sozinhas — grita ela com as mãos no rosto. — A única diferença é que seu marido estaria com você, se pudesse. O meu usa a morte de sua preciosa filha como uma desculpa para ficar longe de mim enquanto se consola com outra mulher. Ela é tanto assim melhor do que eu? — Beatrice suplica à garota morta, que não oferece resposta. Sente um puxão no interior do seu útero, como se o bebê tivesse de súbito se tornado pesado demais para seu corpo e estivesse forçando para sair. Ela se dobra, apertando a barriga. O bebê parece estar se apresentando a ela nesta hora de necessidade.

— Nem esta criança significa nada para ele?

Em apenas uns poucos anos, ela passara de queridinha, confidente e parceira de seu marido para sua máquina de procriar. Lucrezia Crivelli é linda, verdade, porém mais velha que Beatrice, além de casada. E, Beatrice tem certeza, não se compara intelectualmente a Cecilia ou Isabella, suas antigas rivais. O que ela está oferecendo a Ludovico que ele não possa encontrar nos braços da esposa? Ludovico simplesmente se cansou de Beatrice a ter possuído? Os homens automaticamente se cansam de uma mulher depois que ela lhes dá o melhor que pode oferecer — amor, companheirismo, cumplicidade em suas ambições, crianças para carregar seu nome e fortuna? Beatrice acha que o amor de uma mulher é algo a se venerar, não para ser descartado por causa de um novo brinquedo.

E que brinquedo? Beatrice acha que Lucrezia parece horrível no retrato do Magistro — implacável, séria, ombros enrijecidos, como se preocupada com alguma coisa. Como se tendo algo a esconder. Beatrice está certa de que Leonardo, como o resto do reino, está incomodado com a indiscrição de Ludovico e tornou Lucrezia menos desejável do que ela o é. O retrato parece a ela um dos que o *Magistro* tivesse esboçado o perfil e deixado a pintura por conta de seus aprendizes, uma vez que o rosto não incorpora nem a vida, nem o mistério, nem a beleza e nem a animação do retrato de Cecilia.

Mas o significado do retrato de Lucrezia é inevitável. É uma indicação de que os sentimentos de Ludovico por ela são permanentes. Ela substituiu Beatrice. Ele não disse que só pediria ao *Magistro* que pintasse uma mulher que amasse? Agora tinha visto a prova terrível de que o afeto dele lhe havia escapado como água sendo drenada para o esgoto. O que lhe resta fazer?

Você tem seus filhos, as pessoas irão sussurrar para ela. Beatrice já ouve suas vozes na sua cabeça, antecipando as palavras que virão se ousar queixar-se a qualquer um acerca do seu apuro. Como se isto fosse tudo que ela, ou qualquer mulher, deveria almejar. Beatrice tem apenas 21. Deve ela passar o resto de sua vida paparicando os filhos e atendendo suas necessidades, enquanto seu breve romance com o marido se desvanece cada vez mais de sua lembrança? Nem pensar.

Eu deveria tê-lo jogado a Luís de Orleans em Novara e depois estabelecido meu próprio acordo com os franceses. Por que ela o ajudou? O que ganhara como agradecimento? *Eu deveria ter ficado do lado de Isabel de Aragão e de Nápoles.* Teria sido uma opção mais sábia. Então, talvez, o jovem duque ainda estivesse vivo, e Beatrice e Isabel estariam governando o reino enquanto Gian Galeazzo se ocupava com vinho e traseiros de rapazes, e o atual duque de Milão estaria morto numa prisão napolitana. Poderia Isabel — a melancólica e infeliz Aragão — ter sido uma parceira pior ou mais mentirosa do que Ludovico?

— Oh, filha infeliz, perdoe-me por relembrar os erros do seu pai diante do seu túmulo. — Está ela lançando um pesar involuntário no espírito daquela garota? Ainda assim está amarga, e Bianca Giovanna, que havia testemunhado os triunfos de Beatrice com Ludovico certamente entenderia sua tristeza neste último e mais devastador fracasso.

As damas de Beatrice — misericordiosamente não a Crivelli, a quem ela neste momento poderia rasgar em pedaços como um leão estraçalhando um coelho — aparecem nos fundos da igreja, gritando que estes incessantes pesar e tristeza não são bons nem para a duquesa nem para o bebê. Como Bianca Giovanna tinha sido uma garota feliz e não desejaria que sua morte causasse pesar permanente àqueles que ela amou. Como o frio na igreja certamente pode se assentar nos ossos de Beatrice e fazê-la dar à luz a um bebê doentio. Ela sente braços puxando-a do chão de pedra, arrastando-a para fora.

— Você tem sorte — diz ela para a cripta, surpresa com o silvo de serpente que emana de sua garganta. Ela algum dia soou tão venenosa em toda a sua vida? — Você morreu antes que seu marido cansasse de você e a descartasse.

Dos cadernos de Leonardo:
O cisne é branco sem qualquer pinta, e canta docemente enquanto morre; com esta canção sua vida termina.

Ela se humilhou diante de membros da sua corte. Eles guardarão suas palavras partilhadas com o cadáver de Bianca Giovanna e as espalharão através do reino. Sua estatura como a esposa errada está confirmada agora pelo seu próprio testemunho. Antes de 15 dias, toda a Itália saberá.

Ela pouco pode fazer para conter o dano. Poderia falar com Ludovico, torná-lo ciente do mal que está causando não só a ela, mas à força e santidade da família deles e a todo o reino por extensão. Mas ela está sem ânimo para pedir sua atenção ou seu afeto, ou mesmo sua lealdade. Se ele não percebe o que está fazendo — que remover o seu amor é a morte de algo belo — não será ela quem vai recordá-lo disso.

Ela prefere esquecer, e é por isso que chamou os cantores e os músicos para seu salão de baile esta noite. Resta-lhe apenas um mês antes de recolher-se para os trabalhos de parto, e com esse tempo invernal não pode passá-lo como gostaria, lá fora, montada em seu cavalo, caçando até o sol se pôr. Assim, decidiu que a alegria será a palavra de ordem da noite.

Ela não convida o marido para as festividades. Espera que ele ouça que Beatrice d'Este, apesar da traição dele e da humilhação pública, está recebendo para uma festa. Sem ele. E dançando e cantando com belos rapazes tarde da noite. Homens que achariam a duquesa atraente apesar do fato de não estar; apesar de estar com a barriga enorme e não ser mais a ingênua nubente que chegou à corte seis anos atrás.

Talvez ela emulará o comportamento de outras mulheres cujos maridos chamam a atenção delas em qualquer outro lugar. Ela olha em volta do salão exatamente agora para ver quem poderia ser um amante em potencial e fica atônita com suas opções. Tinham eles aparecido apenas recentemente na corte ou foi ela, no seu amor excessivo por Ludovico, que esteve cega para seus encantos? Parece que a cada giro de sua cabeça à melodia da música, ela encontra outro par de olhos tentadores e famintos caindo sobre si. Não consegue erguer-se de uma mesura sem que seus olhos encontrem o olhar apreciativo de algum homem, e enrubesce ao adivinhar os pensamentos dele. Todos eles são altivos, esguios e jovens comparados a seu marido. Nesse momento ela não pode saber o que é mais bonito para ela: os cachos castanhos de seus convidados da Calábria e outras cidades meridionais, ou as gélidas feições nórdicas de seus amigos dos Alpes. Alguns dos cavaleiros, convidados da corte alemã do imperador Max, pousam seus olhos azuis de lobo por um longo e desconfortável tempo sobre a figura da duquesa enquanto ela dança, e ela nota que está gostando do que uma vez poderia tê-la incomodado.

Estiveram esses olhares de apreciação de outros homens sempre presentes? Como é que nunca notou até agora? Estariam eles admirados de como ela rodopia tão graciosamente quando uma barriga grávida poderia ter desequilibrado uma mulher menos ágil? Teriam eles a visto cavalgar o sempre fiel Drago através das campinas que circundam o castelo, atônitos com o fato de uma mulher tão pequena ter tal domínio sobre um animal tão grande? Teriam ouvido falar que ela podia perfurar o coração de um javali com uma única flechada, derrubando-o a seus pés? Ou estariam eles pensando que as atenções da duquesa de Milão podiam alavancar suas próprias ambições políticas e militaristas? Como poderia ela saber? Neste momento, ela nem mesmo se importa. Está apenas apreciando a noção de que seu coração não precisa parar de bater porque Ludovico deixou de amá-la.

Este último pensamento abre uma nova paisagem no seu coração. Vida, amor, desejo, nada disto deve começar e terminar com seu marido. Há muitos campos sobre os quais pode plantar as sementes de seu afeto. E com este novo pensamento ela percebe que está cansada destas rígidas mesuras e polidos volteios; destas danças contidas que começam e terminam com reverência prestada a um parceiro. É hora de um novo tipo de dança, alguma coisa que combine com o recente atrevimento que desperta em seu interior. De imediato, uma estranha força dispara através de suas veias e parece vazar para fora do âmago de seu ser. Parece-lhe como se alguma criatura selvagem — e não se refere a seu feto, mas a algum outro tipo de espírito — estivesse se expandindo dentro dela, exigindo-lhe que desse algum escape a sua energia pulsante. Beatrice sente que se não deixar a criatura sair para a pista de dança, isto irá consumir sua hospedeira. Se ela se mover com rapidez suficiente, se rodopiar e girar o bastante para exaurir o demônio, então ela, Beatrice, terá paz. Embora o salão esteja começando a girar à sua volta, ela sabe que este não é o descanso de que necessita, mas a dança espantará esta sensação.

— Quem se junta a mim no *galliard*? — pergunta ela. Beatrice aprendeu a dança com o rei francês Carlos, que apreciou pular em torno com suas pernas curtas, exibindo seu domínio dos passos complicados.

Galeazz está sentado silenciosamente numa grande cadeira de couro, isolado dos demais convidados. Por que ela não havia pensado nele antes? A quem mais poderia recorrer para consolá-la nesta hora senão ao homem bonito que lhe dedicou a vida seis anos atrás? Eles dois não haviam sofrido perdas terríveis? Por que não deveriam buscar consolo nos braços um do outro? Mas os olhos castanhos profundamente encovados de Galeazz erguem-se para a duquesa não com a fagulha de aventura ou a esperança de consolo, mas sim com profunda tristeza, sacudindo a cabeça sempre-tão-ligeiramente, esperando, Beatrice sabe, que não irá convidá-lo para juntar-se a ela na dança, pois então como ele poderia recusar? Ele não deseja desabafar sua tristeza, não ainda. Seu coração sofre, ela pode ler isto no rosto dele. Se ele tivesse pulado de pé e aceitado o desafio, ela ficaria desapontada. Não, esse não seria Galeazz afinal, mas sim um homem totalmente egoísta. Um homem como seu marido. E ela jamais quis que Galeazz se manchasse ao agir como Ludovico.

Mas os outros, que eram visitantes na corte e não podiam saber até onde ia a dor da duquesa pela perda de Bianca Giovanna, seguida pela perda do marido dela numa época tão delicada, rapidamente pularam de pé ao pedido de Beatrice.

— Um *galliard*! — grita ela para os músicos. Os flautistas, os instrumentos pousados nos lábios em resposta ao pedido de Beatrice, hesitam. Eles olham para a duquesa para se certificarem de que ouviram corretamente; de que uma mulher no estágio final da gravidez lhes pedia que executasse uma frenética jiga francesa e que estava decidida a liderar a dança. — Toquem, estou mandando! — grita para eles. Nunca antes, ela sabe disso, soou mais exigente e autoritária.

Os flautistas começam uma melodia animada e Beatrice conta até quatro antes de liderar os dançarinos nos passos de abertura. Ela se lembra de cada movimento desta dança que praticou por horas com o rei Carlos que parece um sapo, o qual ficou deliciado com a maneira como ela pegou seu jogo de pés.

— É uma dança melhor para um homem que para uma mulher — tinha dito Carlos.

— Esta é a única verdade até agora — respondera-lhe Beatrice.

Calcanhar direito erguido, calcanhar esquerdo erguido. Pula para trás, dois, três. Pular à direita. Calcanhar direito erguido, agora o esquerdo. Logo no início da dança, ela começa a se sentir sem fôlego, mas não pode parar agora, não depois de ter insistido tanto por esta diversão. Não irá estragar sua própria festa. Está cercada por homens jovens, homens de sua própria idade, que estão prestando a mais vigilante atenção a cada movimento seu. Calcanhar direito erguido. Agora o esquerdo. Girar e pular de novo. Ela está exultante. Não fazia idéia de que podia pular tão alto no ar com todo o seu peso. Mas por que não? Não tinha ela sempre permanecido ativa até os últimos dias de suas gestações? As parteiras tiveram praticamente que arrastá-la dos campos de caça de modo que pudesse deitar à espera dos partos. Talvez desta vez ela não fosse confinada, afinal. Iria dançar até entrar em trabalho de parto. Iria dançar, dar festas e escolher quem seriam seus amantes depois que o bebê nascesse e ela estivesse recuperada. Proibiria a entrada de Ludovico no seu quarto, tal como ele havia fechado a porta na cara dela. E se ele invadisse sua privacidade, iria encontrá-la nos braços de um belo homem com menos que a metade de sua idade.

Talvez fosse o homem que agora pulava no ar junto com ela, com olhos verdes brilhantes e cabelo cor de areia claro e arrumado. Ele é ágil e flexível, e cada movimento dele parece desafiá-la a acompanhar seus grandes saltos. Ele sorri para ela, mostrando os dentes brancos, e quando gira, sua língua rósea lambe o canto da boca de uma maneira inconsciente. Ele a faz lembrar um animal. É mais alto do que ela, que portanto tem que se esforçar para manter seus olhos no mesmo nível quando eles pulam. Quando o cálculo é correto, quando as flautas estão no tom mais alto, Beatrice flexiona profundamente os joelhos e depois salta no ar. Ergue a vista para seu parceiro de dança e pode ver que ele admira o modo como ela está em sintonia com ele. Elevando-se no ar, sente alguma coisa afiada em sua barriga, tentando puxá-la de volta ao chão. Ela não quer descer, não ainda. Beatrice desejaria permanecer assim, os pés fora do chão, fitando os olhos brilhantes que a fitam de volta. Mas a dor que sente é mais real do que este momento fantástico e por fim desiste. Sente que seus pés batem no chão, mas os joelhos não conseguem apoiá-la. O sorriso do jovem se desfaz enquanto vê a duquesa chocar-se com chão. Ela bate de cabeça, mas o baque do impacto é completamente obscurecido pelo fato de que acha que alguém está trespassando suas entranhas com uma grande lança. Ergue a vista para ver o rosto de Galeazz de repente acima do seu, empurrando o jovem e pálido alemão para fora do caminho, seus braços fortes estendidos para enlaçá-la pelos ombros.

— Por que alguém está tentando me matar? — sussurra para Galeazz enquanto ele a ergue do chão. E então o mundo escurece.

Quando volta a si, a lança ainda está perfurando seu estômago, partindo-a ao meio. Tinha experiência de dois partos, mas nunca sentira este tipo de dor insuportável. A lança parece estar dentro dela, revirando-se para a frente e para trás, rasgando suas entranhas. Ela está certamente sendo morta, mas por que morrer tão lentamente?

O mundo está vermelho. Os outros amontoam-se ao seu redor, mãos, peitos, braços e roupas cobertos de sangue. O que está acontecendo? Ela ouve a voz de Ludovico gritando, exigindo saber o que está acontecendo, e depois ouve os gritos dele desaparecendo no corredor enquanto alguém o arrasta para fora. Alguém pressiona seu ventre, fazendo a dor aumentar. Uma mulher, talvez. Beatrice não pode ver através do véu vermelho que tolda sua visão. Tudo está coberto por essa cor nítida. Ela fecha os olhos energicamente para tentar remover a tinta do mundo à sua frente, mas quando os reabre, tudo continua vermelho. Beatrice sente como se a mulher sobre ela estivesse extraindo suas entranhas, puxando seus próprios intestinos para fora, como alguma forma horrível de punição. Um desventramento por um crime que não cometeu.

A mulher pára de puxar. Ela alcançou o fim das vísceras, que repousam agora em suas mãos. Beatrice tenta com esforço concentrar-se naquela carne sangrenta, apertando os olhos loucamente para ver como é que são suas entranhas. Todo mundo no salão está gritando agora. Alguém limpa o rosto dela com um pano frio.

— Cubram os olhos dela! — grita a mulher que segura suas entranhas.

As mãos rapidamente pressionam o pano sobre os olhos de Beatrice, tirando tudo de vista. Mas não antes que ela perceba o que está sendo apressadamente retirado de dentro dela — um bebê de um branco marmóreo, seus minúsculos braços flácidos, a cabeça caída para trás, gotejando sangue.

Dos cadernos de Leonardo:
Do que parece algo pequeno, insignificante, pode advir uma grande ruína.

Para sua Excelência a Marquesa de Mântua
De Cecilia Gallerani, Condessa Bergamini

Excelência,

Como as súbitas circunstâncias da morte de sua ilustríssima irmã a impediram de comparecer ao funeral, desejei escrever-lhe para informar que nenhuma homenagem póstuma foi negada àquela grande dama. Embora seu próprio pesar deva ser insuportável, espero que este relato da adoração demonstrada à duquesa após a sua morte traga alguma medida de consolo ao seu coração ferido. Tentarei, no máximo de minha capacidade e memória, resumir os eventos que se seguiram à maneira chocante e prematura do seu falecimento e de seu filho que não chegou a nascer.

O duque esteve e permanece inconsolável. Ele trancou-se em seus aposentos, pôs cortinas de luto nas janelas e durante muitos dias não permitiu a entrada de ninguém, inclusive dos pequenos meninos órfãos de mãe. Dizem que raspou a cabeça e só veste preto. Aqueles que tiveram permissão de vê-lo em dias recentes dizem que sua conversa consiste apenas em ressaltar que preferia ter sido ele a ir para o túmulo a ver a luz de sua vida precedendo-o. Vossa

Excelência está ciente, tenho certeza, de que a duquesa passou muitos de seus últimos dias em lágrimas por causa da morte de Bianca Giovanna, a quem era profundamente ligada, e por causa da indiscreta ligação mantida pelo duque com Lucrezia Crivelli. Agora o duque está acometido de remorso e parece ter cortado relações com aquela dama. Ela, porém, está grávida dele desde a última primavera. Talvez a duquesa tivesse descoberto sobre a gravidez. A notícia não poderia ter feito bem à saúde dela, já enfraquecida pela sua própria gravidez e pela morte súbita de Bianca. Rezo para que Ludovico encontre conforto em sua culpa. Ele deixa intocado qualquer alimento que lhe forneçam, jejua dois dias por semana, e passa longas horas na cripta da duquesa, pedindo a Deus que lhe permita falar com ela só mais uma vez, de modo a poder assegurá-la do seu amor. Ele está perdido numa nuvem de dor, e as únicas palavras que profere são lamentações.

Mas estou me adiantando. Quero lhe contar sobre as grandes homenagens prestadas à jovem duquesa. Ao passamento da duquesa, as mulheres da corte imediatamente dedicaram-se a adornar seu corpo. Ela foi amorosamente banhada, disseram-me, não só pelas águas mornas da banheira, mas também pelos intermináveis rios de lágrimas de suas aias. Toda Milão deve ter derramado suas lágrimas, tal era o amor da população pela duquesa. Você sabia que nosso povo corria às ruas para vê-la em sua carruagem, deliciava-se ao ver o seu sorriso, sua bela maneira de vestir-se, e o modo alegre como sempre se comportava, sem mencionar a perícia extraordinária como podia fazer seu cavalo empinar. Estão comentando por toda Milão que sua morte representa o fim da própria felicidade.

No dia de seu funeral, o cabelo da duquesa foi penteado exatamente do modo como ela gostava de usá-lo, repartido no meio da cabeça e puxado para trás sobre os malares salientes e numa longa trança. Fitas de ouro e pérola foram entrelaçadas na trança. Ela nunca pareceu tão perfeitamente bonita. Estava vestida no mais extravagante de seus mantos de brocado dourado, que fazia sua pele parecer reluzir, embora ela não mais respirasse. Em volta do pescoço foi colocado um comprido colar de pérolas intercaladas com bolas de ouro, na extremidade do qual está uma cruz do ouro mais pesado da terra dos turcos, cravejada com muitas jóias. Acredito que a duquesa a teria considerado um presente adequado para ela ofertar ao Nosso Senhor. Sobre seu corpo jaz um pano branco bordado com as armas da Casa de Sforza. Uma cor rosada foi aplicada em seus lábios e faces, de modo que tivesse uma adorável qualidade vivente e, acredite ou não, Excelência, apesar de ter passado suas horas derradeiras em dor, os lábios formavam o mais leve e mais sereno sorriso. Fiquei muito grata por poder vê-la assim mais uma vez, de modo a ser capaz não só de gravar sua beleza em minha memória, como também partilhar isto convosco.

Excelência, não apenas o conselho privado e todos os nobres da cidade, com os embaixadores estrangeiros que aqui representam cada nação da Europa, mas toda a população de Milão acompanhou o corpo da duquesa desde o castelo até seu lugar de repouso na igreja de Santa Maria delle Grazie. Nunca se viu um cortejo tão solene e magnífico. Ao pôr-do-sol, os embaixadores, incluindo aqueles do rei da Espanha e do imperador Max, o grande admirador da duquesa, ergueram o ataúde e o carregaram até o portão do castelo, onde todos aguardavam para captar um vislumbre final da sua adorada duquesa Beatrice. O duque e todos os seus parentes, inclusive os dois garotinhos, estavam vestidos inteiramente em mantos pretos e longos, com gorros pretos nas cabeças. Os garotos, tão jovens e briosos, viajavam numa pequena carruagem. A família foi escoltada pelos padres e freiras da cidade, que lideraram o cortejo carregando grandes cruzes de prata, ouro e ébano. Creio que mil tochas iluminaram o caminho para a duquesa. Seu cavaleiro preferido, o estimado Galeazz di Sanseverino, usava uma reluzente armadura negra, máscara preta e uma fita da mesma cor em torno do braço. Seu cabelo comprido estava tingido tão escuro como as penas de um corvo, e ele cavalgava o cavalo preferido da duquesa, Drago, o grande garanhão branco que foi presente do seu marido. O animal, usando uma sela carregada de cruzes de prata e pérola e ostentando um chapéu preto emplumado, parecia desnorteado sem a sua dona. Eu poderia jurar que seus olhos castanhos desesperados estavam procurando a duquesa na multidão. Galeazz carregava os estandartes da duquesa enquanto lágrimas escorriam por sua face ao escoltar sua segunda dama favorita em todo o mundo até o lado de sua jovem esposa, rumo a outro túmulo prematuro. Era triste, embora reconfortante, pensar naquelas duas jovens amigas reunidas para sempre, jazendo lado a lado.

A cada esquina principal da cidade, os magistrados locais recebiam o caixão da duquesa de seus últimos portadores e o carregavam através de seu quarteirão. Excelência, posso relatar que seu corpo foi carregado do castelo até a cripta somente por mãos amorosas. Toda vez que os magistrados entregavam o caixão, seis novos pares de mãos ansiosas e ternas, cobertas de fino couro como proteção contra o frio, se aproximavam para embalar esta jovem mulher a quem tanto adoravam. Cidadãos de cada classe ou posição social vinham prestar seus respeitos. Quantidades incontáveis de damas e cavaleiros, operários, mercadores e suas esposas e filhos, todos enfrentando a noite fria de janeiro, vinham para homenageá-la. Pareceu-me que os próprios ventos se acalmaram em cada quarteirão em respeito pela duquesa, chicoteando de novo tão logo ela passava para outra parte da cidade. Cada loja estava fechada como se fosse o dia de Natal. Até os mendigos e prostitutas abandonaram seu negócio durante o cortejo. Mais de um homem pálido em roupas esfarrapadas e mais de uma mulher com ruge em excesso no rosto foram vistos num lamento não característico, sem sequer pensar em faturar em cima do evento, enquanto o corpo da duquesa passava por suas áreas de atuação. Nunca vi as camadas mais baixas da sociedade deixarem de lado seus pensamentos de lucro e prestarem tal devido respeito.

Finalmente, muito após o sol se pôr neste curto dia de inverno, os magistrados chegaram aos portões da Santa Maria delle Grazie, onde seis embaixadores de outras cidades italianas receberam o caixão e o carregaram para a igreja, pousando-o sobre os degraus do altar. A igreja estava encortinada em resmas de seda preta, o que causava um efeito muito dramático contra seu mármore branco perfeito. Mil círios de cera iluminavam a igreja em homenagem à duquesa. O próprio cardeal a recebeu e rezou toda a missa. Os cantores preferidos da duquesa, inclusive Cristoforo Romano, o escultor, entoaram o Réquiem em vozes inspiradas pelos céus. Nunca se ouviu um canto assim intenso em sua tristeza. Eu lhe digo, a alma de Beatrice foi enviada para Deus pelas próprias vozes dos anjos. Depois de concluídas as preces para que o Senhor levasse sua alma — embora quem pode duvidar da posição de Beatrice ao lado do Senhor? — e derramadas as últimas, porém não definitivas, lágrimas, o corpo foi posto em um magnífico sarcófago, apoiado por grandes leões de mármore. E ali, sob a recém-concluída cúpula de Donato Bramante — que Beatrice pessoalmente admirava —, ela descansará até que a tumba de mármore que Ludovico encomendou do artista corcunda, Solari, esteja pronta para abrigá-la.

Excelência, não devo esquecer de mencionar que enquanto o cortejo fúnebre entrava na igreja, vi nada menos que o *Magistro* de pé nos portões de Santa Maria delle Grazie. Dizem que ele está dando os retoques finais no mural da Última Ceia de Nosso Senhor. Levou dois anos até encontrar o modelo adequado para Judas, mas comenta-se que ele encontrou e espionou um pobre e insuspeitado judeu na parte da cidade onde eles vivem e seguiu o homem até sentir que suas feições ficaram indelevelmente gravadas em sua imaginação. Então, fez uma série de esboços de memória e agora está pintando o rosto do pobre homem sobre a parede, a ser imortalizado para sempre como o maior traidor da história. Nunca se viu uma expressão mais triste do que a do *Magistro* enquanto observava o cadáver da duquesa entrar na igreja. Ele estava parado ali apenas sob a luz de um archote, mas pude notar suas feições, que pareciam carregar o peso do evento em progresso. Não é adorável imaginar Beatrice ser posta para descansar tão perto do mural do *Magistro*, quase como se pudesse olhar direto para o rosto de Jesus, uma atividade que lhe dava tanto prazer, conforto e consolo nos seus últimos dias?

Ludovico contratou o *Magistro* para fazer um retrato de Lucrezia Crivelli. Digo-lhe isto não para ser indiscreta, mas porque estou certa de que um mexerico se espalha mais rápido do que ervas daninhas, e como você se dá ao trabalho de manter-se a par dos trabalhos atuais dos grandes mestres, creio que já soube disso. Ainda não o vi, mas ouvi dizer que não se compara em beleza ao retrato meu que ele fez tantos anos atrás. Eu gostaria de pensar que o *Magistro* me aprovou, bem como minha ligação com o duque, uma vez que não havia nenhuma esposa naquele tempo para sofrer por causa disso. Talvez o *Magistro*, com o resto de Milão, tenha desaprovado tanto a aventura de Ludovico que permitiu que seu descontentamento se insinuasse no retrato. Isto poderia ser um pensamento fantasioso, achar que um artista do calibre de Leonardo permitiria que falhas humanas de outros se intrometessem no seu trabalho, mas, não obstante, isto é o modo de pensar de uma mulher e só posso esperar que seja pelo menos parcialmente verdade. Acredito que todas nós possamos prever um impressionante retrato da querida Beatrice na parede oposta à Última Ceia, um tributo final de um dedicado artista da corte a seu patrono.

Embora tenham se passado algumas semanas desde a morte da duquesa, as demonstrações de pesar do duque prosseguem. Centenas de missas pela alma de Beatrice são rezadas diariamente em Milão e no resto da Itália. Ludovico descartou todas as suas pendências com o prior da Santa Maria delle Grazie e agora patrocina aquela igreja acima de todas as outras. Ouvi dizer que se vê diariamente um desfile de ouro na trilha que liga a Torre do Tesouro à igreja.

Todos os jogos e corridas de cavalo no futuro imediato estão cancelados. Quando penso no quanto Beatrice adorou tanto esses eventos, não estou certa de que seja correto e apropriado interromper as celebrações, embora saiba que isto é em homenagem à sua memória. Suponho que seria muito mais doloroso estar o assento ao lado do duque vazio do espírito exuberante e do entusiasmo que ela dedicava a cada festividade.

Excelência, aceite por favor todas as minhas condolências e minhas mais profundas esperanças de que esta carta aliviará uma pequena parte de sua tristeza. Continuo sendo aquela que sempre será grata por sua amizade.

Cecilia Gallerani, condessa Bergamini

Capítulo nove

XVI · LA TORRE CADENTE (A TORRE CADENTE)

Fiquem avisados aqueles que estão nos altos postos, e lembrem-se de que quando a Fortuna os coloca no alto de sua roda, ela pode a qualquer momento derrubá-los por terra. E então, quanto mais próximos estiverem do céu, maior e mais súbita será a sua queda.

— *De um cronista veneziano*

No ano de 1499; na cidade de Mântua

Deus a está punindo. Isto é tudo. Alguém poderia pensar que Deus se cansaria de acumular morte e infelicidade sobre os ombros de Isabella, mas este não parece ser o caso. Ela sempre estivera certa de que orar com tanto empenho por todos os mortos permitiria que seu segundo filho fosse um menino. Ficou desapontada quando acabou sendo menina, porém dois meses depois, quando a criança morreu, Isabella percebeu que a morte era sua marca especial de punição, cuidadosamente designada por Deus para vingar-se de sua arrogância por desejar algo diferente do que Ele havia planejado para ela. As mortes repentinas de Bianca Giovanna e Beatrice vieram a seguir, uma prova adicional da represália de Deus. Enlutada por tanto tempo, deslizando como um corvo através do palácio, com cada morte estendendo o seu período de pranteamento, Isabella especulou se algum dia voltaria a usar roupa de outra cor. A morte de Beatrice havia sido tão chocante que Isabella precisara de resmas de pano preto para relembrá-la de que sua irmã não era meramente uma carta distante. A má sorte vem em grupos de três, contudo, e Isabella está também confiante de que Deus havia distribuído infelicidade suficiente. Mas Deus não parece ter afinal terminado com Isabella d'Este; a horrível e triste morte de Beatrice não era o fim do sofrimento, mas o princípio do fim de tudo. Pois o que parece estar agora correndo para a morte é o seu casamento.

O que ela não fez por Francesco? Ela elevou a Casa dos Gonzaga ao entrar nela por matrimônio. Ela o assistiu amorosamente ao longo de suas muitas doenças e febres estranhas. Governou toda a Mântua, descendo aos menores detalhes, para elogio de seus conselheiros, porque Francesco não tinha paciência para as minúcias administrativas, preferindo passar seu tempo nos estábulos ou em assuntos militares. Ela trouxera os mais requintados artistas da época para adornar seus prédios e igrejas. Encantou chefes de Estado que consideravam seu marido por demais egoísta e não muito refinado para jantar com eles. Ela defendeu a honra dele, mesmo enquanto seus confidentes mais chegados informavam-na de que estava ganhando fama como um patife desleal que vomitava todos os seus segredos quando embriagado. As façanhas de Francesco como comandante do exército que expulsou os franceses da Itália cresciam exponencialmente a cada vez que ele recontava a história, entediando a cada um que tinha de ouvir, mas enfurecendo gravemente os venezianos. Por que, oh, por que os homens sempre acreditam nas lendas que nascem em torno de suas vitórias? Especialmente quando essas lendas são tramadas por outros homens meramente para preservar ou consolidar seu próprio poder? Tanto Ludovico quanto os venezianos haviam encorajado os poetas da Itália a escrever grandes baladas sobre a vitória de Francesco sobre os franceses. Mas isso era para demonstrar às pessoas que seus benfeitores as salvaram. Em particular, ambas as partes governantes estavam decepcionadas com o desempenho do seu comandante-geral — Ludovico, porque Francesco fracassara em exterminar por completo os franceses; e os venezianos porque, depois da guerra, Francesco demonstrara misericórdia demais pelos franceses. Francesco, contudo, ignorou os motivos por trás dos poemas e baladas cantados em sua homenagem e tomou os versos ao pé da letra, espalhando-os por toda a Itália sempre que exagerava na bebida.

Além disso, desde a morte de Beatrice, Isabella tinha feito as pazes entre Ludovico e Francesco, cujo desdém de um pelo outro se tornava a cada dia mais público. Ela havia acabado de tirar o luto alguns meses antes, pronta a retomar a vida, quando recebeu uma carta de Ludovico, acusando Francesco de fazer propostas secretas ao rei Carlos da França. "Tenho provas incontestáveis em minhas próprias mãos", escreveu Ludovico. "E se não fosse o meu amor e respeito por você, entregaria o traidor aos venezianos imediatamente."

Embora Ludovico não delatasse Francesco, os venezianos acabaram descobrindo e o exoneraram do comando do exército.

Isabella ficou arrasada ao ver seu marido empenhado em intrigas políticas às suas costas, e mais consternada ainda por ele estar traindo diretamente Ludovico e os venezianos, seus benfeitores.

— Como você espera que possamos viver? — ela gritara com Francesco. — Seremos esmagados entre duas grandes potências. Você vai ser a morte das Casas de Gonzaga e Este, bem como da própria Mântua!

Ela tentou ajeitar as coisas com seu cunhado enviando-lhe cartas suaves e um fluxo constante de presentes — peixe fresco, que ele parecia adorar, dos lagos de Mântua, carpas criadas em tanques, alcachofras e flores. O pescado, embalado em gelo trazido das montanhas, foi difícil de embarcar, mas Isabella não poupou despesas para melhorar o patrocínio contínuo de Ludovico.

Mas Ludovico surpreendeu tanto o marquês quanto a marquesa ao descobrir um meio de virar a seu favor a queda em desgraça de Francesco com os venezianos.

O rei Carlos morrera de repente, após bater a cabeça contra um vão de porta. Quem assumiu o trono não foi outro senão Luís de Orleans, inimigo declarado de Ludovico. O primeiro pronunciamento de Luís como rei foi de que iria reconquistar a Itália para seus dois filhos, fazendo de um deles rei de Nápoles, e do outro, duque de Milão. Ludovico levou a sério a ameaça e realinhou-se com o imperador Max. Mas quem iria liderar o Exército germano-milanês? Ludovico havia insultado Francesco após a última guerra, punindo-o por permitir a fuga de Carlos. E Francesco havia por sua vez ameaçado Ludovico ao manter diálogos secretos com os franceses. Agora, com os venezianos contra Francesco, Ludovico viu aí a sua oportunidade. Escreveu para Isabella informando-a de que desejava ter Francesco mais uma vez liderando o Exército germano-milanês, e que estava indo a Mântua para discutir os detalhes. Ah, ele seria acompanhado por *uma comitiva de mil homens*. Seria isto terrivelmente complicado para ela?

Isabella mandou buscarem suntuosas baixelas de ouro e prata em Ferrara para servir Ludovico e seus cortesãos. Gastou dinheiro demais comprando um grande suprimento dos vinhos preferidos dele: "um branco leve para o desjejum; um claro mas forte vinho tinto na refeição principal; não doce demais, se possível, mas da cidade de Cesolo, se não for muito trabalhoso, pois estes são os preferidos dele", escrevera o intendente de Ludovico. Quando o duque chegou, ela cedeu-lhe o uso de seus aposentos particulares e mudou-se para alojamentos menores. Providenciou torneios de justa, peças teatrais e passeios pelo reino para entretê-lo. Exigiu que Francesco não só levasse o duque para ver a coleção de armaduras antigas no castelo, como também lhe permitisse escolher um dos melhores cavalos nos estábulos dos Gonzaga.

— Espero que nosso pequeno reino gracioso e atrasado seja do agrado de Vossa Excelência — disse Isabella modestamente, sabendo muito bem que Mântua, embora não se comparasse à agitada e moderna cidade de Milão, tinha muitos atrativos.

— Claro, é adorável, e me distrai de minha infelicidade — disse ele. Ludovico havia chegado ainda exibindo sinais exteriores do viúvo consternado, mas essas emoções, observou Isabella, ele usava como se fosse uma roupa. Debaixo do onipresente manto preto estava o verdadeiro homem, que, na opinião de Isabella, há muito deixara o luto de lado. Embora publicamente Ludovico estivesse no processo de fazer de toda Milão um santuário para Beatrice, adornando com sua imagem e brasões a cidade inteira, Isabella ouvira dizer que tão logo nascesse o filho dele com Lucrezia Crivelli, ele voltaria para a companhia da dama, legando a ela os bens que uma vez tinham sido legados a Beatrice. Isabella ficou ultrajada por essas novidades, até que ouviu a voz da mãe sussurrar no seu ouvido que sempre se deve ser generosa com os filhos bastardos de um marido. Os bens eram indubitavelmente para o menino, e havia por certo terras suficientes de modo que os dois filhos de Beatrice não fossem trapaceados na sua herança. Beatrice — a generosa e magnânima Beatrice — jamais deixaria o filho ilegítimo desamparado. Isabella tinha esperado ouvir mais de Ludovico acerca da morte de sua irmã, mas ele disse que falar sobre a adorada Beatrice só iria afundá-lo de volta na pavorosa melancolia da qual só recentemente emergira.

— Todo dia vou visitá-la na Santa Maria delle Grazie — disse ele. — Se visse o requintado túmulo de mármore que Cristoforo Solari fez para ela, e a doçura de seu rosto enquanto ela jaz em repouso, você ia chorar sem parar.

Isso foi tudo o que iria dizer a respeito da morte de sua esposa.

Isabella sabia que tinha de pôr de lado todas as emoções sobre a traição de Ludovico à irmã e se concentrar em curar a fratura entre o marido e seu potencial benfeitor. A segurança de Mântua — e um imenso salário de 40 mil ducados por ano pelos serviços de Francesco — estavam em jogo. Sabendo do quanto precisavam de dinheiro atualmente, Francesco estava disputando um jogo de palavras com Ludovico sobre a questão de seu título. Seu *título.* Francesco ficou contrariado porque Ludovico não se dispunha a retirar de Galeazz o título formal de comandante-geral do Exército milanês.

— O que são essas duas palavras comparadas com o dinheiro de que precisamos para governar este reino? — perguntou Isabella ao marido.

Ludovico ficou ultrajado com o pedido de Francesco. Isabella não conseguiu pensar em nada que pudesse fazer para acalmar as penas eriçadas do duque, portanto decidiu empregar outra estratégia. Tinha uma surpresa final aguardando o cunhado em seu estúdio.

— Hesito em permitir sua entrada nos aposentos onde guardo meus tesouros — disse a ele. — Você é um colecionador tão ávido que tentará barganhar para tirá-los de mim.

— Pode ser — replicou ele. — Mas não vou embora de Mântua sem ver os afrescos de Andrea Mantegna e a pintura da cena do monte Parnaso. Ouvi dizer que uma das Musas é particularmente adorável.

— Eu não deveria deixá-lo ver nada de Mantegna — disse ela. — Você freqüentemente tentou roubá-lo do meu serviço.

— Sim, mas isto era só no caso de que você algum dia tivesse sucesso em roubar o *Magistro* de mim.

— E como está esse cavalheiro, se é que se poderia chamar um pintor de cavalheiro?

— Eu o tenho terrivelmente ocupado, Isabella. Ele está terminando seu requintado trabalho na Saletta Nera do castelo, que pretendo transformar em meus aposentos permanentes, pintando 24 cenas da história romana nas paredes. Só o custo da pintura, minha cara, é astronômico. Todo o aposento será um tributo a sua querida irmã, por quem eu daria minha própria vida na maior felicidade se pudesse fazê-la reviver.

Mas isto não impede que Lucrezia Crivelli passe a maioria das noites naqueles mesmos cômodos, desejou dizer Isabella, esperando que o fantasma de Beatrice assombrasse aqueles alojamentos, assustando os amantes nos seus atos de amor e durante o sono.

— E você ficará feliz em saber que estamos mais uma vez pensando em folhear em bronze o cavalo do Magistro. Lembro de como você ficou contrariada ao ver o bronze dele flutuando rio abaixo. Nunca esqueci a desolação no seu rosto. Naquele dia pus na cabeça que iria compensá-la. Quando a estátua estiver concluída e desvelada na praça, farei uma grandiosa cerimônia na qual você servirá como dama de honra.

Lá estava de novo, o encanto que tinha balançado tanto Isabella no dia em que conheceu seu cunhado. Por um breve momento pensou que podia cair sob o encantamento dele uma vez mais, mesmo sabendo agora até onde ia a sua astúcia. Por apenas aquele momento, era de novo aquela jovenzinha desejando que ela, e não sua irmã, fosse a esposa deste grande e poderoso príncipe, deste amante da arte e de todas as coisas belas. Mas nem mesmo os consideráveis encantos de Ludovico podiam purificar o fato de que a irmã, a quem um dia Isabella considerara tão afortunada, estivesse agora num túmulo frio, seus últimos dias passados em tristeza por causa da espalhafatosa infidelidade do marido.

— Mas isto é só se você não me trair ao tentar tirar o *Magistro* de mim enquanto ele está cumprindo suas obrigações — acrescentou Ludovico.

— Não preciso fazer isto, Excelência. Já consegui, por meu próprio esforço, encontrar uma pequena peça dele para meu estúdio.

Sabendo que ele ficaria chocado com o que iria mostrar-lhe, ela se empertigou e caminhou com a maior confiança para seu estúdio particular. Apoiado num cavalete dourado, descansando sob uma janela de onde o sol poderia penetrar e iluminar sua já luminosa qualidade, estava o retrato de Cecilia Gallerani feito pelo *Magistro*.

Ela ouviu Ludovico arquejar:

— Cecilia?

— Sim. Escrevi para ela perguntando se me poderia emprestá-lo. Eu queria comparar as técnicas de Leonardo com as de Giovanni Bellini, o veneziano, que recebi recentemente na corte. Ela concordou na maior gentileza.

— E como foi a comparação entre os dois artistas? — perguntou Ludovico, suas palavras chegando-lhe lentamente, ainda tentando recuperar-se da surpresa de ver o retrato da antiga amante na casa de sua cunhada.

— Bem, ambos são pintores de luz natural. Os dois usam a luz do céu refletida por trás das suas figuras humanas para trazer uma especial luminosidade aos seus temas. É um método inteiramente singular, e ainda assim ignoro o que os dois cavalheiros sabem um sobre o outro. Embora os dois cubram delicadamente uma camada fina após outra para conseguir seus efeitos, creio que, no final, as figuras de Bellini sejam mais suaves, ao passo que o *Magistro* tende mais a expor a alma do seu tema. Ele certamente conseguiu isto com Cecilia, não acha?

Ludovico não respondeu, mas olhou para o retrato de Cecilia como se nunca o tivesse visto antes. Não enfrentou os olhos de Isabella, embora ela não desviasse sua vista dele.

— Eu gostaria de comparar este retrato com o de *madonna* Lucrezia, mas não conheço muito bem esta dama. Será que algum dia poderia apresentá-la a mim?

Isabella estava satisfeita em ver a vergonha dele. Ainda assim, ele não conseguia olhar para ela.

— Talvez — disse ele baixinho.

Ela não se moveu, observando-o olhar fixamente para o retrato de Cecilia como se fosse a primeira vez que o via. Ela falou para ele silenciosamente: *É por isto que você concluirá as negociações com meu marido. Porque sei de tudo que fez a minha irmã; sei dos esquemas que maquinou quando eu não passava de uma garota ingênua chegada a sua corte extravagante. Sei como seus esquemas ainda me envolvem. E como conheço as maquinações da sua mente ocupada, também conheço sua vergonha. Sei que suas emoções internas são bem diferentes de suas ações externas. Sei que você engrandece a memória de minha irmã para o populacho de Milão, enquanto a desonra o tempo todo com suas amantes. Sei de todas essas coisas porque, como o* Magistro, *posso enxergar na alma, e vi que a sua é negra. E mesmo assim eu o amo, Ludovico, o que você também sabe.*

— Como pode ver, estamos ligados um ao outro, então vamos negociar num espírito de paz.

Calada, ela pegou-o pelo braço e o levou até seu estúdio, convencida de que havia concluído seu negócio com ele nesta visita. A vergonha não afetaria terrivelmente um homem como seu cunhado, mas o acompanharia no curto prazo.

No momento em que Ludovico Sforza deixou Mântua, Francesco Gonzaga tinha um contrato de três anos para comandar o Exército germano-milanês. Isabella gastara uma fortuna entretendo o duque, tanto em termos de emoções quanto de finanças, mas tinha valido a pena. Havia garantido emprego para seu marido politicamente volúvel, assegurando a Ludovico que os dias de Francesco cortejando em segredo os franceses ou os venezianos estavam encerrados. Assim, ela garantia não só o salário de Francesco como também a segurança de Mântua. Era de se pensar que Francesco reconheceria o papel que a esposa representou na sua salvação e a recompensaria com atos beneficentes de generosidade e gratidão.

Mas não foi o que aconteceu. Em vez disso, semanas mais tarde, ele enviou mensagem secreta ao doge pedindo para retornar ao seu antigo posto de comandante-geral do Exército veneziano — uma traição direta a Ludovico e a Isabella, que tinha lançado sua própria garantia de lealdade por trás da assinatura de seu marido. O doge não estava inclinado a reempossar Francesco, já que sua reputação de duplicidade tinha se espalhado. Então, Isabella descobriu que Francesco se ofereceu para enviar a esposa e a filha a Veneza como reféns políticas para atestar sua lealdade. Isabella imediatamente informou Ludovico das ações traiçoeiras de Francesco. O duque, após uma reação vulcânica inicial, acalmou-se. Isabella também pôs de lado seus sentimentos feridos, percebendo que qualquer coisa que fizesse para arruinar seu próprio marido só lhe traria uma vitória inútil. Pois o que era a esposa de um homem arruinado senão uma arruinada também? Mais uma vez, ela apelou a Ludovico para que perdoasse Francesco. Permitindo que ele requeresse o generalato e valorizasse a aliança de Isabella (para não mencionar a memória de sua irmã, por quem ele "alegremente daria sua própria vida se ela pudesse reviver"), Ludovico adoçou um pouco mais a proposta e, mais uma vez, concluiu as negociações com os Gonzaga. Francesco usurparia o título de Galeazz. Este, um homem que se garantia na fama de sua capacidade e valor, teria de se contentar em ser chamado de alguma outra coisa.

Isabella esperou de novo pelo calor e gratidão do marido, mas recebeu notícias bem diferentes em lugar daquelas ambicionadas.

Para Leonardo, o Florentino
De Ludovico Sforza, duque de Milão

Caro Magistro:

Incluso você encontrará a escritura de uma casa e vinhedo logo em frente à Porta Vercellina, não distante da Santa Maria delle Grazie. Eu os comprei alguns anos atrás dos monges de São Vítor, e sempre foram bastante lucrativos para mim. Além de produzir um excelente vinho, o vinhedo também gera uma boa renda. A terra sobre a qual repousa é fértil e bem localizada. Magistro, em minha opinião e na opinião de cada especialista em nossa terra, você é o mestre pintor de todos os mestres, vivos ou mortos. Tem estado a meu serviço nestes 18 anos em múltiplos trabalhos, e em todos eles revelou-se um gênio admirável. Chegou a hora de eu cumprir a promessa feita ao longo dos anos. A terra, o vinhedo, a renda acima mencionada, e a casa sobre a terra, transferi tudo para o seu nome. Embora de fato seja um presente pequeno em comparação com seus talentos e seus méritos, por favor, aceite-o como um sinal de que, como no passado, encontrará em mim eternamente um patrono leal. No futuro, quando a Fortuna permitir, recompensarei mais plenamente seu excelente serviço e dons singulares.

Assinado e datado em 26 de abril de 1499, por
Ludovico Maria Sforza, seu humilde benfeitor.

E eis que agora chega o marido de Isabella, na sua armadura imaculada, os pés levemente voltados para fora e seu andar gingado de auto-satisfação, um homenzinho inflado com sua própria opinião de si mesmo. Ela o odeia, este homem que uma vez amou acima de tudo; este pequeno dândi com quem teve dois filhos e seis anos de uma vida. Odeia-o porque quando optou por humilhar e trair, ele certificou-se de que as pessoas certas estivessem presentes para ver tudo isso. Ele tinha ido a um festival de torneios em Brescia em homenagem a sua alteza a rainha de Chipre, insistindo para que Isabella ficasse em casa por estar "preocupado com a saúde dela" depois que se havia "fatigado em entreter aquele filho-da-puta exigente do Ludovico". Isabella não estava particularmente exaurida após a visita de Ludovico, mas o tesouro mantuano por certo estava; portanto, em vez de incorrer em mais gastos para mandar fazer o guarda-roupa apropriado para si e suas damas, preferiu ficar em casa. Ela descobriu, através de línguas maliciosas que não podiam esperar para espalhar as novidades, que Francesco tivera uma dama ao seu lado o tempo todo; uma jovem mulher, Teodora, vestida extravagantemente como a Dama da Justa, usando as insígnias dele e agindo como se fosse a marquesa de Mântua. A testemunhar a infidelidade estava Galeazz. O nobre e belo Galeazz, ainda de luto por sua esposa e sua dama Beatrice, participara das competições com todos os seus quarenta homens. Todos ainda enlutados, mantendo suas madeixas tingidas de preto como corvos, usando armaduras em preto e dourado e carregando brasões em homenagem a Beatrice, flâmulas negras com brilhantes grifos dourados. Isabella imaginou se Francesco ousara apresentar sua pavorosa prostitutazinha ao glorioso cavalheiro de Beatrice. Sua única consolação foi que Galeazz mais uma vez ganhou todos os prêmios dos torneios e Francesco, nenhum.

Isabella tivera muitos pensamentos sobre a infidelidade. Sua mãe acreditava que todos os homens finalmente caíam presa de outras mulheres e aconselhava suas filhas a evitar fazer muito alvoroço por causa dessas aventuras. Isabella é realista, não uma sonhadora romântica como Beatrice, que viveu — e talvez morreu — pelas atenções de Ludovico. Ela acha que Francesco sempre teve seus pequenos casos. E, é claro, como todos os soldados, ela sabe que quando está fora em campanha militar ele se diverte com garotinhos. Eles são menos caros e menos encrenqueiros que as mulheres, já ouviu muitos militares comentarem. Além disso, estão presentes às dúzias e também aparentemente dispostos a garantir o favor de seus superiores permitindo o acesso a seus traseiros jovens e macios. É desse jeito com os homens. Uma mulher não deve resmungar a respeito dessas coisas. Isabella sabe que esse tipo de alívio sexual, para um homem, não difere em nada, digamos, do ato de urinar. As suspeitas ligações carnais e fortuitas com mulheres também não a atormentam, de fato; ela sempre considerou isso como um pagamento pela atenção em massa que recebe de outros homens. Afinal, Francesco tivera de competir com uma esposa sobre a qual os homens escreviam poemas, canções e sonetos; que é desejada como modelo para pintura dos mestres; que recebe as melhores mentes da Europa na sua corte e dialoga com eles tarde da noite muito depois que seu marido foi para a cama. Para não mencionar as estreitas relações e correspondência constante com Ludovico, o que seria suficiente para qualquer marido perder as estribeiras. Assim, se Francesco tem necessidade de afirmar seu próprio carisma masculino nos braços de damas e criadas, por que deveria se importar? Ele sempre volta ao seu leito desejoso por ela.

Mas desta vez permitiu que outra mulher assumisse o lugar da esposa num evento público. Ela se pergunta se ele fez isso de propósito, para desforrar-se do apoio político de Ludovico; por forçar seu marido a servir sob Ludovico. Mas o que deveria ela ter feito? Ludovico era seu cunhado e, de longe, o mais poderoso príncipe da Itália. Ofereceu-lhes uma fortuna pelos serviços de Francesco. Isabella estava agindo no interesse de Francesco, da família deles e de Mântua, ao negociar com Ludovico. Francesco tinha sido difícil e oferecido resistência o tempo todo, mas também estava deliciado com o prestígio que seu título e salário poderiam trazer. Ficara ele ressentido a ponto de desforrar-se da esposa dessa detestável e pública maneira?

Isabella vê que o marido se encaminha para seu estúdio, onde acha que ela deve estar. Francesco caminha pavoneando-se como se espere ser saudado pela apaixonada esposa que deixou em casa, que estará exultante porque o grande guerreiro que é seu marido voltou ao lar para ela. Nisto, como em muitas outras coisas, ele está enganado.

Ela desliza silenciosamente para a sala de estar, onde colocou o clavicórdio que finalmente arrancou de Ludovico. Beatrice o mandara fazer por Lorenzo de Pavia, que, todos concordavam, era o melhor mestre-projetista e construtor de instrumentos musicais que a Europa já produzira. Isabella sempre cobiçou o clavicórdio, escrevendo carta após carta a Lorenzo pedindo-lhe que providenciasse uma duplicata dele para ela. Mas o mestre de Pavia estava sempre ocupado demais com outras encomendas para patronos mais ilustres, tais como o doge de Veneza. Depois que Beatrice morreu, Isabella escreveu a Ludovico pedindo que desse o instrumento para ela, de modo que pudesse se lembrar da irmã sempre que sentasse para tocar. Isabella já tinha aprendido a tocar todos os outros instrumentos de corda e estava ansiosa para dominar mais este, que produzia os sons mais emocionantes e tristes ao se pressionar as lindas teclas de marfim e ébano. Lorenzo havia pintado uma cena magnífica sobre a tampa do instrumento: Ulisses dirigindo-se ao rei Alcino e à rainha Areta, pedindo passagem incólume para Ítaca. Como ela adoraria ter um grande afresco da cena pintada em uma das paredes do seu estúdio! Talvez devesse ver se o velho Mantegna, ficando a cada dia mais ranzinza em sua senilidade, aceitaria a encomenda.

Isabella não encontrou nenhuma música composta especificamente para este instrumento, portanto ela própria começou a compor, adaptando seus sonetos e poemas preferidos. Ela ouve os passos de Francesco se aproximando. Golpeando vigorosamente as teclas, ela canta o lamento em que esteve trabalhando, satisfeita com o modo como a melodia complementa as palavras de seu poeta preferido, e também de Beatrice, Petrarca. *E sou um daqueles a quem agrada chorar; parece que me empenho em fazer meus olhos produzirem uma família de lágrimas para combinar com as tristezas em meu coração.*

Ela está muito grata por ter praticado canto em toda a sua vida e poder fazer sua voz afetar as medidas apropriadas de beleza, tristeza e dor. Sem falar numa raiva fervilhante, mas controlada, por debaixo disso tudo. Ela não é nada senão discrição em todas as suas ações, e cantar e tocar não são exceções.

Com o zumbido das cordas ainda ressoando no ar, e seus dedos ainda nas teclas, ela ergue a vista para o marido e diz:

— Excelência. — Isto é tudo. Ela não tem a menor intenção de ajudá-lo a ficar à vontade na sua canhestra volta ao lar; nenhuma intenção de fazer o que sua mãe e cada mulher que conheceu faziam, ou seja, afetar uma falsa alegria para compensar pelos pecados dos maridos. Simular que o golpe de sua humilhação é leve; que não dá tanta importância a isso. Que não está magoada. Não, deixe o pequeno animal se contorcer.

— O que é isto, Isabella? Você comprou o instrumento de Beatrice? Deve ter custado uma fortuna. — Ela se lembra de todos aqueles anos atrás em que percebeu que os olhos protuberantes dele iriam se tornar mais parecidos com os de um sapo no decorrer dos anos. Agora sua previsão se confirmava. Ele está parado à porta com os olhos se projetando, parecendo balas de canhão aguardando para ser disparadas nela. Ele gesticula na direção do estúdio. — E quem vou encontrar no seu estúdio, fazendo um novo e extravagante conjunto de portas e entalhando um camafeu gigante da sua imagem parecendo alguma imperatriz romana?

— Oh, sim, depois de anos adulando-o, consegui finalmente trazer Cristoforo Romano para o meu serviço. Ele achou Milão muito deprimente após a morte da duquesa. Muita gente comenta que ela morreu de coração partido após a infidelidade pública de Ludovico. Acha possível uma coisa dessas?

Ele ignora por completo a pergunta e suas implicações.

— Cristoforo me diz que vai lhe fazer um busto de mármore, como aquele que fez para Beatrice. Onde vamos arranjar dinheiro para pagar por essas extravagâncias? Você sabe quanto estão cobrando hoje em dia por um bloco de pedra?

— Ludovico está lhe pagando uma fortuna. Certamente a pessoa que negociou a patente para você merece um pequeno presente para si própria, não?

— Percebo o que está fazendo, Isabella. Muito embora sua irmã esteja morta, você ainda está tentando manter boas relações com os Sforza. Quantas vezes preciso lembrar a você que não temos o dinheiro de Ludovico?

— Mas acontece que temos o dinheiro. Uma parte substancial dele está sendo transferida para o nosso tesouro exatamente agora.

— Então você admite? O dinheiro nem chegou ainda e você já o está gastando com suas vaidades? Peguei você pedindo emprestado de novo, não é?

— Já lhe disse antes: estou muito animada para me permitir que oito ou dez por cento se interponham entre mim mesma e as coisas que desejo. — Ela sempre vivera segundo esta filosofia. Se Francesco achava que iria mudar suas maneiras agora, estava enganado. Especialmente depois do que ele fizera.

— E o que é que deseja agora? As coisas de sua irmã? Coisas feitas para você pelos artistas de sua irmã? Ainda não se cansou de bicar os ossos de Beatrice?

Ela não vai cair em sua armadilha. Ela é a parte enganada. Ele é o pecador. Este confronto deve concluir-se com este fato bem entendido. Ela se defende, rapidamente dando a resposta:

— Tenho certeza de que minha irmã ia preferir o clavicórdio em meu poder às mãos da amante de Ludovico. Os desejos de uma mulher deveriam ser honrados, mesmo na morte.

— Você insiste em dilapidar nossas finanças. — Seus olhos de sapo se estreitaram em pequenas fendas inchadas.

— Isso mesmo. Porque este é o meu consolo, milorde, pelo modo como me humilhou perante toda a Itália. Eu o aconselho a parar de se queixar antes que encontre motivos para me consolar em outro lugar. Aceite isso e seja grato por o dano ter parado por aqui.

— Por que permite que esses mexeriqueiros detestáveis infectem sua mente com boatos maldosos?

— Porque o que dizem é verdade. Eu mesma me peguei fazendo perguntas difíceis. Que bem me fez ser uma esposa devotada? Que agradecimentos recebi por manter boas relações com Ludovico depois que você fez tudo para destruir a boa vontade entre as duas casas? Que recompensa tive de meu marido a não ser me humilhar diante de amigos e aliados?

— Ora, Isabella, não fiz nada de errado. Você sempre teve seus admiradores.

— Admiradores não são amantes. Admiradores trazem honra e alianças à Casa dos Gonzaga. Eu poderia atrair e cultivar admiradores, mas você também corta os benefícios das atenções deles.

— Mas eu sou homem, ou esqueceu disso? O que você espera?

— Espero que até mesmo um homem possa agir com discrição e decência. A partir de agora farei como bem me aprouver. Se você protestar, pode se divorciar de mim e explicar às nossas famílias e aliados, *inclusive* a Ludovico, e deixar sua puta governar o reino. Isto lhe conviria, milorde?

Ela espera que ele fique furioso, arrependido, e finalmente sedutor. É como previria a seqüência de emoções e ações, conhecendo-o como conhecia desde quando ela não passava de uma criança. Ele faria uma brilhante defesa de si mesmo, fazendo o papel de falsamente acusado, seguida por um breve momento de fingir estar terrivelmente magoado pela sugestão dela, terminando por sentar-se num banco a seu lado, pedindo-lhe para tocar alguma coisa bonita, e depois interromper a canção com prolongados beijos em seu pescoço. Mas ele não faz nenhuma dessas coisas. Em vez disso, dá um sorriso largo, tão largo que um dente faltando do lado direito de sua boca, interrompendo sua perfeita seqüência de marfim, se revela.

— Vou ser muito feliz quando você não mais puder jogar suas relações estreitas com seu cunhado na minha cara.

— Está prevendo um rompimento entre mim e Ludovico?

— Estou prevendo um rompimento entre aquele patife e o resto do mundo! Se você o ama tanto, podia escolher ficar com ele. Talvez até o prefira a seu próprio marido.

Do que estava falando aquele homenzinho insano? Ela sabe que há muito ele sente ciúme do seu relacionamento com Ludovico, mas especula se este sentimento infeccionou por tanto tempo a ponto de ter comido seu cérebro.

— Senhor, me parece estar faltando um pedaço crucial de informação, uma vez que acabamos de firmar uma aliança com o duque de Milão. Estou sob a presunção de que, como comandante-geral do exército dele, você deveria estar lutando do mesmo lado.

— Isso pode não ser mais possível.

Ela espera que ele prossiga.

— Negociadores do doge de Veneza e do rei Luís estiveram se encontrando em segredo. Não sei quem iniciou o contato, mas desconfio de que foi o doge, que há muito despreza Ludovico. Isabella, eles formaram uma aliança secreta para atacar Ludovico e dividir o ducado de Milão entre os dois. Eis como irá acontecer. Veneza atacará do leste, os franceses marcharão do norte, e Ludovico será esmagado entre eles.

Isabella nunca viu Francesco parecer tão satisfeito. O que ele estava pensando?

— Mas, milorde, você é o general de Ludovico! Tem de avisar logo a ele. Deve preparar o exército.

— Por certo não está sugerindo que eu lute contra a França e Veneza, está?

— Mas isto é o que vocês concordaram em fazer! — exclama ela, imaginando que pedaço de informação ainda não tem nem ouviu nem apreendeu para que tudo isto faça sentido.

— Isabella, não sou homem de jogar minha sorte numa causa perdida. Ofereci meus serviços ao rei Luís, que os aceitou. — Ele faz uma mesura para a esposa, como se reapresentando-se a ela. Como se dissesse: *Querida dama, Francesco Gonzaga, marquês de Mântua, comandante-geral do Exército italiano, o homem que você conheceu desde o seu sexto aniversário, o homem que pôs sua assinatura num tratado, junto àquelas do duque de Milão e do imperador do Sacro Império Romano, desapareceu miraculosamente e renasceu como um novo homem, um legalista francês, um servo do rei Luís.*

— No ano passado você jurou aniquilar os franceses e quase foi bem-sucedido! E agora diz que vai apoiá-los? E também a Veneza? O doge não dispensou seus serviços?

— O rei Luís percebeu meu valor e exigiu que o doge fizesse as pazes comigo. Com nós dois, Isabella, a não ser que prefira aliar-se a Ludovico.

— Você está louco? — Ela não pode imaginar como seu marido se ajustou tão rapidamente a estas novas lealdades. — Ludovico é nosso amigo, nosso aliado, além de seu patrão. Você tem um contrato.

— Ele é também um viúvo agora. Talvez você possa arranjar para se divorciar de mim e casar com ele. Acredito que seja o que sempre quis. Nem sempre, não quando você era uma garota ingênua. Não até ver as coisas que o duque de Milão era capaz de dar a uma esposa e que o mero marquês de Mântua não podia. Estou certo de que, assim que ficou exposto aos seus encantos, Ludovico também lamentou os trinta dias que protelou antes de mandar um embaixador a Ferrara para pedir a mão de uma noiva. Vocês foram enganados pela Fortuna, Isabella. Talvez possam consertar isto agora.

Francesco sempre teve um ar presunçoso, porém nunca mais do que agora. Satisfeito com seu discurso, ele gira nos calcanhares e deixa a sala.

Por uma vez na vida, Isabella não sabe avaliar o que fazer. Ela passou seus anos cultivando os favores de Ludovico; primeiro, porque tinha sido seduzida por seus encantos, depois, porque descobriu que o amava apesar dos seus defeitos. Além da atração inicial motivada pelo desejo, ultrapassadas as fronteiras de família e necessidade política, eles partilhavam da paixão por muitas coisas. Além disso, ela deu a ele muito mais que amizade e lealdade; deu-lhe sua palavra. E agora? Vai juntar-se ao marido e ao que parece ser o resto da Itália e contribuir para a destruição de Ludovico?

Não pode permanecer na mesma casa que Francesco, portanto vai visitar seu pai, que está promovendo uma série de comédias latinas em Ferrara. O duque Ercole fica feliz em ver sua filha e não de todo surpreso com as notícias que ela traz sobre a França e Veneza se aliando para livrar o país de Ludovico. Já ouviu tudo isso; de fato, ele enviara seus próprios embaixadores às reuniões secretas em que tudo foi acertado.

— Mas, pai, como podemos dar as costas a Ludovico? Ele é o marido de Beatrice e o pai de seus dois meninos, que serão os herdeiros dele.

A expressão de Ercole não se altera.

— Ludovico cavou a sua própria tumba, Isabella. Ele jogou todos os partidos uns contra os outros por muitos anos. Suas ambições e seus destroços estão expostos para o mundo inteiro ver. Luís sempre reclamou o ducado de Milão. Sua avó foi uma Visconti, o que posso dizer? Ele tem muito mais direito ao ducado do que Ludovico.

— Mas Beatrice... — começa Isabella.

— Beatrice está em sua sepultura. Devemos agir no interesse dos vivos. As pessoas espertas, e nós, os Este, somos os mais espertos dentre os espertos, esperarão para ver quem sai vencedor. Não permita que Francesco atue em benefício de ninguém, nem de Ludovico, nem dos franceses, nem dos venezianos. Eis aqui o que importa: depois que isto acabar, depois que Ludovico Sforza for um homem há muito transformado em pó, a Casa de Este ainda estará de pé. E a Casa de Gonzaga também, Deus queira, se o seu marido seguir meu exemplo.

— Pai, considerarei seu conselho, embora meu coração fique pesado por trair Ludovico ou ficar parada enquanto ele é atacado. — O que ia esperar de seu pai, que, tão logo o corpo de sua mãe esfriou, apoiou os franceses na invasão de Nápoles, o reino natal de Leonora?

— Isabella, por que acha que vivi até ser um idoso? Se quiser ver sua senilidade, terá de aprender comigo: nessas questões, o coração deve esconder-se atrás dos poderes maiores da razão.

Ainda assim, ela não pode suportar. Antevê o cenário: Ludovico, com os dois inimigos fechando-se sobre ele, escreverá cartas frenéticas e mandará mensageiros a cavalo para Mântua, exigindo que Francesco ponha o exército em marcha para ajudá-lo. As missivas ficarão cada vez mais desesperadas até Ludovico perceber que foi traído. Irá presumir que a marquesa faz parte da traição. E poderia ir para o túmulo se perguntando por quê. Ainda assim, que bem lhe faria trair seu próprio marido? Revelar sua duplicidade a Ludovico? O que faria? Fugir para Milão só para ser esmagada? Terminar sua vida como uma mulher e filha caída em desgraça? Uma megera louca que mal pôde esperar a morte da irmã para que pudesse tomar-lhe o marido?

Ela ouve de um de seus correspondentes em Veneza que o Exército veneziano já está em marcha para Milão. Enquanto cruzam o rio Adda, os soldados estão cantando: "Agora chegou a vez de *Il Moro* dançar!" Existiria algo que mais desse prazer a um ser humano do que a queda de um poderoso? Ela volta para Mântua, onde ouve que o general Trivulzio, o traidor italiano que abandonou o serviço de Ludovico anos antes por ciúme de Galeazz, está descendo os Alpes com um enorme exército e atacando o castelo de Annona, um baluarte milanês. Galeazz jurou manter a cidade setentrional de Alessandria, que cortaria o avanço francês para Milão. Mas seus soldados estão de novo sem pagamento, semifamintos e desertando. Seu irmão, o conde de Caiazzo, um Senhor da Guerra que podia mais facilmente do que Galeazz permitir ao seu coração esconder-se por trás de seus maiores poderes da razão, passou abertamente para os franceses. Outros homens além de Caiazzo, que também haviam jantado na mesa de Ludovico, viraram-lhe as costas, cavalgando para encontrar o Exército francês. As cartas previstas viajavam de Milão para Mântua, pedindo a Francesco que partisse em auxílio de Ludovico. A própria Isabella faz um apelo em benefício de seus dois sobrinhos, que poderiam perder a vida no confronto, até descobrir que Ludovico os mandou para a corte alemã, com uma soma substancial de seu ouro e jóias, e está provavelmente ele próprio fugindo para lá. Ludovico faz um último apelo a seus aliados, mas nenhum responde.

Um por um, o povo das pequenas cidades do ducado de Milão, cansado de pagar pesados impostos a Ludovico e estimulado por seus patronos, que estão fartos de não conseguir receber os empréstimos feitos ao duque, abre seus portões para os franceses. Luís, segundo Isabella ouve dizer, está atônito com a recepção que recebe enquanto avança pelo norte da Itália. Atribui isto a sua boa aparência, a sua linhagem superior como um Visconti, e à longa drenagem que Ludovico fez dos recursos do povo para financiar seus grandes projetos. Ludovico manda até mesmo mais cartas por mensageiros cujos cavalos foram tão exigidos que morrem no pátio de Isabella. Francesco fica farto daquelas cartas e cavalga para Vigevano — onde Beatrice e Ludovico o haviam entretido prodigamente — e começa a lutar abertamente do lado de Luís. Lá ele se encontra com o duque Ercole, que havia esperado pacientemente em Ferrara, jogando as cartas desesperadas de Ludovico no fogo até que a vitória francesa estivesse garantida.

Agora só resta o pequeno inconveniente do próprio duque, que deve estar certamente tentando fugir de Milão. Ela não consegue imaginar Ludovico empenhado numa luta sem esperanças, espada na mão, guarnecendo sozinho o castelo contra os franceses. Na última vez em que o viu, ele havia se queixado que estava acometido de gota, o que lhe tornava quase impossível montar seu cavalo.

O que, especula ela, irá acontecer com seus amigos em Milão? O retrato de Cecilia continua pendurado no estúdio de Isabella, aparentemente fazendo-lhe aquela mesma pergunta. Serão os franceses bondosos com aqueles que tinham sido leais ao duque, ou farão o que os conquistadores sempre fazem — confiscar propriedades, estuprar mulheres, destruir os símbolos do poder, executar os legalistas, torturar os artistas e dilapidar o tesouro?

Não há nada que Isabella possa fazer por Ludovico sem pôr em risco sua família e a cidade de Mântua. Mas ela pode ajudar seus amigos. Sem consultar Francesco, despacha mensageiros a Milão para divulgar a notícia de que Isabella d'Este está oferecendo santuário àqueles que foram leais ao duque e à falecida duquesa de Milão. Nas cartas, ela os incita a fugir da cidade antes da chegada dos franceses, disfarçando-se como eles. Disparando sobre cascos que mal tocam o solo, os cavaleiros de Mântua são enviados portando suas mensagens. Certifica-se de que os mensageiros parem em Corte Vecchio, a residência não apenas da pobre e infeliz Isabel de Aragão como também de Leonardo, o Florentino, para avisá-los de que eles e seus familiares e domésticos são bem-vindos e serão gentilmente tratados em Mântua, apesar do fato — ou talvez por causa — de o marquês parecer estar agora muito íntimo do rei da França. Ela reza para que cheguem a Milão a tempo para Ludovico ouvir que ela tentou ajudar os amigos dele. Isabella sabe que ele deve achar que ela também o abandonou. Escreveu ao irmão dele, Ascanio, em Roma dizendo que ela própria gostaria de ir para Milão e combater os franceses. Ascanio escreveu de volta, sugerindo sarcasticamente que os milaneses preferiam ver o marido dela com seu exército. Ludovico agora só pode ter uma baixa opinião sobre ela.

Francesco fica sabendo que ela está oferecendo abrigo aos milaneses e envia-lhe uma carta furiosa: *Estou lutando ao lado de Luís XII, rei da França, e você está oferecendo santuário àqueles que ele pretende capturar? Você perdeu a cabeça, mulher?* Isabella responde com uma breve carta: *Excelência, você lida com o rei a sua maneira e eu lido com ele à minha. Uma vez que está tão próximo a ele neste momento, pode dizer-lhe você mesmo. Se ele não temer uma mulher frágil, pode vir a Mântua e se reunir comigo para discutir o assunto. Não receio Luís, apenas a língua francesa, mas posso falá-la, se preciso for.*

Esse Luís não é apenas um homem como qualquer outro? E a reputação de Isabella como *la prima donna del mondo*, concedida a ela por poetas e cortesãos de uma ponta à outra da Europa, já não o deixou intrigado? Sabe como lidar com Luís. Ela reúne seu estafe e começa a conceber um presente — não, não um presente, mas uma apresentação — para saudar o rei quando ele inevitavelmente alcançar Milão. A ordem é simples: embalem as mesmas coisas que mandamos para Ludovico na primavera — o peixe fresco, as alcachofras e flores, e acrescentem a isso dois dos nossos falcões especiais e dois cães de caça do marquês. Tenham os presentes inteiramente à espera no palácio de Ludovico para a chegada do rei da França. Acrescentar este bilhete:

> Desejamos comunicar nosso convite a Vossa Excelência para que venha nos visitar. Sabemos que chegou a vossos ouvidos que somos pró-Sforza. Se Vossa Excelência nos visitar, convencer-vos-á de que somos verdadeiros franceses. Confessamos, sem qualquer resquício de falsidade, que por algum tempo fomos muito ligados ao duque Ludovico, tão ligados quanto se possa imaginar, tanto por questões

de parentesco quanto por causa da afeição e honrarias que nos demonstrou. Mas depois que ele começou a tratar mal nossa ilustre consorte, nossas afeições começaram a diminuir e nos descobrimos concordando com os objetivos de Sua Majestade Rei Luís, o Mais Cristão. Agora que ele prestou tais homenagens à nossa consorte, somos de fato uma boa mulher francesa. Caso Vossa Excelência aceite nos visitar, nos encontrará vestida em flores-de-lis.

Sua humilde súdita,
Isabella d'Este Gonzaga, marquesa de Mântua

Tudo mentira, mas não importa. Isto conduziria ao fim desejado: segurança para Mântua e para seus amigos milaneses.

No entanto, enquanto há vida há esperança, e no seu momento mais difícil Isabella imagina se Leonardo, o Florentino, irá aceitar seu oferecimento de refúgio. Oh, ela especula se vai ousar reacender aquele desejo. Mas por que não? Como disse seu pai, devemos agir no interesse dos vivos, e ainda restam muitos vivos.

Mesmo assim ela descobre que olhar para o retrato de Cecilia se tornou insuportável. O retrato congela aquele momento no tempo em que Cecilia era jovem e adorável, sendo sua única preocupação dar prazer ao duque. Nenhuma das tristezas posteriores da jovem mulher pode ser prevista em seu rosto sereno. Por certo ela sofreu quando Beatrice chegou à corte e a privou da casa e da afeição do homem que tinha conhecido e amado por dez anos. Estará ela neste momento embalando tudo que seus cavalos possam carregar e sendo expulsa de outra casa estimada? Quando todos tiverem partido, a maioria deles apagada da lembrança, o retrato permanecerá como um tributo à beleza, inteligência e serenidade. Ninguém pensará na dor que a modelo suportou, somente na sua beleza e na boa fortuna em ser imortalizada pelo grande gênio do seu tempo. Toda a dor e tristeza morreriam com ela.

No final, a tristeza é que foi passageira.

Para você, a imortalidade encontra-se num pincel. Para mim ela encontra-se na ponta do pau do meu marido. Conseguirei a imortalidade com o nascimento de meus filhos.

Isabella recorda-se de como ficou chocada quando Beatrice proferiu essas palavras. Parece agora que Beatrice estava errada. Seus filhos tinham sido despachados para a corte do imperador Max na gélida Alemanha, provavelmente sentindo falta da mãe falecida e do sol italiano. Teriam eles algum dia permissão de retornar a Milão? O que faz com que Beatrice fizesse parte da história, sua prole ou suas imagens? Iriam os franceses fazer em pedaços o belo busto de autoria de Cristoforo, com os túmulos gêmeos de mármore que Ludovico encomendara para si e sua esposa? E os murais do refeitório pintados pelo grande *Magistro*? Seriam caiados pela novo clero, eliminados como inúteis e antiquados por uma nova geração? Ou, mais provavelmente, não desejariam os franceses lembretes do reino de Ludovico e demoliriam o refeitório, talvez torturando os frades?

Oh, todos eles terminariam como nada mais que partículas da poeira de Milão, revolvidos com todo o resto de seus compatriotas, fosse a Fortuna generosa, permitindo-lhes morrer em solo italiano; apenas mais um exemplo de criaturas que passaram pela terra e a deixaram. De qualquer modo, o que importava tudo isso? A Fortuna está trapaceando com todas elas: com Isabella, que certa vez acreditou que Beatrice fizera a melhor aposta; e com Beatrice, que sempre poderia extrair o melhor para si de qualquer aposta, espantando cavaleiros e damas com sua sorte. Agora, a sorte se fora. A cidade de Milão, que vivia os primeiros dias de sua grandeza quando Leonardo pegou o pincel e retratou a amante de 17 anos do duque, está a ponto de testemunhar seu próprio fim. Todos que a tinham transformado no que era — a Atenas da Europa moderna — estão agora em fuga pela vida. Os grandes tesouros, pagos pelo povo que finalmente decidiu não mais financiar os sonhos de beleza do duque, seriam espalhados pelos quatro ventos. Como Péricles, cujo povo se cansou da sua imensa ambição e descobriu que ele era culpado de roubo, Ludovico ia pagar por suas visões de uma grandiosa cidade.

Isabella sente-se de repente muito cansada, não fatigada fisicamente, mas com o coração tão pesado que quer afundar no chão. Está exausta, não só pelo presente mas por toda a história, o modo como ela continua laboriosamente a repetir-se. Como os personagens mudam mas os enredos continuam os mesmos, como Deus fosse um dramaturgo sem talento que só pudesse escrever uma peça. Ela pega um longo pedaço de musselina preta que tinha usado para bloquear a luz do sol das janelas de seu estúdio depois da morte de Beatrice, pois é isto o que a morte de Beatrice trouxe — o fim do calor e da luz e de tudo que era bom.

Ela coloca o pano sobre o rosto de Cecilia, deixando-o cair até o chão, amortalhando lembranças do passado inocente.

Para: Isabella d'Este Gonzaga, marquesa de Mântua
De: Georges d'Amboise, embaixador do rei da França

Madame,

Humildemente pedimos que nos perdoe da má opinião que formamos a seu respeito. Agora que é uma boa francesa, somos todos seus humildes criados.

Logo, o rosto muito amadurecido de Cecilia Gallerani, inchado de peso e preocupação, apresenta-se na sala de estar de Isabella. Ela fugiu de Milão com todos os outros aliados mais próximos de Ludovico, tendo escapado enquanto Luís entrava na cidade. Ela lança os braços em torno de Isabella, que recebe o cheiro rançoso da viagem pendendo das roupas de Cecilia.

— Perdoe-me, estou cheia de mosquitos e poeira — diz ela. — Mas graças a Deus por você, Excelência. Meu marido e eu estávamos fazendo planos desesperados quando seu mensageiro chegou. Trouxe meus dois filhos comigo. O conde foi se esconder. Consideramos estes arranjos melhores. Na estrada, os soldados ficam menos propensos a machucar os meninos se estão viajando com a mãe.

Isabella introduz Cecilia em seus aposentos para lavar o rosto e recuperar o fôlego. Isabella ficou sabendo que refugiados de Milão começariam a chegar e ordenou que vários pequenos *palazzos* na periferia se preparassem para receber seus hóspedes. Esta notícia, mais a oportunidade de limpar a sujeira da viagem, anima Cecilia, que se acomoda na sala de estar de Isabella com uma tigela de sopa quente e uma taça de vinho.

— O que aconteceu com nosso cunhado? — pergunta Isabella, receando a resposta. Luís sempre odiou Ludovico. Ela não consegue imaginar que ele vá tratar o duque gentilmente.

— Ele está em fuga. Tão logo Ludovico ouviu que o povo de sua preciosa Pavia abriu os portões para os franceses, ele percebeu que os cidadãos de Milão não se comportariam de modo diferente.

— Ludovico tratava Pavia como um de seus tesouros pessoais. Depois de todos os fantásticos melhoramentos que fez para aquela cidade, por que o povo se voltou contra ele?

— Os problemas foram fermentando. Os acadêmicos da Universidade de Pavia ficaram sem receber por um ano e foram desertando aos magotes. Os impostos continuaram aumentando, mas nada melhorou para o povo, só para os prédios e monumentos de Ludovico, que não põem exatamente comida na boca do pobre.

Isabella sente uma onda de vergonha percorrer seu corpo. Seu marido, seu pai e dois de seus irmãos viajaram até Pavia para saudar Luís. Como antigos amigos de Ludovico, eles levaram o rei para conhecer seu novo palácio e campos de caça. Uma jovem favorita de Isabella que esteve no evento escreveu-lhe para dizer que a coisa mais estranha em todo o arranjo foi que jamais mencionaram o nome de Ludovico. "Todos fingem que o duque nunca existiu."

— Ludovico finalmente recebeu uma mensagem do imperador Max de que ele tinha condições de mandar reforços e fortificar o castelo até que eles pudessem chegar. Mas o duque sabia que não poderia se permitir esperar, no caso de Luís chegar a Milão antes do Exército alemão. Tentei vê-lo antes que partisse, mas me atrasei por minutos. Oh, tudo era só confusão e caos. Ele deixou seu tesoureiro encarregado do castelo e empacotou tudo que podia. Ouvi dizer que insistiu numa última parada no túmulo de Beatrice, onde se ajoelhou por horas, chorando e pedindo-lhe perdão. Você sabe que ele ainda carrega a culpa pela morte da duquesa. Por fim, seus homens o arrastaram para fora, e bem a tempo, porque Luís já avançava do sul.

Isabella pensa, mas não diz, que Ludovico teria apreciado a demonstração de histrionismo no túmulo de Beatrice, mas ele seria cauteloso para não permitir que isto interferisse com sua escapada.

— Você não pode imaginar o que aconteceu em seguida — diz Cecilia. — Milão produziu o seu próprio Judas. O tesoureiro a quem Ludovico confiou a guarda do castelo enviou um mensageiro secreto a Luís dizendo que abriria os portões se Luís lhe desse uma parcela da pilhagem. Até mesmo os franceses acham o homem desagradável. Imagine a surpresa de Luís quando aquela grande fortaleza se rendeu a ele sem uma única escaramuça!

— Parece que é infinito o número de amigos de confiança que irão trair Ludovico — diz Isabella, taciturna. — Sou quase grata por Deus, em Sua sabedoria, ter levado minha irmã antes que ela tivesse de suportar tudo isto. Eu mal consigo entender. Todos estamos cientes dos defeitos de Ludovico, mas ele merecia isto?

Cecilia deixa a pergunta sem resposta.

— Dizem que quando Luís entrou no castelo, ele pensou que estivesse entrando num conto de fadas — continua ela.

— Pensei a mesma coisa, todos aqueles anos atrás — diz Isabella, recuperando suas próprias lembranças de cruzar a cavalo aquele grande fosso e entrar no mundo de Ludovico pela primeira vez. Ela não quer chorar, não ainda.

— Os franceses, aquelas criaturas selvagens, nunca tinham visto cômodos de tamanho tão extravagante, decorados com nossa particular grandeza italiana. E os jardins os deixaram atônitos. O rei Luís declarou que era o paraíso na terra.

— O que acontecerá com todas as posses de Ludovico? — Ela pensa em todos aqueles manuscritos antigos arquivados em Pavia, imaginando se tinham sido desperdiçados pelos franceses, que nada entenderiam do seu real valor.

— Eis a história que ouvi. Quem me contou jura que é verdade. Os franceses estão profanando o castelo. Não têm a menor idéia de como se portar. Aparentemente, defecar na própria porta é um estilo de vida para seus soldados. E fornicar onde possam ser vistos por outros, de fato, na companhia de outros casais fornicando, não os incomoda nem um pouco, mas isto faz parte do caráter nacional francês. Os corredores do castelo são montes de esterco, Excelência, os quartos viraram bordéis de cabos e sargentos.

— O que será das grandes pinturas de Ludovico? De suas estátuas da Antiguidade? De suas tapeçarias inestimáveis?

— Uma parte disso será preservada, estou certa. O rei admira ardentemente os nossos artistas. Luís visitou o refeitório em Santa Maria delle Grazie e pediu a seus homens para estudar a possibilidade de levar para a França toda a parede sobre a qual o *Magistro* pintou a Última Ceia! Estou grata por ter ficado com você o meu retrato feito por ele, pois o rei certamente o confiscaria se tivesse permanecido em Milão.

Ele provavelmente está nesse momento vasculhando meus aposentos, se apossando de tudo que lhe agrade.

Se Luís e seu séquito — seu pai e irmãos incluídos — visitaram o refeitório, por certo devem ter atravessado o pátio para ver o túmulo de Beatrice. Como poderiam ter olhado para sua máscara mortuária de mármore sem chorar diante do rei? Como poderiam ter olhado no rosto da pobre duquesa, mesmo estando morta? Isabella espera que a experiência tenha abalado todos eles.

— Luís está procurando o *Magistro* por toda parte porque reconhece seu gênio, como se Ludovico já não o tivesse feito há 18 anos.

— E ele permanece em Milão? — pergunta Isabella, esperando descobrir que Leonardo seja um dos refugiados a buscar abrigo em seu reino.

— Não. Leonardo reuniu seus pertences e criadagem e fugiu para as colinas de Bérgamo, onde pretende realizar alguns experimentos naturais, ou assim diz. Ele recebeu sua gentil oferta de abrigo e sem dúvida virá para cá depois que se cansar da vida numa pequena cidade de montanha.

— Pelo menos ele está a salvo. — Talvez ela mande um mensageiro a Bérgamo para procurar Leonardo, reafirmando seu oferecimento. Ela já selecionou uma adorável mansão para ele no rio Pó, com jardins e uma vista para a água. O velho Mantegna ficará terrivelmente ciumento, mas o que se pode fazer?

— Tenho uma mensagem para você de Isabel de Aragão. Ela está determinada a fazer a paz com Luís. Está indo pedir alguma coisa para seus filhos. Mas se não conseguir entrar em entendimento com ele, Isabel virá para cá. Por favor, dê a ela uma casa bem distante de onde você me alojou! Claro que todos nós sentimos compaixão por ela, mas ninguém agüenta mais ouvir suas dificuldades. Ela é uma linda mulher, ou foi. Por que não arranja outro marido? Um que irá realmente levá-la para a cama?

— Algumas mulheres não têm a menor noção de como sobreviver neste mundo — opina Isabella. — Para outras, isto é um instinto, como um conhecimento animal de como se alimentar. Embora de início possa nos desagradar, encantaremos o rei Luís e nos vestiremos elegantemente, até que isto também saia de moda. Eu havia esperado que minha irmã fosse uma da nossa espécie, mas receio que no final ela cedeu ao seu frágil coração feminino.

— Como ela foi maravilhosa nos seus primeiros dias. Ela me tirou da cama e do coração de Ludovico pela força da sua vontade. Eu a admirei o tempo todo. Realmente admirei. E mais ainda quando ela magnanimamente me ofereceu sua amizade.

— A pobre querida estaria no exílio agora, na Alemanha, com seus filhos. Duvido que mesmo a nova aliança de meu pai com o rei Luís poderia salvá-la disso. Uma mulher se eleva e cai em desgraça com seu marido — suspira Isabella, embora tenha feito um juramento particular para transcender esse fato.

— Excelência, fiz uma coisa errada. — Cecilia olha em volta do cômodo como se alguém estivesse ouvindo. — Roubei uma coisa para você.

— Do castelo?

— Sim.

— Então você não roubou o objeto, mas o preservou.

— É exatamente o que pensei. Vi isto quando tentei me encontrar com Ludovico uma última vez. Simplesmente não podia deixá-lo para trás para ser profanado pelas mãos cobiçosas dos franceses.

Cecilia chama seu valete que, com outro homem, entra com um fardo, embrulhado em camadas de pano. Lentamente eles o desembrulham, manipulando com cuidado seu pesado conteúdo. Virando ponta sobre ponta, eles chegam à última camada de pano, apoiando o fardo em cima de uma mesa de refeições e deixando a musselina cair. Isabella cobre a mão com a boca. É o busto que Cristoforo fez de Beatrice, encomendado por Ludovico antes de desposá-la. O rosto de menina de sua irmã olha de volta para ela, sereno e gentil, pequenos cachos acariciando suas angelicais bochechas roliças e a renda intricada que orlava seu peito. Isabella pode ver Beatrice em seu vestido, excitada em posar para o escultor. Ela recorda as aflições que teve naquele dia com a complicada crina de cabelo de Beatrice, como era retorcida, quase tortuosamente, na trança apertada que se tornou sua marca registrada. A imagem é quase demais para a irmã sobrevivente suportar. Ela abraça Cecilia, esperando que as lágrimas brotando em seus olhos serão facilmente controladas. Com certeza vai ser uma longa semana, com toda aquela gente chegando de Milão. Ela não pode se exaurir tão cedo no dia.

— Você me trouxe minha irmã — diz Isabella, sua voz denotando um pequeno soluço.

As lágrimas de Isabella são interrompidas pela entrada de seu lacaio.

— Excelência, posso anunciar outros visitantes?

— Como queira — diz a marquesa, liberando Cecilia.

— *Madonna* Lucrezia Crivelli e filho, recém-chegados de Milão.

Isabella não pode evitar, amaldiçoa a si mesma por suas atitudes, mas é isso. Não há nada que possa fazer sobre o fato de que seu primeiro pensamento é de que Lucrezia poderia ter trazido consigo a pintura do *Magistro*. Oh, ela percebe que seu primeiro pensamento deveria ser o de querer matar a mulher pelo sofrimento que causou a Beatrice, mas esta não é a idéia que rasteja em sua mente. *Perdoai-me por meus pecados, querido Senhor Jesus. Mas não posso evitar a ordem na qual as idéias me ocorrem. É a minha natureza, por pior que seja.*

— Não me lembro de ter convidado *madonna* Lucrezia — diz Isabella para Cecilia.

— A mensagem que recebemos foi de que a marquesa abrigaria em Mântua todos que tivessem sido leais ao duque.

— Eu estava pensando em dar guarida aos que foram leais à minha irmã, não às serviçais que a traíram.

Poderia ela realmente expulsar Lucrezia? Isabella acha que poderia. Daria uma lição à mulher por fornicar com Ludovico às costas de Beatrice. *Querido Senhor Jesus, perdoai nossa falta de compaixão.*

— Excelência, se me for permitido dizer algumas palavras em benefício de *madonna* Lucrezia?

— Sempre ouvirei o que você tiver a dizer, cara amiga.

— Os Crivelli são uma família bastante refinada, mas dificilmente de berço nobre. Estou falando por experiência, Excelência. Quando o duque de Milão escolhe alguém para sua companheira, pouca opção há aí para a dama. Ela poderia expressar que está relutante, mas rejeitar um dos grandes príncipes da Itália é um tanto desafiador para uma mulher. Imagino que *madonna* Lucrezia viu muita oportunidade nesta ligação para toda a família, até para seu marido, se ela se acasalasse com o duque. Este é um dos poucos meios para uma mulher elevar a posição social de seu clã. Em outras palavras, Excelência, não acredito que a ligação seja tanto um ato de egoísmo da parte de Lucrezia quanto possa parecer.

Cecilia está certa, é claro. Enquanto uma princesa de Ferrara poderia controlar até que ponto está disposta a prosseguir seu flerte com um duque, uma garota sem berço não poderia. Se renegasse o príncipe, poderia causar terríveis problemas para sua família, ao passo que dar ao duque o que ele queria granjearia favores para todos os seus entes queridos.

— Obrigada por nos lembrar que não deveríamos punir outra mulher por agir no interesse de si mesma e de sua família. Não é isto o que sempre fazemos, a despeito das circunstâncias de nosso nascimento? — diz Isabella, e manda seu lacaio introduzir Lucrezia na sala.

O garotinho parece mais com Ludovico do que os filhos que teve com Beatrice. A mãe cortara seu fino cabelo preto de bebê no exato estilo de *Il Moro*: mechas longas e retas que pendiam até as sobrancelhas, e o restante se curvando em volta do rosto e caindo sobre os ombros.

— Como pode um bebê ter tanto cabelo? — exclama Isabella tomando a criança da mãe, cujos olhos estão arregalados de assombro ou gratidão, ou as duas coisas. Ela esperava uma recepção menos entusiástica da irmã da esposa de seu amante.

— Ele está com seis meses, Excelência, e nasceu com esta crina de cabelo preto. — As boas-vindas de Isabella devem ter-lhe dado confiança, porque acrescenta: — O duque uma vez acusou-me de ter cruzado com um cavalo.

Um rubor se espalha por seu rosto tão rapidamente quanto uma brotoeja feia. Consciente de sua frágil posição em relação à misericórdia da cunhada do seu amante, ela sorri sem jeito e desvia a vista do olhar desaprovador de Isabella.

O sorriso de Lucrezia se desfaz quando reconhece o busto de Beatrice, colocado sobre a mesa quase como se em julgamento. Um silêncio cai sobre as mulheres, e Isabella deixa que se prolongue. Devolve o bebê à mãe.

— Acreditou que corria perigo em Milão, *madonna* Lucrezia?

— O ódio do rei Luís a *Il Moro* é conhecido de todos. Temia pelo meu filho. Mas o duque não me encorajou a fugir com ele. Quando ouvi que Vossa Excelência estava oferecendo santuário, vim imediatamente. Reconheço que isto é constrangedor. Se quiser que eu me vá, tentarei chegar até parentes meus em Cremona.

— O duque não providenciou nada para sua segurança? — pergunta Isabella, quase incrédula. Não seria típico de Ludovico descartar mãe e filho sem pensar na segurança ou bem-estar de ambos.

— Não, ele muito generosamente me doou propriedades em Cussago e Saronno. Mas receio que a esta altura já estejam nas mãos dos franceses. Não faço a menor idéia se serão confiscadas permanentemente.

— E quanto a seu marido?

— Ele está pouco ligando para o meu bem-estar desde o nascimento do filho do duque.

Uma velha história, recontada milhares de vezes em cada geração, pensa Isabella. A garota não podia adivinhar que, quando pôs em risco os sentimentos do marido para tornar-se íntima do grande príncipe de Milão, o herdeiro das Casas de Visconti e Sforza, estava escolhendo o homem errado. Agora, como tantas mulheres que assumiram o que parecia ser um jogo livre de riscos, ela ficara sem homem nenhum, apenas com o produto do homem. A Fortuna parece rir por último de todas elas.

— Não se preocupe. Tenho uma pequena casa onde ficará confortável. Você pode tê-la toda para si, dependendo de quantos mais apareçam de Milão nas próximas semanas.

Lucrezia faz uma mesura.

— Vossa Excelência é a essência da bondade.

— Espero em breve iniciar negociações com o rei Luís para... bem, para muitas coisas. Recomendarei vocês duas a ele e negociarei com seus conselheiros pela devolução de suas propriedades e bens pessoais.

Agora ambas as amantes de Ludovico fazem reverências à irmã da esposa dele. Em que estranho mundo me descubro vivendo, pensa Isabella. O que Beatrice faria disso tudo? Mas ela se lembra da passional campanha de Beatrice para a investidura de Ludovico no título de duque — a súbita mudança dela, transferindo sua lealdade do amado avô napolitano para o marido. Beatrice teria compreendido tudo, até mesmo acolhendo o amante e o filho bastardo de Ludovico. A própria Beatrice já não fizera isto por Cecilia certa vez?

— Mas e nossa requintada cidade? — Lucrezia olha para Isabella como se suplicando-lhe que alterasse os acontecimentos que já estavam bem à deriva.

— O passado se foi, minha cara — diz Isabella, percebendo que soa mais impiedosa do que indicaria o peso no seu coração. — Tudo que temos é o presente, e o modo como nos conduzirmos determinará nosso futuro. Meu pai, irmãos e marido estão todos agora na companhia do rei francês. Eles já o levaram, acredite ou não, numa expedição de caça nas terras de Ludovico, onde no passado recente praticaram o esporte na companhia do duque. Recebi a carta exatamente esta manhã. Portanto, se as Casas de Gonzaga e d'Este, duas das mais antigas da Itália, de súbito se tornaram francesas, então vocês todas têm a capacidade de se tornarem francesas. Sim? *Oui? Que pensez-vous du miracle?*

Lucrezia toca levemente o marfim do clavicórdio.

— Este instrumento é o do castelo ou é uma cópia?

— É o autêntico. Levou mais de um ano após a morte de minha irmã para obtê-lo, mas eu queria ter uma lembrança dela. Ambas sempre adoramos música.

— Lembro que a duquesa não sabia tocá-lo, e vivia convidando músicos à corte para tocar para ela. Ficava deliciada com o som.

— Ficava?

— Perdoe-me, Excelência — diz Lucrezia, enrubescendo de novo. — É claro que já sabe disso.

— Minha irmã adorava música e canção, embora não tivesse sucesso em produzi-las. Estava constantemente pedindo que cantassem e tocassem *para* ela. Fiz-lhe a vontade durante nossa infância. Vamos satisfazê-la agora?

Isabella começa a tocar uma melodia que todas elas deviam conhecer, uma que Beatrice pedia com freqüência. As duas irmãs a cantavam juntas, em geral num fim de tarde, pois sua letra e melodia demonstraram ser um tanto sérias para a maioria das festas. Isabella toca e canta uma estrofe e depois sinaliza para que as outras a acompanhem.

Quão docemente as três cantam juntas! Isabella imagina se as duas se empenharam com tanto afinco quanto ela para aperfeiçoar a voz. Beatrice nunca desejou praticar seu canto. Ela gostava de gorjear enquanto Isabella tocava e cantava. Ela adorava a alegria desses momentos. Haveria alguma coisa no domínio da arte do canto que fosse responsável pelas três se harmonizando como pássaros que por muito tempo partilhavam o mesmo ninho, enquanto Beatrice jaz em seu túmulo? Parece impossível, ainda que aquela idéia deslize sem emendas na seguinte, aquela que Isabella revirou por anos em sua mente, mas que agora exige um novo exame: o que poderia um casamento entre ela e Ludovico — frio e judicioso — ter produzido? Beatrice poderia encantar Ludovico. Poderia preencher suas ambições e cumprir suas ordens. Mas não poderia controlá-lo. Justiça seja feita: Beatrice tinha sido capaz de representar seu marido em questões de diplomacia de uma maneira em que sua candura e natureza calorosa podiam encobrir a duplicidade dele. Mas Isabella poderia tê-lo guiado ao longo do caminho para uma grandeza cada vez maior. Ludovico precisava mais do que uma garota animada, mais do que uma mulher que faria qualquer coisa para agradá-lo. Ele precisava de uma cabeça fria e de mão firme para ajudá-lo a atravessar os tempos difíceis.

A voz de Cecilia se eleva para dar a nota aguda na última estrofe enquanto Lucrezia assume o baixo, vindo logo após o adorável trinado de Cecilia e repetindo as palavras num registro pesaroso. As três estão agora com lágrimas nos olhos. Isabella imagina o que estaria motivando as lágrimas das outras. A perda de Ludovico e seu apoio? A incerteza do exílio? Tristeza pela morte da jovem duquesa, enganada por pelo menos uma delas? Ou alívio de que, graças ao pretenso infortúnio de seu berço inferior, tivessem escapado do destino de Beatrice? As lágrimas de Isabella são pela sina de sua irmã, mas também são novas lágrimas sobre uma velha pergunta. O mundo inteiro teria sido diferente se Ludovico não houvesse ficado tão enrabichado por Cecilia e acertado um casamento um pouco mais cedo? Era uma escolha má que pressagiava ócio, luxúria, arrogância e uma falta de respeito pelas realidades políticas. Como se o mundo inteiro devesse depender de seus desejos pessoais.

Não havia inimigos pequenos nem escolhas pequenas. Com que freqüência seu pai tinha inculcado essa idéia em sua jovem cabeça? É preciso ficar eternamente vigilante ao modo de pensar de alguém. *Do que parece algo pequeno, insignificante, pode advir uma grande ruína.* Onde ouviu isto antes? Não foi de seu pai, disto ela tem certeza. Mas acredita na sabedoria da frase.

Isabella percebe que, na sua reflexão, ela parou de cantar, e junta-se de novo ao doce dueto. As três sobreviventes da afeição de Ludovico cantam a estrofe final para aquela que não pôde resistir ao amor dele. O rosto jovem e inocente de Beatrice olha de volta para elas, sem fazer nenhum julgamento. Mas Isabella duvida que Ludovico se comportará daquele modo. Ele culpará a França, o rei Luís, Francesco, os venezianos, o pai dela, até ela própria. Culpará Deus, a Fortuna, a quem quer que passe pela sua cabeça abjurar. Mas ele não selou seu próprio destino com seu amor pela boa vida e sua insensatez, que começaram muito, muito tempo atrás? E sua irmã não delineou sua própria morte quando perdeu a cabeça e decidiu amá-lo?

Talvez a Fortuna não seja afinal tão inconstante.

Dos cadernos de Leonardo:

Escrever carta ao comandante francês acerca de proteger os direitos de propriedade para o vinhedo.

Ter as caixas de livros prontas de manhã para o tropeiro. (Usar algum pano para embalar e proteger.)

Não esquecer de pegar o pequeno fogareiro do refeitório.

Pegar invólucros de papel e caixa de tintas pertencentes a Jean Perréal e não esquecer de perguntar-lhe por seu método de secar tinta e obter a receita para fazer sal branco e papel colorido.

Levar caixas de sementes, incluindo lírio e melancia.

Enviar economias para o banco em Monte di Pietà em Florença para depósito.

Bilhete para Bramante. Tentarei encontrá-lo em Roma.

Mandar Salai avisar Luca Pacioli para estar preparado a viajar pela manhã.

A Saletta está inacabada. Os projetos para o prédio de Bramante — inacabados. O castelo é um prisioneiro; o tesouro do duque está tomado. O duque perdeu seu Estado, suas posses e sua liberdade. E nenhum de seus projetos foi completado.

Na época em que o *Magistro* chegou a Mântua, Isabella tinha acolhido tantos refugiados de Milão que teve de se desdobrar para alojá-lo. Mas ela teria desalojado sua própria mãe — *Deus a tenha e que Jesus me perdoe, mas você sabe que é verdade* — para acomodar um tão grande artista. Ela arranjara acomodações provisórias para ele e seu grupo de viagem, prometendo-lhe uma linda casa na cidade ou no campo se ele permanecesse a seu serviço. Mas o *Magistro* já arranjara um novo empregador.

— Estou a caminho de Veneza a pedido da *Signoria*. Uma das últimas estratégias do duque Ludovico foi incitar os turcos a atacar as fronteiras venezianas para distrair o exército. Os turcos fariam qualquer coisa para evitar que os franceses atravessem seu país de novo em uma nova Cruzada, portanto começaram a atormentar os venezianos com grande entusiasmo. Demonstrarei a nossos amigos como expulsar todo o exército bárbaro inundando o vale que eles ocupam. Além disso, a *Signoria* pediu para ver desenhos de minhas invenções para combater o inimigo em belonaves que navegam debaixo d'água.

— Que engenhoso — disse Isabella. — Faria a gentileza de me mostrar os desenhos? Estou muito curiosa.

Mas o *Magistro* afetou um olhar grave. Baixando a voz, ele respondeu:

— Não posso, Excelência, embora nada me agradasse mais do que satisfazer sua curiosidade. Não devo divulgar esses desenhos por causa da natureza má do homem, em cujas mãos eles poderiam provocar muita morte e danos no leito do mar. Enquanto falamos, temos advogados esboçando contratos em segredo. Um ditado pelo qual viver é este: Não ensine a ninguém, e você sozinho prevalecerá.

Homem estranho e misterioso. Então ele estava seguindo seu próprio caminho, sem nenhuma intenção de permanecer a serviço dela.

— Vejo que tem seus próprios planos. Mas antes que nos deixe, permita-me lembrá-lo da longa e ilustre carreira que Andrea Mantegna usufruiu sob nosso patrocínio. Somos muito estáveis aqui em Mântua, para não mencionar a constância do governo de minha própria família em Ferrara. Meu marido e meu pai estão neste momento entretendo o rei da França. Você ficaria protegido aqui, com permissão de se concentrar no trabalho e, asseguro-lhe, sem carência de dinheiro.

— Somente as exigências do governo veneziano me permitiriam ousar desapontá-la, Excelência. Meu maior desejo seria servi-la; contudo, já me comprometi com a *Signoria*. Não há nada que possamos fazer.

— Ele disse isto sem soar como se estivesse sendo condescendente, mas Isabella tinha certeza de que era exatamente o que fazia.

— O que diz de considerar a idéia de que talvez, quando tiver terminado o serviço para os venezianos, retornará para nós?

— Fico honrado pela sugestão. Será o pensamento principal em minha mente o tempo todo. — Ele fez uma reverência formal, assinalando que era hora de deixar sua presença, ou melhor, assinalando que a conversa referente ao seu emprego em Mântua estava encerrada. Enquanto olhava para o topo de sua cabeça com os cabelos ficando grisalhos e através de seu couro cabeludo, Isabella achou que o que ele tinha dito era incontestavelmente adequado, porém improvável ao extremo para conter qualquer elemento de verdade. Ele era um homem perfeitamente astuto.

Não obstante, ela não permitiria que partisse sem posar para ele. Sentia, porém, pela experiência de tantos anos atrás, que era preciso ser paciente com Leonardo. Encantador, mas sem atração por mulheres, ele não podia ser manipulado nem cedia a exigências. Portanto, ela esperou, hospedando seu pequeno séquito e atendendo a seus pedidos. As exigências dele eram duas: desejava visitar o cantor Atalante Migliorotti, com o qual viajou originalmente para Milão antes de entrar a serviço de Ludovico, e queria estudar os afrescos de Andrea Mantegna na câmara nupcial do castelo de Mântua. Mantegna tinha pintado as paredes e o teto de uma maneira que parecia abrir o cômodo para o ar livre. O teto abobadado foi transformado num céu pintado do qual damas e *putti* pareciam estar olhando lá do alto para o quarto embaixo. O *Magistro* passou horas na câmara, estudando por um tempo muito longo — segundo o relatório que Isabella recebeu — o traseiro de um cachorro, completo com uma longa cauda e testículos caídos. Isto fez Isabella lembrar da observação de Ludovico sobre o fato de que Leonardo passara mais tempo olhando para traseiros de cavalo do que qualquer homem na história. Talvez o *Magistro* tivesse planejado um projeto ambicioso envolvendo cães. Ou talvez estivesse cultivando sua fascinação pela anatomia, tanto humana quanto animal.

Isabella esperou e esperou que Leonardo sugerisse uma sessão de pose e, finalmente, na véspera de partir, ele mandou um bilhete perguntando se poderia fazer um esboço dela na sala de estar antes de seguir para suas ocupações militares.

Quando ela chega, ele já se apossou por completo da sala. Sua mesa finamente entalhada é agora a bancada de trabalho dele, seus materiais estão espalhados sobre panos junto ao busto de sua irmã. Ela não o mudou de lugar desde que chegou, mas isto não provoca nenhuma reação no *Magistro* que ela possa perceber. Música enche a sala. Ele contratou um dueto de instrumentistas de flauta e lira que sopram e dedilham uma melodia etérea. Ela se sente como uma dançarina enquanto se assenta na cadeira que foi reposicionada longe da lareira e sob um raio de luz que se filtra de uma das janelas baixas. Sem orquestrar conscientemente seus movimentos, ela sente como se cada movimento seu esteja em compasso com a música, arranjado por um coreógrafo invisível. Ela afunda graciosamente na cadeira, deixando que seus braços caiam gentilmente pelos flancos.

Ela pôs suas melhores jóias, o que se revelou um equívoco. Leonardo pede-lhe — com a maior deferência, é claro, mas ao mesmo tempo deixando saber que não vai haver discussão a este respeito — para retirar o colar de ouro de uma centena de elos e os grandes anéis que enfeitam seus dedos. Suas damas recolhem as jóias, movendo-se como dançarinas ao ritmo do instrumento de cordas.

— Simplicidade total, Excelência — diz ele. — Quando pinto uma dama desejo revelar a essência da mulher, não a extravagância de suas jóias. Os adornos depreciam.

Ela quer dar uma centena de ordens a ele para certificar-se de obter o retrato com o qual sonhou por tanto tempo. Ainda assim ele não incentiva comentários, e Isabella está apreciando a qualidade de sonho que a música está criando. E isto não foi um sonho por tanto tempo? Por que a realidade não deveria ser igual? Isabella reconhece o garoto aprendiz cuja indiferença em relação ao mestre lhe havia sido exibida anos antes no estúdio de Leonardo. Ele ainda é bonito, este rapaz a quem Leonardo chama de Salai, e ainda serve ao *Magistro* com uma atitude que se alterna entre resplandecência e desdém; desdém por estar servindo a alguém, afinal, ou desdém por estar servindo ao artista, Isabella não sabe dizer. Mas Salai, agora alto e provavelmente com mais de vinte anos, passa os artigos que Leonardo solicita — giz vermelho e preto, pastéis de muitas cores para sombrear, folhas de papel de diferentes graus, espessura e tamanho — com um floreio que deveria ser reservado para a apresentação das grandes criações de alguém. Salai oferece as ferramentas do *Magistro* com a pompa com que um grande *chef* entra numa sala de jantar com acepipes especialmente preparados e os apresenta a um rei. O aprendiz também parece estar dançando. Os cachos do jovem ainda são fartos, ao contrário daqueles do *Magistro*, que começaram a rarear. Embora o artista ainda esteja em boa forma, ele foi afetado por uma postura levemente arqueada que Isabella não via no passado. Seu modo de vestir não perdeu em estilo ou extravagância. Os dois homens pareciam ter se preocupado em empacotar todos os seus enfeites antes de fugir dos franceses, ela não pode deixar de notar. O aprendiz está vestido em graduações de tecido prateado, com mangas extravagantes de tamanho acima do normal, que atrapalham a execução de suas tarefas. Cada movimento seu ameaça derrubar alguma coisa que ele mesmo havia disposto cuidadosamente. O *Magistro* não lhe presta atenção enquanto distraidamente recebe os materiais, olhando para Isabella como se ela afinal não fosse real, mas sim um objeto na natureza que ele está contemplando.

— Tenho em mente fazer um esboço no qual a cabeça esteja perfilada com o corpo numa contraposição virada para a frente — diz ele. — Como se o corpo e a face pudessem dizer duas coisas inteiramente diferentes. A linguagem do rosto exprime-se através dos olhos e do sorriso, mas a linguagem corporal tem muito mais ferramentas.

Isabella quer falar com ele, discutir as teorias por trás de sua arte, ouvir o conteúdo da mente que criou beleza tão extravagante. Mas ela não se dirige a ele. Seria como interromper um atirador perito enquanto ele aponta seu mosquete, ou um poeta que busca a metáfora exata.

Ele move os braços de Isabella gentilmente, colocando-os como gostaria que estivessem.

— Deve-se fazer sempre a figura de modo que o peito não esteja virado na mesma direção que a cabeça. Deixar que os movimentos da cabeça e dos braços sejam naturais e agradáveis, com vários giros e volteios. As mãos dobradas simplesmente. Sim, gosto disso. Você verá. Ficará muito satisfeita com o desenho.

A ameaça deste empenho ficar reduzido ao seu estágio nascente sacode Isabella de seu estado sonhador.

— Este é apenas um esboço preliminar, não é? Vai demorar muito para passar para o óleo?

Oh, como seria horrível permanecer como um mero desenho a giz, jamais irrompendo na plena floração de um óleo. Jamais receber as cores, as qualidades de *chiaroscuro*, as sombras, as gradações, as sutilezas e a beleza translúcida que só um óleo podia oferecer. Ela não deve permitir que isto aconteça. Mas as histórias da procrastinação de Leonardo, e as maneiras criativas com que frustrou Ludovico durante anos, caem na mente de Isabella com um baque gigante, que reverbera através de todo o sistema. Como providenciará para que ele complete o óleo e não a deixe como um mero esboço; ela, Isabella d'Este, musa para muitos, não deve ser apenas mais um estudo, uma massa de linhas e rabiscos sobre uma fina folha de papel!

— Oh, sim, a pintura. Não se preocupe. Irei captar Vossa Excelência em toda a sua espantosa complexidade. Mas essa obra levará algum tempo e peço que Vossa Excelência seja paciente.

— Tem certeza sobre a pose, *Magistro*? Um perfil? — Um perfil. Portanto convencional. Portanto muito datado em estilo. A grande beleza dos seus retratos é que ele não os pinta de perfil. É difícil captar uma alma quando não se está olhando na direção de alguém.

— Mas no seu caso, Excelência, não penso nisto como um perfil. Penso nisto como olhar à frente, para o futuro.

Ele sorri para ela de um jeito que ela pensa não ser o sorriso que um artista reservava para sua mecenas, ou para alguém de berço ilustre, mas um sorriso que — só por um instante — permite-lhe saber que ele, de fato, viu dentro de sua alma. Ele a leu, ela acha, e acuradamente. Ela é alguém que sempre direcionará sua visão para o futuro.

— Talvez seja um atributo que partilhamos, *Magistro*. Talvez seja por isso que nós dois estamos aqui, enquanto outros, menos afortunados, com menos pensamento à frente, ficaram no passado.

— É uma honra para mim partilhar quaisquer atributos com Vossa Excelência.

Ela pode dizer que Leonardo está analisando se ela deu ou não a ele — ou aos dois — um cumprimento.

Baixando os olhos, ele pega o giz preto e não hesita um segundo sequer antes de deixá-lo golpear o papel em lentos rodopios do movimento. O rosto dele, porém, está imóvel e inexpressivo, não dando nenhum indício de como ele se sente seja acerca de seu tema ou com a adequação dela com aquilo que ele está no processo de criar.

Ela quer falar mais sobre um horário para a pintura, mas não ousa. A sessão de pose começou. Ela está frustrada, tentando permanecer imóvel e sonhadora para Leonardo, pois deseja ser retratada com uma expressão de inteligência e serenidade máximas. As duas qualidades lisonjeiras nem sempre se apresentam ao mesmo tempo no mesmo rosto, mas se alguém pode captar a complexidade, como ele disse, só poderia ser o *Magistro*. Mas ela não deve estragar isso permitindo que os elementos mais dominantes de si mesma sejam expostos. Ela deve ser lembrada como uma mulher do futuro, uma mulher de visão, não como a criatura mandona que ele às vezes deve pensar que ela é.

Se ao menos ela pudesse posar para ele e observar seu progresso ao mesmo tempo! Com outros artistas ela não tivera este desejo. Ela sempre soubera que se não gostasse dos resultados, podia ou adulá-los ou ameaçá-los, fazendo alterações até que ficasse satisfeita. Mas com o *Magistro* era diferente. Ela está totalmente ciente de que ele fará seu esboço e seguirá seu caminho antes que possa ter uma conversa adequada com ele. O homem é inflexível, mesmo para um artista.

Portanto, ela posa silenciosamente, sentindo a maciez de suas mãos enquanto elas repousam uma sobre a outra, esperando que seja a corporificação da própria Serenidade, quando a voz dele dizendo que terminou a arranca de seus devaneios. Antes que possa falar, ele está guardando o esboço.

— Mas... não posso vê-lo?

— Oh, não. Não antes que eu o sombreie adequadamente. Passarei os próximos vários dias fazendo isso. E depois partirei.

— Mas trabalhará a partir de quê para o óleo? — pergunta ela, esperando que seu alarme, a falta de confiança nele para concluir o projeto, não possam ser lidos em sua face.

— Pretendo fazer uma cópia para levar comigo. Vossa Excelência ficará com meu original.

E com esta declaração, ele, seu assistente e os músicos se foram.

Três dias depois, ele manda o esboço para ela. Isabella pergunta por seu paradeiro só para descobrir que ele deixou Mântua ao alvorecer. Claro. A carta dele agradece profusamente pela hospitalidade da marquesa, prometendo entregar-lhe o retrato a óleo numa data não revelada no futuro, dependendo de até que ponto os venezianos exigirão seus serviços em questões de armamento e engenharia militar. Mas ele se foi, escapando dos comentários dela sobre o esboço, absolvendo-se de qualquer chance de ouvir pedidos por alterações ou, pior ainda, outro esboço completo. Isabella ficara acordada a maior parte da noite preparando-se para a segunda hipótese, imaginando como formularia tal pedido, se avaliasse o esboço de Leonardo e não gostasse. Teria que ser muito discreta. Direta, mas não exigente. Solícita e lisonjeira, mas ainda assim firme ao expressar os próprios desejos. E se tudo mais fracassasse, sempre havia a promessa de dinheiro, que em geral obtinha resultados miraculosos com os artistas. E, indo mais longe, com a promessa de muito mais dinheiro na entrega. Era isso ou nunca receber a peça prometida.

Ela arrebata do mensageiro o esboço, protegido entre duas grossas folhas de pergaminho, e o conduz consigo a seus aposentos, sentindo o coração bater mais alto e mais rápido enquanto deposita o papel sobre a escrivaninha, revelando-o. Como prometido, ela está olhando para o futuro. Seu rosto está de perfil, mas o resto do corpo está de frente. Ela não foi inteiramente bem-sucedida em suprimir os seus aspectos mais autoritários, porque parece, pelo menos para si mesma, como se pudesse estar olhando para algum projeto que encomendou, avaliando se merece ou não sua aprovação. Talvez seja isto o que o *Magistro* pretendeu transmitir, que este seja o próprio projeto para o qual está olhando. Ela parece interiormente tranqüila. E inteligente, sim. Parece serena e autoritária ao mesmo tempo. As linhas de seu rosto, seu cabelo e o corpo são suaves, porém, não sérias e contraídas. Até mesmo as tiras rígidas do seu vestido tinham sido suavizadas para favorecer a curva do busto. Ela tem certeza de que o corte do seu vestido era realmente mais baixo do que o que está desenhado. Ela parece mais serena que sexual, isto é certo. Mas não há nada de desairoso na peça, embora ela espere que a minúscula bolsa de gordura sob o queixo não se evidencie no óleo. O que mais a impressionou são as mãos, dobradas tão simplesmente, com os dedos indicador e médio levemente separados; relaxada e natural, embora pareça como se pudesse estar segurando algo dentro de si mesma com aquelas mãos que não deseja que seja revelado.

Como gostaria de falar com ele a respeito do esboço, não para exigir as revisões que ele sem dúvida quis evitar, caindo fora ao raiar do dia, mas para cumprimentá-lo pela peça, dizer que apenas este esboço preencheu seus sonhos. Não, não diria isso, pois se o fizesse ele nunca entregaria o prometido óleo. E ela deve tê-lo.

Ela não sonhava que o *Magistro* deixasse de entregar o esboço pessoalmente, em vez disso confiando-o a um mensageiro da corte. Em retrospecto, contudo, ela devia ter previsto o movimento astucioso por parte dele, considerando sua reputação de esquivar-se a concluir as encomendas. E neste caso ele nem sequer lhe daria a oportunidade de oferecer-lhe mais dinheiro, em vez disso oferecendo-lhe o esboço em troca de sua hospitalidade. Isabella não tinha domínio sobre ele. Avenidas abertas para ela obter seu precioso óleo espalhavam-se em sua mente. Se ele não estava a seu serviço, ela caçaria quem quer que se tornasse o seu mecenas até que essa pessoa usasse o poder dos cordões da bolsa. Se o *Magistro* pensa que pode escapar indo para Veneza está enganado, porque ela mais de uma vez teve o velho doge comendo na palma de sua mão. Mas e se ele não permanecesse em Veneza e acabasse indo para o exterior? E se ele, em seu desejo profundo de encontrar dinheiro para seus projetos ambiciosos e levemente fantásticos entrasse a serviço do sultão dos turcos? Seria bem típico de Leonardo, vender ao sultão sua mágica, e, pelo que Isabella ouviu, também típico do sultão simplesmente comprá-la. O que ela faria então? Fazer uma cena para um bárbaro? Que domínio poderia exercer sobre o sultão de um império estrangeiro? Como podia ter permitido que isto acontecesse? O *Magistro* escapulira do seu aperto como água. Ela não está feliz, embora sinta um lento sorriso tomar conta de sua face. Ela, Isabella d'Este, marquesa de Mântua e filha do homem mais ardiloso da Itália, tinha sido passada para trás, por enquanto, por um pintor.

Quem diria?

EPÍLOGO

XXI • IL MONDO (O MUNDO)

NO ANO DE 1506;
NA MILÃO OCUPADA PELOS FRANCESES

ISABELLA deseja dizer mais para sua irmã, que, jazendo na igreja sob o frio mármore, parece como um confessor há muito tempo ansiado. Finalmente, está aqui um a quem Isabella pode confiar, um que não irá tomar suas palavras, ditas em confidência, e vendê-las para quem der o lance maior ou para o inimigo mais ferrenho. Ela ficou muito acostumada a dissimular, especialmente nos últimos anos. Que alívio ajoelhar-se para a forma imóvel de Beatrice e pôr para fora seus pensamentos. Isabella e Beatrice tinham desperdiçado tantas horas em competição inglória sobre coisas insignificantes. Agora, ela deseja que Beatrice estivesse a seu lado, uma aliada na centena de guerras públicas e privadas, tanto declaradas quanto secretas, nas quais ela deve se envolver para continuar viva. Nos fundos da igreja, ela ouve o farfalhar de tecidos. Gargantas começam a se limpar em tosses abafadas. O séquito fica cada vez mais impaciente. É porque já está tarde? Ou porque mal podem esperar para informar a algum funcionário francês que a marquesa, apesar de declarar-se uma boa legalista francesa, demorou-se demais na cripta da falecida duquesa Sforza? Fica imaginando quem no grupo poderia fazer o papel de Judas. Neste momento, só pode confiar na morta. Ela sussurra:

Os tempos estão sombrios, minha irmã. Ou a Fortuna deixou de sorrir sobre nós, ou nos está revelando sua grande ironia. A filha bastarda do papa e puta de muitos homens, Lucrécia Bórgia, casou com nosso irmão e governa em Ferrara no lugar de nossa piedosa e santa mãe. O pai dela comprou o título de duquesa de Ferrara com um generoso dote e a ameaça de uma invasão. Pode você imaginar o pesar de nosso querido e finado pai, que desprezava o papa espanhol? Pelo menos aquela criatura corrupta está morta, provavelmente envenenada. Sim, ninguém morre mais de causas naturais. Mas a bruxa Bórgia enfeitiçou nosso amado irmão. Não permitirei que isto prossiga. Você não acreditaria quem mais ela está recebendo entre suas pernas além de nosso irmão, e me dá náuseas mencionar o nome. A presença de sangue Bórgia na corte de nossos pais inspirou atos de derramamento de sangue e horror, mesmo de membros de nossa própria família. Oh, Beatrice, não lamente as tristezas que você não viveu para suportar!

E ainda assim, a cada manhã o sol se levanta, trazendo alegrias do mesmo modo aleatório como traz sofrimento. O rei Luís me visitou três vezes em meus aposentos, onde discutimos uma variedade de assuntos. Ele não é encurvado e feio como seu antecessor, mas alto e bonito, e se levanta galantemente quando as damas entram na sala. Esta noite dançarei com ele nos salões que você construiu na Rochetta, decorados por Bramante e pelo Magistro. *Irônico, não? Luís promoveu torneios de justa em minha homenagem e adivinhe quem ganhou todos os prêmios? O nosso Galeazz, que parece vicejar sob cada senhor. É estranho, minha querida irmã, não falamos de você, ou de Ludovico, nem mesmo quando as lembranças de você assombram os próprios cômodos onde nós comemos, dormimos e dançamos; onde às vezes sentimos o seu espírito observando-nos em nossa duplicidade. Mas quais poderiam ser nossas escolhas? Morte e desonra? Exílio? Extinção? Os Gonzaga poderiam ter perdido Mântua, e nosso pai, Ferrara, sem mencionar os Sforza. Não, todo o elenco reunido tanto tempo atrás por Ludovico permanece aqui, lendo seus diálogos como se tirados de uma velha peça. As palavras são as mesmas, mas os nomes dos senhores mudaram. Sim, é estranho, Beatrice, e não é um jogo do qual você gostaria de participar. Pois quando falo, ouço o vazio de minha voz se mesclando aos ecos do passado.*

Agora chega. Preciso ir, ou nunca deixarei você. Há muita coisa a fazer antes do baile. Mencionei os rumores de um novo retrato feito pelo Magistro*? Dizem que um mercador abordou Leonardo em Florença para que fizesse um retrato de sua esposa, justo numa época em que o* Magistro *precisava de dinheiro rápido. Ele pintou a mulher e entregou a encomenda, mas não antes de fazer uma cópia do quadro para si. Pelos últimos três anos ele a tem carregado aonde quer que vá, alterando e melhorando o quadro até que a modelo não é mais a esposa do mercador, mas uma outra pessoa. Leonardo faz muito segredo acerca disso tudo e não irá revelar a identidade da modelo. Mas ouvi descrições da peça, que parece como se tivesse sido inspirada pelo desenho que ele fez de mim.*

É possível, Beatrice, que depois de todas as nossas maquinações sobre o Magistro — aquela a respeito dos adoráveis cisnes de Ludovico — eu emergiria como sua musa especial?

Pode ouvir as queixas e suspiros abafados de desaprovação de meus acompanhantes? Se a senhora deles se revelar uma traidora ao rei da França, eles a acompanharão até a masmorra, ou seja lá onde Luís escolhesse me colocar. Não posso perder nem mais um minuto, ou poderia pagar por isso com o meu reino. Se você tiver alguma intimidade com o Senhor, peça a Ele que se apiede dos vivos. E seja grata por a morte tê-la poupado do mal que devemos não apenas testemunhar, mas também dele participar.

Isabella beija as duas faces de mármore da máscara mortuária de sua irmã, os lábios se demorando por um momento na fria e lisa rotundidade. Não consegue olhar para o rosto de Ludovico, pois está por demais com aparência de vida, e ele ainda permanece entre os vivos, embora pudesse também estar morto. Aqui está ela, tripudiando apenas um pouco sobre a cripta da irmã, ainda esperando, todos esses anos mais tarde, que tenha obtido a vitória final na sua corrida por primazia. Mas é assim com os seres humanos. Beatrice transcendeu tal mesquinhez, ela tem certeza, e está neste momento perdoando a piedosa fragilidade humana de Isabella.

Ela tenta se afastar do majestoso sarcófago, mas é difícil partir, como se, ao separar-se de Beatrice, estivesse deixando para trás algum elemento essencial de si mesma que é por demais incômodo para ela carregar no futuro. Gostaria de permanecer mais tempo, porém percebe que passar muito tempo com os mortos está tornando fria a sua carne ainda quente.

Ela não se apressa ao deixar a igreja de Santa Maria delle Grazie, permitindo a seu séquito seguir atrás dela e conduzindo-os até o gabinete do prior, onde pede permissão para entrar no refeitório e dar mais uma olhada no retrato feito pelo Magistro de Nosso Senhor e seus Apóstolos. Ela ignora os resmungos sutis e olhares atravessados das serviçais, que mal podem esperar para voltar ao castelo e se vestir para o baile de Luís. Ela pede que permaneçam no pátio enquanto entra sozinha no refeitório. O ar lá fora está gélido para um dia de primavera. O sol está quase se pondo e a temperatura por certo vai cair. Isso dará uma lição a elas. Poderia até mesmo chover.

Não se pode apreender o mural de Leonardo num olhar, pois ele não é meramente a pintura de um evento, mas uma produção plenamente animada. Embora seja a resignação no rosto de Jesus que capte a atenção de Isabella nesta sua segunda visão. Ela é acometida pela tranqüila aquiescência de Jesus à Sua sina, em contraste com o ultraje; choque e negação registrados nas faces dos apóstolos. É como se Ele esteja dizendo — pesarosamente, mas com inteira aceitação — que esta é a verdadeira natureza do homem: trair. E não é? Cinco mil anos depois de Deus enviar Seu Filho à Terra para demonstrar a Santidade de Todos, continuamos os mesmos — traidores. Rejeitando a mão que nos levaria para Cima e nos impulsionaria para a Graça, para a Glória, para o Céu. "A traição de Judas começou numa quarta-feira." É isto o que dizem em Milão quando todos os rostos se voltam de Ludovico para o rei francês.

Isabella acha que já viu esta expressão resignada no rosto de Leonardo. O *Magistro* pintou o rosto de Jesus indiferente no momento em que Ele revela saber que será traído por um daqueles que amava. Aquele mesmo artista esqueceu rapidamente os favores usufruídos a serviço de Ludovico e agora serve ao rei da França. Quem pode culpá-lo? Ele também foi traído, quando Ludovico frustrava cada um dos planos ambiciosos de Leonardo — ao mantê-lo ocupado com frivolidades; ao reter seu pagamento; ao mandar o cobiçado bronze para o cavalo para fabricar canhões.

O Cavalo agora se assenta em ruínas na grande praça à entrada do castelo, feito em pedaços por zelosos arqueiros franceses em busca de diversão. Por que ele ainda não foi removido é um enigma para Isabella. Ele jaz em pedaços, suas partes corporais nobres, estudadas tão amorosamente pelo *Magistro*, caídas no chão. A cabeça, pernas e torso jazem inertes e esquartejados — dissecados, do mesmo modo que se dizia que Leonardo retalhava corpos humanos para ver o que havia dentro. O que ele deve pensar quando vê sua obra-prima destruída, esfarelando-se e decompondo-se mais e mais com cada chuva? Nos anos vindouros, quem se importará que os franceses ocuparam a Itália por um breve período de tempo? Pois Isabella tem certeza de que será breve, considerando-se o alcance da história de seu país. Ela não está nem se dando ao trabalho de aprender um bom francês. Mas o belo cavalo de Leonardo, que deveria perdurar por tanto tempo quanto as estátuas dos antigos mestres, vai virar pó, tal como aqueles que lhe causaram a morte.

Ela está cansada desses pensamentos, desses problemas de lealdade e mortalidade. Isabella vira as costas ao rosto de Jesus só para confrontar a imagem de sua irmã na parede oposta, pintada no mural de Montorfano. Beatrice está em prece, as mãos dobradas tão delicadamente, a face luminosa e composta enquanto olha o sofrimento de Nosso Senhor. O *Magistro* captou uma tristeza em Beatrice que Isabella não havia observado enquanto sua irmã era viva. Talvez a tivesse acometido no fim, com suas atribulações. Beatrice gostaria de saber que, do outro lado do refeitório, Jesus poderia estar olhando para ela por toda a eternidade; dois mártires, sua irmã e O Cristo. Dois inocentes traídos.

Já basta de mortos. Isabella se retira, deixando o refeitório, a igreja e o cadáver de Beatrice para trás e reingressando no mundo dos vivos, onde o sol poente transformou as florações brancas das árvores no pátio num violeta profundo.

— Leve-nos para a Corte Vecchia — ordena ao cocheiro de sua carruagem.

As damas de companhia mais uma vez reprimem seu desalento. Elas não sabem que a marquesa as está levando para um giro completo da cidade de Milão, ocupando-as e sonegando-lhes as horas necessárias para se prepararem para as festividades da noite. Tanto melhor, pensa ela. As belas damas que a acompanham por toda a parte e pelas quais ela é conhecida, às vezes chegam exageradamente vestidas. Quanto menos tempo tiverem para aplicar ruge em suas faces e jóias nos cabelos, melhor. Pois sabem que é tarefa delas apoiar a beleza e aparência de Isabella sem suplantá-la. Contudo, sendo as mulheres o que são, algumas sempre tentam brilhar mais que suas amas.

— Venham, senhoras, parem de resmungar — suspira Isabella. — Devemos ser flexíveis se não quisermos acabar a vida numa cruz ou noutra.

Isabella deixará Milão pela manhã, mesmo que não seja do agrado do rei francês. Ela não pode mais se demorar nesta cidade de fantasmas. Inventará alguma desculpa para escapulir e isto terá que bastar. Mas resta uma missão a cumprir antes da partida — uma, além do encantamento adicional de Luís esta noite. E esta será a mais desafiadora.

O *Magistro* está novamente residindo na Corte Vecchia, o velho palácio ducal que Ludovico arranjou para ele morar de modo a usar o pátio para trabalhar no cavalo. Ela não estava esperando vê-lo, pois ele foi nomeado Mestre de Decoração para o baile de Luís e devia estar ocupadíssimo no castelo, ensaiando o que quer que tenha concebido para as apresentações teatrais da noite. Tanto melhor, pensa ela, pois não deseja falar com ele, apenas dar uma olhada no retrato.

Não há ninguém no estúdio, exceto um garoto subserviente. Não chega a ser nem um aprendiz, Isabella pode dizer, mas um criado, que está espantado ao ver tão ilustre personagem aparecer sem se anunciar e exigindo ver o retrato da dama que o *Magistro* trouxe de Florença. Graças aos seus espiões, Isabella pode descrevê-lo acuradamente, de maneira a não ser confundido com outro e a fazer com que de modo algum este pobre serviçal possa recusar seu pedido.

A pintura assenta-se num cavalete manchado, coberta por um pano de musselina todo sujo. O garoto levanta o pano, segurando-o acima do rosto como se achando que Isabella só vai dar uma olhada rápida. Ela acena para que ele tire o pano inteiramente. Depois acena de novo para que ele se retire, de modo a ficar sozinha com seus próprios pensamentos enquanto vê o retrato.

A mulher não é bela, afinal, mas simplória, quase uma camponesa. Seu cabelo é mais escuro que o de Isabella e suas feições indistintas de milhares de outras mulheres italianas que inundam as ruas e mercados de suas cidades. Ela não está olhando para o futuro, mas relanceando um pouco a sua direita, com as mãos entrelaçadas diante de si. Sorri levemente para nada em particular. A paisagem atrás dela faz Isabella recordar das estranhas rochas do *Magistro* nas quais ele colocou a Virgem, o anjo, o Menino Jesus e o bebê João Batista na pintura em San Francesco Grande. As montanhas denteadas atrás da modelo quase desaparecem num agourento céu azul-acinzentado. Uma massa de água flutua por detrás da cabeça da modelo, e uma trilha serpeante atravessa o que parece ser um leito de rio. Está o *Magistro* tentando dar à mulher uma via de escape, como Galeazz uma vez sugeriu sobre a porta no retrato de Cecilia?

A mulher não usa nenhuma jóia. Suas sobrancelhas quase inexistem. O cabelo é emaranhado, o traje é um vestido simples de veludo marrom, com costuras decorativas no corpete e no decote. Nada a enfeita, exceto uma pele luminescente e aquele estranho arremedo de um sorriso, que, combinado com o pano de fundo, dá um ar místico ao retrato.

De qualquer maneira, não é absolutamente Isabella d'Este. Agora ela deve começar a cobrar o *Magistro*, exigindo mais uma vez que ele entregue o óleo prometido. Seis anos e mil cartas para ele e até agora — nada! Oh, se ele acha que pode continuar lhe passando para trás, está muito enganado. Ela o caçará até a sepultura para obter aquele retrato. Suas últimas cartas de desculpas usam o pretexto de que foi requisitado para servir ao rei da França, um patrono muito exigente — e insuperável. Faz esse pobre pintor alguma idéia da ascendência que ela tem sobre Luís? O rei sugeriu que ela fosse a Paris para o nascimento de seu próximo filho, de modo a poder ser madrinha dele. Por que o artista gasta tanta energia fugindo ao seu compromisso quando levaria muito menos tempo para simplesmente apaziguá-la pintando o retrato? Ela manipulou pacientemente cada artista que encontrou. Eles finalmente sucumbem, ou aos seus encantos e ameaças ou ao seu dinheiro. O *Magistro* não está ficando nada mais jovem; deve estar perto dos cinqüenta anos. Mantegna — o prezado e insubstituível artista de maus bofes que se encontrava doente e quase à morte em Mântua, estava apenas começando suas melhores obras nessa idade. Mas Leonardo é diferente. Seria bem típico dele morrer antes que ela pudesse obter o que queria.

Ela cruza os braços através do peito, recuando e dando uma olhada final na obsessão do *Magistro*. Verdade, não pode ter sido concebido para ser ela. E ainda assim vê elementos do seu esboço no retrato. Não deixa de notar que as mãos estão entrelaçadas do mesmo jeito, cruzando o corpo como se para guardar algo que não pode ser revelado. Até os dedos médio e indicador estão levemente separados, nas mesmas exatas maneira e distância um do outro. A forma do decote é a mesma, repleta com a ausência de jóias. O sorriso é sutil, lábios unidos, tal como no seu esboço. Se esta modelo foi retrabalhada para não ser ninguém em particular, mas é reminiscente do esboço que ele fez de Isabella, então de fato ela foi uma das musas do *Magistro*. O desenho dela antecipou esta pintura — qualquer um que se preste a olhar cuidadosamente pode confirmar isto. As mãos, os braços, as linhas suaves, a rotundidade do colo, o sorriso sutil. O desenho de Isabella está presente aqui nesta pintura, com a qual o *Magistro* é declaradamente obcecado. Mas que homem estranho ele é, para pegar um retrato e refazê-lo até que a modelo não seja mais ela, afinal? Qual é o propósito? Ela pensava que os retratos do *Magistro* destinavam-se a evocar a alma da modelo. A alma de quem ele poderia evocar se a modelo não é nenhuma pessoa específica? Então ocorre a ela, enquanto olha para os olhos castanhos da mulher, que estão se desviando levemente para a direita, como se alguma coisa a distraísse de suas meditações. Com um gênio como Leonardo, até mesmo um retrato de outro é mais um reflexo dele do que de seu tema. A alma que pretende evocar é a sua própria.

O SOFRIMENTO de Galeazz di Sanseverino só o fez ficar mais atraente. O suave véu de melancolia que caiu sobre suas feições bonitas lhe dá um ar de mistério, uma nova camada além das qualidades do macho ideal que antes o fazia tão desejável. Isabella tentou várias vezes dançar com ele por ser a única pessoa no salão cujo rosto exibe o que ela está sentindo nesta noite e neste local: que a familiaridade do grande salão é opressiva. As damas e cavalheiros da corte sorriem, rodopiando à música como se esta fosse a sua primeira visita ao castelo, e não um lugar onde haviam dançado e jantado sob o domínio de um outro senhor. A cada vez que os parceiros de dança se encontram em *rendezvous*, Isabella segura o braço de Galeazz fortemente, agarrando-se a ele enquanto sorri para o rei, cujos olhos tenta manter grudados nos seus. O tempo todo ela aceita os elogios por ser *la plus belle dame du bal* e *la femme extraordinaire* e *la femme qui danse à merveille* que faz rodopiar em torno de si os nobres franceses que dançam no seu círculo.

À meia-noite, o rei anuncia que tem uma surpresa para seus convidados. O gênio Leonardo, o Florentino, entrou a seu serviço e criou um animal mágico para o prazer da corte. Será desvelado nessa noite em homenagem à supremacia de Luís sobre a Itália. Uma cortina de veludo preto, reluzindo de símbolos planetários e desenhos celestiais, se ergue, enquanto candelabros gigantes, cada um com cem velas acesas, descem suavemente em correntes do teto, iluminando o pequeno palco. Enquanto a cortina é erguida, um leão — feito de metal e maior do que a vida — é revelado. Os grandes olhos verdes do animal, que parecem ser de vidro pintado, fixam-se na multidão. Os músicos começam a tocar uma melodia que Isabella não identifica, mas, pela reação dos oficiais franceses, deve ser um hino ou uma espécie de canção militar. Enquanto os clarins cangloram a estridente melodia, a boca do animal se abre magicamente, vomitando dezenas de lírios aos pés do rei da França. Isabella imagina ver um fio fino controlando a ação, mas não tem certeza. Não consegue imaginar o que faz as flores serem expelidas para a frente. A multidão arqueja ante o milagre de tudo isso — do leão vomitando flores, do rei que tomou a Itália por completo das mãos dos italianos — e depois irrompe em polidos aplausos para acompanhar o último jorro de lírios caindo no chão. Luís caminha pelo leito de flores e faz uma mesura. Graciosamente, levanta o braço e apresenta o *Magistro*, que surge usando uma capa que combina com a cortina de veludo. O artista parece muito velho, muito mais do que sua idade. As linhas do rosto se aprofundaram e sua adorável profusão de cachos está quase inteiramente grisalha. Sua barba está bem cuidada, mas muito comprida. Ele dá a impressão de estar tentando transformar-se em uma espécie de mago. A expressão no seu rosto a faz recordar daquela do Jesus dele — onisciente e resignada.

Sim, ela quer dizer a ele, é assim que sobrevivemos. Isabella sorri para Leonardo, sentindo que seus planos para coagi-lo a fazer seu retrato se dissipam. Luís seguirá a mesma trilha com o *Magistro*, como Ludovico — desperdiçar o tempo e o gênio do artista a serviço de sua própria glorificação e suas vaidades. Eis aqui Leonardo, o visionário, servindo ao novo senhor tal como o resto deles, todos se prostituindo. Se Leonardo deve servir a Luís com seu leão mágico e dezenas de outros projetos que não são da sua própria escolha, então talvez, com o retrato da mulher, que não é ninguém em particular, ele esteja apenas servindo a si mesmo. E ela lhe permitirá isto. Talvez, em alguma ocasião no futuro, ela lhe pedirá para fazer um lindo retrato do Cristo quando era jovem e trabalhava com o pai como carpinteiro, antes que o rosto ostentasse o ar de resignação depois que Judas selou Seu destino. Ela não tem mais disposição para perseguir o artista.

Isabella percebe que o rei está olhando fixamente para ela, o que a faz inclinar o queixo para o lado, de uma maneira que sabe ser cativante e coquete, e o fita de volta. A seguir lhe dá as costas como faria com qualquer homem, pois toda mulher sabe que todos os homens, até mesmo reis, ficam intrigados por uma mulher que lhes capta a atenção e depois lhes dá as costas. Ela agarra firme o braço vigoroso de Galeazz.

— O tempo não a deixou menos ousada, Excelência — diz Galeazz, os olhos caindo em admiração sobre o profundo decote de Isabella. Ela tivera a inspiração de mandar a costureira baixar mais o decote, de modo a revelar as luas de seus mamilos. Na semana anterior estivera vendo os eróticos vasos gregos de Micenas à venda, e daí lhe veio a idéia. As mulheres pareciam tão sedutoras com os seios elevados e os mamilos expostos. Intemporal! Ela instruiu a costureira a fazer o fac-símile, revelando o pequeno indício rosado, o suficiente para acender a imaginação.

— Meu marido insultou o rei francês tantas vezes que preciso inventar novos truques para impedi-lo de tomar Mântua — replica Isabella.

— De fato, madame, ele vai querer tomar algo mais além de Mântua — diz Galeazz, o velho brilho do amor ao jogo de linguagem retornando a seus olhos.

Monsieur d'Amboise, o embaixador que Isabella cortejou febrilmente por causa de sua intimidade com o rei, se precipita no seu círculo de dança, os olhos grudados no busto de Isabella.

— Quando escrever meu relatório para as damas em Paris, todas elas irão copiar seu modelo — diz ele.

Isabella sente os dançarinos recuando dela e de Galeazz e ergue a vista para ver o que os fez ondular, como se uma pedra fosse jogada na água. O rei se aproxima, sua mão estendida para tirar o braço de Isabella de Galeazz. O cavalheiro imediatamente oferece a dama a seu rei, que pega a mão de Isabella e a beija, os olhos se demorando nos seios expostos. O rei é bastante alto, de modo que quando se ergue tem uma adorável visão aérea do decote de Isabella, que, ela repara, ele assume amplamente.

— Em toda a Europa poderia haver outra mulher como você? — pergunta o rei.

Isabella olha para Galeazz antes de responder:

— Houve uma, majestade, mas, lamento dizer, ela não mais se encontra entre nós.

Ninguém fala, pois todos que ouviram sabem a quem Isabella se refere. O sorriso de Luís não desaparece de seu rosto. Se ele captou a referência de Isabella, não dá sinal disso. Ele a puxa pelo braço gentilmente, trazendo-a para mais perto de si e sussurrando-lhe no ouvido:

— Amanhã, nos seus aposentos?

— *Je vous attendrais* — ela sussurra em resposta. O rei solta-lhe a mão, recolocando-a no braço de Galeazz. A música recomeça e Galeazz conduz Isabella de volta à dança. Ela imagina se ele irá mencionar Beatrice; se o enigmático comentário que fez para Luís sobressaltou alguma parte de sua memória que ele não pode mais reprimir. Mas Galeazz nada diz. Ela imagina que, tal como ocorre consigo, as lembranças são armazenadas, para serem recuperadas em algum ponto indefinido no futuro — provavelmente na velhice —, quando se pode revivê-las sem temer represálias.

— Devo dizer, Excelência, que tenho de concordar com o rei. Nas minhas viagens, as damas da Europa me saúdam com apenas uma pergunta — diz Galeazz. — "O que é que a famosa Isabella, marquesa de Mântua, vem usando ultimamente?" Eu desejaria que me perguntassem algo mais, porém elas não o fazem. *Monsieur* d'Ambroise está certo. Mesmo nos gélidos reinos do norte, as damas estarão exibindo o busto dentro de 15 dias.

— Oh, este é um fardo para ser investigado, portanto — replica ela.

— O que fará então, depois de escandalizar o mundo com sua moda mais recente?

Ela pára de dançar por um momento. O que irá fazer? Não tem que pensar nisso agora. Ela é, afinal, uma mulher olhando sempre para o futuro, como se, com seu olhar constante, o esteja criando. É como se os seus olhos criassem uma trilha desimpedida em qualquer direção para a qual se voltem, de modo que o passado esteja sempre em retirada e o futuro cuide de si mesmo.

— Não sei o que farei, Galeazz. Suponho que apenas terei de inventar alguma coisa nova.

A Fortuna e Nossos Personagens

Isabella d'Este sobreviveu às sublevações políticas e às guerras de sua época, à ascensão e queda de impérios, aos dias turbulentos do início da Reforma e a uma notória rivalidade com sua cunhada Lucrécia Bórgia para tornar-se uma das mais influentes mecenas e colecionadoras de arte da história. Ela deu à luz oito filhos e sobreviveu ao marido por muitos anos, sendo amiga de papas, imperadores, reis e de titãs da arte como Perugino, Rafael, Bellini e Ticiano. Presenciou o saque de Roma pelo exército do imperador Carlos V em 1527, ocasião em que deu asilo a 2 mil de seus amigos mais próximos no Palazzo Colonna, negociando a segurança deles com ambos os lados. Morreu em 1539, com 65 anos. Suas últimas palavras foram: "Sou uma mulher que aprendeu a viver num mundo masculino." O desenho que Leonardo fez de Isabella está no Louvre. Ele nunca pintou o prometido óleo. Sua beleza e inteligência são mais evidentes, contudo, na obra de Mantegna, *Vênus e Apolo no monte Parnaso*, também pertencente ao acervo do Louvre, obra na qual ela é representada como uma musa grávida no centro da pintura.

Ludovico Sforza reuniu outro exército no exílio e reentrou em Milão, onde a volúvel população, cansada dos franceses, o acolheu. Mas seu concunhado, Francesco Gonzaga, novamente se recusou a ir em sua ajuda com um exército, e assim Ludovico foi capturado pelos franceses, traído por um capitão suíço por 30 mil ducados, um número surpreendentemente reminiscente das trinta moedas de prata. Ludovico passou o resto da sua vida definhando numa prisão francesa, lá morrendo em 1508.

Galeazz di Sanseverino, embora leal a Ludovico até o fim, tornou-se um favorito dos reis franceses Luís XII e Francisco I. Luís restaurou suas propriedades e sua fortuna e, finalmente, progrediu para se tornar *Grand Ecuyer de France*, o Mestre de Cavalaria. Morreu aos 65 anos, uma idade formidável para um guerreiro, na batalha da Pavia, onde, ironicamente, tinha passado muitos dias felizes com Beatrice e Ludovico. Nunca voltou a casar.

Os filhos de Beatrice, **Ercole,** também conhecido como Maximiliano, e **Francesco**, foram levados para Innsbruck por sua prima, a imperatriz Bianca Maria Sforza. Maximiliano foi restaurado como duque de Milão em 1512, mas, deposto em 1515 pelo rei Francisco, e teve de passar o resto da vida na França, embora não aprisionado como seu pai. Francesco reinou como duque de Milão de 1530 a 1535. Morreu por complicações resultantes de uma anterior tentativa de assassinato. Sua viúva, Cristina da Dinamarca, é famosa por assim responder a um posterior pedido de casamento de Henrique VIII: "Infelizmente, só tenho uma cabeça. Se tivesse duas, estaria a serviço de Vossa Majestade."

Depois da morte de Francesco Sforza, o ducado de Milão tornou-se parte do Império Habsburgo sob Carlos V, neto do imperador Maximiliano.

Cecilia Gallerani retornou finalmente a Milão depois que Isabella recomendou-a ao rei Luís como "uma dama de dons e encantos raros". Seu filho com Ludovico, Cesare, tornou-se soldado, morrendo em 1515. Cecilia teve três filhos com o conde Bergamini, que morreu em 1514, após o que Cecilia continuou como anfitriã de um salão literário. Embora poetas da Itália a considerassem uma das grandes musas, a própria poesia dela nunca foi publicada. O seu retrato pintado por Leonardo, *Dama com um arminho*, está no Museu Nacional em Cracóvia, Polônia.

Lucrezia Crivelli viveu por muitos anos sob a proteção de Isabella em Mântua, na Rocca di Canneto. Seu filho com Ludovico, Gianpaolo, tornou-se o marquês de Caravaggio, e soldado, servindo por um tempo sob as ordens de seu meio-irmão, Francesco. Gianpaolo morreu em 1535, apenas uns poucos dias depois de seu meio-irmão. Ele estava prestes a requisitar que o imperador o investisse com o título de duque de Milão, na qualidade de único filho vivo de Ludovico.

O retrato que Leonardo pintou de Lucrezia, conhecido como *La Belle Ferronière*, assim chamado pela cinta decorativa de ouro com uma jóia no centro, que ela usava na testa, bem como *A Virgem das Rochas*, no qual ela pode ter servido como modelo de Leonardo para a Virgem Maria, se encontram no Louvre.

Isabel de Aragão continuou no seu padrão de melancolia e má sorte, assinando suas cartas como "uma mulher singular em sua desgraça". Ela também passou vários anos vivendo sob proteção de Isabella em Mântua. Por fim retornou a Nápoles, onde morreu em 1524. Pode-se ver a reprodução de um adorável desenho dela feito por Giovanni Boltraffio na Galeria Ambrosiana, em Milão. O original é frágil demais para exposição.

Embora reverenciado em toda a Europa, os problemas financeiros de **Leonardo da Vinci** continuaram a afligi-lo. Após sua segunda estada em Florença, ele viajou para Roma, onde trabalhou para Giuliano de Médici, mas sua saúde começava a falhar. Em 1516, o rei francês Francisco I convidou o grande mestre para viver perto do seu castelo em Amboise, dando-lhe uma mansão em Cloux. Foi lá que Leonardo passou seus últimos dias, reorganizando suas anotações. Ele morreu em 2 de maio de 1519, não muito depois de completar 67 anos. Nunca mais foi tão produtivo quanto durante seus anos na corte de Milão.

O retrato de Leonardo de **Beatrice d'Este** na parede sul do refeitório na Santa Maria delle Grazie desintegrou-se quase até desaparecer, mas seu débil perfil ainda é discernível nas dobras dos hábitos das freiras dominicanas, na parede oposta à *Última Ceia*. O adorável busto de Beatrice por Cristoforo Romano está no Louvre, e o assombroso túmulo de mármore de Ludovico e Beatrice se encontra agora no Certosa, em Pavia.

Título original
Leonardo's Swans

Todos os direitos desta edição reservados à
EDITORA OBJETIVA LTDA. Rua Cosme Velho, 103
Rio de Janeiro — RJ — Cep: 22241-090
Tel.: (21) 2199-7824 — Fax: (21) 2199-7825
www.objetiva.com.br

Capa
Romildo Gomes sobre *design* original de Michael Windsor

Imagem de capa
Leonardo da Vinci, *Leda e o Cisne* / SuperStock

Copidesque
Carlos Alberto Bárbaro

Revisão
Antônio dos Prazeres
Ana Kronemberger

Editoração eletrônica
Abreu's System

E96c

Essex, Karen
Os cisnes de Leonardo / Karen Essex; tradução de Gilson Soares. – Rio de Janeiro : Objetiva, 2006.

325 p. ISBN 85-7302-772-X
Tradução de : *Leonardo's Swans*

1. Literatura americana – Romance. I. Título

CDD 813

markgraph

Rua Aguiar Moreira, 386 - Bonsucesso
Tel.: (21) 3868-5802   Fax: (21) 2270-9656
e-mail: markgraph@domain.com.br
Rio de Janeiro - RJ